Corpse de Ballet

Juliet Bodine versteht nichts vom Ballett und modernem Tanz, doch sie weiß als Autorin von historischen Romanen wie Geschichten erzählt werden. Daher willigt sie ein, ihrer Freudin Ruth bei deren Choreografie für die Saisoneröffnung des Balletthauses zu helfen. Als jedoch der Star der Truppe vor aller Augen zusammenbricht und wenig später stirbt, sind plötzlich Juliets Spürsinn und Kombinationsfähigkeit gefragt, denn ohne die kommt auch ihr Freund aus Jugendtagen Murray Landis von der New Yorker Polizei nicht weiter. Und die Serie von Anschlägen auf die Balletttruppe ist noch nicht zu Ende . . .

Genauso wie Juliet Bodine hat auch *Ellen Pall* unter ihrem Pseudonym Fiona Hill zahlreiche historische Romane veröffentlicht. Sie ist außerdem Autorin von «Back East» und «Among the Ginzburgs». Als freie Journalistin schreibt sie unter anderem für die *New York Times.* «Corpse de Ballet» ist ihr erster Kriminalroman. Sie lebt mit ihrem Mann und Sohn in Manhattan.

Unsere Adresse im Internet: www.fischerverlage.de

Ellen Pall

Corpse de Ballet

Ein Neun-Musen-Krimi: Terpsichore

Aus dem Amerikanischen von
Tatjana Kruse

Scherz

Für Billy

Veröffentlicht im Scherz Taschenbuch,
ein Verlag der S. Fischer Verlag GmbH,
Frankfurt am Main, April 2004

Deutsche Erstausgabe
Die Originalausgabe erschien 2001
unter dem Titel «Corpse de Ballet»
im Verlag St. Martin's Press, New York

Gesamtherstellung: Ebner & Spiegel, Ulm
Printed in Germany
ISBN 3-502-51989-7

I

Wie so viele Ehen und die meisten Scheidungen ist auch Mord auf dem Papier sehr viel attraktiver als in der Praxis.

Wer von uns hat nicht schon manch glückliche Stunde damit verbracht, die diskrete Entsorgung eines überflüssigen Kollegen zu planen oder die geschickte Beseitigung eines öden Verwandten zu inszenieren? In unserer Vorstellung spielen wir mit den harmlosen Gedanken an ein Schafott, eine Rasierklinge, ja sogar eine Bärenfalle. Ersticken, vergiften, mit Tollwut infizieren, ein günstiger Zug und ein sanfter Stoß – in Tagträumen geben wir uns solchen Bildern hin.

Doch wie Mark Twain einmal über das Leben im Allgemeinen sagte, so ist es auch bei Mord leichter, gleich von vornherein die Finger davon zu lassen, als hinterher ungeschoren davonzukommen. Es beginnt voller Hoffnung und endet in Trauer, in einem Wirrwarr hässlicher Details und Furcht einflößenden Konsequenzen. Das zumindest dachte Juliet Bodine, wenn sie in späteren Jahren über jene Zeit nachdachte, die sie als den Sommer der allzu großen Erwartungen bezeichnete.

In der Art und Weise, wie die Hand den schmucken kleinen Hammer führte, lag eine merkwürdige Anmut. Auf und ab, auf und ab, und immer präzise, immer mit einer gewissen Feinfühligkeit.

Unter dem silbernen Hammerkopf bekam die dicke Schicht Lidschatten erst Risse, dann zerbarst sie in winzige Teilchen. Die Hände wischten die Überreste ordentlich zusammen und setzten die behutsame Pulverisierung fort. Lidschatten war nur eine von zahlreichen Möglichkeiten gewesen. Zimt, Muskat, Nelken oder Kakaopulver hätten es auch getan. Aber aus den Versuchen war der Lidschatten als Sieger hervorgegangen. Er war einfach und wirksam, die perfekte Lösung für einen ebenso perfekten wie schlichten Übergriff.

Als der Lidschatten endlich fein zermahlen worden war,

wurde mit einer Gabel die gleiche Menge eines schneeweißen Pulvers dazugegeben. Dann wurde ein dünnes Blatt Papier unter den kleinen Hügel geschoben, zusammengerollt und der Inhalt in eine kleine Plastikdose geschüttet. Der Schraubverschluss schnappte mit einer leichten Drehung zu.

Fertig. Die Dose glitt in die Wärme einer Jackentasche. Vielleicht sorgten die Umstände ja dafür, dass das Pulver doch nicht zum Einsatz kommen musste.

Vielleicht aber auch nicht.

Es war ein warmer Dienstagabend Anfang Juli. Juliet Bodine hatte beschlossen, das Abendessen für ihre Freundin Ruth Renswick auf der Terrasse ihrer Wohnung am Riverside Drive zu servieren. Vom Hudson zog eine sanfte, salzige Brise herauf, vermischte sich mit den Abgasen vom West Side Highway, den Kohlen der gegrillten Shrimps vor ihnen und dem schwachen Duft der Rosen, die sich rund um die Terrasse an den Mauern hochzogen. Juliet legte bedauernd die Gabel ab und atmete vorsichtig dieses New Yorker Potpourri ein. Erinnerungen an frühere Sommer überfluteten sie. Die Sonne ging unter, die Dämmerung brach rasch herein, eine milde Kühle bemächtigte sich der Brise, die an Stärke zunahm. Ruth griff hinter sich und legte sich eine schwarze Stola über die nackten Schultern.

Die Frauen unterhielten sich über Kunst und Moral. Für Juliet waren diese beiden Begriffe völlig zusammenhanglos, aber Ruth bestand auf irgendeiner Art von Verbindung. Sie fingen bei Wagner an und ob man seine Musik trotz seines historischen Vermächtnisses genießen könne, dann gingen sie zu T. S. Eliot und Ezra Pound über und endeten bei der schon fast reflexartigen Fremdenfeindlichkeit der großen englischen Krimiautoren der Dreißigerjahre des 20. Jahrhunderts. Von dort machten sie eine Schleife zu D'Annunzio und zu Hergé, dem belgischen Autor der pfiffigen und herrlich gezeichneten ‹Tintin›-Kinderbücher, einem begeisterten Nazi-Kollaborateur.

Schließlich erklärte Juliet: «Talent und Moral stehen in exakt derselben Beziehung zueinander wie Talent und Körpergröße. Will sagen, in gar keiner Beziehung. Ein großer Mann kann ein schrecklicher Dichter sein und ein kleiner Mann ein alles überstrahlender Poet. Ein guter Mann kann ein entsetzlicher Lyriker sein, und ein entsetzlicher Mann mag wundervolle Gedichte schreiben. Coleridge war opiumsüchtig und hat seine Frau verlassen. Rod McKuen ist wahrscheinlich ein Heiliger.»

Als Ruth darauf nichts erwiderte, glaubte Juliet schon, ihre Gegnerin hätte sich ihrer Argumentation gefügt. Die Stille hielt einige Augenblicke an. Juliet fühlte sich angenehm siegreich, und Ruth interessierte sich offenbar für ein Staubkörnchen, das ungefähr einen Meter von ihr entfernt durch die dunkle Luft schwebte. Doch plötzlich ließ sie den Kopf auf die Hände sinken und stöhnte. Gleich darauf wurde Juliet klar, dass Ruth weinte.

In den gut zwanzig Jahren, die sie Ruth Renswick nun schon kannte, hatte Juliet sie noch nie weinen sehen. Schreien ja. Einschüchternd, drohend, tobend, vor Wut schäumend, schmollend, manipulierend – aber weinend? Es war verwirrend, als ob man eine Katze sähe, die völlig außer Atem geraten ist.

«Was ist los?»

«Tut mir Leid», murmelte Ruth. Eilig wischte sie die Tränen weg, die ihr über die Wangen liefen. «Es ist dieses gottverdammte Ballett, diese gottverdammten *Großen Erwartungen*. Zum Untergang verdammt sind die *Großen Erwartungen* auf jeden Fall. Ich glaube, auf dem Projekt liegt ein Fluch.»

Ruth hob den Kopf und sah Juliet kummervoll an, dann ließ sie ihn wieder sinken, und einige ihrer grauen Strähnen fielen in die Überreste ihres Salats.

«Heute habe ich sechs Stunden damit zugebracht, einen Pas de deux für den ersten Akt zu choreografieren», fuhr sie fort und schien dabei mit ihrem Platzdeckchen zu sprechen. «Es ist total verkehrt. Ich glaube, alles, was ich getan habe, ist total verkehrt. Und jetzt hat die Jansch-Verwaltung auch noch beschlossen, das Stück bei der Gala zur Saisoneröffnung aufzuführen.

Großer Gott.» Sie fing wieder an zu schniefen. «Ach, hör bloß auf, Ruth», schalt sie sich selbst. «Verdammt. Zur Hölle damit!»

Juliet betrachtete den Scheitel ihrer Freundin. Als sie sich vor fünfzehn oder zwanzig Jahren am College das erste Mal begegnet waren, hatte Ruth überhaupt keine Freundinnen gehabt. Sie war ein dürres, blasses Mädchen – verschlossen, grüblerisch, mürrisch und so gut wie stumm. Erst als Juliet einen Kurs für modernen Tanz belegte (und somit eine der gefürchteten Voraussetzungen für den Sportunterricht erfüllte), wurde ihr klar, dass Ruth ihr ein wenig Aufmerksamkeit reich vergelten würde. Juliet – klein, rund und blond, ständig wie unter Zwang lächelnd und mit einer irreführenden Kleinmädchenstimme sowie einer zarten Pfirsichhaut – sah zu ihrem großen Erstaunen, wie sich dieser menschliche Stockfisch durch Bewegung in ein Kaleidoskop der Leidenschaften verwandelte. Fasziniert kultivierte sie daraufhin ihre beiderseitige Freundschaft, förderte sachte die Intimität, bis sie erkannte, dass Ruth zwar die Manieren eines Kindes hatte, das offenbar von sibirischen Grauwölfen erzogen worden war, doch innerlich nur von einem einzigen Bedürfnis angetrieben wurde: dem Bedürfnis zu tanzen. In ihren Zwanzigern und Dreißigern erlebte Juliet mit, ohne überrascht zu sein, wie Ruth in der Welt des zeitgenössischen Tanzes ihren Weg machte, zuerst als Tänzerin, dann – nach zwei Operationen an ihrem linken Knie und einer an ihrem rechten Fuß – als Choreografin. Trotz Ruths ausgedehnter Aufenthalte in Europa und Kalifornien blieben sie einander nahe, fühlten sich zueinander hingezogen – zum einen, weil sie beide die extremen Unterschiede ihrer Persönlichkeiten zu schätzen wussten, zum anderen durch das Band des Vertrauens, das sie zu Schulzeiten geschmiedet hatten.

Als sie einander jetzt in der anbrechenden Sommernacht gegenübersaßen, schienen die beiden Frauen freundliche Karikaturen jener Mädchen zu sein, die sie einst waren, als sie sich das erste Mal getroffen hatten. Juliet war immer noch rund und blass, mit großen blauen Augen und einem kurzen blonden Lockenkranz; wenn überhaupt schien sie noch weicher und noch weniger von dieser Welt als im College, und wenn sie sprach, ließ ihre atemlose, kindliche Stimme vermuten, dass sie wohl sehr schlicht gestrickt war. Ruth dagegen war noch kantiger geworden und lächelte noch seltener. Ihre kurzen Haare waren mit silbernen Strähnen durchsetzt, aber ihr Körper besaß noch dieselbe bedrohliche Anspannung wie früher. Hätte man sie Juliet heute vorgestellt, bei einer Party oder auf der Straße, sie hätte angenommen, dass Ruth etwas Schreckliches zugestoßen sei, vielleicht ein katastrophaler medizinischer Befund oder eine tiefe Enttäuschung. Wenn sie ihre Freunde mit Ruth bekannt machte, warnte sie diese vorab immer, sie müssten damit rechnen, dass Ruth ruppig, zerstreut oder noch schlimmer reagiere. Juliet musste im Laufe der Jahre zugeben, dass Ruth wie ein Geschmack war, an den man sich erst gewöhnen musste.

Andererseits war es Ruth gewesen, die Juliet bei Verstand hielt, als sich ihre Ehe vor einigen Jahren in die reine Hölle verwandelte. Ruth hatte ihre eigenen Pläne über den Haufen geworfen, um Juliet stundenlang zuzuhören, wenn sie sich am Telefon oder in einem Café oder einer Bar ausheulen wollte. Ruth holte sie aus ihrer Wohnung und schleppte sie zu Konzerten und ins Kino. Ruth besaß sogar die Güte, ein paar Nächte lang in Juliets Gästezimmer zu schlafen, bis Juliet in der Lage war, sich ihrer Wohnung allein zu stellen. Auf ihre wilde, wölfische Art liebte Ruth Juliet. Und Juliet liebte Ruth. Darum war Juliets Frage jetzt nicht nur rhethorischer Natur. «Kann ich irgendetwas für dich tun?»

Ruth sah auf und schnäuzte sich in die Serviette. «Kannst du mich klüger machen?», bat sie. «Oder kannst du die Zeit zurückstellen?» Wieder wallten diese beunruhigenden Tränen in ihren Augen auf. «Ich bin nicht sicher, ob überhaupt etwas für mich getan werden kann. Ich bin auch nicht sicher, ob ich es schaffe, das durchzuziehen. Entre nous, ich habe so viel Angst, dass ich mich heute Morgen auf dem Weg ins Studio übergeben musste. Und mir bleiben nur noch acht Wochen.»

Juliet war sich nicht sicher, ob sie ihre Angst um Ruth scherzhaft abtun oder sie ernst nehmen sollte, darum holte sie weitere Informationen ein. «Wie ist es denn dazu gekommen?»

Ruth wischte sich wieder die Tränen aus dem Gesicht. «Tja, das ist schnell erklärt. Ich habe einen Fehler gemacht. Als ich die Zusammenfassung schrieb, ging ich davon aus, dass die Leute wissen, worum es in *Große Erwartungen* geht. Aber das wissen sie nicht, wie ich mittlerweile gelernt habe. Manche der Tänzer haben noch nie davon gehört. Einer von ihnen glaubte sogar, es sei der Name eines männlichen Begleitservice.»

«Ja und? Ändere einfach die Zusammenfassung.»

Ruth gab ein Geräusch von sich, das nach Geringschätzung klang. «Die Musik wurde extra nach meinen Anweisungen komponiert, Juliet. Ich habe dem Komponisten für jede Szene einen genauen Abriss gegeben, und er folgte dem bis zum letzten Komma. Zwei Minuten Duett für Pip und Estella, dreißig Sekunden Übergang für das Corps, fünfundsiebzig Sekunden Solo für Miss Havisham und immer so weiter. Jetzt können nur noch die allergeringsten Änderungen vorgenommen werden. Ich habe mir keinen Freiraum gelassen, um die Charaktere aufzubauen, nicht einmal, um die Erzählung voranzutreiben. Wie soll ich das jetzt noch bewerkstelligen? Pantomime kann ich nicht einsetzen, das ist vorsintflutlich, ich kann es auch nicht vage und impressionistisch halten, weil die Jansch-Verwaltung mit einer echten Balletterzählung rechnet, die auch Kinder anspricht, damit mehr Tickets an Familien verkauft werden. Und dieser blöde Pas de deux heute, den ich für so großartig hielt ...»

Ruth fiel in frustriertes Schweigen und starrte in die zunehmende Dunkelheit. Einen Augenblick lang fürchtete Juliet, sie würde wieder anfangen zu weinen. Aber einige Sekunden später richtete Ruth sich plötzlich auf und sprach, als ob sie von einem Blitz der Erkenntnis getroffen worden wäre.

«Weißt du, Juliet, vielleicht kannst du mir doch helfen. Das heißt, ich glaube, dass du genau die Richtige dafür bist.»

Juliet hob die blonden Augenbrauen, bis sie kurzzeitig unter ihren Locken verschwanden. «Ruth, meine Liebe, du hast mich doch in der Klasse von Miss Lewis tanzen sehen. Seitdem bin ich nicht besser geworden. Ich glaube wirklich nicht ...»

«Du sollst selbstverständlich nicht tanzen», lachte Ruth mit einem verächtlichen Schnauber, in dem Juliet ein Anzeichen für zurückkehrendes Selbstvertrauen zu erkennen suchte. «Aber du könntest beim Erzählen der Geschichte helfen, bei den Charakteren, der Zusammenfassung. Warum auch nicht? Das kannst du am besten. Und du kennst die *Großen Erwartungen* in- und auswendig.»

«Ach.»

Einen Augenblick lang schien Juliet das Sprachvermögen abhanden gekommen zu sein. Es stimmte, sie konnte gut Geschichten erzählen. Die Shrimps, die sie gerade verzehrten, waren mit den Einnahmen aus den zwölf historischen Romanen erstanden worden, die sie unter dem Pseudonym Angelica Kestrel-Haven geschrieben hatte, ganz zu schweigen von dem Spode-Gedeck, auf dem die Shrimps lagen, dem handbemalten Holztisch, auf dem die Gedecke standen, und der Terrasse, die sich fünfzehn Stockwerke über dem Hudson rund um ihr Penthouse zog und auf der der Tisch stand und sie und Ruth saßen. Keinen hatte der Erfolg von Angelica Kestrel-Haven mehr überrascht als A K-H selbst. Ihre Bücher waren historische Romane, Salonkomödien angesiedelt in der englischen Regency-Ära, eine leichte, aber gebildete Mischung aus Liebe und Missverständnissen, die der Schriftstellerin Georgette Heyer und ihren romantischen Werken viel zu verdanken hatte. Als Juliet ihr erstes Buch geschrieben hatte – es hieß *Ein altmodischer Dandy* –, unterrichtete sie noch englische Literatur an der Barnard-Universität, mit einer leichten Neigung zum Feministischen. Die schiere Abneigung gegen die akademische Welt gepaart mit einer Vorliebe für Liebesromane und einem verregneten Sommer vor zehn Jahren in einem Ferienhaus auf Prince Edward Island hatten sie dazu gebracht, zum Federkiel zu greifen, wie man zur Regency-Zeit gesagt hätte. Zu ihrem Erstaunen verkaufte sich ihr erster Versuch, und das auch noch für eine ordentliche Summe. Sie investierte all ihre Einnahmen in Microsoft (damals noch für zwei Dollar pro Aktie). Sechs Romane später – und nach einer Reihe ähnlicher Glücksfälle an der Börse – lehnte sie lächelnd Barnards Angebot einer Professur auf Lebenszeit ab.

Seit damals waren ihre Bücher übersetzt, in Buchclubs aufgenommen und fürs Fernsehen verfilmt worden. Miss Kestrel-Haven wurde regelmäßig gebeten, vor Anglophilen und Zukunftsphobikern, vor aufstrebenden Schriftstellern und Vereinen zum Erhalt des Englischen Regency als Rednerin aufzutreten. Es gab sogar einen Kestrel-Haven-Fan-Club, mit eigener Website und einem vierteljährlichen Newsletter. In Manhattan traf Juliet nur selten auf jemanden, der sie gelesen oder auch nur von ihr gehört hatte, wenn es nicht gerade die Mutter von Bekannten war, die von außerhalb auf Besuch kam, doch irgendwie war das Verlangen, in die Welt von Jane Austen zu flüchten, im ganzen Land so stark, dass es nach all diesen Büchern immer noch nicht gestillt war. Juliet kaufte ein Penthouse am Riverside Drive und stellte eine persönliche Assistentin ein. Um ihren Wohlstand mit anderen zu teilen, erklärte sie sich einverstanden, einem Komitee der Autorenvereinigung vorzustehen, sprach Bücher für Blinde auf Kassette und spendete einen Batzen Geld an verschiedene Wohltätigkeitsorganisationen und Kultureinrichtungen.

Die plötzlich einsetzende Alarmsirene an einem Auto weit unten auf der Straße traf zufällig genau mit Ruths nächsten Worten zusammen, sodass Juliet sie bitten musste, sie zu wiederholen.

«Ich habe dich gefragt, ob du morgen kommst!»

Ruths Tonfall war herrisch und ungeduldig, was bei ihr einer flehentlichen Bitte am nächsten kam, aber Juliet zögerte. Sie konnte sich selbst nicht erklären, warum. So gut wie immer griff sie eine Ausrede, ihrem Schreibtisch für ein paar Stunden zu entfliehen, freudig auf. Noch an diesem Morgen hatte sie ihre Sockenschublade neu geordnet, vier Dankesbriefe geschrieben und ihren Aktenordner ‹Künftige Handlungsideen› alphabetisiert, anstatt an *Quadrille in London* zu arbeiten, ihrem derzeitigen Buchprojekt. Das Schreiben war interessant, aber es war niemals einfach, und Juliet wusste mittlerweile, dass sie zu dem Heer von Schriftstellern gehörte, die so gut wie alles lieber tun als sich vor ein Furcht einflößendes, leeres Blatt Papier zu setzen: Botengänge erledigen, Anrufe tätigen, Rechnungen zahlen, das Silber polieren, Gemüse klein hacken, sogar den Boden wienern.

Anfangs war es ein heimliches Vergnügen gewesen, Angelica zu sein, eine beinahe dekadente Flucht vor ihrem richtigen Job als Professorin. Aber aus Angelica wurde ihre professionelle Identität, das Schreiben war zur Arbeit geworden. Ganz ähnlich wie der Unterschied zwischen einer Affäre und einer Ehe. Jetzt vergingen manchmal ganze Monate, in denen Juliet keine einzige Seite schrieb, Monate, in denen der Gedanke, auch nur einen Löffel literarischer Sahne steif zu schlagen, sie sofort zum Einschlafen brachte. In solchen Zeiten schien im Vergleich fast alles andere angenehm und leicht. Während sie sich vor *Das Entzücken des Herzogs* drückte, hatte sie ganz passabel Chinesisch sprechen gelernt. *Das Geschenk der Liebe,* eines der früheren Bücher von Angelica K-H, hatte ihr die Gelegenheit geboten, vom Blatt singen zu lernen. Juliet fühlte sich schuldig und verbarg diese offensichtlichen Umwege, aber sie zog es vor, sie nicht ‹Schreibblockaden› zu nennen – ein hässliches Wort, wie sie meinte. Stattdessen versuchte Juliet, sie als notwendige Kurven auf der gewundenen, geheimnisvollen Straße zum Erfolg zu betrachten. Und sie versicherte sich oft selbst, dass sie auf ihren Umwegen fast immer neue Inspirationen fand, als ob die Kreativität ein Topf wäre, der nicht zum Kochen kommt, solange man ihn im Auge behält. Sie sorgte sich – sorgte sich ständig –, ob sie auch ihre Abgabetermine halten konnte. Doch irgendwie gelang ihr das stets. Einhunderttausend Worte zu Papier zu bringen dauerte an sich nicht sehr lange, wie sie feststellte. Nur die Wahl der Worte verschlang bisweilen sehr viel Zeit.

Juliet betrachtete die fast durchsichtigen Shrimpsschwänze auf ihrem Teller und versuchte, die Alarmanlage des Autos auszublenden. Sie klang wie eine Hupe, die sich mit einer Feuerwehrsirene abwechselt. Es deprimierte sie ein wenig, dass sie vor einigen Monaten gemerkt hatte, wie sehr sie sich an dieses Arbeitsmuster gewöhnt hatte; beinahe genoss sie es sogar. Ein Besuch in den Jansch-Studios wäre doch sicher recht spaßig?

Außerdem gehörte es zu Juliet Bodines Einstellung, Freunden in Not sofort und ohne Einschränkung zu helfen. Juliets Mutter war gestorben, als sie drei Jahre alt war, also wurden ihre Freunde zu ihrer Familie. Sie hatte keine Geschwister. Ihr Vater war ein ungebundener, sprunghafter Freigeist, der wahrscheinlich nie hätte heiraten sollen. Ted Bodine war beruflich stets erfolgreich und hatte seine kleine Tochter der fähigen Obhut einer Nanny anvertraut, ihr ein feudales Zimmer in einem hübschen Apartment an der Park Avenue eingerichtet und sie an der besten Privatschule untergebracht, die es gab. Aber was persönliche Kontakte anbelangte, so hatte er ihr wenig gegeben. Persönliche Kontakte sparte sich Ted Bodine für eine lange Reihe von Frauen um die Zwanzig auf. Juliet wuchs mit dem Gefühl heran, eine Mischung aus Sara Crewe und Eloise zu sein, mit einer Prise von *Playboy*-Erbin Christie Hefner zwecks der Ironie des Ganzen. Ihr Vater lebte immer noch am anderen Ende der Stadt, und sie trafen sich hin und wieder zum Essen. Aber für Juliet blieb die Upper East Side in Manhattan ein Ort, an dem die bösen Geister der Vergangenheit hausten. Die Straßenflucht zwischen den hohen Gebäuden entlang der Park Avenue war ihr Tal im Schatten des Todes, und die Epauletten der Türsteher ließen ihr Herz erstarren.

Als Erwachsene mit ihrem luftigen Nest in der Upper West Side – einem Viertel, das sie persönlich für eine völlig andere Stadt als die Upper East Side hielt – hatte Juliet ihre eigene Familie um sich geschart: ihre Agentin Kimmy Lauer, ihre Nachbarinnen June Corelli und Suzy Eisenman, ihr lieber E-Mail-Brieffreund und seelenverwandter Liebhaber ausgefallener Worte (Naumachie, Arthrodese) Simon Leff, ihre Schreibgruppe, ihre ehemaligen Mitschülerinnen (Ruth war eine von ihnen), einige Kollegen aus ihrer Zeit an der Universität sowie ein paar andere standen im Mittelpunkt des Freundschaftskultes, den sie buchstäblich zelebrierte. Für Juliet war die Welt kalt und hart; das Mindeste, was Freunde füreinander tun konnten, war, füreinander da zu sein.

Und doch zögerte sie, als Ruth sie um Hilfe bat – Ruth, die sich die eigene Hand abgebissen hätte, wenn sie damit Juliet hätte helfen können. Sie hatte ein merkwürdiges Gefühl, die Vorstellung, ein Besuch bei der Jansch-Truppe würde ein Überschreiten einer Grenze in eine Welt bedeuten, die ... die was war? Sie konnte Ballett doch unmöglich für gefährlich halten?

Ihr Zögern dauerte nur wenige Sekunden, und sie hoffte, dass es ihre Freundin nicht beunruhigt hatte. Juliet lächelte über ihre eigene Lächerlichkeit, rüttelte sich innerlich wach, sah auf und sagte: «Aber natürlich. Mach dir keine Sorgen. Wir bringen das im Nu wieder in Ordnung.»

Um genau 11 Uhr 55 am nächsten Morgen trat Juliet aus dem Aufzug in den vornehmen kleinen Empfangsraum im Hauptquartier der *Jansch Repertory Ballet Troupe*. Nach reiflicher Überlegung hatte sie beschlossen, für diesen Besuch ihre üblichen Jeans mit T-Shirt zu tragen. Aber als sie der Empfangsdame ihren Namen nannte, bedauerte sie diese Entscheidung. Sie fühlte sich in dieser eleganten Hutschachtel aus Chrom und Leder fehl am Platz und hoffte, die Empfangsdame – Gayle Remson, laut dem Namensschild auf der Theke – würde sie sofort hineinwinken. Aber anstatt ihr gleich den Weg zu Ruth zu weisen, bat Ms Remson (zierlich, um die Vierzig, in einem schicken Sommerkleid, glänzende, aprikosenfarbene Haare), Platz zu nehmen und flötete dann in eine Sprechanlage: «Miss Bodine ist hier.»

Acht Sekunden später segelte Max Devijian, der Geschäftsführer der Jansch-Truppe, den Flur entlang in die Lobby, mit hoch erhobenen Armen, die sorgfältig manikürten Hände weit von sich gestreckt, als ob Juliets Kopf ein besonders entzückender Hut wäre, den er unbedingt aufsetzen wollte. Juliet, die mit seinen Gewohnheiten vertraut war, versuchte, ihren Kopf strategisch zur Seite zu drehen, damit er nur eine Wange erwischte. Aber wie es so seine Art war, packte er ihren Schädel mit festem Griff und küsste sie geräuschvoll erst links, dann rechts.

Max Devijian war ein kleiner, drahtiger Mann mit riesigen dunklen Augen, fliehendem Haaransatz und dieser überschwänglichen, alles umfassenden Energie, der man sich nie ganz entziehen, der man aber auch nie ganz trauen kann. Als Geschäftsführer der Jansch-Truppe war es seine Aufgabe, Menschen wie Juliet zu küssen und zu umgarnen: New Yorker mit Geld, die den schönen Künsten zugeneigt waren. Und er machte seine Arbeit wirklich gut. In den vier oder fünf Jahren seit seinem Amtsantritt hatte er die Truppe aus einem großen, schäbigen, zweitklassigen Haufen – einer 1934 gegründeten Kompanie mit hervorragenden Tänzern, aber einem verstaubten Repertoire, das sich seit dem Tod der Gründerin Florence Jansch kaum verändert hatte – zu einem großen, revitalisierenden, zunehmend erstklassigen Ensemble gemacht. Wie alle guten Spendensammler setzte er es als gegeben voraus, dass die Leute ihr Geld jemandem geben wollten, sie wüssten nur nicht, wem. Auf seinem früheren Posten im Lincoln Center war er für seine Effizienz, seine Begeisterung und – vielleicht seine einzige Schwäche – für eine gewisse Ungeduld mit jenen berüchtigt gewesen, deren gute Meinung er nicht brauchte. Da dazu aus seiner Sicht auch der künstlerische Leiter der Kompanie, die Techniker, der Repetitor, die diversen Ballettmeister und sogar die meisten der Tänzer gehörten, war Devijian bei Außenstehenden beliebter als in den Organisationen, für die er tätig war.

«Miss Bodine», rief er jetzt, und sein Ton deutete an, dass es eine ungeheure Befriedigung für ihn darstellte, schon allein ihren Namen auszusprechen. Er besaß eine seltsam reibeisenartige Stimme, ein wenig hoch für einen Mann. Max ließ ihren Kopf los, packte jedoch ihren Arm und zog sie auf ein nahe stehendes Sofa.

Unwillkürlich wurde Juliet steif. Sie hatte ihre Arbeit im Stich gelassen, um heute hier zu sein. Natürlich war es herrlich, eine derart ungewohnte Umgebung aufsuchen zu können – ein unverdienter Bonus, als ob eine Schulstunde ausfällt oder man früher als erwartet aus der Geschworenenpflicht entlassen wird. Aber jetzt war sie hier und wollte zu Ruth, nicht auf dem Sofa sitzen und sich umgarnen lassen.

Aber Max blieb hartnäckig. «Als Ruth erwähnte, dass Sie vorbeischauen, bestand ich darauf, mich kurz mit Ihnen zu unterhalten. Ich muss Ihnen das Neueste über unsere kommende Saison erzählen», erklärte er mit fester Stimme.

Juliet versuchte, sich zu entspannen. Sie kannte Max nun schon einige Jahre, seit sie damals etwas Geld gespendet hatte, um ein schwächelndes ‹Kunst-an-der-Schule›-Programm zu unterstützen, das Devijian initiiert hatte. Wenn er sich erst einmal vorgenommen hatte, einem ‹das Neueste› zu berichten, konnte ihn nichts mehr aufhalten.

«Es wird wunderbar werden», verkündete er, »besser als alles zuvor.» Dann legte er ihr eine geübte Zusammenfassung jeder einzelnen geplanten Produktion vor und ließ sich dabei über diese Tänzerin und jenen Bühnenbildner aus. Er protzte mit den Subventionen, die er hatte einholen können, machte dann einen Rückzieher und verdeutlichte Juliet, dass die Jansch-Truppe immer noch Sponsorengelder gebrauchen konnte. Er fragte sie, woran sie gerade arbeitete, ob sie plante, diesen Sommer zu verreisen, woher sie Ruth kannte. Die *Großen Erwartungen*, so meinte er, wären nicht nur die fulminante Saisoneröffnung, es würde der absolute Höhepunkt des diesjährigen Jansch-Programms sein, der Brennpunkt aller nur möglichen Aufmerksamkeit.

«Die Musik ist überwältigend, wissen Sie», fügte er hinzu. «Haben Sie sie schon gehört?»

Juliet schüttelte den Kopf. Sie wusste, dass Ken Parisi die Musik komponiert hatte, ein Engländer, der vor allem wegen seiner Kompositionen für diverse Produktionen des Masterpiece Theatre bekannt war. Ruth hatte daran gezweifelt, ob er auch für Tänzer schreiben konnte, aber es hatte sich herausgestellt, dass er auch auf diesem Gebiet Erfahrung besaß, und das fertige Stück gefiel Ruth wirklich sehr.

Es ließ sich nicht vermeiden, dass Max die Musik von Parisi mit einer ganzen Reihe von Superlativen bedachte und dabei einen jugendlich wirkenden Mann ignorierte, der zögernd den Empfangsbereich betrat und dann auf Juliet zukam. Er blieb neben ihr stehen und wartete darauf, sie ansprechen zu können. Er war schlank und graziös, ungefähr fünfunddreißig Jahre alt, mit langem Gesicht, schmalen blauen Augen und einer kurz geschnittenen, dichten Matte störrischen roten Haares. Juliet erkannte in ihm Ruths Assistenten, Patrick Wegweiser, dem sie bei Aufführungen von Ruths Arbeiten schon ein- oder zweimal begegnet war. Mit der anmutigen Haltung eines Tänzers, aber auch der Ungeduld eines normalen Sterblichen stand er neben ihr und lauschte ruhig Devijians verschwommener Beschreibung einer Musik, der er als Ruths *Aide-de-camp* in den letzten sechs Monaten immer wieder gelauscht, über die er immer wieder diskutiert hatte. Als Max endlich einmal Atem holen musste, erhob sich Juliet vom Sofa und nahm Patrick fest am Arm. Eine Sekunde später sprang auch Max abrupt auf, als ob er angenehm überrascht sei, als ob Patrick unsichtbar gewesen wäre, bis Juliet ihn berührte. Mit einem leisen Gefühl des Ekels entzog sie sich schließlich Devijians Geplauder, verabschiedete sich und folgte Patrick einen Flur entlang in das Labyrinth der Studios.

Die Jansch-Truppe belegte drei Stockwerke eines ehemaligen Polsterei-Lagerhauses an der Amsterdam Avenue in der Upper West Side von Manhattan. Südlich davon lagen das Lincoln

Center und die Carnegie Hall, nördlich das großartige Schlemmerparadies von Fairway, Citarella und Zabar. Vom eleganten obersten Stock aus, wo der Eingangsbereich und die Büros der Verwaltung untergebracht waren, führten zu beiden Seiten des Gebäudes schmale Wendeltreppen aus Metall in die nicht mehr ganz so vornehmen Arbeitsräume. Kleine Büros, der Aufenthaltsraum der Tänzer und die Probenräume befanden sich im mittleren Stockwerk, und ganz unten waren die großen Probenstudios der Kompanie sowie die Schließfächer der Tänzer untergebracht.

Obwohl den Architekten sehr viel Platz zur Verfügung gestanden hatte, vermittelten alle Räumlichkeiten das Gefühl, zu eng und zu voll gestopft zu sein.

Schmale, dunkle Flure zogen sich in merkwürdigen Winkeln durch die Stockwerke, und die Wendeltreppen schienen Juliet, die im Gefolge von Patrick erst eine, dann eine zweite hinunterstieg, unnötig schmal und wackelig.

Devijian hatte sie so sehr aufgehalten, dass die erste Probenstunde bereits angelaufen war, wie Patrick erklärte. (Jeden Morgen gab es für die Tänzer erst ein Warm-up und dann Unterricht.) Klaviermusik erklang hinter den Türen entlang des Flures, als sie und Patrick im ersten Stock ankamen, Ausschnitte aus *Dornröschen* und *Giselle*, aber die Oberlichter in den geschlossenen Türen lagen zu hoch und waren zu schmal, als dass Juliet hätte hineinsehen können, ohne sich auf die Zehenspitzen zu stellen.

«Ruth ist in Studio drei», murmelte Patrick und wies nach links, als sie an eine Flurkreuzung kamen. Eine Tänzerin, anscheinend in Lumpen gekleidet, lehnte dort mit geschlossenen Augen gegen eine Wand, ihr schlankes linkes Bein ausgestreckt, der Fuß rechtwinklig abgespreizt. Juliet eilte vorbei, war sich plötzlich überdeutlich der Zellulite-Dellen an ihren eigenen Oberschenkeln bewusst. Sie war erleichtert, als Patrick ihre Gedanken unterbrach.

«Es freut mich wirklich, dass Sie kommen konnten», sagte er.

«Ruth hat irgendwie ihren Schwung verloren, und ich fürchte, das wirkt sich auf die Tänzer aus.»

Judith fiel nicht zum ersten Mal auf, dass Patrick etwas an sich hatte, das ihn zu einem geborenen Helfer machte; es gab eine Eigenschaft in ihm, die ihn dazu brachte, seine eigenen Pläne zugunsten einer anderen Person unterzuordnen. Als Assistent war er ein Glücksgriff. Bald darauf lernte sie, dass diese Eigenschaft, sich körperlich, emotional und intellektuell einem anderen ganz zu verschreiben, genau das war, was ein Choreograf auch in einem Tänzer brauchte.

Sie wusste, dass er schon seit Jahren für Ruth arbeitete, und fragte daher: «Haben Sie jemals erlebt, dass sie sich bei einem neuen Projekt derart quälen musste?»

Er zuckte mit den Schultern. «Alles Neue ist eine Herausforderung», räumte er ein, «aber – nein, so hat sie sich noch nie gequält. Sie ist wirklich total – oh, entschuldigen Sie bitte ...» Er blieb plötzlich stehen, hob warnend eine Hand, drehte sein Gesicht von Juliet weg und nieste explosionsartig. «Tut mir Leid», sagte er, als Juliet ihm automatisch ‹Gesundheit!› wünschte. «Ich habe eine Sommererkältung. Die haben wir alle, hier drin tobt ein regelrechter Bazillenkrieg. Ich wollte sagen, Ruth ist wirklich total durcheinander.»

Abgeschreckt von der Aussicht, eine volle Stunde in einem Studio voller Schnupfenviren zu verbringen – Juliet hasste Erkältungen, und warum nur hielten manche Leute «Sommererkältungen» für schick? –, erwiderte sie lahm: «Na ja, ich habe die ganze Nacht damit zugebracht, *Große Erwartungen* zu lesen, falls das eine Hilfe ist.»

«Das ist es ganz sicher.»

Patrick lächelte wieder. Er war vor einer weiteren geschlossenen Tür stehen geblieben und lugte durch das Fenster. Die Klavierversion einer eigensinnigen Melodie, die Juliet nicht erkannte, drang bis auf den Flur hinaus, die Töne von der Tür gedämpft. Einen Augenblick später trat Patrick zurück und forderte sie auf, seinen Platz einzunehmen. Sie spähte hinein. Ruth befand sich in dem Studio, arbeitete mit einer sehr großen, geschmeidigen Tänzerin, in der Juliet Lily Bediant erkannte. Sie tanzte seit Jahren Hauptrollen bei der Jansch-Truppe, vielleicht schon seit Jahrzehnten, dachte Juliet. Sie fragte sich, ob die Bediant immer noch Hauptrollen tanzte. Sie wusste, dass Margot Fonteyn bis in ihre Vierziger hinein getanzt hatte, aber das war alles andere als die Regel, und die Bediant musste mindestens vierzig sein.

Eine zweite Tänzerin, eine hoch gewachsene, kühle Blondine, die Juliet nicht kannte, stand daneben und beobachtete aufmerksam jede Bewegung von Ruth und Lily. «Das ist Kirsten Ahlswede», flüsterte ihr Patrick plötzlich ins Ohr. Er hatte sich so leise zu ihr gebeugt, dass sie ihn nicht gespürt hatte. Jetzt lugte er über ihre Schulter. «Und Lily kennen Sie ja sicher.»

Juliet nickte.

«Wir warten, bis sie eine Pause macht», schlug Patrick vor, und das ‹sie› bezog sich eindeutig auf Ruth. Jedesmal, wenn er Ruth erwähnte, lag Ehrfurcht in seiner Stimme, als ob er ‹der Admiral‹ oder gar ‹Ihro Gnaden› sagen würde. «Kirsten tanzt die Estella in der ersten Besetzung», fügte er hinzu. «Lily ist die Erstbesetzung der Miss Havisham.»

«Es gibt eine Zweitbesetzung der Miss Havisham?»

«Es gibt für alle eine Zweitbesetzung. Genauer gesagt, haben wir sogar drei Besetzungen. Sie studieren gerade den Pas de deux ein, bei dem Miss Havisham Estella einen Tanz beibringt, um Männer zu verzaubern und sie gleichzeitig auf Armeslänge von sich zu halten. Die Melodie ist das Motiv von Estella. Wir arbeiten schon seit Tagen daran.»

Ruth hatte Lily Bediants anmutigen Arm gepackt und bewegte ihn auf und ab, nach innen und außen, versuchte offenbar, eine Geste zu vermitteln, die sie vor sich sah, aber auch das Maß an Ärger, das damit ausgedrückt werden sollte. Es war ziemlich viel Ärger, und als Lily es einen Augenblick später probierte, schüttelte Ruth den Kopf und zeigte ihr erneut, wie sie es sich vorstellte, demonstrierte es dieses Mal mit einem Schwung, der echte Wut zu enthalten schien.

«Welchen Unterschied gibt es zwischen den Besetzungen?», erkundigte sich Juliet.

«Die Erstbesetzung tanzt in der Eröffnungsnacht und an den Samstagabenden. Und wahrscheinlich auch bei den meisten anderen Aufführungen. Die Zweitbesetzung tanzt auch, aber hauptsächlich bei den Matinee-Vorstellungen. Die Drittbesetzung ist eigentlich als Ersatz gedacht, falls es zu Verletzungen kommt. Normalerweise arbeitet ein Choreograf beim Entwurf eines Tanzes nur mit der Erstbesetzung, aber Ruth zieht es vor, von allen Ideen einzuholen. Darum sind auch Elektra Andreades und Mary Christie dabei. Sehen Sie sie? Die kleine Dunkle, die genauso aussieht, wie man sich Kleopatra vorstellt – na ja, Kleopatra während einer Hungersnot –, das ist Elektra Andreades. Sie ist die Zweitbesetzung der Estella. Mary, die Frau mit den Zöpfen neben ihr, tanzt die dazugehörige Miss Havisham.»

Juliet sah sich die Frauen an. «Und wer ist die Erstbesetzung für Pip?»

Sie sah sich im Studio nach möglichen Kandidaten um. Ungefähr vier Dutzend Tänzer und Tänzerinnen verteilten sich in dem riesigen Raum, der drei Spiegelwände und eine Fensterfront besaß. An zwei Wänden waren lange Stangen angebracht. Der Boden bestand aus dunklem, abgewetztem Linoleum; fluoreszierendes Licht fiel flackernd von oben herab. Die Fensterfront, das konnte Juliet selbst auf diese Entfernung erkennen, war extrem schmutzig und ließ nur ein düsteres, ungesundes Glühen durch; sie ging nach Norden, mit Ausblick auf eine Ziegelmauer.

Patrick zog sich etwas von der Tür zurück, und seine Stimme wurde etwas lauter. «Hat Ruth Ihnen das nicht gesagt?»

Juliet schüttelte den Kopf.

«Anton Mohr. Sie wissen schon, dieser deutsche Tänzer. Greg Fleetwood hat es letztes Jahr geschafft, ihn zu verpflichten. Er ist erst neunzehn. Aber ganz erstaunlich.»

«Ich habe ihn gesehen. Noch nicht bei der Jansch-Truppe, aber er hat doch vor einigen Jahren für das Royal Ballet getanzt, oder nicht?»

«Stimmt. Was haben Sie damals gesehen, *Billy the Kid*?»

«Petruschka.» Juliet lugte wieder durch die Scheibe, versuchte einen der Tänzer mit der Flamme lodernder Energie abzugleichen, an die sie sich von jenem Abend her erinnerte.

«Sie Glückliche», sagte Patrick in ihrem Rücken, als sich ihr Blick schließlich auf einen jungen Mann richtete, der neben dem Klavier auf dem Boden lag, die Knie angewinkelt, eine Hand im Kreuz. Erst hob und senkte er das eine außergewöhnliche Bein, dann das andere. Wie alle anderen Tänzer trug er offenbar Fetzen am Leib – das schien *de rigueur* zu sein –, aber selbst sein verblasstes braunes T-Shirt und die abgetragene schwarze Tänzerhose konnten den großen, herrlichen Körper darunter nicht verbergen. Da Mohr in einem seltsamen Winkel lag, auf dem Boden, das Gesicht von der Tür abgewandt, konnte Juliet nur seinen Scheitel und ein schmales Stück vom Gesicht sehen, aber das reichte. Sein dichtes Haar fiel in üppigen honigblonden Wellen, seine Haut war straff und cremig, seine Stirn glatt, seine Nase gerade, seine Lippen voll. Während sie ihn beobachtete, entspannte er seine Beine, zog seine Hand hervor und hob den Kopf. Mit müheloser, gelenkiger Eleganz bog er den Rücken durch, drehte sich um und warf einen Blick auf etwas, das, wie sie später feststellte, die Uhr über der Tür war. Seine schweren Lider bedeckten riesige jadegrüne Augen, sein Blick war schläfrig und sinnlich. Kein Wunder, dass Patrick fast orgasmisch klang.

«Mmm», stimmte Juliet ihm zu. «Wer ist die Zweitbesetzung für Pip?»

Patricks Stimme verlor ihren verträumten Klang. «Ach, das ist natürlich Hart Hayden, Elektras Partner. Sie tanzen schon zusammen, seit sie als Teenager die North Carolina School of the Arts besuchten.»

«Hart Hayden?», wiederholte Juliet. Sie hatte ihn mehrmals

auf der Bühne gesehen. «Hat er nicht letztes Jahr zur Eröffnung den Romeo getanzt? Warum tanzt er jetzt nur die Zweitbesetzung des Pip? Er war wunderbar.»

Sie versuchte, ihn unter den Tänzern auszumachen, während Patrick ihr antwortete. «Ach ja, Hart ist großartig. Ruth hat vor ein paar Jahren mit ihm gearbeitet, als sie die Wiederaufnahme ihres Einakters *Cycles* inszenierte. Aber sein Stil ist völlig anders als der von Anton. Hart ist total tänzerisch, wissen Sie, hohe Sprünge, jugendlich und mühelos, eben diese klassische Ballettkiste. Wunderbare Präzision, wirklich atemberaubend. In *Cycles* war er toll. Aber für dieses Stück wünschte sich Ruth sportlichere, muskulösere Bewegungen. Und die hat Anton drauf.»

«Tanzt Hart denn keine Hauptrollen? Wie Elektra Andreades?», fragte Juliet, immer noch verwirrt. Sie glaubte, Hayden entdeckt zu haben. Er saß unter einer Stange, zwischen einer Frau, die in schnellem Rhythmus auf ihre knochigen Knie trommelte, und einer anderen, die sich mit einer Küchenschere die Zehennägel zu schneiden schien. Sein Rücken war kerzengerade, die Arme zu der Holzstange über seinem Kopf hoch gestreckt. Er war sehr klein und leicht – beträchtlich kleiner und leichter, als er auf der Bühne wirkte –, aber sie erkannte sein feines, gescheiteltes, extrem helles Haar und das lange, schmale, gut aussehende Gesicht, das es umgab. Für einen Tänzer sah er ungewöhnlich intellektuell aus, dachte Juliet: seine Gesichtsknochen waren wie gemeißelt, und seine hellen Augen unter den bleichen Augenbrauen funkelten vor Intelligenz. Man hätte ihn leicht für einen Strategen des Außenministeriums halten können, hätte er nicht burgunderfarbene Strumpfhosen und ein ausgebleichtes, schwarzes T-Shirt getragen, auf dem in weißen Lettern ‹Ballet Rio› stand. Jetzt, da sie ihn ansah, wurde ihr klar, dass sie auch Elektra Andreades kannte – zumindest hatte sie sie einmal auf der Bühne gesehen. Sie blickte wieder zur Andreades, diesmal nahm sie deutlicher das schwere schwarze Haar und die elfenbeinfarbene Haut wahr, die klaren, leicht schrägen braunen Augen, die anmutige charakteristische Haltung des Kopfes, während sie, kaum einen Meter fünfzig groß, völlig in der Beobachtung der Choreografin aufging. Zweifellos war sie letztes Jahr Haydens Partnerin bei *Romeo und Julia* gewesen, aber ohne Kostüm und Bühnen-Make-up sah sie zwölf Jahre älter aus als der liebeskranke Teenager, den sie gespielt hatte. Juliet nahm an, dass Hayden mittlerweile auch um die dreißig sein musste, wenn die beiden sich auf der Ballettschule getroffen hatten.

«Stimmt schon», erwiderte Patrick, «die beiden waren jahrelang die hellsten Sterne der Kompanie. Aber ...» Er schwieg abrupt, richtete sich auf, drehte vorsichtig am Knauf und öffnete die Tür. «Sie macht jetzt eine Pause», flüsterte er. «Lassen Sie uns hineingehen.»

2

Das Erste, was Juliet beim Eintritt in das Studio auffiel, war die Hitze. Draußen war es warm – schließlich war es Juli –, aber im Studio war es derart heiß und die Luft dermaßen feucht, dass eine Wolke aus Dampf über sie hinwegzurollen schien, als sie Patrick über die Schwelle folgte. Es war, als ob man in das Tropenhaus eines botanischen Gartens trat – oder eher eines zoologischen Gartens, korrigierte sie sich, als sie der Geruch überfiel. Sie hatte einen Hauch dieses Geruchs schon in den Fluren wahrgenommen, aber hier war es eine Mauer aus Gestank: Schweiß, Parfüm, Schweiß, Eau de Cologne, noch mehr Schweiß, Deodorant, Puder und noch viel mehr Schweiß.

Juliet Bodine litt unter Hyperosmie, einem abnorm feinen Geruchssinn. Ihre Nase war in einem Maße sensibel, das schon ans Verrückte grenzte. Außerdem erlebte sie alle Gerüche in ihrem Umfeld mit der Unmittelbarkeit eines Menschen, der keinen Hintergrundlärm ausblenden kann. Düfte fluteten ihr aus allen Ecken zu, wohin immer sie ging, sodass der Duft einer Blumenvase auf dem Kaminsims am anderen Ende eines lang gestreckten Wohnzimmers ihre Nase mit derselben Wucht traf wie der Duft eines Scotchglases auf dem Couchtisch neben ihrem Ellbogen. Die Rosen auf ihrer Terrasse, die sie wegen ihrer visuellen Schönheit zog, hatte sie wegen ihres beinahe absoluten Duftmangels ausgesucht. Juliet war der einzige Mensch, den sie kannte, der Tabak aus medizinischen Gründen rauchte: eine Hand voll Zigaretten am Tag umnebelten ihre Nase gerade genug, um New York erträglich zu machen.

Juliet schlich sich hinter Patrick hinein, hoffte, so wenig wie möglich für Unruhe zu sorgen. Aber bald schon erkannte sie, dass ihre Bemühungen um Zurückhaltung nicht nötig waren. Während sich die Tänzer und Tänzerinnen bewegten, hielten sie ihren Blick fest auf die Spiegelwand gerichtet, offenbar verloren in einer Welt buchstäblicher Selbstreflexion. Wenn sie sich ausruhten (mit Ausnahme einiger der jüngsten Mitglieder der Truppe), waren sie viel zu sehr darauf trainiert, ihre Würde zu wahren und schauten Besucher nicht an – oder ließen sich zumindest beim Anschauen nicht ertappen.

Ruth dagegen kam gleich auf Juliet zu, küsste sie auf die Wange und drängte sie, es sich auf einem der drei oder vier Stühle bequem zu machen, die an der Wand neben der Tür standen. Sie trug ein ausgewaschenes grünes Sweatshirt mit abgeschnittenen Ärmeln, das ihr bis zur Mitte ihrer Oberschenkel reichte. Ruth hatte seit dem College kein Gramm zugenommen. Sie passte sehr gut zu den gertenschlanken, schmalhüftigen Ballerinen um sie herum. Juliet fühlte sich dagegen, als ob sie über den Boden watschele, obwohl sie sich in ihrem weich gerundeten, vertrauten kleinen Körper normalerweise überaus wohl fühlte. Während sie das Thema Körpergewicht für gewöhnlich total langweilte, fielen ihr hier ganz automatisch die beinahe anorektischen Gesichter mehrerer Tänzerinnen auf, besonders das von Elektra Andreades. Ihre helle Haut, die durch ihre schönen dunklen Augen und die dunklen Haare, die ihr auf die Schultern fielen, noch heller schien, schaffte es anscheinend kaum, sich über den spitzen Kiefer und die zarte Nase zu spannen; ihre Schlüsselbeine und ihre Schultern stachen wie scharfe Kiesel unter ihrem Trikot hervor, ebenso ihre Rippen und der nach außen gewölbte Nabel auf dem winzigen Hügel ihres Bauches. Auch Lily Bediant war klapperdürr, mager auf eine harte, gnadenlose Weise, die beinahe Furcht einflößte. Ihre riesigen Augen – konnten sie wirklich violett sein? – blickten mit der Kälte eines Raubtieres, und mit ihrer gekräuselten, fast platinblonden Haarmähne erinnerte sie Juliet an einen ziemlich dürren Hirtenhund. Bei den Männern hatte man nicht den Eindruck, als würden sie vom nächstbesten Windhauch davongeweht, aber auch sie waren im Allgemeinen schlanker, als sie auf der Bühne wirkten. Alle Tänzer hatten eine selbstbewusste Haltung, die Juliet beinahe selbstgefällig vorkam, als ob es eine besonders große Ehre wäre, in ihren Körpern zu stecken. Eigentlich, so dachte Juliet, sah jeder Einzelne von ihnen aus, als ob seine Krönungsfeierlichkeiten unmittelbar bevorstünden.

Sie wünschte sich, unsichtbar zu sein, und ließ sich so weit entfernt von ihnen wie nur möglich auf einen Stuhl fallen. Ruth kniete sich neben sie.

«Danke», flüsterte sie.

«Sei nicht albern. Du weißt, dass ich sogar dafür zahlen würde, um mich vor dem Schreiben zu drücken.»

«Hat Patrick dir erklärt, was wir hier machen?»

Juliet nickte.

«Ich möchte, dass in diesem Pas de deux die ganze Bösartigkeit von Miss Havisham ausgedrückt wird, aber auch ihre Unfähigkeit, Estella als Individuum wahrzunehmen – ihr ganzer Narzissmus, verstehst du?», erläuterte Ruth. «Und ich will klarstellen, dass Estella völlig von ihr abhängig ist, es immer schon war. Sie ist wie ein missbrauchtes Kind, sie kennt nichts anderes.»

Ruth fuhr noch eine Weile mit ihren Erläuterungen fort und

kam dann endlich zu der Zusammenfassung, deren Kopie sie Juliet am Vorabend gefaxt hatte. Der Pas de deux fand zu Beginn des ersten Aktes statt, was Ruth sowohl aus dramatischer Sicht (schließlich musste man die Primaballerina präsentieren, bevor zu viel Zeit verging) als auch aus Gründen der Klarheit für notwendig hielt. Aber jetzt kam es ihr irgendwie statisch vor, und das war der Stolperstein, der sie zur Verzweiflung getrieben hatte.

«Dieser Pas de deux ist in sich abgeschlossen», diagnostizierte Juliet, «und bringt die Handlung nicht voran.»

«Genau», rief Ruth wie vom Blitz getroffen. «Das ist es. Er steht ganz für sich allein. Er folgt nicht aus dem, was vorher passiert, und er führt auch nirgendwo hin.»

Diese eigentlich bedrückende Erkenntnis schien eine aufmunternde Wirkung auf Ruth zu haben und erlaubte ihr, eine Lösung zu finden.

«Pip muss zusehen», rief sie und atmete sichtlich entspannter. Sie sprang auf und fing an, sich zu bewegen, anfangs allein, dann mit Patrick, den sie packte und zwang, als ihre Estella zu fungieren. Juliet, die Ruth nie zuvor beim Akt der Schöpfung beobachtet hatte, sah erstaunt zu, wie eine Reihe neuer Schritte aus ihr herauszuströmen schien.

«Anton, du musst hier stehen», rief sie nach drei oder vier Minuten, in denen sie mit Patrick in allen möglichen Stellungen gewirbelt, gehüpft und geglitten war. Sie wies auf einen Punkt abseits der Stelle, an der sie gearbeitet hatte. «Du tust nicht allzu viel, aber du schaust ihnen aufmerksam zu, als ob du durch eine Verandatür in ein Haus spähen würdest. Luis, fang bei Takt vierundzwanzig an», bat sie den Pianisten, den Juliet nicht hatte sehen können, als sie vorhin durch die Tür schaute. Es war ein kleiner, staubtrockener Mann mittleren Alters mit dicken Brillengläsern und großen Leberflecken auf Gesicht und Händen und unter seinem schütteren grauen Haar. Selbst wenn seine Hände hurtig über die Tasten glitten, umgab ihn eine Aura von Pingeligkeit; seine Kleidung war gebügelt und makellos und viel formeller als die sämtlicher Leute um ihn herum, und er senkte seinen Kopf pedantisch zu Beginn jedes neuen Taktes.

«Andante», fügte Ruth hinzu, als sie sich vorsichtig in die neue Idee einfühlte und hin und wieder Patrick anbellte. «Versuch es mit einer Rond de jambe. Jetzt hier herüber. Nein, lass dich gegen mich fallen.»

In der Zwischenzeit erhob sich Anton wie gebeten und ging zu einer niedrigen Holzkiste vor der Fensterfront, die wie ein kleiner Sandkasten aussah. Er tunkte beide Füße ein, rieb sie kurz an etwas, das sich darin befand. Dann breitete er die Arme aus, sprang von einem Fuß auf den anderen und führte eine rasche Drehung durch, bevor er an die Stelle ging, die Ruth ihm zugewiesen hatte. Er beobachtete einen Augenblick, wie Ruth mit Patrick arbeitete, dann beugte er sich nach vorn, als ob er hinter einer Hecke in ein Haus lugte. Sein Gesicht nahm den Ausdruck intensiver Neugier an, und allein das Heben und Senken seiner breiten Schultern und seines Brustkastens mit jedem Atemzug schien irgendwie sein Interesse auszudrücken. Sofort erkannte Juliet, dass Ruth Recht hatte: wenn der naive Pip zuschaute, verlieh das Miss Havishams Lektion eine Spannung und eine Vorwärtsbewegung, die sie zuvor nicht besessen hatte.

Zum Abschluss jeder Schrittfolge fragte Ruth: «Habt ihr das begriffen?» Dann sah sie abwechselnd Lily Bediant und Kirsten Ahlswede an, die ihr beide zusahen und anschließend langsam versuchten, Ruths Schritte nachzuahmen. Hart Hayden war aufgestanden und hatte sich Lily und Kirsten gegenüber gestellt, an einem Punkt, der dem von Anton entsprach. Er beugte sich jedoch nicht nach vorn. Nach kurzem Nachdenken platzierte er sich schräg zur Seite, als ob er hinter einer Tür hervorschaute. Obwohl in seinem Gesicht nur die Anstrengung professioneller Konzentration zu lesen war, drückten seine eleganten Gliedmaßen die Erregung des heimlichen Beobachters aus.

Ein paar Meter weiter hinten im Raum ahmten Elektra Andreades und die bezopfte, sehnige Mary Christie ebenfalls alle

Bewegungen von Ruth und Patrick nach, wenn auch etwas zögerlicher. Wie sich die Tänzer und Tänzerinnen eine solch fließende Abfolge von Bewegungen, wie sie Ruth vorgab, merken und sie wiederholen konnten, war Juliet ein Rätsel, aber irgendwie bewerkstelligten sie es. Wahrscheinlich waren sie darauf trainiert, wie Schauspieler, die sich an improvisierte Textstellen erinnerten.

Ruth machte weiter, ging immer wieder zu Takt vierundzwanzig zurück. Währenddessen erlaubte sich Juliet, ihre Aufmerksamkeit zu der einzigen anderen Person im Raum wandern zu lassen, die außer ihr noch auf einem Stuhl saß. Es war eine ältliche, schlanke Frau, die sich extrem gerade hielt und ganz in Schwarz gekleidet war: schwarze Strümpfe, schwarzes Trikot und ein kurzer, ausgestellter, schwarzer Wickelrock, den sie um ihre Taille gebunden hatte. Dass auch sie einstmals getanzt hatte, konnte man nicht nur an ihrer Kleidung, sondern auch an ihrer Haltung und sogar an den glatt zurückgekämmten Haaren erkennen, die jetzt zwar silbrig waren, aber immer noch lang und zu einem Knoten gewunden. Sie hatte ein Klemmbrett im Schoß und einen Bleistift in der schmalen rechten Hand und richtete ihre schönen dunklen Augen mit höchster Aufmerksamkeit auf Ruth und deren Bewegungen. Von Zeit zu Zeit wandte sie ihren gebieterischen Blick von der Choreografin ab, um etwas zu notieren. Patrick stellte sie später als Victorine Vaillancourt vor, einst Star der Pariser Oper. Seit vielen, vielen Jahren war Mademoiselle Vaillancourt nun schon die leitende Ballettmeisterin der Jansch-Truppe, führte den kleinen Kader an Ballettmeistern und -meisterinnen an, die täglich Unterricht gaben und mit den Tänzern und Tänzerinnen das Jansch-Repertoire einstudierten. Lily Bediant war ihr besonderer Protegé, fügte Patrick hinzu, und Victorine sorgte gewissenhaft dafür, dass keine der modernen Bewegungen, die Ruth von ihr forderte, ihren mittlerweile eindeutig allzu reifen Schützling zu sehr belasteten oder gar verletzten – und natürlich auch nicht die anderen Tänzer und Tänzerinnen in ihrer Obhut. Ruth plante, ihre Ballerinen in Spitzenschuhen auftreten zu lassen, eine Fußbekleidung, die nicht immer sehr praktisch war, wenn man ihren ganz persönlichen Stil tanzte.

Nachdem ihr kreativer Schub vorüber war, gab Ruth Patrick schlussendlich frei und arbeitete direkt mit Kirsten und Lily. Victorine stand auf. Juliet bemerkte, wie überaus langsam sie sich erhob und wie sich ihre Lippen und ihr Kiefer vor Anstrengung oder Schmerz kurzzeitig verzerrten. Doch gleich darauf bewegte sie sich sehr selbstbewusst auf Patrick zu, der kauernd etwas in sein eigenes Notizbuch schrieb und Ruth dabei genau beobachtete. Sobald Victorine seine Aufmerksamkeit erlangt hatte, hob sie bedeutungsvoll die Augenbrauen. Patrick drehte sich rasch um, sah auf die Uhr über der Tür und dann wieder zu Ruth. Er hüstelte respektvoll, was Ruth ignorierte, dann ging er zögernd zu ihr und legte ihr die Hand auf den Arm.

Ruth sah wütend auf, aber als Patrick seinen Blick zur Uhr wanden ließ, änderte sich ihr Gesichtsausdruck. Wie Juliet gleich darauf erfuhr, war die immens wichtige, von der Gewerkschaft verordnete Pause fällig, eigentlich schon überfällig. Mit mürrischem Stirnrunzeln entließ Ruth die Tänzer und Tänzerinnen für fünfzehn Minuten. Im ganzen Raum nutzten einzelne Mitglieder der Kompanie die Zeit, um aufzustehen, sich zu räkeln, zu tratschen, in dem unerträglich stickigen Studio herumzugehen oder daraus zu entfliehen, einen Schluck aus einer Flasche Evian zu nehmen, die sie in ihren Taschen mit sich führten, oder am schmalen Ende einer Karotte zu mümmeln. Die meisten, so schien es Juliet, schnäuzten sich jedoch die Nase. Die Ballerinen taten das vornehm, die männlichen Tänzer mit viel Schwung, aber alle schienen sich die Nase putzen zu müssen, und Juliet nahm sich vor, Zink einzunehmen und sich einen Vorrat an Schnupfenmittel zuzulegen. Dieser Ort war eine wahre Bazillenhochburg, dachte sie, während Tänzer und Tänzerinnen quer durch den Raum liefen, die Gesichter in Kleenex vergraben. Abgesehen von allem anderen schienen sie einander auch ständig zu berühren, nicht nur beim Tanzen (wo sie es natürlich mussten), sondern auch wenn sie einfach nur herumliefen oder Pläne schmiedeten oder einander begrüßten oder sich verabschiedeten. Küssen, streicheln, massieren, kneifen, herzen – alle Varianten von Körperkontakt waren die Regel. Juliet, die sich vor Ansteckungen fürchtete, verschränkte unbewusst die Arme und vergrub ihre Hände in den Achselhöhlen.

Sie hatte angenommen, dass sich Ruth wieder mit ihr besprechen würde, aber die Choreografin arbeitete weiter, zwang den armen Patrick trotz der klavierlosen Pause in ihre Dienste. Hart Hayden trat ebenfalls vor und nahm seine schräge Pose als Pip wieder ein, ein Akt der Großzügigkeit, den Ruth offenbar zu schätzen wusste, denn sie starrte ihn zwischen diversen energiegeladenen Schrittfolgen an, als sei das Geheimnis, welchen Schritt sie als Nächstes machen sollte, in seinem Gesicht verborgen. Ihm schien es nichts auszumachen, auf diese Weise als Objekt behandelt zu werden. Sein Gesichtsausdruck war wach, aber ziemlich passiv, als wäre er ein Modell, das Ruth malte. Doch nach ein paar Minuten, als Ruth gerade mit einer Szene experimentierte, in der Patrick als Estella ganz dem Zauber von Miss Havisham zu erliegen schien und sich wie in träumerischer Hypnose bewegte, löste Hayden langsam seine Pose auf, trat ein paar Schritte zurück und führte dieselben Schritte und Gesten durch. Er ließ dadurch die Macht erahnen, die Miss Havisham letztendlich über Pip ausüben würde.

«Das gefällt mir, Hart», lobte Ruth, die nach einer halben Stunde mehr oder weniger ununterbrochener Anstrengung ins Keuchen geraten war. «Das ist gut. Patrick, sieh ihn dir an. Merk dir das.»

Juliet betrachtete Haydens Gesicht und meinte, den Hauch eines Lächelns auf dem üblicherweise vornehm-gleichgültigen Mund zu entdecken. Einen Augenblick später kehrte Anton von einem Ort außerhalb der Studiotüren zurück, und Ruth bat Hart, ihm die neuen Schritte zu zeigen. Daraufhin setzte sich

Ruth auf den Boden, beugte sich nach vorn, sodass ihre Stirn über ihren Schienbeinen ruhte, und atmete in Richtung ihrer Knie. Für ihr Alter mochte sie in hervorragender Verfassung sein, aber ein Leben für den Tanz forderte vom Körper seinen Tribut. Juliet gab ihr eine Minute, dann ging sie zu ihr, um sich von ihr zu verabschieden. Im Großen und Ganzen war es doch kein so schwieriger Gefallen gewesen – eigentlich sogar ziemlich interessant und unterhaltsam, dachte sie. Aber sie musste sich jetzt wirklich wieder an ihre eigene Arbeit machen. Es war noch nicht ganz vierzehn Uhr. Wenn sie sofort nach Hause ging, konnte sie sich immer noch mit ihrer Assistentin Ames über den Text für ihren Vortrag (über ‹Tagträumerei und Lektüre›) beraten, den sie im kommenden Monat in Boston auf der Konferenz der Vereinigung der Fakultäten für Folklore und Mythologie halten sollte. Danach könnte sie noch drei oder vier Seiten schreiben, bevor sie es für heute gut sein ließ. Sie kauerte sich zu Ruth.

«Gott sei Dank bist du da», hauchte Ruth ihr zu. «Es ist so viel besser gelaufen, danke. Wenn alle wieder da sind, nehme ich die erste Szene mit der ganzen Truppe durch. Sie spielen natürlich die Dorfbewohner, und vielleicht fällt dir ein, wie sie etwas weniger rustikal agieren könnten. Ich fürchte, es sieht zu sehr wie ein Rockmusical aus.»

«Ruth . . .»

«Es darf nicht wie ein Rockmusical aussehen. Greg Fleetwood würde mich umbringen.»

Gregory Fleetwood war, wie Juliet wusste, der künstlerische Leiter der Jansch-Truppe, ein ehemaliger Star der Ballettwelt, der immer noch über beträchtlichen Einfluss verfügte.

«Es war kriminell von mir, die ganze Truppe während der Probe herumsitzen zu lassen», fuhr Ruth fort. «Weißt du, was das kostet? Ich war einfach völlig aus der Fassung. Aber jetzt bist du ja da. Schätzchen, ich schulde dir eine Menge.»

«Ruth, du brauchst mich doch jetzt nicht mehr, oder?», brachte Juliet schließlich hervor.

Ruth sah zu ihr auf, ihr dunkles Gesicht eingeschnappt und voller Entsetzen. «Du willst mich doch jetzt nicht verlassen!», fauchte sie. «Juliet, du bist gerade erst gekommen.»

«Aber du hast deine Blockade doch aufge . . .»

«Das ganze Stück ist eine einzige Blockade! Du kannst jetzt nicht gehen!»

Juliet öffnete den Mund, um Ruth vorzuschlagen, doch wenigstens den Versuch zu wagen, von hier aus allein weiterzumachen, aber sie schloss ihn wieder, weil ihr der Sommer ihrer Scheidung einfiel. Ruth war für sie da gewesen, nicht nur für ein oder zwei kurze Aufmunterungsrunden, sondern viele Wochen hindurch. Vermutlich konnte sie doch einfach den Vortrag entstauben, den sie letztes Jahr in Santa Fe vor den Cyberromantikern gehalten hatte, und ihn für Boston ein wenig aufmöbeln. Und sie lag mit ihrem Pensum für *Quadrille in London* noch nicht allzu sehr zurück. Noch nicht.

In diesem Moment schwappte eine Welle von Tänzern und Tänzerinnen durch die offene Tür und verteilte sich im Raum, wobei Juliet von Ruth weggeschwemmt wurde. Victorine Vaillancourt trat Arm in Arm mit Lily Bediant ein. Hinter den beiden ging eine Frau, die auf seltsame Weise wie eine ältere, größere, leicht verzerrte Ausgabe von Elektra Andreades wirkte. Dann kam eine kleine Gruppe herein, ein Knoten aus Männern und Frauen, in dem sich auch Elektra befand. Gleich darauf trat ein großer, muskulöser junger Mann mit dichtem schwarzen Haar und herben Gesichtszügen ein, der Elektra hinterher eilte.

Mit einer starken, überraschend eleganten Hand packte er Elektra am Ellbogen und zog sie aus der kleinen Gruppe. Die Augenbrauen des Mannes waren sehr dunkel, und die Augen, die sie überschatteten, wirkten gleichzeitig wütend und kalt. Er sah umwerfend gut aus – wie die meisten der anwesenden Männer, um ehrlich zu sein –, aber er hatte eine Wildheit an sich, einen Mangel an Beherrschung in seinen Bewegungen, den Juliet verstörend fand. Elektra schien das jedoch nicht weiter zu beunruhigen. Sie betrachtete ihn mit gelassener Gleichgültigkeit, während er eine buschige Augenbraue hob und deutlich hörbar sagte: «Wir müssen reden.» Elektra ignorierte ihn, drehte sich abrupt von ihm weg und ging auf eine der Stangen zu.

«Wer ist das?», erkundigte sich Juliet bei Patrick, der nach einer zwei- oder dreiminütigen Pause, in der er sich seiner laufenden Nase gewidmet hatte, neben ihr auftauchte.

«Ryder Kensington. Mr Elektra Andreades.»

«Die beiden sind verheiratet?»

Patrick nickte.

«Ist er ein Solotänzer?»

Patrick schüttelte den Kopf. «Hat es nie über das Corps hinausgeschafft. Als sie heirateten, waren sie noch beide im Corps, glaube ich. Aber Ruth mag ihn. Sie hat ihm die Rolle des Magwitch gegeben. Er ist recht gut.»

«Ich verstehe.» Juliet wirkte nachdenklich. «Und wer ist die Frau, die Elektra Andreades so sehr ähnelt?»

«Olympia Andreades.» Patrick lächelte. «Elektras große Schwester.»

«Ach! Tanzt sie auch in der Truppe?»

«Ja.»

«Soso.»

Juliet war von der Wut, die sie in Ryder Kensingtons Gesicht ausgemacht hatte, fasziniert, aber auch ein wenig beunruhigt, darum sah sie sich wieder nach ihm um und entdeckte ihn, als er gerade die Ecke am anderen Ende des Studios erreichte. Dort angekommen, räumte er ein paar Sachen zur Seite und übte einen kraftvollen Sprung, für den Juliet keinen Namen hatte; der Sprung war kurz und schnell und beinhaltete einen kleinen Vorwärtsschritt und eine Drehung, bevor er mit gebeugtem Knie auf einem Bein landete. Selbst vom anderen Ende des Raumes aus konnte Juliet sehen, wie sich der Muskel bei Ryders Landung dick und schwer im Oberschenkel spannte. Mit ernstem Gesichtausdruck übte er dieses Manöver ungefähr ein halbes Dutzend Mal, bevor Ruth in die Hände klatschte und die Anwesenden zur Ordnung rief. Beunruhigt setzte sich Juliet wieder auf ihren Stuhl und bereitete sich auf eine weitere Stunde als Beobachterin vor.

Nach ungefähr zehn Minuten stahl sich Gregory Fleetwood geräuschlos ins Studio drei. Zu Juliets Überraschung kam er direkt auf sie zu, setzte sich auf den Stuhl neben ihr, streckte seine Hand aus und murmelte höflich seinen Namen.

«Juliet Bodine», flüsterte sie zurück. Und nachdem sie innerlich kurz mit sich gekämpft hatte, fügte sie noch hinzu: «Wir sind uns schon begegnet.»

Fleetwoods dünne, eckige Augenbrauen schossen skeptisch nach oben, aber der Rest seiner aristokratischen Gesichtszüge vermittelte den Eindruck, dass schon die bloße Möglichkeit ihn entzückte. Bevor es Max Devijian gelungen war, Gregory Fleetwood als künstlerischen Leiter der Jansch-Truppe zu verpflichten, hatte er mit den meisten wichtigen amerikanischen und auch mit einigen europäischen Kompanien getanzt. Selbst jetzt noch, mit Anfang fünfzig, strahlte er eine mächtige Aura künstlerischer Autorität aus. Er war groß, mit scharfen, habichtähnlichen Gesichtszügen und einer arroganten Haltung, die sogar die meisterhafte Arroganz der Solotänzer und -tänzerinnen der Kompanie in den Schatten stellte. Als frisch gebackener künstlerischer Leiter hatte er alles abgeschafft, was überaltert und wunderlich war, und Tänzer und Tänzerinnen aus den führenden Kompanien in aller Welt verpflichtet. Er behielt zwar das traditionelle Repertoire bei, lud aber zeitgenössische Komponisten und angesagte Choreografen ein, mit dem klassisch ausgebildeten Jansch-Ensemble zu experimentieren. Es war typisch für Fleetwood, dass er ausgerechnet in jener Nacht, als Ruths triumphaler Einakter *Sturmhöhe*, für das Los Angeles Ballet choreografiert, Premiere hatte, hinter den Kulissen plötzlich neben ihr stand. Als der Vorhang fiel, bot er ihr an, ein abendfüllendes Erzählballett für die Jansch-Truppe zu choreografieren, und aus der Begeisterung des Augenblicks heraus hatte die normalerweise eher verhaltene Ruth Renswick ‹Ja!› gekreischt.

Jetzt sah Juliet in sein schmales, raubvogelartiges Gesicht, das von einem Kranz eigensinniger gelber Haare im Stil des Kleinen Prinzen umgeben war. Sie erinnerte sich deutlich, ihn ein paarmal auf der Bühne gesehen zu haben. Er hatte mit außerordentlicher Schönheit und überwältigender Wirkung getanzt, und ihr war erst bei einem Treffen im letzten Jahr aufgefallen, dass eines seiner Augen blau war und das andere braun. Außerdem zog sich eine relativ große Narbe, wie sie nach einer schweren Verbrennung zurückbleibt, über seine obere rechte Wange. Sie sah aus, als habe er sie schon seit seiner Kindheit. Dennoch hatte er auf der Bühne Makellosigkeit ausgestrahlt. Schon erstaunlich, wie der Tanz einen Menschen verwandeln konnte.

«Es war vor ungefähr eineinhalb Jahren», fuhr sie fort. «Wir saßen bei einer Spendensammlung am selben Tisch.»

«Ach ja, natürlich!» Fleetwood schenkte ihr ein angedeutetes Lächeln, und plötzlich wurde ihr klar, dass Max ihm gesagt hatte, sie sei eine potenzielle Mäzenin, und ihn hergeschickt hatte, um sie zu bezaubern. Fleetwood gehörte zu jenen Menschen, die allein schon die eigene Präsenz für ein bemerkenswertes Ereignis halten. Er bewegte sich in einer Ego-Wolke durch die Welt, die so blickdicht war, dass er bloße Sterbliche kaum ausmachen konnte, geschweige denn, sich später an sie erinnern. Das wäre, als erwartete man von einem Monarchen, die Namen all jener Menschen zu kennen, denen er so huldvoll zuwinkte. Juliet hatte schon andere wie ihn getroffen, Menschen, die nicht dafür leben, um zu sehen, sondern um gesehen zu werden. Sie bezweifelte, ob er sich an jenen Abend in der Bibliothek erinnerte. Hätte sie behauptet, mit ihm die Grundschule besucht zu haben, hätte er mit demselben ‹Ach ja, natürlich!› geantwortet.

Trotzdem fuhr sie hartnäckig fort: «Wir sprachen über Ginkgo-Bäume, über männliche und weibliche Ginkgos.»

«Das taten wir», stimmte er zu und warf einen schnellen Blick in den Spiegel hinter ihr, bevor er in ihre Augen schaute.

Juliet erinnerte sich, wie ihr Gespräch von den Ginkgos zu einer Diskussion über männliche und weibliche Rohrformstücke übergegangen und von dort noch weitschweifiger geworden war. Für sie war es eine eigentümliche und erinnerungswürdige Unterhaltung gewesen. Aber sie war sich sicher, dass sie die Einzige war, die sich daran erinnerte.

Fleetwood hatte seine Stimme unbewusst etwas lauter werden lassen, und da die Musik plötzlich endete, drehte sich Ruth abrupt um und funkelte ihn und Juliet böse an. Fleetwoods Augenbrauen hoben sich erneut, und mit einem amüsierten Lächeln und einer anmutig zum Gruß erhobenen Hand in Richtung Juliet stand er auf und stahl sich rasch aus dem Raum.

«Schon besser», brummte Ruth, als sich die Tür hinter ihm schloss. Nur wenige Tänzer wagten es, angesichts dieser Insubordination zu lächeln, wie Juliet bemerkte. Der Rest des Ensembles beschränkte sich darauf, einander bedeutungsschwere Blicke zuzuwerfen. Ihr fiel auch auf, dass Ruth sich der Aufregung, die ihre deutlich hörbare Bemerkung verursacht hatte, absolut nicht bewusst war. Ruth Renswick, musste Juliet einräumen, besaß nicht viel von dem, was man bisweilen ‹soziale Kompetenz› nennt. Sie war kein Mensch fürs ‹Soziale›.

Juliet zwang sich zu erneuter Aufmerksamkeit, während ihre Freundin mit dem ersten Auftritt der Dorfbewohner kämpfte. Wie im Buch fing auch das Ballett mit Pip auf dem Friedhof an, wo er den flüchtigen Sträfling Abel Magwitch trifft. Aber bald schon hatte die Truppe ihren Auftritt, einige als Weihnachtsgäste in Pips Heim, andere als Soldaten auf der Suche nach dem geflohenen Unhold. Ruth hatte einige komische Sequenzen eingebaut, um die grobe Behandlung hervorzuheben, die Pip zu Hause von seiner Schwester Mrs Joe zuteil wird, und in Juliet keimte der Verdacht, dass diese komischen Einlagen Ruth aus dem Gleichgewicht gebracht hatten. Es gab eine herrliche Unsinnsszene, bei der die anderen Gäste um und auf dem Tisch tanzten und ein halbes Dutzend Orangen unter sich verteilten, wobei sie Pip immer im letzten Moment davon abhielten, eine der Orangen zu erhaschen. Die Truppe führte dieses Jonglieren flink aus, vor allem die Pips (denen die schwere Aufgabe oblag, die Orangen fangen zu wollen, ohne dabei deren Flugbahnen zu unterbrechen), aber ein Großteil des Humors, der eingebaut war, funktionierte nicht. Es war zu weitschweifig, zu viel Dickens, nicht genug Renswick. Ruth musste lernen, ihrem Co-Librettisten gegenüber weniger respektvoll zu sein, beschloss Juliet. Nachdem ihr diese Erkenntnis gekommen war, nahm sie sich die Freiheit, ihre Gedanken auf ihre eigenen Probleme zu lenken (Bücher schreiben sich *nicht* von selbst, rief sie sich streng in Erinnerung), und verbrachte den Rest der Stunde damit, darüber nachzugrübeln, wie Lady Porter eine Ehe zwischen ihrer Nichte und dem Earl von Suffield arrangieren könnte.

Sie hatte keine Gelegenheit, ihre Gedanken mit Ruth während der nächsten gewerkschaftlich verordneten Pause zu diskutieren, denn die PR-Managerin der Kompanie – eine fanatisch gepflegte Frau Mitte fünfzig – segelte in das Studio, kaum dass Ruth die Tänzer und Tänzerinnen in die Pause entlassen hatte. Sie entführte die Choreografin, bombardierte sie schon im Gehen mit Fragen über eine bevorstehende Pressemitteilung zu den *Großen Erwartungen*. Als Juliet sich umdrehte, stand Hart Hayden vor ihrem Stuhl, mit einem unerwartet freundlichen Lächeln auf seinem hübschen, ziemlich asketischen Gesicht. Ebenso wie die anderen Solisten hatte er in der vergangenen Stunde wenig zu tun gehabt, da Ruth sich auf die Truppe und die beiden Pips konzentrierte, darum ging sein Atem ganz entspannt, und er schien auch nicht besonders erschöpft. Als sie ihn jetzt ansah, bemerkte Juliet, dass seine Haut schwer vernarbt war. Zweifelsohne hatte er als Teenager unter Akne gelitten.

Instinktiv stand sie auf.

«Bitte nicht», sagte er. Sie ignorierte ihn, entdeckte dabei, dass sie unglaubliche zehn bis fünfzehn Zentimeter größer war als er. «Ich hoffe, es macht Ihnen nichts aus, wenn ich mich selbst vorstelle.»

Was er dann auch tat. Ebenso wie Juliet.

«Ich habe mich gefragt, wer Sie sind», fuhr Hayden fort. Seine Stimme war überraschend volltönend und tief, er sprach langsam und mit merklichem Südstaatenakzent. «Die Leute schließen schon Wetten ab, wissen Sie. Einige aus dem Ensemble glauben, Sie gehören zum Vorstand, andere meinen, Sie seien eine Reporterin, die einen Artikel über die Kompanie schreibt. Und manche vertreten die Ansicht, Sie seien die Beleuchterin.»

In seiner Art lag etwas Offenes, das Juliet zu der Frage veranlasste: «Und wie lautet Ihre Theorie?»

Hayden grinste, beugte sich nach vorn und flüsterte in ihr Ohr: «Ach, ich denke, Sie sind Ruths Geliebte.»

Juliet war zu verblüfft, um gleich darauf zu antworten. Ihres Wissens nach war Ruth nicht lesbisch, war es nie gewesen. Sie auch nicht.

«Na ja, es ist eine Theorie», erwiderte sie zu guter Letzt.

«Offensichtlich eine falsche», beobachtete er zerknirscht und trat zurück. «Wer sind Sie?»

Juliet klärte ihn auf.

«Ehrlich? Haben Sie ein Pseudonym?»

«Angelica Kestrel-Haven.» Juliet spürte den albernen Schauer, den dieses Eingeständnis immer in ihr hervorrief.

Sie war erleichtert, als Hayden bewundernd erwiderte: «Eine gute Wahl. Ich wurde als George Washington geboren.»

Juliet prustete los, noch bevor sie sich zusammenreißen konnte. «Ach herrje», sagte sie.

Eine Minute lang standen sie in einträchtigem Schweigen beieinander und ließen ihre Blicke schweifen. Das Studio war wieder voller Tänzer, die sich schnäuzten. Einige der Frauen streckten ihre Beinmuskeln, ein Bein gebeugt und vom dahinter stehenden Fuß gehalten, wie Kraniche. Kristen Ahlswede saß vor einer Spiegelwand und nähte geschickt ein Halteband auf einen rosafarbenen Spitzenschuh, den langen, schmalen Körper nach vorne gebeugt, den glänzenden, blonden Kopf gesenkt, die kalten, scharf geschnittenen Gesichtszüge völlig ausdruckslos. Ihr Partner, Anton Mohr, hatte wieder seine Rückenlage eingenommen und pumpte mit entschlossener Konzentration seine Beine in die Luft, eine Plastikflasche Coca-Cola neben sich.

«Was macht er da?», fragte Juliet und wies mit einer diskreten Bewegung ihres Kinns auf Mohr.

«Trainiert seine Bauchmuskeln. Er hat sich vor ein paar Monaten am Rücken verletzt», erklärte Hayden. «Viele Tänzer verlassen sich zu sehr auf ihren Rücken und vernachlässigen ihren Bauch. Und wenn sie dann ...»

Er brach abrupt ab, als Ruth wieder in den Raum trat und dabei in die Hände klatschte. Das ganze Studio wurde aufmerksam. Das Geplauder hörte umgehend auf, das Gelächter erstarb. Mehrere Balletttänzerinnen gingen zu der niedrigen Holzkiste und tunkten ihre Füße hinein, wie es Mohr getan hatte.

«Was ist in dieser K ...?«, fing Juliet an.

Aber Hart Hayden hatte sie verlassen, wie sie feststellte, und war schon auf dem Weg in die Raummitte, wo er sich vor Ruth aufstellte und völlig ruhig verharrte, sich sowohl körperlich als auch geistig sammelte. Juliet fühlte sich nach ihrer Unterhaltung mit ihm besser, es war nett gewesen. Sie hatte das Gefühl, einen Freund (oder wenigstens ein freundliches Gesicht in der Menge) gefunden zu haben.

Mit einer einzigen, bemerkenswerten Ausnahme blieb der Rest der Probe glanzlos, ganz ein paar Takten einer Überleitungsmelodie gewidmet, die die Ergreifung von Magwitch mit dem Pas de deux (jetzt ein Pas de trois) verknüpfte, bei dem Miss Havisham Estella unterrichtete. Alle Tänzer, abgesehen von Pip, traten ab, und Miss Havisham und Estella mühten sich weiter. Eine etwas mechanische Arbeit, ähnlich dem, was Juliet beim Schreiben gern als ‹Möbelrücken› bezeichnete. Sie hatte keine Ahnung, wozu ihre Anwesenheit für Ruth noch gut sein sollte, und die willkommene Exotik des Studios ließ auch schon langsam nach. Zu guter Letzt zog sie, den Kopf voller ungebetener Stimmen, ihr kleines Notizbuch heraus, das sie immer mit sich führte, und schrieb einige kurze Dialoge zwischen Lord Suffield und Lady Porter auf. Als sie zwischen den Sätzen aufblickte, merkte sie, dass die Tänzer und Tänzerinnen, die sie für eine Reporterin hielten, ihre These jetzt bestätigt glaubten. Einige von ihnen warfen ihr aus den Augenwinkeln kurze Blicke zu, und sie las in diesen sorgsam trainierten Gesichtern, wie sehr sie sich wünschten, für eine Berichterstattung auserwählt zu werden.

Die einzige Aufregung ereignete sich kurz nach halb drei, als Ruth sich den ‹Pip als Spanner›-Pas de trois (wie er schon bald genannt wurde) von Lily, Kirsten und Anton vornehmen wollte. Das Corps setzte sich, um sich auszuruhen, während die drei Solotänzer im vorderen Teil des Raumes in Position gingen. Luis Fortunato schlug die mittlerweile vertrauten ersten Töne an, und Lily und Kirsten wiederholten, einstudiert von Patrick, so gut sie konnten die Schritte, die Ruth im Laufe dieses Tages kreiert hatte. Ruth beobachtete die Szene mit gesenkten Augenbrauen, machte sich wie wild Notizen auf Karteikarten und signalisierte Patrick ihre Skepsis hinsichtlich verschiedener Bewegungen. Juliet glaubte, sie beobachtete nur ihre eigene Arbeit kritisch, nicht die Qualität der tänzerischen Darbietung. Darum war sie verblüfft, als Ruth plötzlich mit deutlichem Missfallen zweimal in die Hände klatschte.

Die Musik brach sofort ab, die Tänzer hielten inne. Die Köpfe des gesamten Ensembles drehte sich nach vorn.

«So doch nicht», brummte Ruth verstimmt, stellte sich hinter Lily Bediant und fasste sie an der Taille. Sie presste ihre Vorderseite gegen Lilys Rücken, nahm mit beiden Händen die Hände der Ballerina und führte mit ihr eine Art abweisender Geste durch, bei der Miss Havishams Kopf tief gesenkt war, Hände und Arme von sich gestreckt. «Du bist eine Frau mittleren Alters», sagte Ruth und zwang Lilys Körper, sich gebückt unter ihrem eigenen zu bewegen. «Mittleren Alters. Vergiss das nicht. Dein Tanz ist viel zu flüssig.» Dann fügte sie ungestüm hinzu: «Hör auf, eine Ballerina zu sein.»

Als sie Lily losließ, richtete diese sich sofort auf, Wut strahlte von ihr aus, ihre Schultern zitterten beinahe. «Miss Renswick . . .», fing sie an.

«Lily!»

Victorine Vaillancourt hatte sich auf ihrem Stuhl vorgebeugt, und in ihrer tiefen Stimme vibrierte eine Warnung. Juliet sah, wie sich der Blick ihres Protegés mit dem ihrem traf, wie Lily den Trotz noch eine Sekunde hielt, dann in automatischer Achtung den Blick senkte. Dennoch hätte Juliet in diesem Augenblick nicht in Lily Bediants Nähe sein mögen. Der Zorn sprach aus ihren Gliedmaßen und ihrem mageren, steifen Oberkörper. Ihre schmalen weißen Hände waren zu Fäusten geballt. Als sie die violetten Augen hob und sie wieder auf Ruth richtete, war ihr Gesicht ausdruckslos, aber ihr Blick brannte. Victorine erhob sich mühsam und ging zur Choreografin. Sie murmelte ein paar unhörbare Worte in Ruths Ohren.

Ruth wandte sich wieder an Lily. «Ich habe natürlich gemeint, dass Miss Havisham eine Frau mittleren Alters ist», sagte sie. Ihr Ton klang (leider) eher ärgerlich als entschuldigend.

Lilys hagere Wangen fielen bei dieser Erklärung, die ihr – da war sich Juliet sicher – als zusätzliche Demütigung schien, noch weiter ein, aber sie verbeugte sich nur leicht vor Ruth – eine sehr wohl überlegte, sehr edle Verbeugung – und sagte nichts. Die Probe ging weiter, die Dorfbewohner versammelten sich erneut, um die Überleitung zu perfektionieren. Als Greg Fleetwood leise hereinkam, Juliet ein Lächeln zuwarf und mehreren Tänzern im Raum etwas ins Ohr flüsterte, bevor er mit einem schnellen, sarkastischen Gruß in Ruths Richtung wieder verschwand, hatte sich die Spannung bereits merklich gelöst. Schlag fünfzehn Uhr dankte Ruth den Tänzern und Tänzerinnen und entließ sie.

Das löste sofort einen Tumult aus. Alle flitzten durcheinander, die meisten auf dem Weg zum Mittagessen (überwiegend mit großer Zurückhaltung im Aufenthaltsraum der Tänzer und Tänzerinnen im ersten Stock eingenommen), einige der Solotänzerinnen und -tänzer zu konzentrierten Sitzungen bei Victorine Vaillancourt oder anderen Lehrern. Fast alle führten Taschen mit sich, in denen sie Schuhe, Wasserflaschen, winzige Portionen an Nahrungsmitteln, Erkältungsmedizin und Ähnliches aufbewahrten. Sie hatten die Taschen rund um den Raum abgestellt, und nun eilten die Tänzer und Tänzerinnen zu ihnen. Sie knieten sich hin, um zusammengeknüllte Zellstofftücher und anderen Müll in den Taschen zu entsorgen. Einige Frauen zogen Schals oder Sweatshirts heraus und wickelten sie um ihre knochigen Hüften oder Schultern, bevor sie aus dem dampfenden Studio in die nur backofenheißen Flure traten. Elektra Andreades, die sich während des letzten Teils der Probe neben Hart Hayden vor den Sandkasten (oder was immer es war) gesetzt hatte, stieg mit den Beinen in leuchtend rosafarbene Stulpen. Hayden, der diverse Kleinigkeiten in seine Tasche gefüllt hatte (er schien sich buchstäblich über den ganzen Boden in seiner Umgebung ausgebreitet zu haben), fütterte sie mit etwas, das essbar, aber winzig war – eine Haferflocke? ein Sonnenblumenkern? –, küsste sie flüchtig auf den Hals und erhob sich, um sich der Menge anzuschließen, die aus der Tür strömte. Als er an Juliet vorbeikam, lächelte er ihr zum Abschied zu.

Gleichzeitig stürzte sich Ryder Kensington am anderen Ende des Studios auf seine Frau. Er kauerte sich neben sie und begann eine kurze, gemurmelte Unterhaltung. Dreißig Sekunden später kam er auf seinem Weg aus dem Studio an Juliet vorbei und wirkte auf sie irgendwie weniger wütend als zuvor.

In der Zwischenzeit hörte auf der anderen Seite der Holzkiste Lily Bediant Mademoiselle Vaillancourt zu, die leise auf sie einredete. Mademoiselle Vaillancourt war bis zum Ende der Probe gestanden, und Juliet fragte sich, ob ihr das Aufstehen aus einem Stuhl so schwer fiel, dass sie es lieber vermied. Sie wirkte sanftmütig, aber ernst, während sie mit ihrem Protegé redete; Lily – etwas ruhiger, aber mit immer noch steifem Rücken – nickte gelegentlich, ihr Gesicht blieb jedoch eine ausdruckslose Maske. Als Patrick Wegweiser quer durch den Raum ging und sich zu ihnen gesellte, war Juliet sicher, dass er sich für seine Chefin entschuldigen wollte.

Wenn ja, dann interessierte es Lily nicht. Sie wandte den Kopf ab, als er zu ihnen trat, mied seinen Blick, während er sprach, und starrte ihn als Antwort nur kurz und schweigend an. Mademoiselle Vaillancourt, die diesen Mangel an guter Erziehung offenkundig missbilligte, legte ihren Arm auf den von Patrick und zog ihn mit sich in den vorderen Teil des Raumes. Lily kniete sich neben ihre Tasche, die sie an der Holzkiste abgestellt hatte, und schnäuzte sich mit größtmöglicher Würde die lange Nase, ein zitterndes Nasenloch nach dem anderen.

Auf der anderen Seite der Kiste erneuerte Elektra Andreades, die von der Unterhaltung mit ihrem Ehemann völlig unberührt wirkte, den Pferdeschwanz von Mary Christie. Mary drehte sich um und sagte etwas zu Elektra, was diese zum Lachen brachte. Dann sammelten sie ihre restlichen Sachen ein. Mit den Taschen über den Schultern, die Arme gegenseitig um die Taille gelegt, die dunklen, anmutigen Köpfe zusammengesteckt, als ob der legendäre Petipa persönlich sie so arrangiert hätte, verließen die beiden gemeinsam den Raum.

Langsam leerte sich das riesige, widerhallende Studio. Eine der Letzten, die den Raum verließen, war ein blondes, apfelbäckiges, mondgesichtiges Mädchen von neunzehn oder zwanzig Jahren, das Juliet verschwommen aufgefallen war, weil es sich stets nur wenige Meter von ihr entfernt herumgetrieben hatte. Schließlich sprang es auf.

«Habe ich das richtig verstanden, dass Sie zu jemand gesagt haben, Sie seien Angelica Kestrel-Haven?», fragte es schüchtern. Die Stimme war dünn und leise, die braunen Augen strahlten hell.

Juliet nickte.

«Ach, ich liebe Ihre Bücher!» Das Mädchen ließ das Wenige,

was sie an tänzerischer Überheblichkeit besaß, fallen und schwärmte mit jugendlicher Begeisterung. «Ich heiße Teri Malone. Ich gehöre zum Corps. Ach, würden Sie irgendwann mit mir über das Schreiben sprechen? Ich schreibe wahnsinnig gern.»

Natürlich sagte Julie freundlich zu (obwohl ihrer Erfahrung nach die meisten Menschen, die wahnsinnig gern schriftstellerten, es nicht richtig anfingen). Die Nachwuchsballerina bewegte sich ruckartig auf und ab, und nach kurzem Nachdenken wurde Juliet klar, dass sie vor ihr geknickst hatte. Dann warf die junge Frau einen Blick auf die Uhr, quietschte «Oh mein Gott!» und rannte davon. Juliet beobachtete ihren Abgang, und ihr kam der Gedanke, dass die Welt des Balletts und die Welt der historischen Liebesromane wahrscheinlich vieles gemeinsam hatten.

In der Zwischenzeit war Ruth erneut von der fanatisch gepflegten PR-Managerin mit Beschlag belegt worden (ihr Name lautete Gretchen Manning, wie Juliet später erfuhr). Sie war auf ihren makellosen hohen Absätzen mit einer überarbeiteten Fassung der Presseerklärung hereingeklappert, die sich die Choreografin ansehen sollte. Ruth wandte sich hilflos an Juliet, schüttelte entschuldigend den Kopf und ließ sich kapern.

«Ich erledige das schnell, dusche rasch und dann gehen wir zum Mittagessen», sagte sie, während Gretchen Manning ungeduldig in der offenen Tür wartete. «Bleib hier, es dauert keine zehn Minuten. Anton, es macht dir doch nichts aus, wenn Juliet noch bleibt und dir bei der Arbeit an deiner Solonummer zusieht.» Sie informierte den hübschen jungen Mann eher, als dass sie ihn fragte.

Es war Juliet gar nicht aufgefallen, aber Mohr war im Studio geblieben, als die anderen es verließen, hatte sich an eine der Stangen gestellt, wo er ein paar Sprünge übte. Er schenkte ihr nun einen lustlosen, jedoch zustimmenden Blick, aus dem sie selbstbewusste Sinnlichkeit herauslas.

«Patrick, kümmere dich um Juliet», befahl Ruth zum Abschluss und folgte Gretchen Manning.

Ruths Assistent lächelte Juliet gehorsam an, winkte ihr freundlich zu und richtete seine Aufmerksamkeit dann auf Anton. Sie waren jetzt die einzigen Personen im Raum. Der Pianist war gegangen, aber Patrick stand vor einem kleinen Tisch, auf dem sich ein Kassettenrekorder und ein halbes Dutzend Kassetten mit unterschiedlichen Musikstücken befanden. Er ging sie durch, runzelte angesichts der Etiketten die Stirn. Währenddessen probte Mohr in der Mitte des Studios eine Reihe von Schrittfolgen. Ruckartig blieb er stehen.

«Bitte, du musst den Boden wischen lassen», sagte er. Juliet hörte ihn zum ersten Mal reden. Er sprach langsam, aber schrill, mit ausgeprägtem deutschen Akzent. Sein Ton war streng.

«Ach herrje!» Patrick schüttelte sich, als ob er sich einer kriminellen Nachlässigkeit schuldig gemacht hätte, und rannte zur Tür hinaus.

Juliet, die plötzlich mit Mohr und seiner unvertrauten, wenn auch immens intensiven Präsenz allein war, verspürte ein beunruhigendes Aufblitzen kleinmädchenhafter Befangenheit und musste sich zwingen, nicht den Blick zu senken. Der Tänzer näherte sich ihr. Seine grünen Augen mit den schweren Lidern huschten über ihr Gesicht. Seine lockere Selbstsicherheit ärgerte sie, aber gleichzeitig faszinierte es sie, wie sich ihre Atmung beschleunigte. Also ehrlich, dachte sie, wie konnten diese Leute nur miteinander arbeiten? Wie konnte sich irgendein Mensch in Gegenwart einer solchen Kreatur noch geschäftsmäßig verhalten?

«Mögen Sie Ballett?», erkundigte sich Anton Mohr.

«Sehr», erwiderte Juliet.

«Ich mag das Ballett auch, aber nicht so sehr. Ich ziehe den Tanz vor. Den modernen, zeitgenössischen. Ballett ist für einen Mann sehr langweilig.»

«Tatsächlich?»

Er lächelte, zeigte dabei eine Reihe vollkommener, funkelnder Zähne. «Man hebt sie hoch, man stellt sie ab. Man geht hierhin, hebt sie hoch, stellt sie ab. Man geht dorthin. Und immer edel.» Er nahm eine Pose ein, eine Parodie der Vornehmheit, die Juliet zum Lachen brachte. «Mit Ruth ist es besser. Sie gibt mir die Gelegenheit, etwas zu machen.» Er legte seine Hand, die lang und schlank war, auf sein Herz. «Ich bewege mich, wie *ich* mich bewege.»

Sein Akzent ist grauenvoll, dachte Juliet, als er einige Schritte auf sie zukam.

«Tanzen Sie?», fragte er.

Sie schüttelte den Kopf.

«Aber – wie sagt man? Sie tanzen Gesellschaftstänze?»

«Ja natürlich.»

«Na gut.» Er streckte seine Hand aus, als ob er sie auf einen Tanzboden führen wollte, eine derart unerwartete Geste, und so charmant in diesem verlassenen Studio, dass Juliet auflachte. Es war eindeutig nur der Reflex eines Mannes, der gern flirtete, der es genoss, mit der Vorstellung von Verführung zu spielen. Diese Eigenschaft fand Juliet gleichzeitig einnehmend und abstoßend, zweifellos weil ihr Vater auch so gewesen war (der bloße Gedanke ließ sie innerlich seufzen). Und auf andere Weise (letztendlich natürlich gar nicht so anders) hatte auch ihr Ex-Mann Rob die Kunst der Verführung beherrscht – mühelos, verspielt, ohne Hintergedanken.

Nun, für gewöhnlich ohne Hintergedanken.

Als die Tür sich öffnete, drehte sie sich um. Es erleichterte sie, Patrick zu sehen, einen korpulenten Mann in einem Overall im Schlepptau, der sich sofort an die Arbeit machte und den Boden mit einem riesigen Lappen und jeder Menge Armschmalz wischte. Der Mann war so erfahren, dass nach wenigen Minuten der ganze Raum, selbst in den Ecken, fertig gewischt war und funkelte. Während Patrick ihm dankte und sich bei ihm entschuldigte, ging Mohr wieder zu der niedrigen Holzkiste. Juliet war mittlerweile klar geworden, dass sie etwas mit Griffigkeit zu tun haben musste, und sie sah ohne Überraschung zu, wie der Deutsche erst einen starken, anmutigen Fuß hineintauchte, dann den anderen.

Dann breitete er seine kraftvollen Arme aus, hob sich auf ein Bein und führte dieselben kleinen, schnellen Sprünge und Drehungen durch, die Juliet schon zuvor aufgefallen waren. Aber dieses Mal schien er in dem Moment, als er sein Gewicht verlagerte, abrupt in die Diagonale überzugehen, ein Paket aus Muskeln, das in katastrophaler Schräglage auf das funkelnde Linoleum zuraste. Einen langen, entsetzlichen Augenblick versuchte er, sein Gleichgewicht zurückzuerlangen – und scheiterte. Dann knallte er wie von einer Kugel getroffen zu Boden.

3

Die menschliche Niedertracht nährt sich aus einer Vielfalt von Missständen, aber sie manifestiert sich in aller Regel nicht besonders spektakulär. Ganz sicher war nichts Spektakuläres an der Szene, die Ruth begrüßte, als sie nach ihrer Dusche ins Studio zurückkehrte – kein Tumult, der sie von den Dutzenden Verletzungen abhob, die in jeder Saison geschahen, nichts Sensationelles, das sie als Frucht einer bösen Tat auswies. Nur ein besorgtes Trio, das sich um den führenden Pip der Choreografin drängte: Patrick, der Antons Schultern und Kopf wiegte, während Victorine Vaillancourt vorsichtig sein linkes Bein abtastete. Juliet beugte sich über sie, das Handy in Bereitschaft, und zuckte jedesmal mitleidvoll, wenn die Ballettmeisterin zu einem weiteren Körperteil überging.

Doch obwohl der Patient offenkundig Schmerzen litt, sah er eher ernst als gequält aus, als ob es zwischen ihm und seinem Körper eine gewisse Distanz gäbe. Er und Victorine machten murmelnd Inventur, prüften verschiedene Muskeln und Sehnen, um herauszufinden, ob diese oder jene Bewegung schmerzte und was der Schmerz bedeuten mochte. Es erinnerte Juliet an einen Bekannten, der eine ziemlich große Summe an Geld verwaltete. Sie war bei ihm gewesen, als eines Nachmittags im Herbst die Nachricht eintraf, es habe an der Börse einen plötzlich Kursverfall gegeben. Sie hatte erwartet, dass er voller Entsetzen oder wenigstens voller Wut zum nächstbesten Telefon eilen würde. Stattdessen war er ruhig geblieben, methodisch vorgegangen, nur bemüht, erst einmal alle Fakten zu sammeln. Er war ein Profi – und das war Anton Mohr auch. Zuerst musste er in Erfahrung bringen, was genau mit seinem Körper passiert war, will sagen: mit seiner Geschäftsgrundlage. Später wäre immer noch Zeit für Leiden, Zorn oder Bedauern.

Es war Juliet gewesen, die man zu Victorine geschickt hatte, während Patrick bei Anton blieb. Die Mademoiselle war mit überraschender Geschwindigkeit von ihrem Schreibtisch in einem Kubus im zweiten Stock aufgesprungen, wo sie Notizen übertragen hatte. Dann war sie – wie der Erlkönig bei Nacht und Wind – durch die Flure und die Treppe hinunter zu ihrem Schützling geeilt, hatte dabei ununterbrochen undeutlich auf Französisch gemurmelt.

Und nun ließ Ruth die schwere Studiotür hinter sich zuschlagen und verlangte zu wissen: «Was ist passiert?» Ihre kurzen Haare waren noch nass von der Dusche, und sie trug jetzt modische Straßenkleidung. Weder Victorine noch Anton sahen auf:

Patrick erwiderte leise: «Er ist ausgerutscht.»

Das schien für Anton offenbar eine Kampfansage, denn er blickte auf und korrigierte würdevoll: «Ich bin nicht ausgerutscht. Etwas hat mich ausrutschen lassen.»

Juliet fing den skeptischen Blick auf, den Ruth mit ihrem Assistenten tauschte.

«Wie war der Boden?», fragte Ruth.

«Klebrig, als du gegangen warst», sagte Patrick. «Also haben wir ihn wischen lassen.»

«Aber ich habe die Kolophoniumkiste benutzt», rief Anton heißblütig. «Wie immer.»

Kolophonium! Das war also der merkwürdige, terpentinartige Geruch, der Juliet in der Nase gelegen hatte.

«Hat dich eine besondere Schrittfolge in der Choreografie zu Fall gebracht?», wollte Ruth zögernd wissen.

Der Tänzer schüttelte den Kopf. «Wir hatten noch nicht einmal angefangen. Ich bereitete mich nur vor.»

Ruth seufzte erleichtert auf. Von Beginn des Projektes an, so hatte sie Juliet erläutert, fürchtete sie, dass sich die Tänzer und Tänzerinnen der Jansch-Truppe verletzen könnten, wenn sie sie zu den Bewegungen des modernen Tanzes zwang, in denen sie nicht geschult waren. Ruth und Greg hatten mehrmals über dieses Thema gesprochen, und sie hatte versprochen, diesem Punkt ihre besondere Aufmerksamkeit zu schenken. Bislang hatte sie nichts Schlimmeres gehört, als dass die Physiotherapeutinnen, die regelmäßig mit den Ensemblemitgliedern arbeiteten, eine Zunahme an schmerzenden Armen bei den Frauen bemerkt hatten, ein Ergebnis der größeren Anforderungen des zeitgenössischen Tanzes an den Oberkörper. Kirsten, Lily und Elektra, das wusste sie, hatten allesamt mit Krafttraining für die Oberarme begonnen.

Es verging noch eine weitere Minute, in der Victorine Mohr untersuchte. Schließlich lehnte sie sich zurück und tätschelte ihm die Schulter. «Du dir hast den Knöchel verstaucht, aber ich nicht denke, dass es ist etwas Ernstes. Gott sei Dank, ich glaube, du dir nicht hast schon wieder den Rücken verletzt. Wir dich jetzt bringen zu Doktor Keller.»

Wie Juliet später erfuhr, arbeitete die Kompanie mit einem Orthopäden zusammen. Sobald sich ein Tänzer verletzte, wurde er umgehend von ihm behandelt.

«Ich kann ihm einen Wagen rufen», bot Juliet an, die Stammkundin eines örtlichen Mietwagenverleihs war. Sie winkte mit ihrem Handy. «Er kann in zwei Minuten hier sein.»

Die Mademoiselle wirkte beleidigt. «Wir durchaus sind in der Lage, selbst einen Wagen zu rufen, vielen Dank. Patrick, wenn du so lieb sein könntest ...?»

Juliet hielt Patrick ihr Handy hin, aber anscheinend war ihr nicht erlaubt, in irgendeiner Weise zu helfen. Unter dem strengen Blick der Mademoiselle eilte Patrick aus dem Raum. Ruth nahm kniend seinen Platz ein, und Juliet wanderte durch das Studio.

Mohrs Formulierung ‹etwas hat mich ausrutschen lassen› hatte ihr, noch dunkel und verschwommen, etwas ins Bewusstsein gerufen, das ihr vor kurzem aufgefallen war, irgendetwas im Studio. Der funkelnde Boden lag als Übeltäter eigentlich auf der Hand, aber da er die anderen nicht zu beunruhigen schien, ging sie davon aus, dass er den Unfall nicht verursacht haben konnte. Sie schlenderte zur Ostseite des Raumes. Juliets Turnschuhe quietschten aufreizend, und ihr rundlicher Körper fühlte sich plötzlich wie der eines ausgestopften Tieres an, als sie sich durch das Territorium der Tänzer bewegte. Ihre blauen Augen blinzelten hin und wieder, und sie kräuselte ihre kleine, unauffällige Nase wie ein Hamster in unbekanntem Gelände. Etwas, irgendetwas ...

Neben ihrem abnorm ausgeprägten Geruchssinn besaß Juliet Bodine auch ein Auge für absonderliche Details, die Gewohnheit, alles zu bemerken, was die meisten Menschen als nebensächlich betrachteten, und es in den Mittelpunkt ihrer Aufmerksamkeit zu rücken. Dieser Trick hatte ihr als Romanschreiberin schon oft gedient, und ein- oder zweimal hatte er sich sogar in der realen Welt als von praktischem Nutzen erwiesen. Nicht immer. Nicht ständig. Meistens war ihre Neigung, das zu übersehen, was andere für besonders bemerkenswert hielten (die Kleidung eines Menschen, sein Alter oder die Tatsache, dass ihm ein Ohr fehlte), und sich stattdessen auf irgendeinen unwesentlichen Punkt zu konzentrieren, eine Quelle der Peinlichkeiten – oder schlimmer noch.

«Ist dir der Typ aufgefallen, der statt ‹ja› immer ‹jaja› sagt?» Eine Frage wie diese sah ihr ähnlich, wenn sie eine Party mit einer Freundin verließ.

Das führte dann zu einer Reihe von Nachfragen, die meistens in der Art endeten: «Meinst du den Mann im Rollstuhl?»

Doch gelegentlich hatte ihr dieselbe Eigenart geholfen, verloren gegangene Schlüssel zu finden oder die Quelle eines Zitats zu lokalisieren, an das sie sich nur bruchstückhaft erinnerte, oder auch irgendeinen Orientierungspunkt zu entdecken, der den richtigen Weg zurück zur Hauptstraße wies.

Jetzt war sie sich sicher, dass irgendeine Unstimmigkeit, irgendeine Ungereimtheit, die sie verschwommen wahrgenommen hatte, an die Tür zu ihrem Wachbewusstsein klopfte. Juliet umkreiste den Raum, betrachtete fragend den Boden, die Spiegelwände, die Deckenbeleuchtung, die Fensterfront, das Klavier. Zu guter Letzt stand sie vor der Kolophoniumkiste, und das flüchtige Detail wurde in ihr Gehirn geschwemmt, wo sie es packen konnte.

Der Geruch.

Sie ließ sich auf die Knie fallen (was sie sofort bedauerte, als sie hart auf dem Vinylboden auftraf) und starrte in die Kiste, in der ein Haufen durchscheinender brauner Kieselsteinchen zu liegen schien. Juliet war sich vage einer Bewegung in ihrem Rücken bewusst – die Tür öffnete und schloss sich, ein Ausbruch an Aktivität, während man unzweifelhaft Anton aus dem Raum half –, aber sie war zu beschäftigt mit dem Kolophonium, um sich umzudrehen und nachzusehen. Zögerlich griff sie mit der Hand in die Kiste und rieb etwas vom Inhalt zwischen ihren Fingern. Sie hielt es an die Nase und schnüffelte. Nach kurzem Zögern nahm sie eine Hand voll davon, stand unbeholfen auf und stopfte es in die Tasche ihrer Jeans.

Als sie sich von der Kiste abwandte, befand sich nur noch Ruth im Raum. Ihre Freundin war auf dem Boden zusammengesackt und lehnte mit dem Rücken erschöpft gegen eine Spiegelwand. Sie erinnerte eher an *Bleakhouse* als an *Große Erwartungen.* Im Studio nebenan spielte ein Pianist immer wieder eine tragische Passage aus *Giselle*. Die Musik, die geschwollen und verzerrt durch die Wand drang, schien die passende Begleitung zu Ruths Niedergeschlagenheit.

«Wenn ich Anton verliere, verliere ich den Verstand», verkündete sie.

Juliet ignorierte diesen Ausbruch an Selbstmitleid. «Ruth, ich glaube, du solltest dir das hier einmal ansehen.» Ihre leise, kindliche Stimme raubte dieser Aussage jedwede Dramatik. Ruth blickte verdrießlich auf. Juliet griff in ihre Tasche und hielt ihr das Kolophonium hin.

«Riech daran.» Sie kniete sich nieder und hielt ihre Handfläche vor Ruths Nase.

«Das ist Kolophonium. Die Tänzer benutzen es, um nicht auszurutschen.»

«Kolophonium und ...?»

«Und was?»

«Sieh es dir an. Berühre es. Es ist Kolophonium und Talkumpuder», sagte Juliet.

«Mein Gott!» Ruth rieb etwas davon zwischen den Fingern. «Aber wie kann das sein?»

«Sag du es mir.»

Ruth roch an der Probe. «Es ist gar nicht weiß.»

«Nein, jemand hat sich die Mühe gemacht, es einzudunkeln.» Juliet richtete sich auf. «Hat es mit einer Pulverfarbe oder pulverisiertem Lidschatten oder etwas in der Art vermischt, vermute ich.»

«Jesus, Maria und Josef», entfuhr es Ruth. «Kein Wunder, dass Anton ausgerutscht ist.»

Die Klaviermusik, die durch die Wand drang, wechselte zu einer neuen, fröhlicheren Passage, beinahe possenreißerisch. Ruth ließ den Kopf in die Hände sinken.

«Das sollte ich wohl besser Greg mitteilen», sagte sie, ohne sich zu bewegen. «Das Kolophonium in der Kiste muss umgehend gereinigt werden.»

Juliet sah nachdenklich auf den Scheitel ihrer Freundin. «Passiert so etwas häufiger?»

Ruth hob den Kopf. «Natürlich nicht. Eigentlich habe ich noch nie – also, nein, ich kann nicht behaupten, dass ich noch *nie* von so einem Vorfall gehört hätte. Tanz ist knallhart. Die meisten Tänzer schaffen es nie in eine große Kompanie, und sobald sie drin sind, ist der Druck, sich hervorzutun, ungeheuer groß. Ihre berufliche Karriere ist kurz. Sobald sie zu Ende ist, sind sie auf nichts anderes vorbereitet. Daher liegen sie stets miteinander im Clinch um gute Rollen. Wenn sie sich verletzen, kümmert das keinen, solange sie nur weitertanzen können. Alle Welt geht davon aus, dass die Männer schwul sind. Ob sie es sind oder nicht, sie müssen mit den Vorurteilen der Außenwelt zurechtkommen. Der Verdienst ist nicht besonders üppig. Sie haben jeden Tag Probe. Sie müssen den Mund halten und das tun, was man ihnen sagt. Und wofür? Die meisten von ihnen schaffen es nie über das Corps hinaus.»

«Was genau ist dir zu Ohren gekommen?»

«Ach, das Übliche in solch einer geschlossenen Gesellschaft. Wie in Internaten. Kleinere Diebstähle. Jemand petzt beim Management. Cliquenbildung. Schwächlinge, die man links liegen lässt.» Sie machte eine kurze Pause, fügte dann mit anderer Stimme hinzu: «Weißt du, Ryder Kensington hat etwas ganz Merkwürdiges gemacht. Du kennst ihn doch?»

Juliet nickte.

«Also vorhin, als ich nach der Probe aus der Umkleide kam, stand er am Münztelefon, und ich habe ihn versehentlich angerempelt. Er ist ungefähr eine Meile in die Luft gesprungen und starrte mich dann an, als ob ich einen Dolch in der Hand hielte, den ich ihm in den Rücken rammen wollte. Glaubst du, dass er der verrückte Pudermann ist?»

«Ich weiß es nicht. Hat er einen Grund, Anton Mohr nicht zu mögen?»

«Was würde das schon ausmachen? Es hätte jeden treffen können.»

«Vielleicht. Vielleicht aber auch nicht. Zu Beginn der letzten Probenstunde haben mehrere Leute die Kolophoniumkiste benutzt, aber keiner von ihnen ist ausgerutscht. Das ist mir aufgefallen.»

«Dann denkst du also, dass der Puder erst gegen Ende der Probe beigemischt wurde?»

«Denkst du das nicht auch?»

Ruth runzelte die Stirn. Das muntere Klavierstück endete, und in dem leeren Raum hallten nur noch ihre Stimmen wider.

«Konnte jemand gewusst haben, dass nach dem Ende der Probe nur noch Mohr in diesem Studio arbeiten würde?», fragte Juliet.

«Gott, bin ich hungrig.» Ruth rieb sich müde die Stirn. «Ja, das konnten alle gewusst haben. Die Benutzungspläne werden täglich neu ausgedruckt. Und einen Tag im Voraus verteilt. Hier.» Sie griff in den Lederrucksack, den sie bei sich trug, und zog ein gefaltetes Blatt Papier hervor.

Juliet faltete es auf. Der Plan war sehr akkurat. Jedes Studio und jede Arbeitsstunde wurde aufgeführt, von den Proben am Morgen bis zum Abend. Der Name jeder Produktion wurde angegeben, die Tänzer und Tänzerinnen, die anwesend sein würden, der Choreograf beziehungsweise Ballettmeister, der mit ihnen arbeitete, manchmal sogar der betreffende Akt eines Balletts, der geprobt wurde.

«Sie müssen es alle wissen», sagte Ruth, nachdem Juliet ein paar Minuten den Plan studiert hatte. «Sie müssen wissen, welche Schuhe sie mitzubringen haben, worauf sie sich vorzubereiten haben und wohin sie gehen müssen . . .»

Es herrschte eine lange Pause. Juliet ging zu der großen Handtasche, die sie neben ihrem Stuhl hatte stehen lassen, und kehrte mit einer Zwetschge zurück, die sie Ruth reichte.

«Danke.» Ruth biss unglücklich hinein und merkte dann ganz beiläufig an: «Ich wusste, dass in diesem Projekt der Wurm drin sein würde.»

Juliet kratzte sich die Nase. Sie hatte das Gefühl, dass zum Wohle von Ruths Seelenfrieden – wenn schon aus keinem anderen Grund – ein paar ziemlich melodramatische Fragen angeschnitten werden mussten.

«Ruth», fing sie an, «könnte Mohr – ich weiß, das klingt albern –, aber könnte Mohr irgendwelche Feinde haben? Mitglieder der Kompanie, die ihn scheitern sehen wollen?»

«Ich habe nicht die leiseste Ahnung. Warum sollten sie? Ich kenne ihn natürlich nicht näher. Ich habe erst einmal mit ihm gearbeitet, in Deutschland. Er schien mir ganz sympathisch.»

«Könnte ihn vielleicht jemand beneiden? Gibt es jemand anderen, der seine Rolle tanzen wollte?»

«Jemand?» Ruth lachte trocken auf. «Alle. Jeder einzelne Mann. Und wahrscheinlich die Hälfte der Frauen. Aber wir sind hier beim Ballett – es kann nur einen Traummann geben.»

«Dann war das möglicherweise eine Tat aus Neid?»

Ruth lachte erneut auf und schüttelte den Kopf. «Hör zu, die Tänzer sind voneinander abhängig. Das müssen sie auch sein. Und dabei geht es nicht nur um eine Metapher: Sie müssen einander körperlich vertrauen können, sonst können sie nicht tanzen. Es existiert ein ganz intensives Band zwischen ihnen. Ich sage ja nicht, dass es keinerlei Intrigen gibt oder dass jedes einzelne Mitglied der Jansch-Truppe heute Nacht für eine rasche Genesung von Anton beten wird. Aber Tänzer verletzen einander nicht absichtlich.»

Juliet schwieg einen Moment. Sie wusste aus Erfahrung, dass Ruth bisweilen klare, prägnante Einsichten in das menschliche Verhalten hatte, ohne das wäre sie nicht die Choreografin geworden, die sie war. Aber sie wusste auch, dass Ruth manchmal etwas übersah, was direkt vor ihren Augen lag.

«Könnte jemand wollen, dass du scheiterst?», fragte Juliet schließlich. Ihr war der Gedanke gekommen, dass sich eine Menge Groll angesammelt haben könnte, wenn Ruth die Tänzer und Tänzerinnen häufig so anbellte, wie sie es heute mit Lily getan hatte.

«Meinst du, ob ich Feinde habe?»

«Ja, vermutlich. Es ist hier geschehen. Wir müssen uns überlegen, wer deine Produktion verhindern will, meinst du nicht auch?»

Ruth schüttelte verdutzt den Kopf. «So arbeitet mein Gehirn nicht. Du kennst mich, ich bin Tänzerin. Wenn es um Verschwörungen geht, fällt das eher in deinen Bereich.» Sie zögerte, fuhr etwas langsamer fort. «Vermutlich wären ein paar Leute sehr glücklich, wenn ich das hier vermassele. Ehrlich gesagt, ich habe gehört, dass eigentlich Victorine dieses Stück choreografieren wollte. Sie hat schon als Choreografin gearbeitet, war aber nicht besonders erfolgreich.»

«Mag sie Anton Mohr?»

«Ob sie ihn mag? Ich glaube, sie haben noch nie miteinander gesprochen, außer über berufliche Dinge. Sie ist immer sehr höflich zu ihm. Ich weiß, sie hält den klassischen Teil seiner Ausbildung für unzureichend. Er ist ihr zu modern – seine Art sich zu bewegen.»

«Hm. Was ist mit den Tänzern und Tänzerinnen aus *Große Erwartungen*? Hegt einer von denen einen Groll gegen dich?»

Ruth gab einen Ton von sich, der irgendwo zwischen einem Niesen und einem Lachen angesiedelt war. «Die Tänzer? Warum sollten sie?»

«Tja, denk mal darüber nach. Vielleicht hast du sie vor ihren Kollegen und Kolleginnen in Verlegenheit gebracht? Ich bezweifle, dass du Lily Bediants beste Freundin bist.»

«Lily ist viel zu sensibel. Es grenzt schon ans Lächerliche, wie Victorine sie verhätschelt. Ich habe ja nur ...»

Juliet unterbrach sie. «Ich sage doch nicht, dass es Lily war. Es hätte vermutlich jeder sein können, der etwas gegen die Jansch-Truppe hat. Mein Punkt ist nur der, dass es jemand aus diesem Studio gewesen sein muss, da der Talkumpuder erst nach dem Ende deiner Probe beigemengt wurde. Und die Leute in diesem Studio haben mit deiner Produktion zu tun. Die meisten von ihnen sind Tänzer und Tänzerinnen.»

«Bist du sicher?»

«Außer, du hältst den Hausmeister für den Schuldigen. Er kam kurz herein, um den Boden zu feudeln. Aber er ist der einzige Außenstehende, der hier drin war. Ich habe den Raum zu keinem Zeitpunkt verlassen.»

Ruth hatte die Zwetschge aufgegessen, jetzt kaute sie mit ihren kurzen, scharfen Vorderzähnen auf dem Kern herum. «Vielleicht ist er es gewesen. Vielleicht hat er einen Streit mit der Verwaltung.»

«Das ist ein bisschen weit hergeholt, meinst du nicht?»

Ruth zuckte ärgerlich mit den Schultern. «Mag sein. Wie auch immer, ich teile es wohl besser Greg mit.» Sie erhob sich langsam auf die Beine. «Aua, meine Knie!», rief sie auf halber Höhe aus.

«Verletzt?»

«Degenerative Arthritis. Kommt bei Tänzern häufig vor.« Sie grinste humorlos. «Gehört alles mit zum Vergnügen.»

Juliet bewachte die Kolophoniumkiste, während Ruth zu Gregory Fleetwood ging, um ihm die Sache mit dem Talkumpuder zu erzählen. Sie kehrte mit den Armen voller Joghurtbecher, Saftflaschen und Sandwiches zurück, die sie auf dem Boden ausbreitete.

«Tut mir Leid, wir können jetzt nicht mehr auswärts essen. Die nächste Probe fängt schon um vier Uhr an.» Ruth wickelte ein Roggenbrot mit Schinken aus und biss lustvoll hinein. Aber eine Sekunde später stolperte sie wieder auf die Beine. «Mein Gott, ich bin so durch den Wind, dass ich es beinahe vergessen hätte», murmelte sie und bohrte die Hände in die Tiefen ihres Rucksacks. Sie wühlte herum, fischte eine ziemlich große rosa Pille heraus und schluckte sie prompt mit etwas Saft. Dann ließ sie sich behutsam wieder auf den Boden nieder.

«Vitamine?», erkundigte sich Juliet neugierig.

«Nein, Mistenflo von Cytotec.» Und als ihre Freundin verwirrt blickte, führte sie aus: «Ein ähnliches Medikament wie Misoprostol. Meine Güte, du bist wirklich nicht vom Fach. Misoprostol schützt einen vor Magengeschwüren, wenn man ständig entzündungshemmende Medikamente nehmen muss.»

Juliet schwieg einen Augenblick, dann verstand sie und rief mitfühlend: «Ach! Die nimmst du wegen deiner Arthritis. Arme Ruth! Du zahlst einen hohen Preis für deine Karriere.»

Ruth rümpfte pikiert die Nase. «Immer noch besser als eine

Staublunge vom Kohleabbau. Alle Berufe haben ihre Risiken. Selbst du könntest am Karpaltunnelsyndrom erkranken, nehme ich an. Oder du könntest dir einbilden, die Reinkarnation von Jane Austen zu sein.»

Juliet fiel wieder ein, dass Ruth Mitleid nicht zu schätzen wusste, wenn sie nicht ausdrücklich darum bat. «Viele Tänzer sitzen in meinem Boot», fuhr Ruth fort. «Victorine nimmt dieselben Medikamente wie ich. Ihr geht es sogar noch viel schlimmer.» Sie wechselte pointiert das Thema. «Wie auch immer, ich habe mit Greg gesprochen.»

«Gut. Was wird er unternehmen?»

«Gar nichts.»

«Wirklich nicht?»

«Na ja, nicht ganz.» Ruth nahm einen Schluck aus der Saftflasche. «Er wird es Anton erzählen. Und er wird ihn bitten, es für sich zu behalten. Abgesehen davon verteilt er ein Memo in der Kompanie, in dem steht, dass sich ein ‹bösartiger Vorfall› ereignet habe und wer Informationen dazu besitze, solle privat mit ihm Kontakt aufnehmen.»

«‹Bösartiger Vorfall›? Ist das nicht ein wenig vage?»

Ruth zuckte mit den Schultern. «Er sagt, er will nicht, dass die Tat Nachahmer findet.»

«Glaubst du, dass er damit Ergebnisse erzielt?», fragte Juliet zweifelnd.

«Nein. Aber es könnte eine Panik verhindern. Ehrlich gesagt, macht sich Greg meiner Meinung nach viel mehr Sorgen um die Moral unter den Tänzern und Tänzerinnen als um einen isolierten Streich. Und ich auch. Durch so einen Vorfall kann eine ganze Kompanie regelrecht Zustände kriegen.» Sie nahm einen Becher mit Blaubeerjoghurt und hielt ihn in Juliets Richtung. «Iss, iss.»

«Ach, schon gut, danke. Ich hole mir etwas auf dem Heimweg.»

«Auf dem Heimweg?», wiederholte Ruth. «Bis dahin bist du doch längst verhungert.»

Einen Augenblick lang sah Juliet sie entgeistert an. Dann dämmerte ihr eine Erkenntnis. «Du beabsichtigst doch wohl nicht, dass ich während der gesamten Probe . . .?»

«Aber natürlich», unterbrach Ruth. «Du hast doch nicht schon wieder vor, zu gehen?» Sie war empört. «Wir haben heute noch drei Stunden Probe vor uns.»

«Aber . . .»

«Juliet, du hast gesagt, du willst mir helfen. Du hast mir bereits geholfen. Aber du kannst mir noch mehr helfen. Heute lief es unendlich viel besser als je zuvor bei den *Großen Erwartungen.*»

«Also, mir sind noch ein oder zwei Einfälle zur Szene mit dem Weihnachtsessen gekommen. Aber ich könnte dich anrufen . . .»

«Und du wirst auch noch weitere Einfälle haben», erklärte Ruth mit fester Stimme. «Wir wollen eines ganz klarstellen: du bleibst heute und kommst morgen noch einmal und – ach Juliet, du hast versprochen, wir würden diese Sache gemeinsam in Schuss bringen.»

Juliet erinnerte sich nicht, genau diese Formulierung verwendet zu haben, obwohl sie meinte, etwas über ‹in Ordnung bringen› geäußert zu haben. Sie verbarg ihr Gesicht in den Händen wie ein kleines Mädchen, das hofft, sich unsichtbar zu machen.

«Führe mich nicht in Versuchung, Ruth», bat sie. «Du weißt, dass ich nur eine Ausrede gesucht habe, um mich vor meiner Arbeit zu drücken. Ich bin wie eine Alkoholikerin mit einer Flasche.»

«Du bringst dein Buch schon zu Ende. Das schaffst du doch immer.»

«Oh, verrucht, verrucht! Weiche von mir, Satan.» Erst letzte Woche hatte Portia Klein, Juliets Lektorin, angerufen und sich erkundigt, wie es mit *Quadrille in London* voranginge. Juliet hatte ein wenig gelogen, hatte versäumt zu erwähnen, dass sie bezüglich Lady Porters Intrige an einem toten Punkt angelangt war, und hatte zu den bereits geschriebenen Kapiteln kühn zwei weitere hinzugefügt.

«Schreibe morgens», riet Ruth. «Ich fange mit den Tänzern und Tänzerinnen erst um zwölf Uhr an. Komm gegen eins oder zwei vorbei.»

Juliet spürte, wie sie weich wurde. «Schließlich», so meldete sich ihre innere Stimme verführerisch zu Wort, «wird *Quadrille in London* nur umso besser werden, wenn du dich eine Weile rar machst. Etwas gesunde Ablenkung erfrischt stets den Geist.»

Und außerdem war da diese faszinierende Sache mit dem Talkumpuder. In Juliets Hinterkopf tauchte das Bild von Nancy Drew auf, die fröhlich in ihren Sportwagen springt. Nancy Drew musste nie allein in einem Arbeitszimmer sitzen. Nancy Drew musste sich keine Dialoge einfallen lassen, die imaginäre Personen miteinander führten. Wenn jemand Ruth sabotieren wollte, wenn jemand es auf Anton Mohr abgesehen hatte, war das dann keine Frage von Plot? Von Plot und Charakteren? Vielleicht könnte sie sich mit den Tänzern und Tänzerinnen ein wenig unterhalten, sie kennen lernen, ein paar Dinge herausfinden ...

«Vermutlich kann ich mich ein paar Tage frei machen», sagte sie.

«Natürlich kannst du das.» Ruth hielt ihr erneut den Joghurtbecher hin. «Iss auf. In zehn Minuten kommen die anderen zurück.»

Ein paar Stunden später, Juliet war gerade aus den Jansch-Studios nach Hause zurückgekehrt, rief Ruth an und teilte ihr das Neueste von Anton mit. Wie Victorine vorausgesehen hatte, war Antons Rücken laut der Diagnose von Dr. Keller unverletzt. Andererseits hatte er sich den Knöchel leicht verstaucht und würde einige Tage lang nicht tanzen dürfen. Das brachte Ruth in ein schreckliches Dilemma, wie sie sagte, denn sie hatte für fünfzehn Uhr am kommenden Freitag einen formellen Durchlauf des ersten Aktes angesetzt.

«Einen formellen Durchlauf?» Juliet fragte sich, was das bedeutete, und war eigentlich nicht geneigt, das ausgerechnet jetzt zu lernen. Sie war bereits in ihren Pyjama geschlüpft und hatte sich gerade mit dem Buch *Ein Tanz zur Musik der Zeit* von Anthony Powell hingesetzt, als das Telefon klingelte. Ihrer Meinung nach war ihr neuer Job als Sous-Chef in Ruth Renswicks Leben für heute vorbei. «Kannst du nicht einfach einen neuen Termin ansetzen? Oder es ohne Anton machen?»

«Das ist nicht so einfach», meinte Ruth sorgenvoll. Ein formeller Durchlauf, so erklärte sie, war die Aufführung eines Stückes, an dem noch gearbeitet wurde, im Studio, vor einem kleinen, handverlesenen Publikum. Es bot sowohl den Tänzerinnen und Tänzern als auch der Choreografin die Chance, die Arbeit als Ganzes zu sehen und zu fühlen. Gleichermaßen wichtig war der Umstand, dass beim formellen Durchlauf zum ersten Mal das Designteam das Stück in Aktion sah, die erste Gelegenheit, die doch recht theoretischen Pläne, die sie für das Bühnenbild, die Kostüme und das Licht entworfen hatten, zu verbessern und anzupassen. Es wäre auch die erste offizielle Begutachtung von Ruths Fortschritten durch die Administration der Jansch-Truppe, die so überstürzt beschlossen hatten, bei ihrer Saison mit dem Stück *Große Erwartungen* alles auf eine Karte zu setzen. Wenn es ihnen gefiel, würden Geld und Aufmerksamkeit weiterhin fließen. Wenn es ihnen nicht gefiel – nun, Ruth wollte gar nicht daran denken, was geschehen würde, wenn es ihnen nicht gefiel. Kurz gesagt, der formelle Durchlauf war von entscheidender Bedeutung, sowohl praktisch als auch offiziell gesehen, und wenn die Zweitbesetzung ihn tanzte, entsprach das ganz und gar nicht ihren Vorstellungen.

Andererseits hatte sie bereits etwa zwei Dutzend viel beschäftigte Menschen eingeladen (die Kostümbildnerin und ihre Leute, den Bühnenbildner und seine Leute, den Lichtdesigner, den amerikanischen Assistenten des Komponisten), und alle hatten sie extra einen Platz in ihrem Terminkalender freigehalten, um dem formellen Durchlauf beizuwohnen.

«Dann änderst du den Termin, und sie schaffen eben noch mehr Platz in ihrem Kalender», empfahl Juliet und warf dem Buch von Powell einen sehnsuchtsvollen Blick zu. Sie fragte sich versonnen, wie man sich für das Etikett ‹viel beschäftigt› qualifizierte, vor dem Ruth solche Hochachtung zu haben schien.

Nach beträchtlichem Händeringen und zahllosen ‹Warum-nicht-einfach› und ‹Ja-aber› erklärte sich Ruth damit einverstanden, den Termin zu verschieben. Sie legten auf, und am nächsten Tag wurde Gretchen Manning dazu verdonnert, das notwendige komplizierte Geflecht von Anrufen und Gegenanrufen zu tätigen. Am Ende wurde der formelle Durchlauf für den Mittwoch der Folgewoche neu angesetzt.

In der Zwischenzeit gingen die Proben weiter. Juliet stand zu ihrem Wort und nahm an ihnen teil. Wenn sie nachmittags ins Studio kam, roch sie als Erstes immer an der Kolophoniumkiste. Bislang war die Freveltat nicht wiederholt worden.

Am Tag nach seiner Verletzung saß Anton Mohr, den linken Knöchel fest mit einer elastischen Binde verschnürt, auf seinem gewohnten Platz neben dem Klavier und sah zu, wie sich Hart Hayden hervortat, sowohl buchstäblich als auch im übertragenen Sinne. Als Partner von Elektra ließ sich Hayden ganz von Ruth führen, während Kirsten Ahlswede, die vorübergehend mit einem Tänzer gepaart wurde, der den Pip als Drittbesetzung tanzte, und eine langjährige Solotänzerin namens Nicky Sabatino hinter ihnen standen und ihre Schritte kopierten. Falls Anton durch seinen Ausrutscher und das Wissen um dessen Grund emotional erschüttert worden war, so zeigte er es nicht. Ganz im Gegenteil, er schien entspannt und aufmerksam. Jedwede professionelle Bedrohung, die er angesichts der Tatsache, dass Hayden seinen Platz eingenommen hatte, empfinden mochte, war seinem Gesicht nicht anzumerken.

Juliet fiel auf, dass Hayden zwar ebenso gewissenhaft war wie Mohr, ebenso kooperativ, aber dennoch eine andere Herangehensweise verfolgte. Wo Anton grinste oder sich mitten in einer schwierigen Hebung vor Lachen krümmte, blieb Hart immer ernst, sein Gesicht so teilnahmslos, als würde er meditieren. Er schien seine Energie aus einem tiefen inneren Brunnen zu schöpfen. Gleichzeitig unterbreitete er Ruth regelmäßig Vorschläge oder erfand gar eigene Bewegungen. Und er tanzte herrlich. Der einladende Charme, den Juliet bei ihm gespürt hatte, als sie das erste Mal miteinander sprachen, machte sich jetzt in seiner Arbeit bemerkbar, erweckte Pip zum Leben, Geste um Geste, die Bewegungen durchtränkt mit Eifer, Unschuld und Sehnsucht.

Ruth verbrachte den ersten Teil des Tages damit, Juliets Vorschläge zur Choreografie des Weihnachtsessens einzuarbeiten, einer Szene, an der das gesamte Ensemble beteiligt war (‹Es ist der Humor! Du hast absolut Recht!›, hatte sie beinahe freudig ausgerufen, als Juliet ihre Kritikpunkte vorbrachte). Dann probte sie den Pas de deux von Pip und Estella, der nach dem ‹Pip als Spanner›-Pas de trois kam. Juliet sah zu, den Blick weniger auf Ruth und ihre Fortschritte gerichtet, als auf den Raum als Ganzes. Obwohl sie sich sorgte, weil sie Lady Porter und Lord Suffield mitten im Gespräch im Stich gelassen hatte, bewegten sie die Vorgänge in der Jansch-Truppe einfach mehr. Ihr gefiel der Gedanke nicht, dass jemand Ruths Bemühungen untergraben wollte, und letzte Nacht im Bett war sie immer wieder ihre Erinnerung an das menschliche Durcheinander am Ende der gestrigen Probe durchgegangen, dieses Gewirr aus Tänzern und Tänzerinnen zwischen Ruths Beendigung der Probe und dem allgemeinen Aufbruch, die verschiedenen Leute, die sie an der Kolophoniumkiste hatte vorbeigehen sehen.

Während Ruth an dem Pas de deux von Pip und Estella arbeitete, sah Juliet mit erhöhter Aufmerksamkeit zu. Die Passage war seltsam, denn Pip musste seine Furcht vor Estella und sein Gefühl der Anziehung für sie zum Ausdruck bringen, wobei Estella gleichzeitig unergründlich hochmütig blieb (daher der spätere Spitzname: das ‹Annäherungs-Vermeidungs›-Duett). Juliet bemerkte Lily Bediant, die – während Hart Hayden und Elektra Andreades arbeiteten – in einer Ecke saß, die Knie an die Brust gezogen, die violetten Augen übellaunig starrend. In keiner der Szenen, die an diesem Tag durchgegangen wurden, tanzte sie mit. Juliet ging davon aus, dass es ihr nicht gefiel, wenn man ihre Zeit verschwendete. Oder schlimmer noch.

Während sie beobachtete, wie Hart Hayden mit den verschiedenen Möglichkeiten experimentierte, Elektras rechten Fuß auf seine linke Schulter zu heben, wurde Juliet plötzlich bewusst, dass ihr eigener rechter Fuß eingeschlafen war. Sie beschloss, hinauszuschleichen und ein wenig durch das Gebäude zu wandern. Die etwas kühlere Luft im Flur war eine echte Erleichterung. Sie blieb hin und wieder stehen, um ihren prickelnden Fuß kreisen zu lassen, dann stieg sie die Treppe in den nächsten Stock hinauf.

Dort sah sie sich in dem Labyrinth an winzigen Arbeitskubussen um, die als Büro für Tanzlehrer und die Bühnencrew dienten. Sie steckte den Kopf in ein kleines Zimmer, das eine Bibliothek aus Partituren und Notizen zum Repertoire beherbergte. Sie betrachtete eine Reihe von Anschlagtafeln, an denen Rolleneinsätze, Probenpläne und Gesuche aushingen. Sie setzte sich in eine Ecke des bequemen Aufenthaltsraumes der Tänzer und Tänzerinnen und tat, als läse sie die *Times*, während sie dem Klatsch und Tratsch einiger Corpsmitglieder lauschte, die sich über Becher mit fettfreiem Joghurt hinweg unterhielten. Verletzungen waren das Hauptthema: wer tat was mit welchen Gliedmaßen oder Gelenken, wie lange waren er oder sie freigestellt, welche Behandlung war verschrieben worden. Antons Verletzung fand ebenfalls Erwähnung. Seine Behauptung, es läge ein äußerer Grund für seinen Ausrutscher vor, wurde als Wunschdenken eines gekränkten Profis abgetan; offenbar hatte er bislang Fleetwoods Anweisung befolgt und die Wahrheit für sich behalten. Aus dem Tonfall und den Stimmlagen schloss Juliet, dass Mohr für das Corps immer noch ein Außenseiter war. Ein

Anwesender beschwerte sich, dass Mohr nie mit dem Rest der Kompanie Unterricht nahm. Aber eine große, gertenschlanke Frau verteidigte Mohr sofort und erklärte, er wohne in Brooklyn und der Unterricht, den er besuche, sei von dort einfach schneller zu erreichen. Diese besondere Fürsprache traf auf eine Runde grinsender Gesichter, angesichts derer die Tänzerin knallrot wurde, und Juliet kam zu dem Schluss, dass wahrscheinlich die Hälfte der Frauen in der Truppe in den Deutschen verknallt war.

Neben Verletzungen dominierten Klagen über Erkältungen das Gespräch, dazu Witze über Patzer, die sich Kompaniemitglieder bei diversen Proben geleistet hatten. Ein Tänzer, ein untersetzter Mann mit schwerem spanischen Akzent, warf ein, er habe gehört, Lily Bediant habe gestern von Ruth Renswick ‹echt eins ausgewischt› bekommen. Aber niemand ging darauf ein, und das Gespräch wandte sich anderen Themen zu. Ob die Bemerkung deshalb verpufft war, weil sich keiner von den anderen dafür interessierte, oder aus Respekt – beziehungsweise aus Angst – vor Lily, konnte Juliet nicht ausmachen. Dafür sprachen die Tänzer, ohne es mit Antons Ausrutscher in Verbindung zu bringen, von dem Memo über einen ‹bösartigen Vorfall›, das sie alle erhalten hatten, aber da keiner eine Ahnung hatte, worauf sich dieses Memo beziehen mochte, wurde das Thema erneut gewechselt, und man unterhielt sich über die Late-Night-Show von Letterman im gestrigen Fernsehprogramm.

Juliet stand auf und schlenderte davon. Im Umkleideraum der Frauen fand sie eine Pappschachtel mit der schriftlichen Bitte auf einem Schild, abgetragene Spitzenschuhe sollten doch freundlicherweise mittellosen, aufstrebenden Ballerinen gespendet werden. Wohin immer sie ging, warfen ihr die Leute misstrauische Blicke zu. Fremde verirrten sich nur selten ins Jansch-Gebäude, und es gab (wie sie später erfuhr) durchaus auch hier Spanner. Obwohl Juliet sich für unauffällig hielt – eine runde, ein wenig schäbige, nicht mehr junge kleine Person mit einem festen, wenn auch bedeutungslosen Lächeln –, so schien ihr Auftauchen doch alle möglichen Verdächtigungen wachzurufen. Dennoch empfand sie diesen zweifelhaften Empfang nicht wie am Vortag als Zeichen von Arroganz oder Snobismus, sondern sah in ihm jetzt die schützende Gruppenverbundenheit von Zirkusartisten oder auch Freaks.

Sie schlenderte geistesabwesend die Treppe hinauf und wieder hinunter, wobei sie über diese Erkenntnis nachdachte, als sie buchstäblich in Hart Hayden rannte.

«Entschuldigen Sie bitte!», rief sie inbrünstig. Der Gedanke, sie könnte einem Tänzer blaue Flecke bescheren, indem sie ihn über den Haufen lief oder ihm auf die Zehen trat, entsetzte sie ebenso wie der Gedanke, einen Sänger mit einer Halsentzündung anzustecken. «Ich habe nicht aufgepasst ...»

«Es sind immer zwei an einem Zusammenprall schuld.» Hayden lächelte. «Ich wollte mir gerade eine Flasche *Dr Pepper* holen. Begleiten Sie mich doch.»

Er fegte mit seiner kleinen, schlanken Hand durch die Luft, eine unfreiwillige, unglaublich unverblümte Ballettgeste, mit der er sie einlud, sich umzudrehen und ihm vorauszugehen. «Es sei denn, Sie wären in Eile.»

«Oh nein.» Juliet machte kehrt und stieg, so anmutig sie konnte, vor ihm die Wendeltreppe hinauf. Es überraschte – und freute – sie, dass der große Star der Kompanie so freundlich zu ihr war. Er hätte sie mühelos schneiden können, wie es die meisten seiner Kollegen und Kolleginnen zu tun schienen.

«Welchen Tagträumen haben Sie sich denn gerade hingegeben?», fragte er. «Haben Sie heute Abend ein heißes Rendezvous?»

«Meine Güte, nein.» Sie lachte. Hart führte sie zur Lounge und zu einem Kühlautomaten, der frisches Obst, Saft, Wasser und andere Kleinigkeiten im Angebot hatte. «Sie etwa?»

«Ich? Ich bin mit dem Tanz verheiratet. Ohne Scherz», fügte er hinzu, als Juliet lachte. «Wenn ich mit jemand schlafe, kann ich nicht so gut tanzen. Also schlafe ich mit niemandem.»

«Wow.»

«Ich liebe den Tanz», erklärte Hart Hayden schlicht. Er warf einige Münzen in die Maschine, drückte einen Knopf, wartete, während das Gerät sich in Betrieb setzte, öffnete dann die Ausgabetür und entnahm seine Flasche mit einer fließenden Bewegung. «Es ist nicht leicht, aber es ist einfach unvergleichlich.»

«Ich bewundere Ihre Hingabe.»

Mit der *Dr-Pepper*-Flasche in der Hand kehrte er zur Treppe zurück und stieg die Stufen hinunter. «Ich bin sicher, mit dem Schreiben geht es Ihnen genauso», rief er über seine Schulter.

«Da wäre ich mir nicht so sicher. Ich glaube, meine Begeisterung für das Schreiben ist nicht so groß, dass ich dafür zölibatär leben würde.»

«Ach, das würden Sie, wenn Sie müssten.»

«Ich schreibe besser, wenn ich Sex habe», meinte sie nachdenklich und fragte sich gleichzeitig, mit was für einer Person (männlich? weiblich?) Hart Hayden Sex hätte, wenn er denn welchen hätte. Sie war verwirrt, kam zu keinem Ergebnis. «Aber ich bin nie eine Affäre eingegangen, nur um bessere Sätze zu schreiben.»

«Ach nein?» Sie waren am Fußende der Treppe angekommen. Haydens Pause würde gleich vorbei sein. «Ich täte es», sagte er ernst. Dann: «Bitte entschuldigen Sie, ich muss wieder hinein. Kommen Sie auch mit?»

«Nur eine Minute.» Juliet zögerte noch, das dampfige Studio zu betreten, wandte sich ab und schlenderte den Flur entlang, der zu den Umkleideräumen führte. Dann blieb sie abrupt stehen. Was war denn das? Sie schnüffelte. Der Geruch kam unerwartet, war aber eindeutig vertraut. Sie folgte ihm den Flur entlang zu einer schweren Metalltür mit einem roten Querriegel. BEIM ÖFFNEN DER TÜR ERKLINGT DER ALARM, stand darauf.

Die Tür ging geräuschlos auf. Ein Tänzer hatte sie geöffnet und entschuldigte sich, als er an ihr vorbeischlüpfte. Juliet trat hinaus und fand ein halbes Dutzend Corps-Mitglieder, die auf einem rechteckigen Metalltreppenabsatz standen, der zur Feuertreppe gehört. Sie verschmutzten friedlich den Sonnenschein mit brennenden Zigaretten. Es war eine Raucherecke, offensichtlich illegal, aber ebenso offensichtlich gut besucht.

«Hallo», sagte Juliet und versuchte, ihr Entsetzen angesichts qalmender Tänzer und Tänzerinnen zu verbergen, besonders angesichts der Männer, für die das Gewicht keine so alles entscheidende Rolle spielte. Aber ihr kam bald schon der Gedanke, dass der Tabak (vor allem in Form von *Philip Morris*) sehr gut für den amerikanischen Tanz gewesen war – der Konzern hatte fast allein den Tanz am Leben gehalten, als die Truppen sich mehrten und das Publikum immer älter wurde –, also war es nur gerecht, dass die amerikanischen Tänzer und Tänzerinnen diesen Gefallen erwiderten.

Ruth musste dem Corps eine längere Pause als den Solotänzern gewährt haben, denn vier oder fünf der Anwesenden auf dem Absatz tanzten in den *Großen Erwartungen* mit. Juliet kannte jedoch nur den Namen einer Tänzerin: Olympia Andreades, Elektras Schwester. Olympia erwiderte ihr ‹Hallo›, wenn auch nicht besonders begeistert, aber die anderen bedachten Juliet nur mit demselben kalten Blick, den sie nun schon gewohnt war. Sie blieb dennoch, zog eine abgegriffene Packung *Winstons* aus ihrer Handtasche und fragte, ob jemand Feuer habe. Die Unterhaltung hatte mit ihrem Erscheinen abrupt geendet, aber die Kameraderie unter Rauchenden arbeitete zu ihren Gunsten. Ein Tänzer streckte ihr ein billiges Feuerzeug hin. Juliet lächelte dankbar und zündete ihre Zigarette an. Sie überlegte sich gerade einen Gesprächsanfang für Olympia, als die Frau plötzlich selbst das Schweigen brach.

«Und? Was denken Sie?», fragte sie.

«Entschuldigung?»

«Wie sieht es für Sie aus?»

Olympia Andreades inhalierte tief und atmete heftig aus. Sie hatte die dunklen Augen und Haare ihrer jüngeren Schwester, war jedoch größer, und ihre Gesichtszüge waren länger, kräftiger. Ihre Haut war im Gegensatz zu Elektras Elfenbeinton olivfarben, und ihre Lippen waren voll, weich und üppig. «Die *Großen Erwartungen*», erläuterte sie, «was halten Sie davon?»

«Es ist alles noch sehr neu», meinte Juliet vorsichtig. «Aber ich denke, es wird sich gut entwickeln. Was denken Sie?»

«Ach, wir lieben es», erwiderte Olympia prompt. «Die Musik ist wundervoll, und die Schrittfolgen sind interessanter als das, was wir sonst bekommen. Wir als Corps, meine ich.»

«Ich bin übrigens Juliet Bodine», sagte Juliet, da sie einander noch nicht vorgestellt worden waren. «Sie sind die Schwester von Elektra Andreades, nicht wahr?»

Es gab eine Pause.

«Eine meiner vielen Leistungen», bestätigte Olympia ihr trocken.

Juliet wurde rot und begriff, dass es nicht sehr unterhaltsam sein konnte, im Corps zu tanzen, während die kleine Schwester sich als hoch geschätzte Solotänzerin im Rampenlicht bewegte. Juliet fragte sich, wie tief Olympias Groll reichte.

Sie lächelte befangen. «Wie arbeitet es sich denn so mit Ruth?», fragte sie in der Hoffnung, das Thema wechseln zu können.

Olympia tauschte einen skeptischen Blick mit ihren Kollegen. «Sie sind Ihre Freundin, nicht wahr?»

«Stimmt, aber das heißt nicht, dass man meiner Meinung nach leicht mit ihr zusammenarbeiten könnte. Ich wette, sie ist ziemlich anspruchsvoll.»

Niemand antwortete darauf.

«Sie sind alle ziemlich anspruchsvoll», sagte einer der Männer schließlich, ein großer, dunkelhaariger Tänzer mit eckigen Schultern und Hüften. Er hatte einen ausländischen Akzent, den Juliet zögerlich in Russland ansiedelte. Sie sah ihn an.

«Sie?»

«Alle Choreografen. Choreografen überall. Sie spielen, und wir sind ihre Marionetten.»

«Haben Sie nicht das Gefühl, mit ihnen zusammenzuarbeiten?»

«Als Corps?» Er lachte, stieß dabei Rauch aus. «Vielleicht die Solotänzer.»

«Anton Mohr hat mir gesagt, dass Ruth ihm erlaube, sich auf seine ureigenste Weise zu bewegen.»

Zu ihrer Überraschung rief diese Äußerung lautes Gelächter hervor.

«Anton Mohr bewegt sich mit allen, mit denen er zusammen ist, auf seine ureigenste Weise», erklärte Olympia in einem Tonfall, der für Juliet eindeutig an ein Wiehern erinnerte. Der eckige Mann wieherte auf Russisch, und Juliet sah, wie die beiden einen merkwürdigen Blick austauschten. Etwas an Anton Mohr lief als interner Scherz durch die Kompanie, und es hatte mit Sex zu tun.

Juliet war enttäuscht. Ruth hatte ihr kurz zuvor gesagt, dass sich bislang niemand auf Greg Fleetwoods Wischiwaschi-Memo gemeldet hatte, weder offen noch anonym. Darum war Juliet auf nützlichen Klatsch aus. Sie war von Natur aus neugierig und genoss es, ihre Nase in fremde Angelegenheiten zu stecken, vor allem, wenn es dabei um eine gute Sache ging. Aber sie hoffte sehr, dass Sex kein zentrales Element in dieser Angelegenheit war. Nicht, dass sie Sex nicht mochte – ganz im Gegenteil. Es war nur so, dass ihr die Aussicht, im Sexleben anderer Menschen herumzuschnüffeln, zutiefst peinlich war.

Trotzdem zwang sie sich, weiter zu fragen. «Er ist so was wie ein Frauenheld, nicht wahr?»

Wieder wurde gelacht.

«Na, mehr als nur so was, würde ich sagen», erwiderte Olympia Andreades. Sie nickte wissend mit dem Kopf, tauschte wieder einen Blick und ein Lächeln mit dem eckigen Russen, und hob dann eine Augenbraue. «Und ich glaube, wir dürfen getrost behaupten, dass er auch so was wie ein Männerheld ist.»

4

Ballettmenschen haben nicht viel Freizeit, und die wenige, die sie haben, verbringen sie größtenteils damit, heiß zu baden, Eis auf ihre Knie zu packen oder ihre Spitzenschuhe zu härten (für mehr Kraft) beziehungsweise auf diese einzuhämmern (für mehr Flexibilität). Aus diesem Grund konnte Teri Malone die Einladung zum Mittagessen in Juliets Wohnung erst am Sonntag nach Antons unseligem Sturz annehmen, obwohl sie sehr darauf brannte, über das Schreiben zu reden.

Mittlerweile hatte Juliet begriffen, dass ein kleiner Plausch mit Teri ihr eine gute Gelegenheit bieten würde, an Hintergrundinformationen über das Leben in der Jansch-Truppe zu kommen. Teri war Corpsmitglied und wusste als solches, das nahm Juliet zumindest an, höchstwahrscheinlich mehr über die kleineren und größeren Streitigkeiten im Kollegenkreis als beispielsweise Hart oder Anton selbst. In den drei Tagen seiner Zirkulation hatte Greg Fleetwoods Memo hinsichtlich des ‹bösartigen Vorfalls› gar nichts gebracht, und es sah nicht danach aus, dass sich das ändern würde. Niemand hatte sich gemeldet, und am Samstag schien die ganze Angelegenheit bereits vergessen. Aber die Tatsache, dass der Vorfall ungelöst und ungestraft blieb, nagte an Juliet. Das erschütterte ihre Überzeugung, eine besondere Geistesschärfe zu besitzen (ein Gefühl, das oft an intellektuelle Arroganz grenzte). Und sie machte sich Sorgen wegen Ruth.

Der Sonntag war mit einem schweren, lärmigen Sommerregen angebrochen, und die Frauen nahmen das Mittagessen in Juliets Esszimmer ein. Der Raum war hell und lang, und an dem Tisch hatten zwölf Leute Platz. Juliet dachte zwar, dass die Küche für sie beide praktischer wäre, dieser jedoch das angemessene Ambiente für eine solche Gelegenheit fehlte. Das Esszimmer war der einzige Teil ihrer Wohnung, mit dem sie nie ganz zufrieden war. Ein dicker Perserteppich bedeckte den Boden, und der Tisch war aus dunkler, auf Hochglanz polierter Eiche.

Jägergrüne Samtvorhänge umrahmten die beiden hohen Fenster. Vor den Fenstern bildete der Dauerregen nun einen weiteren Vorhang und verhüllte die Aussicht auf den Fluss. Das Zimmer hätte einladend und luxuriös wirken sollen, doch es kam seiner Besitzerin immer als zu steif für die einfachen Freuden des Essens vor. Sie setzte sich nie an diesen Tisch, ohne nicht darüber nachzudenken, wie sie die Inneneinrichtung verändern konnte.

Was das Essen betraf, so wäre es akkurater zu sagen, dass Juliet aß, während Teri in der Nähe des Essens saß.

«Es macht Ihnen doch nichts, wenn ich nur ... ein wenig stochere?», hatte die Tänzerin entschuldigend gefragt, als sich Juliet vor das aufwändige Mahl setzte, das Ames zubereitet hatte, bevor sie am Freitagabend nach Hause gegangen war. «Ich habe letzte Woche ein Memo von Max erhalten. Zwei Pfund.» Die Wangen des Mädchens färbten sich dunkelrot, als sie die schändliche Zahl nannte, und sie kicherte nervös und gar nicht wie eine Ballerina.

Juliet wischte jedwede Sorge darüber, wie viel oder wie wenig ihr Gast konsumierte, beiseite; aber nun, als sie am Meeresfrüchtesalat kaute und Teri sie dabei beobachtete, wie sie ihren Meeresfrüchtesalat kaute, konnte Juliet nicht anders, als einen verstohlenen Blick auf die Figur des Mädchens zu werfen und zu raten, welcher Quadratmillimeter an ihr für eine Reduktion noch zur Verfügung stand. Sie musste auch daran denken, wie sie sich wohl fühlen würde, wenn ihr Max Devijian mitgeteilt hätte, entweder zwei Pfund Körpergewicht oder aber ihren Job zu verlieren.

«... also kam mir die Idee, ein Buch über Eau Claire zu schreiben, weil noch nie jemand einen Roman dort angesiedelt hat, wissen Sie?», erzählte Teri. «Ich hatte den Anfang schon geschrieben, beinahe ein ganzes Kapitel. Aber dann machte ich mir Sorgen. Vielleicht gibt es ja einen Grund, warum die Leute keine Romane über Eau Claire schreiben, vielleicht will ja niemand etwas über Eau Claire lesen. Verstehen Sie?»

Die Frage schien rhethorischer Natur zu sein, und Juliet begnügte sich mit einem gemurmelten ‹Mmm›. Bislang hatte Teri keine Ermutigung gebraucht, um über ihre Vorstellungen vom Schreiben zu reden, und sie hatte auch nicht um Rat oder Informationen gebeten. Sie schien auf Autopilot geschaltet, und Juliet war gewillt, sie plaudern zu lassen. Teris leise Stimme klang ein wenig pfeifend. Ihre Vokale wiesen eindeutig auf den Mittleren Westen hin. Es war ein stiller Nachmittag, die meisten Nachbarn aus Juliets Haus verbrachten das Wochenende außerhalb der Stadt, und Teris Stimme strömte friedlich weiter, ein wenig wie weißes Rauschen.

Juliet hatte keine Pläne für die Zeit nach dem Mittagessen; sie hatte sich angesichts der Tatsache, dass sie in dieser Woche drei Nachmittage geschwänzt hatte, um sich in den Jansch-Studios aufzuhalten (am Freitag war sie ebenfalls dort gewesen), vorgenommen, einfach ein paar Stunden an ihrem Schreibtisch zu verbringen. Sie spielte gerade mit der Idee einer komischen Liebesszene im königlichen Bad von Bath, als etwas, das Teri sagte, ihre Aufmerksamkeit weckte.

«... aber selbst, wenn sie die Klage nicht gewinnen, wäre es schrecklich, das alles durchstehen zu müssen. Und nicht nur die Jansch-Verwaltung könnte mich vor Gericht zerren, jeder Tänzer, der glaubt, eine Figur sei nach ihm geformt, könnte mich verklagen. Ein Freund von meinem Dad ist Anwalt, und der meinte, es sei keine Verleumdung, wenn es nicht unschmeichelhaft ist. Aber man kann doch keinen Roman schreiben und alle Figuren freundlich und gut und nett gestalten, das weiß sogar ich. Man muss einen Konflikt haben. Stimmt's?»

Juliet lächelte vage und erwiderte mit mechanischer Präzision: «Der Konflikt zwischen dem einen Guten und einem anderen Guten ist häufig hochinteressant. Aber ich möchte Sie richtig verstehen: Sie glauben, wenn Sie einen Roman schreiben, der auf Ihren Erfahrungen bei der Jansch-Truppe basiert, könnte ein Mitglied der Kompanie Sie vor Gericht bringen?»

«Glauben Sie das nicht?»

Juliet stieß ihren Stuhl zurück – es machte ohnehin nicht viel Spaß, im Beisein ihrer enthaltsamen Besucherin allein zu essen – und fuhr geistesabwesend mit gespreizten Fingern durch ihre lockigen blonden Haare. «Nennen Sie mir ein Beispiel», forderte sie Teri auf.

«Ein Beispiel, gut», erwiderte Teri bereitwillig, obwohl sie schon wieder rot wurde. «Nehmen wir an, einer der Tänzer in dem Roman hätte die Handtasche einer Tänzerin gestohlen. Dann würden doch alle denken, ich meine Graham Barr. Auch wenn es bei ihm ganz anders war.»

«Würden sie das wirklich glauben?»

«Na ja, ich würde das schon. Graham hat drei Handtaschen gestohlen, bevor sie ihn erwischten und ihn aus der Kompanie warfen.»

«Hm. Mir scheint, in diesem Fall schützt Sie die ‹Regel vom kleinen Penis›.»

Teri kicherte, aber Juliet fuhr gelassen fort. «Die ‹Regel vom kleinen Penis› besagt, dass sich kein Mann melden und verkünden wird, die Figur mit dem kleinen Penis basiere auf ihm. Wenn Sie jemand einen demütigenden Charakterzug verleihen, sind Sie wahrscheinlich sicher. Soweit ich weiß, ist es auch keine Verleumdung, wenn es der Wahrheit entspricht. Gab es noch weitere Diebstähle, nachdem er gefeuert wurde?» Sie fügte so beiläufig sie konnte hinzu: «Könnte es sein, dass Greg Fleetwood das mit dem ‹bösartigen Vorfall› von neulich meinte?»

Wenn Teri etwas von dem Talkumpuder wusste, verbarg sie es sehr gekonnt.

«Ich habe keine Ahnung, worum es bei dem Memo ging», sagte sie und sah aus, als ob sie es zu gern gewusst hätte. «Ich glaube aber nicht, dass es weitere Diebstähle gab. Und was wäre, wenn ich einen Tänzer beschreibe, der echt selbstsüchtig ist, oder jemanden mit einem wirklich widerlichen Charakter? Solche haben wir. Oder jemand, der mit allen gleich ins Bett steigt, oder eine verheiratete Tänzerin, die eine Affäre hat? Es gibt so viele Gründe, warum sich jemand angepinkelt fühlen könnte – entschuldigen Sie bitte –, warum jemand beleidigt sein und behaupten könnte, ich hätte seinen Ruf ruiniert.»

«Steigen denn die Leute viel miteinander ins Bett?», fragte Juliet und tat gleichzeitig so, als würde sie sich sehr für die regnerische Aussicht interessieren.

«Natürlich nicht alle, aber einige schon.» Teri lächelte schüchtern. «Vielleicht nicht gerade viele, aber es gibt schon ein paar, die Affären haben.»

«Ach, wer denn zum Beispiel?», fragte Juliet und fühlte sich ungeheuer unwohl. ‹Wer zum Beispiel?› Also wirklich. Was für eine Frage.

Man musste es Teri Malone zugute halten, dass ihr langsam unbehaglich wurde. «Ich bin nicht sicher, ob ich . . .», murmelte sie.

«Meinen Sie Anton Mohr?», bot Juliet an und dachte sehnsüchtig an eine lange heiße Dusche. «Von ihm habe ich schon gehört.»

Teri war erleichtert. «Vermutlich wissen mittlerweile alle von Anton.»

«Vermutlich.» Juliet grinste. Wenigstens versuchte sie sich an einem Grinsen.

Teri verfiel unseligerweise in Schweigen. Juliet beschloss, einen Schuss ins Dunkle zu wagen.

«Ich habe gehört, dass er und Kirsten Ahlswede auch abseits der Bühne Partner sind», behauptete sie kühn und legte so viele Andeutungen in ihren Tonfall hinein wie möglich.

«Haben Sie das?» Teri wirkte erstaunt. «Gerade bei ihr hätte ich nie . . . das muss ich Lily sagen», schloss sie.

Eilig korrigierte sich Juliet. «Vielleicht habe ich auch die Namen verwechselt. Könnte ich Lily Bediant gemeint haben?»

«Ja, das ergibt schon eher einen Sinn.» Teri, die jetzt gar nicht mehr auf der Hut war, nickte. «Aber das ist schon fast ein Jahr her, gleich nachdem Anton zur Jansch-Truppe gestoßen war. Lily hat es beendet. Sie . . .» Das Mädchen zögerte, dann fuhr sie etwas peinlich berührt, aber stolz fort: «Ich glaube, Lily mag mich wirklich, weil sie sich mir nämlich anvertraut, wissen Sie.»

Juliet versuchte sich vorzustellen, was diese unter Hochspannung stehende, stachelige Kreatur zu einem so sehnsuchtsvollen Teenager ziehen konnte. Wahrscheinlich war es die Mischung aus einer mitfühlenden Seele mit einem unbedrohlichen Körper, urteilte Juliet, ein Körper, der ihr auf der Bühne niemals Konkurrenz machen würde. Selbst mit vierzig konnte Lily Bediant Teri Malone buchstäblich an die Wand tanzen. Das wusste Teri auch. Sie hatte Juliet bereits gesagt, dass sie – selbst mit zwanzig – wusste, es niemals über das Corps hinaus zu schaffen. Aus diesem Grund interessierte sie sich auch so sehr für das Schreiben. Juliet glaubte zwar nicht, dass das Schreiben ein guter Rückzugsplan war, aber vermutlich war es immer noch besser als das Ballett.

«Jedenfalls hat Lily eines Nachts Anton erwischt, wie er im Bett lag mit . . .» Teris Wangen erblühten knallrot. «Sie wissen schon . . .»

«Mit einem Mann?»

Teris Stimme wurde leiser, als ob ein Flüstern ihre Offenbarung diskreter machen würde. «Greg Fleetwood. Anton hatte Lily erzählt, dass sie in Deutschland was miteinander hatten, aber das sei schon vor Jahren gewesen. So wie er es sagte, musste Lily glauben, dass es vorbei war.»

«Vielleicht dachte er ja auch, es sei vorbei», warf Juliet nachsichtig ein und fragte sich gleichzeitig, was sie unter ‹seit Jahren› verstehen sollte, insbesondere wenn man dabei Antons Jugend in Betracht zog.

«Mag sein. Aber man sollte wirklich nicht mit dem Management schlafen. Anton schläft mit jedem: Verwaltung und Solotänzer und sogar Corpsmitglieder – Olympia Andreades, kennen Sie sie?»

«Ja, ein wenig.»

«Tja, Anton hat mit ihr geschlafen und auch mit – aber eigentlich», Teri brach abrupt ab. «Ich bin mir nicht sicher, ob ich über all das reden sollte.»

Juliet hörte in ihrer Stimme eine neue Note der Vorsicht und meinte entgegenkommend: «Sie haben Recht, lassen Sie uns das Thema wechseln.» Es wäre nicht hilfreich, wenn Teri das Gefühl bekam, ausgehorcht zu werden.

«Ich weiß, dass es mir nicht gefallen würde, wenn andere so über mich redeten», erklärte Teri betreten.

«Ganz sicher nicht», stimmt Juliet ihr zu, obwohl sie sich gleichzeitig fragte, was für eine düstere Vergangenheit Teri haben mochte, über die sie so diskret den Mantel des Schweigens hüllte. Als Detektivin enttäuscht, aber als Mensch etwas entspannter, stand Juliet auf und ging zur Küche. «Möchten Sie einen Eiskaffee? Und erzählen Sie mir doch, wie es aus Ihrer Sicht mit den *Großen Erwartungen* vorangeht. Halten Sie Kirsten nicht auch für eine wunderbare Estella?»

Teri stand ebenfalls auf, nahm ihren unberührten Teller und das Besteck und folgte Juliet aus dem Esszimmer. «Kaffee wäre toll, danke.»

«Und die *Großen Erwartungen*?», beharrte Juliet und bewegte sich durch die geräumige Küche. Es gab immer noch die ursprünglichen Schränke mit den Glastüren, die eingebaut worden waren, als man das Gebäude 1928 errichtet hatte, auch wenn ein riesiger Kühlschrank jetzt den Speisenaufzug verdeckte. Ames scherzte manchmal, sie solle wieder Klingelschnüre für die Dienerschaft an der Wand anbringen (wenigstens hielt Juliet es für einen Scherz, aber bei der mürrischen Ames war das bisweilen nur schwer festzustellen).

«Kirsten ist in Ordnung», meinte Teri.

«Aber?», lieferte Juliet das Stichwort.

«Ich glaube, Lily wäre besser gewesen.»

Juliets Augenbrauen schossen hoch, bevor sie sie zügeln konnte. «Lily?»

«Sie wäre besser gewesen», wiederholte das Mädchen loyal. «Und das liegt nicht daran, dass wir Freundinnen sind. Victorine war fuchsteufelswild, als Ruth Lily die Rolle der Miss Havisham gab.»

«War sie das?» Juliet beschäftigte sich mit dem Kühlschrank, um in diesem heiklen Moment jedweden Blickkontakt mit dem Mädchen zu vermeiden. «Warum?»

«Lily ist viel zu jugendlich, um die Miss Havisham zu tanzen», sagte Teri mit etwas, das an Leidenschaft grenzte und mehr Gefühl beinhaltete, als Juliet je von ihr gehört hatte. «Es gibt keinen Grund, warum man ihr eine solche Charakterrolle gegeben hat. Wissen Sie, sie tanzt nämlich in dieser Saison Antons Aurora in *Dornröschen*!»

«Eine Charakterrolle?» Juliet war perplex. «Was ist denn das?»

«Ach, Sie wissen schon – die Sachen, die ältere Tänzer zugewiesen bekommen. Die Rollen, bei denen man nicht viel tanzen muss. Die Mutter der Prinzessin. Der Vater des Bräutigams.»

«Meine Güte, ich hätte den Part der Miss Havisham nie für eine solche Rolle gehalten», entgegnete Juliet. «Ich frage mich, ob Ruth das tut. War Lily selbst bestürzt?»

«Lily ist viel zu sehr Profi, um offiziell gegen so etwas Protest einzulegen. Aber zwischen uns: es hat ihr schon einen Schock versetzt. Sie dachte tatsächlich darüber nach, die Rolle abzulehnen. Doch auch dafür ist sie viel zu sehr Profi.»

«Unter uns», korrigierte Juliet die Möchtegernschriftstellerin. Das Mädchen wurde wieder rot, und Juliet wünschte, sie hätte sich zurückgehalten. Besserwisserei war Juliets unausrottbare Untugend, die Freunde verärgerte und intime Augenblicke kaputtmachte. Gleichzeitig fiel ihr plötzlich ein, dass Lily offenbar nicht zu sehr Profi war, um bei der Probe am Mittwoch nicht einen Tobsuchtsanfall zu bekommen. Einen Moment lang sah sie ein lebhaftes Bild vor ihrem inneren Auge: Lily Bediant, die als eine Art erste Frau gezwungen war, zuzusehen und zu lächeln, während die Jansch-Truppe die zweite Ehe mit der jüngeren Geliebten einging.

Juliet füllte zwei Gläser mit Eis und kaltem Kaffee, lächelte Teri einladend zu und führte sie in die Bibliothek, einen Raum von moderaten Proportionen, aus dessen Eckfenstern man den Fluss und die Vierundachtzigste Straße sehen konnte. Anders als das herrliche, aber unvermeidbar imposante Wohnzimmer war die Bibliothek ein gemütlicher Raum, voll gestopft mit Büchern und Möbeln. Ein Glasschrank in einer hinteren Ecke enthielt eine kleine Sammlung mit Schätzen aus der Regency-Ära: eine Schnupftabakdose aus Elfenbein, ein herzförmiges Medaillon, dessen Glasfront eine geflochtene Locke aus rotem Haar offenbarte, ein ‹moralisches› Brettspiel namens *Spiegel der Wahrheit* (die einzelnen Felder auf dem Brett hießen Leidenschaft, Heuchelei, Neid, Lüge, Leichtfertigkeit und so weiter), eine Duellpistole, von Manton höchstselbst hergestellt, ein Halstuch, im Stil von Byron gebunden, eine Trauerkarte und anderen Krimskrams.

Teri warf wortlos einen Blick darauf, dann sank sie dankbar in einen der beiden breiten Ledersessel, die den mit Ziegeln eingefassten Kamin umgaben. Ihr weites weißes Sommerkleid fiel weich über ihre winzige Gestalt, und Juliet fragte sich erneut, wo genau Teri zwei Pfund abnehmen wollte.

«Waren noch andere Leute von der Besetzungspolitik enttäuscht?», fragte Julie leichthin und setzte sich in den zweiten Sessel.

Teri zuckte mit den Schultern. «Klar. Alle wollten sie bei den *Großen Erwartungen* dabei sein. Es ist mit Abstand das interessanteste Projekt, das wir dieses Jahr haben.»

«Ich könnte mir vorstellen, dass es beim Vortanzen heiß herging.»

«Ach, es gab kein Vortanzen. Ruth kam einfach in die Studios, beobachtete uns bei der Arbeit und traf dann ihre Auswahl.»

«Ehrlich?» Juliets Überraschung war echt.

«Manche Leute sind der Ansicht, sie hätte wenigstens eine Probezeit gewähren können, um auch denen eine Chance zu geben, die sie nicht kannte. Einige der Solotänzer sind wirklich großartig, und ganz bestimmt könnten sie die Hauptrollen tanzen. Aber Ruth kannte Anton aus ihrer Zeit in Frankfurt, darum – aber ich will nichts Unhöfliches über Ruth sagen», unterbrach sie sich selbst und verschloss sich wie eine Auster. «Ich weiß, Sie beide sind befreundet.» Sie schenkte Juliet ein geübtes Bühnenlächeln, das sich völlig von dem scheuen Lächeln unterschied, das sie bis dahin gezeigt hatte. «Und es ist so nett von Ihnen, dass Sie mich zu sich eingeladen haben.»

An diesem Abend telefonierte Juliet mit Ruth und erzählte ihr, welche Informationsbrocken sie während des Mittagessens mit Teri hatte einholen können. Abgesehen von der Tatsache, dass Antons Promiskuität auf einen entsorgten Liebhaber oder eine abgelegte Geliebte als Schuldigen wies, schien das Ergebnis nicht gerade berauschend.

Es verwunderte Ruth nicht, dass die Besetzungsentscheidungen bei den *Großen Erwartungen* unter den Tänzern und Tänzerinnen zu Kummer und Groll geführt hatten. Eine Rolle zu wollen, sie aber nicht zu bekommen, gehöre zum Leben eines Tänzers dazu, erklärte sie kategorisch. Hinsichtlich des Punktes, dass Lily Bediant im richtigen Alter war, um Prinzessin Aurora zu tanzen, und daher zu jung, um die Miss Havisham zu tanzen, vermutete sie, dass die Paarung von Lily mit Anton Mohr mehr mit PR zu tun hatte als mit einer außergewöhnlichen Jugendlichkeit seitens Miss Bediants. Lily Bediant repräsentierte die alte Garde der Jansch-Truppe, die Tradition des klassischen amerikanischen Balletts. Anton umgab der Glanz der besten neuen Kompanien Europas. Er war jung, neu in der Truppe und hinsichtlich des klassischen Tanzes relativ unerprobt. Wenn man ihn in einem Publikumsrenner wie *Dornröschen* Lily als Partner zur Seite stellte, zeugte das einfach von gutem Marketing. Die Leute würden neugierig sein und die beiden zusammen sehen wollen, würden herausfinden wollen, wie Mohr mit der Rolle des Prinzen zurechtkam und wie er und die Bediant – Jugend und Alter, Unschuld und Erfahrung – zusammen tanzten.

Was nun Miss Havisham als Charakterrolle betraf, sagte Ruth, so müsse Teri wohl ihre ältere Freundin missverstanden haben. Lily mochte verzogen und launisch sein, aber sie war auch sehr viel klüger. Selbst wenn sie anfangs nicht begriffen haben mochte, dass Miss Havisham eine zentrale Figur im Stück war, wusste sie es jetzt ganz sicher. Ebenso wie Victorine (trotz ihrer aufreizenden Überfürsorglichkeit).

Faszinierender für Ruth war die Tatsache, dass es Anton Mohr mit so vielen Mitgliedern der Kompanie getrieben hatte. Es überraschte sie eigentlich nicht, meinte Ruth: Mohr war schon als Hedonist verschrien, als sie ihm in Deutschland das erste Mal begegnet und er kaum siebzehn Jahre alt war. Ihrer Erfahrung nach, so fuhr sie fort, wurden manche Tänzer asketisch, ließen ihre Sinnlichkeit und Sexualität in ihre Arbeit einfließen und führten außerhalb der Bühne ein ziemlich schmalspuriges Leben. Andere warfen sich in das körperliche Leben, erforschten ihre Möglichkeiten, Grenzen und Empfindungen auf jede nur mögliche Art und Weise. Kein Wunder, wenn eine herrliche Kreatur wie Anton den zweiten Weg einschlug.

Aber die Tatsache, dass Greg Fleetwood zu seinen Liebhabern gehört hatte, konnte durchaus von Bedeutung sein. Natürlich hatte sich Ruth Anton als Erstbesetzung für Pip gewünscht – jeder wäre begeistert gewesen, ihn in dieser Rolle zu besetzen –, aber nun erinnerte sie sich, als sie und Greg zu Beginn über die Besetzung gesprochen hatten, von seiner Seite aus den deutlichen Druck gespürt zu haben, sich für Mohr zu entscheiden. Das war vielleicht die Erklärung. Jedenfalls sollte Juliet weiter alle ausschnüffeln und herausfinden, wer in der Kompanie sich von Mohr zurückgeweisen fühlen könnte, und dann den Pool der Verdächtigen nach möglichen Kolophonium-Vandalen durchsieben.

Juliet hörte all dem lammfromm zu und erklärte sich einverstanden, das ‹Ausschnüffeln› möglicher Schuldiger fortzusetzen. Aber insgeheim fragte sie sich, ob Ruths ständige Taubheit gegenüber den Feinheiten menschlicher Beziehungen sie nicht auf die falsche Fährte setzte. Selbst wenn man Lily als Sonderfall beiseite tat, hatte Juliet die Blicke auf den Gesichtern der

Tänzer gesehen, wenn ihre Freundin in die Hände klatschte und sie korrigierte oder sie harsch an eine Nuance erinnerte, die sie gestern gezeigt bekommen, heute aber vergessen hatten. Während der ersten Szene mit den Dorfbewohnern hatte sie gehört, wie Ruth das Corps rügte, weil es dastand, als ‹würde es auf den Bus warten›. Und sie hatte mitbekommen, wie einige Corpsmitglieder von ‹Ruth der Ruchlosen› sprachen. Sie respektierten sie möglicherweise, aber sie mochten sie nicht. Warum sollte ihr nicht einer von ihnen ein wenig in die Parade fahren wollen? Außerdem kam ihr der Gedanke, dass Ruths große Vertrautheit mit der Welt des Tanzes sie blind machen könnte für Umstände, die eine Außenstehende viel sagend fand. Später wünschte sie sich sehr, sie hätte diesem Gedankengang mehr Aufmerksamkeit geschenkt.

5

Am nächsten Tag, einem Montag, verkündete Dr. Keller, dass Anton Mohr wieder zur Arbeit zurückkehren könne. Während seiner wenigen freien Tage hatte er sich eine massive Kopfgrippe eingefangen, aber da war er nur einer von vielen. Vorausgesetzt, dass er seinen Knöchel immer gut bandagierte, war er ansonsten so gut wie neu.

Am Dienstag bat Ruth Hart und Patrick, Anton die neu entwickelten Hebungen und Sprünge beizubringen, die er im Verlauf seiner Genesung nur hatte beobachten können. Der verschobene formelle Durchlauf war für den nächsten Tag, Mittwoch, um 15 Uhr angesetzt.

«Es wird eine Katastrophe», flüsterte Ruth Juliet zu, als diese am späten Mittwochvormittag eintraf. Sie fand Ruth im Studio, kurz vor Beginn der ersten Probestunde. Das ganze Ensemble hatte zu erscheinen, und die ersten Tänzer kamen bereits ins Studio.

Ruth zog Juliet in eine Ecke. «Du wirst schon sehen», fuhr sie grimmig fort. «Anton beherrscht kaum die neuen Schritte. Mir fehlen drei Übergänge. Max wird mitbekommen, was für ein Chaos ich angerichtet habe, und dann wird er seine Meinung hinsichtlich des Galaabends ändern. Er wird einen anderen Choreografen einstellen. Er wird – mal überlegen, was könnte ich mir noch einreden, um mich vollends in den Wahnsinn zu treiben?»

Juliet nahm sie bei der Hand. «Es wird alles gut.» Sie nickte Teri Malone zu, die das Studio betrat und ihr ein kurzes, freundliches Lächeln schenkte. «Du leistest hier eine wunderbare, bahnbrechende Arbeit. Genau das wird Max mitbekommen.»

«Stimmt.»

Juliet schob sie sanft auf das Ensemble zu. «Los schon, erschaffe ein Stück Ballettgeschichte.» Sie setzte sich neben den Eingang, von wo aus sie Ruth stumm anfeuern konnte.

Und das Anfeuern war auch nötig. Die erste Stunde des Tages verlief keineswegs gut. Noch bevor Ruth in die Hände klatschen konnte, um die Aufmerksamkeit der Tänzer und Tänzerinnen auf sich zu lenken, trat Victorine Vaillancourt auf sie zu und stellte sich neben ihr auf.

«Diese neue Hebung, die Sie gestern für Miss Havisham eingeführt haben», fing sie an, leise, aber laut genug, dass Juliet es hören konnte, während alle anderen zusahen, «bei der sie Estella anhebt und im Kreis dreht.»

«Ja?»

«Unsere Ballerinen sind nicht an solche – solche Akrobatik gewöhnt. Ich fürchte, Sie das werden ändern müssen.»

Besorgt richtete Juliet sich auf. Selbst für ihre Ohren hatte das Wort ‹Akrobatik› einen beleidigenden Unterton. Die Ballettmeisterin versuchte wahrscheinlich nur, ihren alternden Schützling zu beschirmen, aber Ruth stieß dieser Begriff wohl sauer auf.

Doch es sprach für Ruth, dass sie sich beherrschte. «Es gibt keinen Grund, warum eine Frau nicht eine andere Frau heben sollte›», erwiderte sie seelenruhig. «Die Erzählgeschichte verlangt es, und ich auch. Wenn es für – für die Estellas noch zu schwer sein sollte, dann lasse ich sie von Patrick trainieren.»

Victorine blickte finster. «Dennoch es muss geändert werden.»

«Es wird nicht geändet», erwiderte Ruth. «Aber da der Pas de deux nicht zum formellen Durchlauf am heutigen Nachmittag gehört, können wir das Thema doch sicher vorübergehend aufschieben, oder?»

Victorine nickte huldvoll.

«Hauptsache, es wird geändert», murmelte sie unerbittlich und setzte sich. Juliet fiel der verschwörerische Blick auf, den sie mit Lily Bediant austauschte, die während der heftigen Auseinandersetzung eine passive Stille gewahrt hatte. Plötzlich spürte Juliet eine Welle der Abneigung gegenüber Lily, die ihrer alten Beschützerin immer noch erlaubte, die Schlachten für sie auszufechten.

Ruth hob die Hände und klatschte, doch da wurde sie vom Pianisten Luis Fortunato unterbrochen.

«Signorina, Takt sechs in ‹Pip als Spanner›.»

Fortunato durchquerte den Raum und ging mit Notenblättern in der Hand auf Ruth zu.

«Manchmal scheinen Sie ta-ta-ta-TA zu wollen, manchmal ta-TA, ta-TA.» Er hielt ihr die Blätter hin, blickte finster und winkte sie zum Klavier. «Der Komponist hat ta-ta-ta-TA geschrieben», fuhr er fort, während Ruth ihm widerwillig folgte. «Aber die Schritte, die Sie jetzt haben, sagen ta-TA, ta-TA. Mir ist es ja egal, aber ich muss wissen, was Sie wollen, und das müssen die Tänzer auch.»

Ruths Gesichtszüge verfinsterten sich. Sie brauchte jede Minute, die sie kriegen konnte, um die Produktion um Anton herum aufzubauen, bevor die Gäste eintrafen. Aber sie wagte nicht, ein solches Problem zu ignorieren, wenn es denn tatsächlich existierte. Patrick schloss sich ihr am Klavier an, und die nächsten zehn Minuten gingen sie diesen Takt und verschiedene andere durch, von denen Fortunato behauptete, sie wären inkonsistent, markierten Schritte und zählten sie aus, während das Ensemble zusah und wartete.

Und als die eigentliche Probe dann endlich begann, wurde es noch schlimmer. Wie Ruth gesagt hatte, beherrschte Anton Mohr die neuen Schritte nur rudimentär, und er tanzte sie ohne Größe. Er nieste und zog ständig die Nase hoch und schnäuzte sich. Er beging Fehler in der Choreografie und verpatzte eine Stelle, an der er Kirsten fangen sollte, so sehr, dass sich die Tänzerin eine volle Minute lang krümmte, bevor sie wieder tanzen konnte. Mehr als einmal musste Ruth Hart bitten, für ihn einzutreten und ihm zu zeigen, wie eine bestimmte Bewegung durchzuführen sei. Und obwohl Anton rasch begriff, war er von seinen Fortschritten eindeutig frustriert.

«Gestern hast du das nicht so gesagt», murmelte er Hart einmal eingeschnappt zu, als Ruth diesen bat, ihm eine Bewegung zu zeigen.

Juliet sah, wie die Choreografin und ihr Assistent denselben skeptischen Blick austauschten wie vor einer Woche, als Anton behauptet hatte, etwas habe ihn zum Ausrutschen gebracht. Ruth, das wusste Juliet, hatte niemand von dem Talkumpuder erzählt, nicht einmal Patrick.

«Konnte ich es heute deutlicher erklären? Es tut mir Leid», erwiderte Hart sanft, und Juliet musste einfach die großzügige Diplomatie dieser Erwiderung bewundern, mit der er Antons Gesicht wahrte. Anton schmollte zwar immer noch, aber er begriff die Schritte nun rasch.

Ruth fing den Akt wieder von vorn an, und dieses Mal tanzte Anton die gesamte neue Schrittfolge korrekt, wenn auch ohne Begeisterung.

Düster sah Ruth auf die Uhr und dankte den Tänzern und Tänzerinnen. «Zehn Minuten.»

Sie drehte sich zu Juliet um, hatte aber nur Zeit für einen verzweifelten Blick, als auch schon Gretchen Manning hereinklapperte, die Hände voller Listen, und sie mit sich fortriss. Erleichtert verbrachte Juliet die Pause mit Olympia Andreades auf der Feuertreppe.

Ob gut oder schlecht, seit zwei Tagen hatte Juliet mit den Damen und Herren der Jansch-Truppe etwas gemeinsam: eine eklige Kopfgrippe. So sehr sie Erkältungen auch verabscheute, diese hier hatte drei wohltuende Auswirkungen. Zum einen inspirierte es sie, Fitzroy Cavendish eine ähnliche Erkältung zu verpassen, was unendlich dabei half, der Liebesszene in Bath eine komödiantische Note zu verleihen. Es bot ihr auch ein gemeinsames Leiden, über das sie mit den Mitgliedern der Jansch-Truppe herziehen konnte. Sie mochte nicht in der Lage sein, eine Pirouette oder einen Grand jeté auszuführen, aber bei Gott, im Schnäuzen hielt sie mit den Besten von ihnen mit. Zu guter Letzt – und das war die gute Seite an jedem Schnupfen – brauchte sie nicht mehr zu rauchen: ihre Hyperosmie wurde von der Natur genügend unterdrückt. Doch um etwas Klatsch zu erfahren, kam sie trotzdem auf die Feuertreppe.

Olympia kränkelte ebenfalls, und die beiden verbrachten die ersten Minuten auf der kleinen Metallplattform mit dem Teilen von Kleenextüchern und kräftigem Schnäuzen. Im Moment waren sie noch allein. Das Wetter hatte sich plötzlich eingetrübt, und das bisschen Himmel, das sie von diesem winzigen Fleck zwischen den Häusern sehen konnten, hatte sich seltsam gelbgrau gefärbt. Lastwagenhupen drang von der Columbus Avenue herüber, wo an diesem Nachmittag ein Film gedreht wurde. Juliet erinnerte sich, dass Olympia zu Antons Geliebten gehört hatte, und auch daran, dass sie sich kurz vor seinem beunruhigenden Ausrutscher in der Nähe der Kolophoniumkiste befunden hatte. Darum war sie entschlossen, die Ballerina über ihren ehemaligen Beau auszufragen. Auch ihre durchtriebene Bemerkung, dass Mohr sowohl ein Frauenheld wie auch ein Männerheld sei, hatte Juliet noch deutlich im Gedächtnis. Sie ließ eine gewisse Vertrautheit mit der Namensliste ihrer Rivalen und Rivalinnen vermuten (falls sie diese überhaupt als Konkurrenz einschätzte), eine Liste, die Juliet zu gern in ihren Besitz gebracht hätte.

Nach kurzem Smalltalk und dem notwendigen Ritual des Anzündens der Zigaretten räkelte sich Juliet, gähnte und fing mit ihrer Lügengeschichte an.

«Gott, bin ich müde», sagte sie und ließ den Kopf kreisen. Sie stieß einen leisen, sinnlichen Seufzer aus.

Olympia reagierte wie erhofft. «Haben Sie letzte Nacht schlecht geschlafen?», fragte sie und öffnete die üppigen Lippen, wobei sie weiße, ebenmäßige Zähne freilegte. Sie war schön, aber aus irgendeinem Grund erinnerte sie Juliet an Amabel Edwards, eine Nebenfigur aus *Das Geschenk der Liebe*. Amabel war ziemlich gehässig, hatte sich an einer Stelle buchstäblich an eine ‹Freundin› geklammert, um zu verhindern, dass diese mit dem Objekt ihrer Zuneigung allein sein konnte.

Juliet wartete mit einem schläfrigen Grinsen auf. «Nicht genug. Gestern Nacht schien es mir noch eine gute Idee zu sein . . .», fügte sie als Andeutung hinzu. «Sie wissen ja, wie das ist.»

Falls sie erwartet hatte, dass ihr Gegenüber mit einer detaillierten Schilderung ihrer eigenen sexuellen Aktivitäten reagierte, wurde sie enttäuscht.

«Mm», war alles, was Olympia sagte. Sie zog an ihrer Zigarette und stieß dann den Rauch in zwei Strömen durch ihre sich wehrende Nase aus. Was für eine absolut Ekel erregende Angewohnheit das Rauchen doch war, dachte Juliet. Wer hätte je gedacht, dass es einmal so beliebt werden würde?

Es herrschte Stille – oder das, was in Manhattan als Stille durchgeht.

Schließlich sagte Juliet voller Verzweiflung: «Anton Mohr scheint ziemlich schnell nachgeholt zu haben, was er letzte Woche verpasst hat.»

«Ach, Anton kann alles», meinte Olympia gleichgültig, ausnahmsweise ohne verbrämte Zwischentöne. «Er ist sensationell.»

«Ich vermute, Sie kennen ihn ziemlich gut?», wagte Juliet zu sagen.

Olympia zuckte mit den Schultern und wirkte plötzlich verdrossen.

«Es ist nicht leicht, mit ihm befreundet zu sein», erklärte die Tänzerin. Sie klang jedoch nicht besonders eifersüchtig oder grausam betrogen, aber – tja, wie klang sie eigentlich?

«Soweit ich weiß, hatte Lily Bediant einmal eine Affäre mit ihm», behauptete Juliet mutig.

«Wer nicht?», fragte Olympia beiläufig zurück. Aber der Blick, mit dem sie Juliet bedachte, ließ einen Themenwechsel ratsam erscheinen.

«Ich war an dem Tag, als er stürzte, im Studio», vertraute ihr Juliet rasch an. «Es war schrecklich. Man ahnt gar nicht – ich meine, ich habe gar nicht geahnt, als ich Sie alle beobachtete, gegen wie viel Schwerkraft Sie als Tänzer stets anzukämpfen haben. Aber als er zu Boden ging, meine Güte, wurde es mir klar.»

«Mm.» Olympia nickte.

Juliet hatte sie während ihrer kleinen Rede genau beobachtet und nach einem Zeichen der Schadenfreude oder der übergroßen Bekümmerung Ausschau gehalten, aber Olympia verhielt sich rein geschäftsmäßig.

«Es ist mir unerfindlich, was ihn zu Sturz gebracht haben könnte», fügte Juliet hinzu und betrachtete die Tänzerin immer noch prüfend. «Ich konnte nichts entdecken.»

Olympia zuckte mit den Schultern, das Gesicht ausdruckslos. Dann meinte sie plötzlich: «Eigentlich hat er noch großes Glück gehabt. Ryder ist vor ein paar Jahren ähnlich schwer gestürzt. Hat sich den Rücken verstaucht und musste drei Monate aussetzen. Er war fuchsteufelswild.»

«Ach herrje, der arme Mann. Für einen Tänzer muss es schrecklich sein, sich nicht bewegen zu können.»

Olympia hob eine Augenbraue. «Ach, er kam schon zurecht. Es hat ihn jedenfalls nicht davon abgehalten, Elektra hin und wieder ordentlich eine zu knallen», meinte sie gelangweilt.

Juliets Mund wurde trocken. Mittlerweile hatte sie eine perverse Neigung in Olympia erkannt: sie gehörte zu den Menschen, die es genossen, in eine normale Unterhaltung unversehens eine provokante Information einzustreuen. Und die Beziehung zu ihrer Schwester schien eindeutig schwer belastet.

Dennoch war Juliet geschockt. Trotz all ihrer Probleme waren körperliche Misshandlungen nie ein Thema zwischen ihr und Rob gewesen – oder zwischen ihr und jedem anderen Mann.

«Er schlägt sie?», fragte sie.

Olympia zuckte wieder mit den Schultern. «Sie streiten sich und schlagen sich gegenseitig. Glauben Sie mir, sie gibt ihm auch jede Veranlassung dazu.»

«Wie denn zum Beispiel?», fragte Juliet und vergaß vorübergehend völlig ihre Rolle als taktvolle Ermittlerin.

Olympia bedachte sie mit einem langen Blick, ihr breiter Mund verzog sich amüsiert. «Ich weiß nicht, ob es Ihnen aufgefallen ist, aber meine talentierte Schwester kann ein wenig – anstrengend sein? Ein wenig reserviert? Ein kleines bisschen herablassend? Gegenüber bloßen Sterblichen wie Ryder und mir, meine ich.»

Eigentlich war das Juliet bislang nicht aufgefallen. Natürlich war Elektra Andreades ihr gegenüber nicht so warmherzig gewesen wie Hart, ihr Partner. Aber sie hatte sich durchaus höflich verhalten. Juliet wurde klar, dass das wahrscheinlich nur an ihrer privilegierten Position in der Jansch-Truppe lag – sie war eine Freundin der Choreografin, eine Person, der sogar Max Divijian und Gregory Fleetwood respektvolle Aufmerksamkeit schenkten. Sie rief sich das Bild der Tänzerin vor Augen, insbesondere deren Interaktionen mit ihrem launischen, sichtlich emotionalen Ehemann, und plötzlich nahm sie an Elektra einen kühlen Hochmut wahr, der bei einem Verwandten extrem ermüdend sein konnte.

Nicht, dass so etwas jemals körperliche Gewalt rechtfertigte.

«Sie scheinen nicht sehr besorgt um sie», entfuhr es Juliet unwillkürlich.

Olympia zuckte neuerlich mit den Schultern. «Elektra kümmert sich ganz gut um sich selbst. Ich habe es aufgegeben, die große Schwester für sie zu spielen. Schließlich ist sie ein Star, wohingegen ich . . .» Sie zögerte. «Wohingegen ich Sinn für Humor habe», schloss sie und lachte bellend.

«Dennoch stehen Sie Ryder sehr nahe, nicht wahr?», fragte Juliet.

«Ryder?» Olympia zog tief an ihrer Zigarette, dann bekam sie einen Hustenanfall. Juliet fürchtete schon, sie würde aus ihrem Gedankengang gerissen, aber als Olympia wieder sprechen konnte, sagte sie: «Ich komme so gut mit ihm zurecht wie alle anderen auch, denke ich. Er ist einfach ein launischer Mistkerl.»

Einen Moment später grinste sie und lachte dann heiser.

«Und ich bin eine launische Zicke!», frohlockte sie und drückte ihre Zigarette am Geländer aus. «Ich gehe besser wieder hinein», fügte sie hinzu und winkte munter. «Ich hoffe, Sie haben heute Abend wieder Glück! Bye!»

6

Juliet fragte sich, was mit Anton Mohr während der Pause geschehen war.

Sie hatte noch etwas auf der Feuertreppe getrödelt, bevor sie zurückkehrte, denn sie fürchtete, sie würde eine Szene noch größerer Spannung vorfinden, doch stattdessen hatte die zweite Probenstunde einen furiosen Anfang genommen, als sie das Studio betrat. Mitten im Raum tanzte Mohr – und wie er tanzte. Irgendwie war er nun in der Lage, seine Schritte nicht nur akkurater zu setzen, sondern auch mit überzeugendem Gefühl durchzuführen. Er *war* Pip. Juliet beobachtete erstaunt, wie er in den Anfangsszenen irgendwie jungenhaft, klein und zerbrechlich wirkte und sich dann im Trio mit Estella und Miss Havisham zu federnder, sexuell unbeholfener Pubertät entwickelte. Kein Anzeichen seiner Erkältung. Die Schritte schienen mit organischer Leichtigkeit aus ihm herauszuströmen, während er sich abwechselnd duckte und dann wieder schwebte, erfolglos nach den herumfliegenden Orangen griff, nach Estellas Beachtung strebte. Angesichts seiner Darstellung schien Kirsten Ahlswedes eisige Schönheit urplötzlich pervers, verdreht von den Unterweisungen ihrer niederträchtigen Beschützerin. Die Miss Havisham von Lily Bediant, die zuvor streng, aber emotional glanzlos war, wurde nun spürbar verbittert nach Jahren der Wut und des Schmerzes. Plötzlich war das Ballett zum Leben erwacht.

Juliet war nicht die Einzige, die sich erstaunt zeigte. Das ganze Ensemble spürte die Veränderung und starrte fasziniert. Für einen Tänzer gibt es kein Publikum wie das seiner Kolleginnen und Kollegen. Wenn er stolpert, kriegen sie es mit, wenn er fliegt, wird er gerade sie ungeheuer beeindrucken. Das Studio war in merkwürdiger Erregung, wie elektrisiert. Sogar Ruth machte sich keine Notizen mehr. Die neunzehn Minuten des ersten Aktes, die sie bislang choreografiert hatte, schlossen mit dem ‹Annäherungs-Vermeidungs-›Pas de deux von Estella und Pip, sodass die Corpsmitglieder und die anderen Solotäner und -tänzerinnen in aller Ruhe zusehen konnten. Als der Zweitanz endete, applaudierte das gesamte Studio.

Atemlos lächelte Mohr, ignorierte das Klatschen jedoch. Kirsten und Lily warfen einander zufriedene Blicke zu, und Ruth – die ausnahmsweise auch lächelte – lobte alle drei und dankte ihnen. Artig erwiderte Lily den Dank.

«Wie hat er das nur gemacht?», wollte Juliet einige Minuten später von Patrick Wegweiser wissen, als Ruth ihm ihre Notizen gegeben und dann alle zum Mittagessen geschickt hatte. Das Designteam kam zum offiziellen Durchlauf und Ruth wollte sich vorher mit ihm treffen, ebenso mit dem Bühnenmanager der Jansch-Truppe, dem leitenden Schreiner und einigen anderen. Patrick, dem sie während der Mittagszeit für gewöhnlich Nachbearbeitungen und Vorbereitungen aufs Auge drückte, hatte daher frei.

Patricks langes Gesicht glühte vor Stolz, und seine kleinen blauen Augen funkelten vergnügt. «Das ist eben Anton», sagte er. «Er ist außergewöhnlich. Aber Sie haben ihn noch gar nicht richtig erlebt – warten Sie, bis er Zeit gefunden hat, seine Figur zu entwickeln.»

«Aber er war die Figur», widersprach Juliet und wiederholte: «Wie hat er das gemacht? Vor der Pause hat er kaum die Schritte beherrscht.»

Patrick kniete sich zu Boden, um seine Sachen in einer Leinentasche zu verstauen. «Er hat eine Interpretation der Figur abgeliefert – eine schnelle, lockere Interpretation», erläuterte er. «Es ist, als ob ... Wie soll ich es erklären?» Er schwieg kurz, immer noch kniend. Das fluoreszierende Licht ließ sein krauses rotes Haar aufblitzen. «Er ist wie ein meisterhafter Schauspieler, verstehen Sie? Sobald er seinen Text beherrscht, drückt er durch ihn all seine Erkenntnisse, seine ganze Persönlichkeit aus. Anton hat diese Gabe. Er ist nicht bravourös in der Ausführung, man bekommt keinen Herzstillstand angesichts der Höhe seiner Sprünge. Er muss an seinen Schritten hart arbeiten, aber das ist nur die mechanische Seite. Die Art und Weise, wie er sich der Bewegung überlässt, ist das Ungewöhnliche – das Einzigartige. Und es wird immer tiefschürfender. Sie werden schon sehen, mit seinem Pip wird er die Cadwell Hall füllen. Er hat einfach die Fähigkeit, sich auf diese Weise zu projizieren, die meisten Tänzer können das nicht. Ich habe es nie gekonnt», fuhr er fort, und sein Ton war plötzlich fast bitter. «Die Menschen, die Anton Mohr als Pip tanzen sehen, werden das nie vergessen.»

Juliet hörte nachdenklich zu. «Kann Hart Hayden eine Halle füllen?», fragte sie. «Sie wollten mir einmal etwas über ihn und Elektra sagen, dass sie jahrelang die Stars der Jansch-Truppe waren, aber – aber irgendwas. Sie haben den Satz nie beendet.»

«Ach, vielleicht dass sie niemals die Art kreativer Wallung

produzieren werden wie Anton Mohr? Das, was sie tun, machen sie wunderbar, aber sie tun nur das, was man ihnen sagt. Wenigstens hat Ruth diese Erfahrung gemacht. Obwohl ich finde, dass sich Hart in den *Großen Erwartungen* als recht einfallsreich erweist. Aber ... wie lautete doch gleich Ihre erste Frage? Ach ja, Projektion. Ja, sie können sich beide wunderbar projizieren. Das tun Solotänzer nun mal.»

Patrick stand auf, die Leinentasche über der Schulter. Juliet fiel auf, dass dies eine gute Gelegenheit wäre, ihn als möglichen Täter ins Visier zu nehmen. Sein Glück war eng mit dem von Ruth verbunden, darum ergab es eigentlich keinen Sinn, dass er ihre Arbeit zu sabotieren suchte, und offensichtlich betete er Anton an. Aber womöglich beneidete er ihn mehr als er ihn bewunderte? Und vielleicht hegte er insgeheim Verachtung für seine Chefin?

Patrick arbeitete wie ein Sklave für Ruth, kam früh, blieb auch in den Mittagspausen im Studio, ging erst lange nach allen anderen, und doch bekam er von den Tänzern oder seiner Chefin (soweit Juliet sehen konnte) nie mehr als nur ein beiläufiges Dankeschön. Wann immer Ruth eine Choreografie ausarbeitete, kopierte er ihre Bewegungen, prägte sie sich im Gedächtnis ein, sodass er sie wiederholen und sie es sich ansehen konnte. Später replizierte er sie, schrieb sie auf, brachte sie den Tänzern bei. Er beschwichtigte Luis und besänftigte das Corps. Seine Diplomatie flickte die Löcher, die Ruths ätzende Berührung hinterließ. Er tanzte ständig – mit Ruth, mit den Tänzern, während der Proben und in den Pausen. Er war Ruths Dolmetscher, Bewacher und Schatten, doch als Juliet Ruth fragte, wie viel er verdiene, erfuhr sie zu ihrem Entsetzen, dass es nur die Hälfte von dem war, was sie ihrer eigenen wunderbaren Ames zahlte, obwohl die nur strikt von neun bis fünf arbeitete. Selbst angesichts der niedrigen Gehälter der Tänzer konnte sie nicht glauben, dass es auch nur annähernd genug war. Und wie musste es für ihn sein, den Kuli zu spielen, während die anderen im Rampenlicht herumtollten?

«Wollen Sie mit mir zu Mittag essen?», fragte sie. «Ich führe Sie aus, wohin immer Sie wollen – und lade Sie ein.»

Patrick schaute zweifelnd. «Danke, aber ich esse hier eine Kleinigkeit. Ruth könnte mich eventuell brauchen.»

«Darf ich mich Ihnen anschließen?» Juliet hob die Strohtasche an, die sie an diesem Morgen mitgebracht hatte, und schwang sie verführerisch. «Ich teile auch mein Bolognasandwich mit Ihnen.»

Patrick lächelte. «Versprechen Sie mir, das nicht zu tun, und wir sind uns einig. Treffen Sie mich hier in zehn Minuten. Ich gehe nur schnell zur Physiotherapeutin und bitte sie, meinen Hals zu massieren.»

Er verschwand, und Juliet war plötzlich allein im Studio. Sie trat auf den leeren Flur, in dem nun nicht einmal mehr Musik erklang, und wanderte müßig durch die Korridore. Für gewöhnlich arbeiteten auch über Mittag ein paar Leute in den Studios, holten irgendwelche Übungen mit einem der Ballettmeister nach oder streckten und dehnten ihre Muskeln. Aber heute sah sie niemanden, überhaupt niemanden – bis sie ans andere Ende eines Flures gelangte, den sie zuvor noch nie erforscht hatte. Dort war ein winziger Zwitterraum aus Studio und Übungshalle zwischen eine Wendeltreppe und einen Lagerraum gequetscht worden. Sie lugte durch das kleine Oberlicht in der Tür und sah zu ihrer Überraschung Hart Hayden. Allein. Keine Musik drang aus dem Raum, aber Hayden tanzte wie … wie ein Verrückter, dieses Wort drängte sich einem auf. Gleichsam wie festgenagelt starrte Juliet durch die kleine Scheibe. Er zuckte. Er zuckte erst an den Knien, dann an den Schultern und schließlich mit dem Kopf. Er packte seine Haare und riss den Kopf in den Nacken, verschränkte die Finger und packte erneut den Kopf, dann durchschnitt er die Luft mit nach oben stoßenden Händen. Juliet stellte fest, dass sie selbst den Kopf schüttelte, als ob sie auch gleich zucken würde. An den Bewegungen, an der Szene war etwas Vertrautes … Plötzlich wurde er ganz ruhig, zupfte an seinen Kleidern, als ob er seine Selbstkontrolle zurückeroberte. Er strich seine Haare glatt, rückte seine Ärmel zurecht. Gleich darauf setzte er sich auf einen Stuhl und führte mit kühler Miene eine Pantomime durch – offenbar füllte er ein Glas aus einer Flasche.

Juliet rief sich zur Ordnung, fürchtete, er könne sie jeden Moment bemerken, darum eilte sie den Flur zurück. Er probte sicher nur eine Szene, doch dieser Augenblick hatte eine Intimität besessen, bei deren Beobachtung sie sich lieber nicht erwischen lassen wollte.

Sie ging schnurstracks zurück ins Studio drei und traf auf Patrick, der ebenfalls gerade zurückkehrte.

«Wie geht es Ihrem Hals?»

«Besser.» Er rieb ihn. «Folgen Sie mir, ich habe eine Idee, wohin wir gehen können.»

In umgekehrter Richtung wie noch vor einer Woche führte er sie durch das Labyrinth an Fluren und Treppen in den obersten Stock, wo die olympische Verwaltung über dem Schweiß und dem Stöhnen der unteren Regionen des Gebäudes thronte. Er bewegte sich zügig, und Juliet hechelte hinter ihm her, wobei sie sich (wie immer in der Jansch-Truppe) wie eine Milchkuh auf einer Konferenz von Gazellen fühlte. Schließlich betrat er ein kleines Eckbüro.

«Das haben sie Ruth und mir überlassen, solange Ruth hier arbeitet», erklärte er über seine Schulter hinweg und schwang seine Tasche auf den bescheidenen, aber ordentlichen Schreibtisch. Das Büro war winzig, ohne Teppich und ohne Dekoration, aber es verfügte tatsächlich über ein Fenster. Patrick setzte sich an den Schreibtisch und erlaubte Juliet, sich einen Stuhl heranzuziehen und den Ausblick zu genießen.

Es gab nicht viel zu sehen – nur das große, alte Bürogebäude auf der anderen Seite des schmalen Hofes –, aber das Fenster war sauber (anders als die Fensterfront im Studio), der Tag war hell geworden, und alles in allem war es ein angenehmer Aufenthaltsort. Juliet holte ihr Mittagessen aus pochiertem Spargel und weißem Bohnensalat auf toskanische Art heraus, den Ames für sie zubereitet hatte, und breitete alles aus, damit Patrick sich bedienen konnte.

«Wein?», fragte sie und zog zwei Plastikgläser und eine silberne Thermosflasche aus ihrer Tasche.

Patrick lachte und lehnte ab. «Obwohl ich ein Glas gebrauchen könnte», sagte er und wickelte ein Thunfischsandwich aus seiner Verpackung. «So kurz vor dem formellen Durchlauf dreht Ruth völlig hohl.»

«Zweifelsohne.» Juliet goss sich ein Glas Chardonnay ein und prostete Patricks Diät-7Up-Dose zu. «Wie halten Sie es nur mit ihr aus? Ich liebe sie, aber mit ihr zu arbeiten muss die reinste Hölle sein.»

Patrick zuckte mit den Schultern. Juliet war sich nicht sicher, aber ein gewisses Unbehagen schien sich in sein langes, leicht sommersprossiges Gesicht zu schleichen. «Das ist es auch, aber ich nehme es nicht persönlich. Wenn sie ganz schlecht drauf ist, tue ich so, als habe sie einen Hirnschaden, eine Verletzung des vorderen Hirnlappens, die es ihr buchstäblich unmöglich macht, höflich zu sein.»

«Sie müssen eine exzellente Vorstellungskraft besitzen.» Juliet lachte.

«Ach, ich bin nur einfallsreich.»

«Und nachsichtig, aber das ist wohl nötig.»

Juliet hatte vergessen, dass Patrick ein Starrer war, also zu jenen Menschen gehörte, die einem bei einem Gespräch unablässig in die Augen schauen, ohne je den Blick abzuwenden. Sie selbst war ein Blickewerfer – sie schaute nur hin und wieder in die Augen ihres Gegenübers und ließ ihren Blick dann eine Weile schweifen. Sie konnte nie verstehen, warum manche Menschen ihren Blick so fest versenkten. Wussten sie mehr über das Menschsein? Waren sie kühner als ihre Mitmenschen, wenn es um die Begegnung zweier Seelen ging? War es eine Einladung zur Kommunikation oder eine Kampfansage? Was immer auch dahinter stecken mochte (falls überhaupt etwas dahinter steckte), nach ein paar Minuten verursachte ihr diese

Angewohnheit stets größtes Unbehagen, lenkte sie von dem eigentlichen Gespräch ab und ließ in ihr den Wunsch aufsteigen, den Raum zu verlassen. Da sie nun mit Patrick an diesen unseligen Punkt gekommen war, brach sie den Blickkontakt absichtlich ab und regenerierte sich, indem sie sich kräftig schnäuzte.

Sie hatte daher das Pech, nicht sein Gesicht sehen zu können, als er mehr oder weniger etwas fauchte, was wie «Pfft!» klang.

Sie sah zu spät von ihrem Papiertaschentuch auf. «Nein?»

Er lächelte oder verzog zumindest die Lippen. «Ach, ich kann schon nachtragend sein», meinte er leichthin. «Vermutlich kann das jeder.»

War es nur ihre Einbildung oder versuchte er tatsächlich, seine erste Reaktion abzuschwächen? Seine Wangen färbten sich jedenfalls rot. Sie nahmen fast denselben Ton an wie seine Haare.

«Wann denn beispielsweise?», fragte sie rundheraus. Sie versuchte, sein gewohnheitsmäßiges Starren zu erwidern, in der Hoffnung, aus seinen Augen die Wahrheit zu lesen, aber sein konzentrierter Blick war stärker als ihr Wille. Unwillkürlich rieb sie sich wieder die Nase und starrte aus dem Fenster hinter ihm und auf das Gebäude, in dem sich ein Mann und eine Frau im Büro direkt gegenüber leidenschaftlich abknutschten.

«Zum Beispiel ...», fing er an und hielt inne.

Juliet zwang sich, ihn anzusehen. Seine Wangen waren noch röter geworden.

«Es war vor zwei oder drei Jahren. Da hat Greg Fleetwood mir ein Studio zum Ende der Saison kostenlos angeboten, weil ich ...» Patrick hielt wieder inne, schwieg, starrte sie jedoch weiter an, und seine Wangen brannten förmlich. «Weil ich ihm einen Gefallen erwiesen hatte. Ich mache selbst kleinere Choreografien, wissen Sie, und ich wollte mit ein paar Freunden an einem Stück arbeiten. Studiozeit kostet normalerweise ein Vermögen. Als ich sechs Monate später anrief, hat er meine Anrufe nicht einmal beantwortet. Es war, als ob wir nie gesprochen hätten. Und selbst heute noch passiert es mir, dass ich ihn manchmal finster anblicke. So was eben.»

Patricks Wangenröte ging langsam zurück, aber Juliet fragte sich, ob er Antons Bevorzugung durch Fleetwood missbilligte und ob ein solcher Groll ausreichte, um dessen Günstling zu verletzen? Ihr drängte sich der Gedanke auf, dass das Problem mit den Menschen war, dass man nie sicher wusste, was in ihnen vorging: man konnte nie sicher sein, was verdammt noch eins in ihren Herzen los war. Stets war man auf Vermutungen angewiesen, musste die Leute beim Wort nehmen und davon ausgehen, dass sich aus ihrem Verhalten in der Vergangenheit auch auf ihr künftiges Verhalten schließen ließ. Was sie selbst betraf, so wusste sie, dass sie ständig log. Sie versuchte, die Leute zu der irrigen Annahme zu bringen, dass sie sie mochte, auch wenn das gar nicht der Fall war, oder sie davon zu überzeugen, dass sie nicht wütend war, obwohl sie es doch war, oder sie glauben zu lassen, sie hätte ein Versehen oder eine Nachlässigkeit nicht bemerkt, wenn sie in Wahrheit aufgebracht darüber war, und das nagte sehr an ihr. War Patrick fähig, einen hinterhältigen, niederträchtigen Racheakt zu planen? Gehörte er zu den Menschen, die einen wachsenden Hass auf den Arbeitgeber so lange nährten, bis er in Gewalt eskalierte?

Aber wie Olympia Andreades sagen würde: Wer täte das nicht?

Auf der anderen Seite des Hofes lachte das knutschende Paar jetzt schallend. Juliet fragte sich, wer von beiden einen Witz gemacht hatte, da beide ihn gleichermaßen zu genießen schienen. Vielleicht hatten sie etwas belauscht.

«Wie unschön», sagte sie laut und fügte treuherzig hinzu: «Worum ging es denn bei dem Gefallen?»

Jetzt errötete Patrick wieder bis zu den Haarwurzeln. Er sah auf seine Hände (endlich!) und schien sich zusammenzureißen, bevor er sprach: «Es war nur – ach, großer Gott, ich habe mich um seine Wüstenspringmäuse gekümmert, während er weg war, das ist alles.»

«Seine Wüstenspringmäuse?»

«Zahme Springmäuse. Sie wissen schon, diese kleinen Nager, die Sprünge vollführen können. Greg hält sie – das hat er wenigstens früher, was weiß ich.»

In Patricks letzten Worten lag ein Hauch verletzter Eitelkeit, der Juliet einen blitzartigen Einblick in seinen Charakter ermöglichte. Patrick Wegweiser war mehr als nur ein glücklicher Diener. Er gehörte zu der Art Mensch, die es genießt, niedere Dienste zu leisten. Hätte er in einem Büro gearbeitet, wäre er derjenige, der die Kaffeetassen aller anderen ausspült. Bei Partys betrachtete er es zweifelsohne als seine Aufgabe, die Mäntel aufzuhängen und die Aschenbecher zu leeren. Vielleicht war das eine praktische Neurose für einen Tänzer, der es nie zum Star schaffen würde – vielleicht für jeden Tänzer.

«Die Menschen sind gemein», erklärte Juliet.

«Na ja», Patrick schien fest entschlossen, fair zu bleiben, «sie sind immer noch besser als Nagetiere.»

«Größer als Nagetiere», räumte Juliet ein. «Warum hat sich Anton an jenem Tag wohl verletzt?», fragte sie ihn plötzlich. «Was brachte ihn zu Fall?»

Ihre Nase juckte zwar, und das Paar in dem anderen Gebäude war wieder leidenschaftlich ineinander verkeilt, aber sie wollte um keinen Preis Patricks Gesichtsausdruck verpassen.

Falls er sich einer Schuld bewusst war, verbarg er das sehr geschickt. «Tänzer stürzen immer wieder», erklärte er, wieder der gleichgültige Führer durch die Welt des Balletts. «Es geht immer um Gleichgewicht, und die Schritte, die Ruth ersinnt, sind manchmal besonders heikel.»

«Aber er führte gar nicht Ruths Schritte durch», widersprach Juliet.

Patrick zuckte nur mit den Schultern.

«Er sagte, seiner Meinung nach habe ihn etwas ausrutschen lassen», beharrte sie.

Patrick knüllte sein leeres Sandwichpapier zusammen und wischte sich die Krümel von den Lippen. «Gott weiß, dass ich

Anton liebe, und es gibt keinen zweiten Tänzer wie ihn. Aber das Denken ist nicht gerade seine starke Seite, wenn ich das mal so sagen darf. Hören Sie, ich muss wieder zu Ruth. Vielleicht sucht sie mich gerade. Sie ist ziemlich nervös, weil all diese Leute kommen werden.» Er stand lächelnd auf. «War nett, mit Ihnen zu plaudern. Finden Sie allein zum Studio zurück?»

Juliet nickte und lächelte ebenfalls. Sie war mit ihrem Imbiss fertig, aber sie blieb noch einige Minuten sitzen, starrte geistesabwesend auf das Pärchen gegenüber. Die beiden zogen sich jetzt gegenseitig aus, während in den angrenzenden Büroräumen ihre ahnungslosen Kollegen stirnrunzelnd auf Papiere blickten und in Telefonhörer knurrten. Was für eine interessante Weise, den Nachmittag zu verbringen. Und wie anders als ihre eigenen Pläne, zu denen ihre Gedanken jetzt zurückkehrten. Sie packte Thermosflasche und Gläser ein und strich gleichzeitig Patrick mental von ihrer Verdächtigenliste. Wenn er nicht gerade an einer Persönlichkeitsspaltung litt, bewunderte er Anton viel zu sehr, um ihm einen Schaden zuzufügen.

Es blieben nun noch Elektra Andreades, Olympia Andreades, Hart Hayden, Lily Bediant, Victorine Vaillancourt, Ryder Kensington – und alle anderen der ungefähr vierzig Leute übrig, die ihr in der entscheidenden Zeitspanne nahe der Kolophoniumkiste möglicherweise entgangen waren, in jenen fünf unbemerkenswerten Minuten am Ende der Probe vom letzten Mittwoch, als ein ganzes Ensemble von Tänzern und Tänzerinnen aufstand und sich streckte und niederkniete und seine Siebensachen packte und kreuz und quer durch das riesige Studio lief, bevor sie sich in ein Dutzend Richtungen verstreuten.

Juliet stand auf, um Ruths Büro zu verlassen, und war irgendwie verärgert, als sie bemerkte, dass das geschäftige Pärchen, das vor einem Augenblick aus ihrem Blickfeld verschwunden war, von dieser neuen Höhe aus nicht übersehen werden konnte. Sie rollten über den grauen Teppichboden: ringend, halb nackt und offenbar entweder gemeinsam schluchzend oder einander wie Verrückte anstöhnend.

7

Nachdem sie Max Devijian fast über den Haufen gerannt hatte, als sie nach dem Mittagessen Ruths Büro verließ, ging Juliet mit ihm zum formellen Durchlauf.

Der Geschäftsführer hatte sie während der letzten Woche, in der sie Ruth bei der Jansch-Truppe besucht hatte, keineswegs vernachlässigt. Wenn er im Flur vorübereilte, hatte er mehrmals vorbeigeschaut, um vor ihr zu katzbuckeln. Jedesmal hatte er – die dunklen Augen vor Energie strahlend, das schüttere Haupthaar bebend – ihren Kopf wie eine Melone in beide Hände genommen und ihr einen Kuss auf die Wangen gehaucht.

«Unser Engel!», hatte er gegluckst und sie nochmals geküsst, bevor er dann wieder enteilte.

Einmal hatte er die Idee aufgebracht, sie solle sich dem Jansch-Vorstand anschließen, und auf dieses Thema kam er wieder zu sprechen. Juliet, der die Bürokratie der Autorengewerkschaft reichte, wusste, dass sie eine solche Position niemals annehmen würde. Gesunde Ablenkung war eine Sache, in eine Organisation verstrickt zu werden, eine ganz andere. Anfangs versuchte sie, es ihm sachte auszureden, dann wurde ihr allmählich klar, dass Sachtheit hier nicht angebracht war. Sie stiegen die beiden Wendeltreppen hinunter. Als sie unten ankamen, hatte sich ihr Magen verkrampft, und sie bemerkte – peinlich berührt –, dass ihre Stimme recht schrill geworden war.

«Nein!», hörte sie sich selbst kreischen und verbesserte sich rasch: «Ich wollte sagen, nein danke.» Sie bogen in den Flur, der zu Studio drei führte. «Ich weiß Ihr Vertrauen in mich zu schätzen, Max, aber es ist völlig unmöglich.»

Doch ob schrill oder vernünftig, all ihre Proteste waren vergeblich. Max wedelte einen schlanken Finger spielerisch vor ihrem Gesicht hin und her. «Sie sind noch nicht vom Haken, Miss Bodine.» Er legte die Hand auf den Knauf der geschlossenen Tür zu Studio drei und blieb lange genug stehen, um ihr einen dicken Schmatz auf die Wange zu drücken. «Ich kriege Sie schon noch!»

Als er die Tür öffnete, schwappte eine Welle aus Hitze und Lärm in den Flur. Studio drei war wie verwandelt, nicht länger ein stilles Atelier, sondern eine Ad-hoc-Cocktaillounge. Stimmengewirr prallte von den Wänden ab. Körper in Straßenkleidung verteilten sich wahllos. Es roch ungewohnt nach Lebensmitteln.

Max tauchte in das Getümmel ein und ließ Juliet allein zurück. Sie blieb neben der Tür stehen, um das Spektakel zu betrachten. Gregory Fleetwood, elegant und guter Dinge, hielt bereits vor einer kleinen Gruppe von Designern und deren Assistenten Hof. Nicht nur die geladenen Gäste, alle Jansch-Mitarbeiter, die einen Vorwand hatten finden können, drängten sich in den Raum, plauderten angeregt und drängelten rücksichtslos, um an das kleine Büfett mit Käse, Trauben und Champagner zu kommen. Es war sogar noch heißer als üblich. Juliet fiel auf, dass der Champagner besonders reichlich floss.

Diese kleine Cocktailstunde war Ruths Idee gewesen, eine Gelegenheit für die Verwalter der Jansch-Truppe, den Namen ihres Kreativteams Gesichter zuzuordnen (und umgekehrt) und das auf eine Weise, die – wie sie hoffte – die Hingabe aller an das Projekt stärken würde. Selbst Ruth hatte sich behutsam sozialem Verhalten angenähert: Juliet sah, wie sie eine zierliche, jugendliche Frau, ganz in rotes Leder gehüllt (die Kostümdesignerin?), einem hageren, bäuerlich wirkenden Mann um die Sechzig vorstellte (Fotograf? Presseagent?). Ruth trug ein schlichtes, aber elegantes schwarzes Hemd zu ihren üblichen Trikothosen und verbarg ihre Nervosität gut, offenbarte sie nur hin und wieder durch einen hastigen Blick auf die Uhr. Patrick folgte ihr auf den Fersen, zweifellos die Taktlosigkeiten bereinigend, die sie beging.

Juliet schlängelte sich zum Büfett, goss sich ein kleines Glas Champagner ein und fädelte sich dann durch die Menge zu einem Stuhl in der Ecke neben dem Klavier, dem letzten von den

Klappstühlen, die für die zu Besuch weilenden Würdenträger an der vorderen Studiowand aufgestellt worden waren. Auf Partys überkam Juliet stets eine Schüchternheit, die sie sonst nur selten heimsuchte. Kaum hatte sie sich gesetzt, da fiel ihr auf, wie Max Ruth feierlich einen Kuss aufdrükte, den Ruth ruhig entgegenzunehmen versuchte. Ruth fürchtete Max, das hatte sie Juliet anvertraut. Greg Fleetwood war Tänzer und hatte selbst einige Choreografien geschaffen; er wusste, dass neue Produktionen zu Beginn das reine Chaos waren und erst allmählich zu einem großen Ganzen wurden. Aber Max war kein Künstler, und Ruth war nicht klar, inwieweit er den kreativen Prozess verstand. Sie wusste nur, wenn die *Großen Erwartungen* seiner Meinung nach nicht gut liefen, würde ihr Kopf rollen, ihr süßes Leben wäre dahin und ihre Autorität untergraben. Die Jansch-Truppe befand sich noch immer im Kampf um Erneuerung. Für die Kompanie hing sehr viel von den *Großen Erwartungen* ab, weit mehr, als es Ruth gefiel. Die Probenzeit kostete über einhunderttausend Dollar pro Woche. Die Konkurrenz mit anderen Ballettkompanien aus New York würde gerade dieses Jahr knallhart sein: das City Ballet arbeitete an einem großen Projekt mit Mark Morris, das Ballet Theater produzierte eine neue, abendfüllende Arbeit von Lar Lubovitch. Darüber hinaus kamen das Kirow-Ballett, das Königlich-Dänische Ballet und das Feld Ballett für jeweils mehrere Aufführungen in die Stadt. Max mochte ja fest entschlossen sein, ihr – kreativ gesehen – alle Freiheiten zu lassen, aber sie wussten beide, wenn die *Großen Erwartungen* ein Flop würden, wäre das für die Kompanie ein mehr als schwerer Schlag.

Während sich die Gäste labten, hielt sich das Ensemble, tief in den hinteren Teil des Studios gedrängt, in Bereitschaft: das Corps vor der Fensterfront, die Solo- und Hauptrollentänzer und -tänzerinnen zu beiden Seiten. Man musste ihnen nicht erst sagen, sich von den Erfrischungen fern zu halten; keiner bediente sich an dem kleinen Büfett. Stattdessen verhielten sie sich wie immer während ihrer freien Zeit im Studio: sie dehnten sich und wärmten ihre Muskeln auf, übten kleine Ausschnitte der Choreografie, neckten einander und verglichen Notizen über schwierige Schrittfolgen. Juliet fiel auf, dass Teri Malone rosafarbene Strumpfhosen und ein leuchtend weißes Trikot trug; sie kauerte ein paar Meter hinter dem Klavier, in Richtung Wand, und kämpfte mit einem Spitzenschuh (wie es schien), während sie Anton Mohr verstohlene Blicke zuwarf. In der hintersten Ecke des Raumes saß Olympia Andreades neben dem eckigen russischen Tabakliebhaber. Die beiden blätterten aufmerksam eine Zeitschrift durch, deren Titel Juliet nicht erkennen konnte. Ryder Kensington arbeitete in ihrer Nähe an der Stange, während seine Frau an der gegenüberliegenden Stange in der Nähe der Tür lehnte und gelassen einige Bänder an einen Schuh nähte. Neben ihr saß Hart Hayden mit gespreizten Beinen, beugte sich erst nach vorn, dann auf die Seiten. Mitten im Raum stand Kirsten Ahlswede vornübergekrümmt und stopfte sich offenbar Papierfetzen zwischen ihr Zehen, wobei es ihr gelang, trotzdem irgendwie kühl und selbstherrlich auszusehen. Anton Mohr lag auf dem Rücken, fast unter dem Klavier, führte seine Bauchmuskelübungen durch und trank zwischen den Übungen aus einer Plastikflasche Coke. Sofort wagte es Juliet, sich zu ihm zu stehlen und ihn zu unterbrechen.

«Anton?»

Sie kauerte neben ihm und wünschte, ihre Schenkel wären dünner.

Anton setzte sich auf und nahm einen Schluck Cola.

«Es war fabelhaft, Ihnen heute zuzusehen.» Sie lächelte. «Auch ein wenig Furcht einflößend, in so einem engen Raum. Als ob man einem Adler zuschaut, der durch eine Zoohandlung fliegt.»

Das hübsche Gesicht wurde finster. Anton runzelte die Stirn und schüttelte andeutungsweise den Kopf. «Die Szene, wo er zuhört, gefällt mir nicht», klagte er. «Da bin ich zu – wie sagt man?» Er machte eine schneidende Bewegung mit seinen Händen. «Dünn? Flach? Nicht tief genug.»

Juliet nickte, denn sie verstand, was er meinte, und gleich darauf sorgte sie sich, er könne es so auffassen, als ob sie mit ihm hinsichtlich seiner Leistung einer Meinung sei. Sie wollte das gerade ansprechen, als sie spürte, wie jemand hinter sie trat. Sie drehte den Kopf und entdeckte Lily Bediant: aus dem Augenwinkel sah sie auch die Reaktion in Antons Gesicht. Zwischen diesen beiden märchenhaften Kreaturen fühlte sie sich hoffnungslos plump und uninteressant, darum richtete sie sich rasch auf und hätte in ihrer Eile beinahe die Colaflasche umgeworfen. Die Flasche schwankte, aber Lily griff behände zu und fing sie sauber auf. Sie sah mit kalten violetten Augen Juliet an, woraufhin Juliet sich unbeholfen davonmachte.

Nach seiner bravourösen Vorstellung bei der letzten Probe stand Anton noch mehr im Mittelpunkt der Aufmerksamkeit als gewöhnlich, fiel Juliet auf, als sie ihren Platz wieder einnahm. Von ihm schien ein Zauber auszugehen, der normalerweise im Studio fehlte. Lily neigte ihren zarten Kopf zu ihrem Ex-Liebhaber, während sie ihm offenbar einen Scherz zuflüsterte. Am Schluss lachten beide, und ihre Köpfe schimmerten so herrlich nebeneinander, dass Juliet nicht überrascht gewesen wäre, wenn sie Funken gesprüht hätten. Worüber hatten sie nur gescherzt? Wie viele Choreografien braucht man, um ein solches Strahlen zu bewirken? Worum immer es auch gegangen sein mochte, Lily erhob sich anmutig und verließ ihn.

Doch anscheinend war er an diesem Tag viel zu anziehend, um allein gelassen zu werden. Ein oder zwei Minuten später schlenderte Ryder Kensington durch den Raum und kauerte sich in einer fließenden Bewegung neben ihn. Aus seinen Gesten schloss Juliet, dass die beiden ein Detail aus ihrer Begegnung in der ersten Szene besprachen. Ryder stellte die Colaflasche zur Seite, um mehr Platz zu haben, streckte seine langen Arme weit von der Brust und führte die zupackende Bewegung durch, die Ruth für das erste Aufeinanderprallen von Magwitch und Pip entworfen hatte. Anton hörte mit seinem Bauchmuskeltraining auf und stellte sich neben ihn. Versuchsweise drehte er seinen Kopf zur Seite und wiederholte die zurückzuckende Geste, mit der Pip auf Magwitchs Griff reagierte, woraufhin Ryder kurz die Kopfhaltung des jüngeren Mannes korrigierte, als ob er ein noch ängstlicheres Zucken andeuten wolle. Während die beiden Männer beisammenstanden, nickten und murmelten und ihre Bewegungen verglichen, dachte Juliet an all die Ballettaufführungen, die sie schon gesehen hatte, und sie fragte sich, wie die wirklichen Beziehungen zwischen Prinz und Prinzessin, der Zuckerfee und ihrem Schwan, der Puppe und ihrem Schöpfer ausgesehen haben mochten. Bei allen anderen Kunstformen – Opern, Theaterstücken, sogar beim modernen Tanz – schien es ihr möglich, die Gefühle der Darsteller außerhalb der Bühne aus ihrer Körpersprache auf der Bühne abzulesen. Aber das Ballett war reine Körpersprache. Persönliche Gefühle schienen völlig verborgen.

Und nun saß sie hier und war zwar nicht in die persönlichsten Moment der Kompanie eingeweiht, aber doch mit vielen verräterischen Kleinigkeiten vertraut, wenn die Tänzer und Tänzerinnen nicht auf der Hut waren. Hart Hayden war neben Anton getreten, während der sich noch mit Ryder Kensington unterhielt. Einige Minuten lang wartete Hart ruhig, setzte sich zuerst auf die Fersen, später streckte er seine Beine aus und beugte sich vor, fasste mit den Händen an die Zehen und ließ die anderen beiden ihr Gespräch beenden. Wie mochte es für Ryder sein, wenn er Tag für Tag mit ansehen musste, wie Hart seine Frau berührte, intim in Schritten und Rhythmus auf sie einging, so unabhängig wie zwei Trapezkünstler, die aufeinander zuschwingen und sich dann an den Handgelenken fassen? Juliet wusste die (unterdrückte) sexuelle Ausrichtung von Hart immer noch nicht einzuschätzen, obwohl sie das normalerweise sehr gut konnte, und Hayden schien auch gar nicht zu versuchen, irgendetwas zu verstecken. Er gehörte zu jenen Männern, die vor allem eines waren: charmant. Möglicherweise eine altmodische Tugend, aber allein deswegen umso liebenswerter, befand Juliet. Er besaß nicht das berauschende Charisma eines

Greg Fleetwood, auch nicht die ziemlich ölige Ausstrahlung von Max Devijian, sondern einen subtilen Charme, der sich nur darauf konzentrierte, in seinem Gegenüber Wohlbehagen hervorzurufen. Das kam der prinzenhaften Aura sehr nahe, die er auf der Bühne ausstrahlte – glücklicherweise ohne Überheblichkeit. Vor Juliets Augen spazierte Ryder davon, und Hart kniete nun auf den Boden, stellte die Colaflasche auf einen Stuhl, um sie aus dem Weg zu haben. Er beugte sich fragend zu Anton vor, summte offenbar einen Ausschnitt des Musikstücks und zählte es mit den Fingern aus, dann skizzierte er mit seinen schmalen Händen einige der dazugehörigen Gesten.

In der Zwischenzeit hatte das plaudernde Kreativteam den Punkt erreicht, an dem das Unbehagen sich auflöst und unverhohlenes Vergnügen einsetzt. Das Lachen klang echt, es gab viel kumpelhaftes Ellbogengeschubse, und der Champagner floss so schnell, wie die Lakaien von Gretchen Manning die Flaschen zu öffnen vermochten. Juliet sah, wie sich Victorine von zwei Kostümbildnerlehrlingen löste und quer durch den Raum zu den Tänzern ging. Sie beugte sich über Lily, streichelte ihre Wange und murmelte ein paar Worte. Dann glitt sie weiter zu Teri Malone, der sie zeigte, wie man den Fuß leicht schrägt stellt, dann wieder vollkommen gerade, dann wieder schräg. Teri kopierte sie und nickte ernsthaft. Als Victorine zu Anton weiterging, spürte Teri Juliets Blick auf sich und lächelte sie scheu an.

Währenddessen hatte sich Victorine unter Schmerzen nach vorn gebeugt, um mit Anton zu sprechen. Er erhob sich respektvoll, dann lächelte er sie breit an. Während sie sich unterhielten, nahm Juliet überrascht die Zuneigung zur Kenntnis, die sie in Antons Gesichtszügen zu lesen schien. Es war ihr zwar nie aufgefallen, dass er Victorine gegenüber kühl gewesen wäre, aber sie hätte auch nie gedacht, dass er seine Gefühle einmal so deutlich zeigen würde.

Victorine sah sich um, dann winkte sie Elektra Andreades zu sich, die Nadel und Faden beiseite gelegt hatte. Elektra gehorchte sofort. Die Ballettmeisterin wandte sich ihr zu und senkte den Kopf unterwürfig, wie es Estella bei dem Pas de trois mit Miss Havisham und Pip tat. Elektra folgte ihrem Beispiel und hielt die Pose, während Victorine, in der Rolle der Miss Havisham, Anton mit Hilfe von Elektra zeigte, was der Pas de trois ihrer Meinung nach an dieser Stelle brauchte. Sie wollte, dass er sich niederkniete und zu Estellas Gesicht aufsah, aber die Idee schien nicht zu funktionieren, und nach ein paar Minuten warf Victorine die Hände in die Luft, lachte kurz auf und ging davon. Hinter ihr nahm Anton einen Schluck aus seiner Colaflasche, setzte sich wieder auf den Boden und zog Elektra zu sich. Juliet beobachtete die Mademoiselle, die wieder in den vorderen Teil des Studios zurückkehrte, und hatte dabei das merkwürdige Gefühl, etwas Bösartiges in dem kontrollierten, immer noch schönen gallischen Gesicht wahrzunehmen. Einen Augenblick später jedoch, als Victorine sich behutsam auf einen Stuhl sinken ließ, revidierte Juliet ihre Meinung und kam zu dem Schluss, dass es sich bei dem Ausdruck, den sie in dem vornehmen, arroganten Gesicht gesehen hatte, um Schmerz handelte.

Das gesellschaftliche Beisammensein zog sich weiter in die Länge. Nur die prominenteren Tänzer und Tänzerinnen wagten es, verärgert zu schauen, weil man sie warten ließ. Nach etwa einer halben Stunde, in der Ruth die Gastgeberin gespielt hatte, entzog sie sich schließlich ihren Gästen und rief Luis Fortunato ans Piano. Sie setzte sich neben ihn auf den Klavierschemel, sprach (aus ihren Gesten zu schließen) energisch mit ihm über die Tempi, dann winkte sie Patrick zu sich und bezog ihn in das Gespräch ein. Greg Fleetwood stahl sich in der Zwischenzeit durch das Studio und beugte sich über den hellsten Stern der Produktion, um mit ihm zu reden. Anton massierte gerade seinen linken Fuß. Er sah auf und begrüßte Fleetwood mit einem Grinsen, murmelte dem älteren Mann etwas zu, der sich daraufhin niederkniete, um den Knöchel zu inspizieren, und schüttelte ihm dann herzlich die Hand. Mittlerweile waren Ruth, Luis und Patrick an den Punkt gekommen, wo sie einhellig mit den Köpfen nickten. Ruth klatschte in die Hände, um die Aufmerksamkeit der Tänzer auf sich zu lenken und gleichzeitig dem Publikum zu signalisieren, es möge sich setzen. Langsam und wie bedauernd löste sich der Knäuel von Besuchern auf und verteilte sich erwartungsvoll auf die drei Reihen an Klappstühlen. Fleetwood schloss sich ihnen an, quetschte sich in der ersten Reihe zwischen Max Devijian und die Frau in rotem Leder.

Mittlerweile hatten die Tänzer und Tänzerinnen ihre Wasser- und Saftflaschen hastig in ihre Taschen geworfen, die Trikots zurechtgerückt und sich mit dem Gesicht nach vorn aufgestellt. Die Individualität war aus ihren Gesichtern gewischt, ersetzt durch die kühle Arroganz, die Juliet so sehr missfiel.

Ruth Renswick schaute in die Runde.

«Erster Akt, erste Szene», verkündete sie. «Anton? Ryder?»

Die beiden Tänzer nahmen ihre Ausgangspositionen ein. Luis Fortunato hob die Hände über die Tasten. Ruth wandte sich an ihre Gäste.

«Wir haben ungefähr neunzehn Minuten vom ersten Akt», teilte sie dem Publikum mit. «Ein paar Übergänge fehlen noch, es wird also einige kurze Unterbrechungen geben.» Sie zog sich an die Seite des Studios zurück, von wo aus sie sämtliche Anwesenden gleichzeitig ansprechen konnte. «Luis wird uns freundlicherweise ein Klavierarrangement der Ouvertüre spielen», fuhr sie etwas lauter fort, dann nannte sie die Namen jener Tänzer und Tänzerinnen, die Hauptrollen tanzten – sowohl für die Gäste als auch für die Darsteller, die ihre letzten Vorbereitungen trafen. Wie ein Mensch mit Höhenangst, der in ein Flugzeug steigt, winkte sie Luis schließlich verzweifelt zu. Er fing an zu spielen. Der formelle Durchlauf lag jetzt nicht länger in Ruths Händen, dachte Juliet und sah zu, wie sich ihre alte Freundin zögernd setzte. Keine Kontrolle zu haben war ein Gefühl, das Ruth nicht sehr genoss.

Die Ouvertüre, die Ken Parisi geschrieben hatte, steckte voller Kanonen- und Gewehrschüsse, die Magwitchs Flucht ausposaunten. Das Klavierarrangement setzte das mit schweren

Akkorden auf den tiefen Tasten um. Fünfzehn oder zwanzig Sekunden lang hallte das Studio von diesem Lärm wider, dann wichen die Gewehrschüsse einem muskulösen Stakkato in Moll, in dem Juliet Pips Thema erkannte. Allmählich verschmolz dieses Stakkato mit einer quälenden, wellenförmigen Melodie, die Miss Havisham und Estella signalisierte. Es folgte ein konventionelles viktorianisches Zwischenstück, das plötzlich von einer Rückkehr der Gewehrschüsse durchbohrt wurde. Und dann flog auch schon Ryder Kensington in die Mitte des Raumes, prallte beinahe mit Anton zusammen und fing ihn dann in seinen kräftigen Armen auf.

Zehn Minuten lang trieb die Musik die Tänzer rasch voran. In der ersten Szene wurde Pip von dem Strafgefangenen ständig durchgerüttelt und Schwindel erregend nach hinten gebogen – wie im Buch. Aber er erholte sich von seiner Furcht und schmiegte sich furchtsam an Magwitch, nahm den Verbrecher mit der kleinen Tröstung menschlicher Wärme für sich ein und nicht (wie im Buch), indem er ihn mit Lebensmitteln versorgte. Es gab keine Ketten und auch keine Feile. Juliet fand es interessant, wie Kensington als Reaktion auf Pips Wärme seinen weichen Kern offenbarte. Zum ersten Mal verstand sie, warum Elektra ihn wohl geheiratet hatte: er konnte wirklich reizend und bewegend sein, wenn er sich zärtlich gab, wie es bei groben Männern unglücklicherweise oft der Fall war. Anschließend begann die Szene mit Pip zu Hause und einer Solotänzerin namens Maria Flor als barsche (aber nicht länger komische) Mrs Joe. Die Orangen flogen, aber Pip konnte sie nicht fangen. Die Soldaten trafen ein, und schon zogen alle auf der Jagd nach dem unglückseligen Ausbrecher davon.

Plötzlich kam alles zu einem Halt.

«Hier gibt es noch keinen Übergang», erklärte Ruth, sprang auf und lächelte auf eine Weise, die wohl entschuldigend gemeint war, obwohl es bei ihr ziemlich grimmig wirkte. Sie hob einen Finger in die Luft und rief: «Anton?»

Anton Mohr trat auf sie zu. Man sah, wie er einen Augenblick beinahe torkelte. Dabei grinste er jedoch. Ruth sah zu ihm auf und stellte sich auf Zehenspitzen, um ihm wütend etwas ins Ohr zu flüstern, während Anton aus welchem Grund auch immer sanft ihren Oberarm streichelte.

Juliet vermutete, dass Ruth ihn fragte, ob sich seine Verletzung wieder verschlimmert hatte. In der Eröffnungsszene war er faszinierend gewesen, aber selbst Juliet war aufgefallen, wie er während der Szene mit dem Weihnachtsessen an Schwung verloren hatte. Die Choreografie verlangte von ihm, auf einen Stuhl zu springen, um nach den Orangen zu greifen, aber er hatte die Markierung verpasst, war zu nahe an den Rand des Stuhls getreten und hätte diesen beinahe zum Kippen gebracht. Anton hatte sich erholt und die Szene beendet, aber ohne das Feuer, das er zuvor an den Tag gelegt hatte. Juliet fragte sich, ob er möglicherweise an Lampenfieber litt. Es schien unwahrscheinlich. In diesem Moment schüttelte er den Kopf, lächelte Ruth breit an, als ob er sagen wollte, dass es seinem Knöchel gut ging. Aber Juliet sah seine riesigen, grünen Augen. Sie glänzten und waren seltsam konzentrationslos.

Nach dem Ende ihrer kleinen Konferenz zog sich Ruth zu ihrem Stuhl zurück, nickte Luis kurz zu und murmelte in Richtung ihrer Gäste: «Wir machen weiter.»

Luis begann den ‹Pip als Spanner›-Pas de trois.

Lily Bediant beugte sich über die gekrümmte Kirsten, ihre Arme umfassten die jüngere Frau, dann hoben sie sich langsam, als ob sie eine Erscheinung heraufbeschwöre. Die beiden Frauen bewegten sich anfangs sinnlich zusammen, dann mit zunehmender Spannung und Erregung. Als Miss Havisham schlussendlich offen die Kontrolle über ihre Schülerin ausübte, stahl sich Anton in die Szene und kroch zu einem Holzrahmen, der die Verandatüren symbolisierte.

Aber etwas stimmte nicht. Anstatt den Anschein zu vermitteln, als ob er sich vor Entdeckung fürchtete – pubertär, ungelenk, schüchtern –, trug Anton Mohr das entzückte Grinsen eines Kindes im Gesicht, das vor einem Zirkusrund sitzt. Darüber hinaus bewegte er sich auf eine Weise, die Ruth niemals für ihn vorgesehen hatte. Er hob seine Arme und streckte sie. Er ließ den Kopf in den Nacken rollen und kreisen. Er drehte zwei Pirouetten. Als seine Schritte eigentlich ein fernes Echo der beiden Frauen darstellen sollten, ging er stattdessen auf die Frauen zu und tanzte so eng mit ihnen, als ob die drei auf einem Hochzeitsempfang das Tanzbein schwängen. Juliet sah fragend zu Ruth, bekam mit, wie diese versuchte, den Blick des Pianisten aufzufangen, was ihr aber unmöglich war. Luis machte übergangslos mit dem nächsten Stück weiter, dem ‹Annäherungs-Vermeidungs›-Pas-de-deux von Pip und Estella.

Jetzt wurde Mohrs Tanz regelrecht wild. Er löste sich völlig von der Choreografie, liebkoste die befremdet wirkende Kirsten Ahlswede, küsste sie, hob sie an und ließ sie durch die Luft segeln, eine Bewegung, an die sich Juliet aus den Proben nicht erinnerte, dann setzte er Kirsten ab und brach in einen leidenschaftlichen Solotanz aus. Das ganze Studio beobachtete erstaunt, wie er herumflog, sich auf den Boden warf, wieder aufsprang und in gigantischen Kreisen herumwirbelte. Es war herrlich, aber ganz entsetzlich für all jene, die das Stück kannten. Ruth war mit halb offenem Mund aufgestanden, hin und her gerissen. Einerseits wollte sie ihn aufhalten, andererseits wagte sie nicht, etwas zu sagen.

Anton Mohr schien sich in einer Art Trance zu befinden, wie ein Schlafwandler, der fallen könnte, wenn man ihn weckt. Die Musik endete, aber er tanzte weiter. Es war keine Vorführung mehr. Blind für seine Umgebung bewegte er sich wie ein kleines Kind, das allein ist, ohne Befangenheit, in fröhlicher Verzückung. Juliet musste plötzlich an einen Dokumentarfilm denken, den sie einmal gesehen hatte. Darin sprachen Menschen in Zungen und gaben sich auf freudige Weise mit ganzem Herzen einer fremden Kraft anheim. Anton befand sich in Ekstase, wurde ihr mit einem Schauder des Entsetzens klar. Sie hatte sich noch nie zuvor in der Nähe eines Menschen befunden, der in diesem Zustand war.

Ruth bewegte sich langsam auf die Mitte des Raumes zu, ihr finsteres Gesicht zeigte ein Dutzend miteinander im Widerstreit liegender Impulse, ihr Körper bebte. Sie sah mehrmals zu Greg Fleetwood, als ob er Antons Verhalten erklären könnte, doch obwohl er eher wütend denn erstaunt wirkte, bot er seine Hilfe nicht an. Die Choreografin zuckte schließlich gegenüber dem Publikum mit den Schultern, während der Deutsche hinter ihr herumwirbelte, eine Geste, die beredt alle Verantwortung für sein Benehmen von sich wies. In ihrer unmittelbaren Nähe war Victorine Vaillancourt ebenfalls aufgestanden und wollte nach vorn gehen, blieb dann aber stehen; ausnahmsweise wusste sie nicht, was sie tun sollte. Im ganzen Studio starrten die Tänzer und Tänzerinnen mit großen Augen. Eine merkwürdige, angstvolle Stille füllte den Raum, unterbrochen nur von dem hektischen Quietschen von Mohrs Schuhen auf dem Boden.

Dann fing er an zu singen, besser gesagt, in verzerrten deutschen Silben zu heulen und zu schnauben. Sein Gesang war abgehackt, aus dem Stegreif, als ob er nur für sich etwas summte. Sein Blick richtete sich immer mehr nach innen, er sprang und schwebte, hüpfte und drehte sich, bis er zuletzt – es schienen Stunden vergangen zu sein, hatte aber tatsächlich nur vier Minuten gedauert – plötzlich wie ohnmächtig zu Boden sank und reglos liegen blieb.

Und in den ersten verblüfften Momenten rief sein Zusammenbruch eher Erleichterung als Besorgnis hervor.

8

Nach Antons Sturz schien einige Minuten lang alles zeitgleich zu passieren. Mit beträchtlichem Selbstbewusstsein warf Gregory Fleetwood sowohl die Gäste als auch die Tänzer aus dem Studio. Gleichzeitig verständigte Patrick über Juliets Handy den Notruf. Mitten in der hinausdrängenden Menge aus Tänzern und Nichttänzern kniete Victorine beschützend neben Anton. Er lag bewusstlos am Boden, seine Haut war noch in einem merkwürdigen Rot angelaufen. Während sich der Raum leerte, gehorchte Patrick einem Sanitäter am anderen Ende der Leitung, ging gegenüber von Victorine in die Knie und prüfte die Lebenszeichen des Patienten, um herauszufinden, ob man lebensrettende Maßnahmen einleiten musste. Da Anton jedoch atmete – wenn auch nur schwach – und der Grund seines Zusammenbruchs unbekannt war, konnte man bis zum Eintreffen des Krankenwagens nur wenig tun.

Während sie warteten, hielt Victorine Antons reglose Hand. Patrick und Ruth kauerten auf dem Klavierschemel. Juliet schritt ruhelos im Studio auf und ab. Aus den Augenwinkeln sah sie, wie Greg Fleetwood zurückkehrte, nachdem er alle Außenstehenden vor die Tür gesetzt hatte. Es drängte ihn sichtlich, auch sie hinauszuwerfen. Sie vermied seinen Blick.

Die Sanitäter kamen überraschend schnell, mit schweren Stiefeln und schwerem Gerät. Zwei Streifenbeamten, die automatisch von der Notrufzentrale zu ihnen geschickt worden waren, stapften hinter ihnen ins Studio und sahen aus, als ob sie gerade vom Set für *Law and Order* kämen. Kurz orientierungslos starrten sie auf die Spiegelwände, die verdreckte Fensterfront, die vom vielen Schweiß abgenutzten Stangen und auf die reglose Gestalt in Trikot und Strumpfhosen auf dem Boden. Einer hielt ein Klemmbrett mit einem Formular in der Hand. Er ließ sich von Patrick Antons Namen, Alter und Adresse geben und notierte alles. Als sie fertig waren, setzte sich Patrick wieder zu Ruth, und Juliet trat zögernd auf den Officer mit dem Klemmbrett zu, der jetzt neben der Tür stand. Er war groß und jung, hatte dünne braune Haare und Sommersprossen auf seiner Stupsnase. Sie zögerte einige Augenblicke, dann berührte sie ihn sanft am Arm.

«Officer – Officer Peltz», las sie seinen Namen vom Namensschild ab, «ich glaube, Mr Mohr könnte unter Drogen gestanden haben.»

«Was Sie nicht sagen», meinte Officer Peltz. Die Sanitäter ratterten derweil eine Reihe von Fragen herunter. Sie wollten in Erfahrung bringen, wie sich Anton verhalten hatte, bevor er sein Bewusstsein verlor. Aufgrund von Ruths ruhigen, präzisen Antworten stand bereits fest, dass sich der Tänzer in einer Art Delirium befunden hatte.

«Ich will damit sagen, dass er gegen seinen Willen unter Drogen gesetzt wurde.» Juliet zügelte ihre Gereiztheit.

«Tatsächlich? Und wie heißen Sie?»

Juliet nannte ihren Namen. Peltz schrieb ihn auf sein Formular, zusammen mit einer kurzen Notiz.

«Sind Sie eine Freundin von Mr Mohr?», erkundigte er sich.

«Eigentlich nicht. Ich war nur flüchtig mit ihm bekannt. Werden Sie denn im Krankenhaus vorbeischauen? Darauf achten, dass ihn die Ärzte auf Drogen untersuchen?»

«Die werden ihn auf jeden Fall auf Drogen untersuchen», erklärte sein Kollege, ein stämmiger Mann mit fahlen Haaren und einem Stiernacken. Er lachte kurz auf.

«Die Dame hier denkt, jemand habe dem Kerl Drogen untergeschoben», erläuterte Peltz. «Gibt es einen besonderen Grund, warum Sie davon ausgehen, dass er das Zeug nicht absichtlich eingeworfen hat, was immer es auch war?»

Juliet zögerte. Ganz offensichtlich überlegten die beiden Polizisten gerade, ob sie Anton womöglich selbst unter Drogen gesetzt hatte und es nun bedauerte, weil sie dies katastrophale Ergebnis sah.

«Haben Sie etwas gesehen?», warf sein Kollege ein, dessen Name laut Namensschild Roarke war.

Schließlich schüttelte sie den Kopf. «Ich glaube einfach nicht, dass er so etwas Dummes tun würde. Das wäre, als ob sich ein Pilot auf dem Rollfeld kurz vor dem Abheben betrinkt. Falls es sich überhaupt um Drogen handelte.»

Die Männer tauschten einen Blick aus. Piloten trinken, das weiß doch jeder, besagte dieser Blick. Juliet überlegte kurz, ihr

Argument weiter auszuführen, ließ es dann aber bleiben. Keiner der beiden Männer schien ihr besonders clever zu sein.

«Haben Sie gesehen, ob er etwas aß oder trank?», drängte Roarke. «Vielleicht hat sich jemand an seinem Essen zu schaffen gemacht?»

«Nein. Das heißt ...» Juliet zögerte und blinzelte heftig. «Er hat eine Cola getrunken, aber ich habe nicht gesehen, dass sich jemand daran zu schaffen machte.»

Officer Peltz hob eine Augenbraue, dann notierte er ihre Adresse und ihre Telefonnummer. Kurz darauf trugen die Sanitäter den Patienten fort. Victorine eilte hinterher, um ihn im Krankenwagen zu begleiten. Auch die Polizisten verzogen sich. Nachdem alle fort waren, verkündete Greg, er würde ebenfalls ins Krankenhaus fahren, in einem Taxi.

Und dann rief Ruth zu Juliets Erstaunen das Ensemble zurück, um das Ende des ersten Aktes zu choreografieren. Die Tänzer und Tänzerinnen, die natürlich erschüttert waren, staunten ebenso, dass sie ihre Arbeit wieder aufnehmen sollten. Aber an diesem Tag gab es noch zwei wertvolle Probenstunden, zwei unersetzbare Stunden, die drei- oder viertausend Dollar an Gehältern wert waren. Ruth verkündete kurz angebunden, dass man sich um Anton ‹kümmere› und sprach sofort diverse Punkte in Timing und Gestik an, die ihr bei dem formellen Durchlauf aufgefallen waren.

Juliet hatte sich gerade wieder auf ihren Stuhl gesetzt, als ihr unter dem Klavier Antons Tasche und die Colaflasche auffielen, aus der er getrunken hatte. Offenbar hatten die Beamten es nicht für nötig erachtet, die Sachen mitzunehmen. Ein wenig befangen sammelte sie sie ein, fand auch die Verschlusskappe der Flasche in einer Außentasche. Sie trug die Tasche mit der Flasche zu ihrem Stuhl und setzte sich zögernd. Juliet bewunderte Ruths Disziplin, dachte aber gleichzeitig, dass sie den Verstand verloren haben müsse. Kein normaler Mensch konnte sich nach so einer Szene konzentrieren. Doch Ruth war dieser Tage nicht bei Verstand – zumindest nicht, wenn es um die *Gro-*

ßen Erwartungen ging. Sie war eine besessene Frau, voller Versagensängste und absolut unfähig, über den Tellerrand ihres geliebten Projekts hinauszusehen.

Die anderen schienen etwas normaler zu reagieren. Patrick gehorchte Ruth zwar, war jedoch bleich und sichtlich verstört. Hart, der für Anton einsprang, bewegte seinen Körper, wie man es ihm sagte, aber obwohl er ein Vollprofi war, konnte er dennoch kein Gefühl und keine Flüssigkeit in seine Bewegungen legen, und aus seinem Gesicht war angesichts seiner gemischten Gefühle nichts zu lesen. Ruth hatte ihn Kirsten Ahlswede zugesellt, die viel zu groß für ihn war – fast fünfzehn Zentimeter größer als er. Kirstens eisblaue Augen schienen wie aus Stein, vielleicht vor Schock, vielleicht vor Wut angesichts Ruths Beharrlichkeit, vielleicht aus irgendeinem tänzerischen Grund, den Juliet niemals erahnen würde. Sie fing einen merkwürdigen Blick auf, den Kirsten und Lily Bediant austauschten, während sie Ruths Anmerkungen zu dem Pas de trois lauschten. Besorgnis stand sichtlich in Lilys Gesicht und all ihren Gesten geschrieben, obwohl sie pflichtschuldigst die Schritte durchführte, die Ruth vorgab. Teri Malone, die beim Corps auf ihren Einsatz wartete, sah aus, als ob sie für immer nach Eau Claire zurückkehren wollte; neben ihr kochte Olympia Andreades vor Wut. Elektra saß ausnahmweise neben ihrem Ehemann unter einer Stange, mit dem Rücken an die Wand gelehnt, ihr kleines, liebliches Gesicht verzerrt vor Angst, sein Gesicht ernst, aber nicht zu deuten. Der einzig entspannte Gesichtsausdruck, den Juliet entdecken konnte, gehörte Alexei Ostrovsky, dem eckigen Russen, der das Unbehagen aller anderen zu genießen schien. Während Ruth schon wieder mit Luis über Takte und Rhythmus diskutierte, imitierte Alexei Antons seltsame Darbietung, wirbelte impulsiv herum und ließ sich zuletzt wie gelähmt zu Boden fallen. Seine Clownerie brachte ihm bei einigen ein zaghaftes Lächeln ein, aber die meisten rollten mit den Augen und starrten ihn böse an, und darum suchte schließlich auch er in schicklicher Stille Zuflucht.

Als Ruth schließlich der Gruppe dankte und sie entließ, lief eine Welle der Erleichterung durch den Raum. Die Tänzer und Tänzerinnen verschwanden unter lautem Gemurmel. Mehr als einer warf einen missbilligenden Blick ins Ruths Richtung, aber dafür war sie natürlich blind.

Sobald der Raum leer war, bot Juliet ihr an, sie zum Krankenhaus zu fahren. Aber Ruth war erschöpft und wütend und erklärte, sie sehe keinen Grund, sich dorthin zu begeben. Sobald es etwas Neues gab, würden ihr das Greg oder Victorine schon mitteilen, und das wahrscheinlich früher, als sie es hören wollte, meinte sie.

Juliet, die ausnahmsweise einmal die Geduld mit ihrer schwierigen Freundin verlor, drehte sich abrupt um und ging. Sie war der Überzeugung, dass man bei den Menschen, die man liebte, das Schlechte mit dem Guten hinnehmen musste; aber an diesem Tag setzte ihr Ruths selbstsüchtige Kurzsichtigkeit enorm zu. Sie selbst hatte die Szene von Antons Zusammenbruch als extrem beunruhigend empfunden. Sie überlegte, ob sie ihm die Tasche ins Krankenhaus bringen sollte, kam aber zu dem Schluss, dass das bis zum nächsten Morgen warten konnte. Victorine und Greg würden schon dafür sorgen, dass er in dieser Nacht alles bekam, was er brauchte.

Stattdessen ging sie nach Hause und rief Molly Laurence an, ihre älteste Freundin und von allen Menschen, die sie kannte, wahrscheinlich die geeignetste, um sie zu trösten. Vor fünf Jahren hatte Molly einen Mann getroffen, ihren Job an den Nagel gehängt und die Stadt verlassen. Nun lebte sie, abgeschnitten von der Außenwelt, auf Long Island, gefangen in einer furchtbar unglücklichen Ehe (die nur noch zum Wohle ihres dreijährigen Sohnes aufrechterhalten wurde). Aber sie war immer noch Molly, und sie musste Juliet nur wenige Minuten zuhören, bevor sie ihre Diagnose stellte.

«Süße, du hast eine sehr verstörende Erfahrung hinter dir. Kein Wunder, dass du völlig durcheinander bist. Du brauchst ein warmes Bad und etwas Beethoven», verschrieb Molly streng. «Aromaöl oder Badesalz und – na, ich würde sagen, das Streichquartett Nummer drei in C, Opus 59. Wenn du für das ganze Stück nicht lange genug stillsitzen kannst, dann nimm dir nur den zweiten Satz vor.»

Juliet gehorchte. Sie badete fast eine Stunde lang und aß anschließend Erdnussbutter und Marmelade auf getoastetem Weißbrot. Nachdem ihr inneres Gleichgewicht wiederhergestellt war, verbrachte sie den Rest des Abends mit Lady Porter, deren Listigkeit erstaunliche Dimensionen anzunehmen begann.

9

«Tot?»

Juliet setzte sich auf, ließ das schnurlose Telefon fallen, fand es unter einem Kissen wieder.

«Was hast du gesagt?»

«Anton ist tot», wiederholte Ruth. «Er ist vor ungefähr einer Stunde auf der Intensivstation gestorben. Greg hat mich gerade angerufen. Er war überhitzt, viel zu überhitzt, und sie konnten seine Temperatur einfach nicht senken. Ich glaube, er ist – er ist förmlich zu Tode gekocht.»

«Großer Gott.» Juliet stützte ihr Gesicht ab und versuchte, sich zurechtzufinden. Die Uhr auf ihrem Nachttisch sagte sechs Uhr zwölf, und durch die Fenster schien ein weißes Glühen. «Haben die Ärzte gesagt, ob er unter Drogen gesetzt wurde?»

«Unter Drogen gesetzt», wiederholte Ruth, betonte das ‹gesetzt›. «Nein. Sie meinten nur, er habe Ecstasy genommen.»

«Was?»

«Ecstasy. Eck-sta-sie. Eine Straßendroge, Juliet. In welchem Kloster lebst du eigentlich?»

Juliet richtete sich noch weiter auf. «Ist das tödlich? Hat er eine Überdosis genommen?»

«Nein, natürlich ist es nicht tödlich. Die Leute fühlen sich dadurch großartig.» Ruth schwieg einen Augenblick, und als sie weitersprach, klang ihre Stimme etwas neutraler. «Und man glaubt auch nicht an eine Überdosis. Greg sagt, sie wissen noch nicht, warum er so schlecht darauf reagierte. Er tanzte, und es war heiß, und vielleicht war er dehydriert und – sie wissen es nicht. Er ist einfach tot, Juliet. Wie kann er nur? Was soll ich jetzt tun?»

Juliet erkannte ein wenig zu spät, dass sie nun wohl wach war, stieg aus dem Bett und ging in die Küche. «Ruth», fragte sie auf dem Weg die Treppe hinunter, «hast du jemals erlebt, dass Anton Drogen genommen hat?»

«Nein. Warum?»

«Nehmen Tänzer überhaupt Drogen?»

«Mein Gott, ja. Alle möglichen. Vor allem Speed und Koks.»

«Ehrlich?» Juliet war überrascht. Diese herrlichen Körper. Sie erreichte die Küche, klemmte sich das Telefon zwischen Schulter und Ohr und nahm den Wasserkessel zur Hand. «Ruth, du hast gestern während des offiziellen Durchlaufs etwas in Antons Ohr geflüstert – gleich nach der Szene mit den Orangen. Was hast du da zu ihm gesagt?»

«Weiß ich nicht mehr. Vermutlich habe ich ihn gefragt, ob ihm sein Knöchel Probleme bereitet und ...»

«Hat er das?», unterbrach Juliet und hielt an der Spüle inne.

«Nein. Er meinte, er fühle sich ein wenig benommen, aber großartig. In dem Fall, habe ich gesagt, solle er sich am Riemen reißen und mit seinen Mätzchen aufhören.»

«Ja, er hat irgendwie Mätzchen gemacht», stimmte Juliet zu. Zum ersten Mal wurde ihr richtig klar, dass Anton Mohr tot war. Sie spürte, wie ihr Tränen aufstiegen, und bemühte sich, sie zu unterdrücken. «Warum hat er dich angelächelt und dich gestreichelt?»

«Ich habe keine Ahnung. Wahrscheinlich, weil er total high war. Wie konnte er nur, wo doch ...»

Während Ruth zu ihrer Klage anhob, stellte Juliet den Kessel ab und ging in den Eingangsflur, um sich zu fassen. Ja, da stand Antons Tasche.

«Juliet?» Ruth hatte gerade von irgendeinem Treffen angefangen. «Hast du mir zugehört? Kannst du kommen?»

«Tut mir Leid, was hast du gesagt? Kommen? Wohin?»

«Zur Jansch-Truppe. Kannst du mir heute Mittag die Hand halten? Greg wird bekannt geben, was geschehen ist, und ich muss mir überlegen, wie ich das Stück jetzt neu besetze. Tja, nicht darüber nachdenken, es tun. Scheiße, ich höre besser auf zu telefonieren.»

Ruth legte auf, bevor Juliet ihr hatte antworten können.

«Ja, ich komme», versicherte sie der toten Leitung, dann hängte sie ein, goss kochendes Wasser über einen Teebeutel in einer Tasse und ging nach oben, um zu pinkeln. Gleichzeitig fragte sie sich, warum Anton Mohr so jung sterben musste und wie das geschehen konnte. Ihre Gedanken wanderten vom Schwermütigen zum Pragmatischen, mit vielen Zwischenstopps. Als sie ihm gestern im Studio ein Kompliment gemacht hatte, gleich nach dem Mittagessen mit Patrick, hatte er absolut nüchtern gewirkt, sogar ein wenig miesepetrig – ganz sicher nicht in der Stimmung, zu grinsen oder Freudensprünge zu vollführen. Ihre eigenen Experimente mit illegalen Drogen waren mittlerweile im Nebel der Zeit versunken, aber sie erinnerte sich an das merkwürdige Intervall zwischen der Einnahme und dem Einsetzen der Wirkung: dieses intensive Gefühl des Wartens, dieses flattrige, furchtsame Beachten jeder inneren Empfindung, das Prüfen jedes noch so flüchtigen Gedankens, um herauszufinden, ob er schon der Vorbote des Rausches war, das Gefühl, vor Außenstehenden ein spaßiges Geheimnis zu haben. Derlei hatte sie an Anton nicht wahrgenommen.

Trotz der frühen Uhrzeit war der Tag bereits kräftig zugange. Das Sonnenlicht strich die Milchglasscheiben des Badezimmerfensters strahlend weiß. Juliet spritzte sich das Gesicht mit Wasser ab, kämmte sich die Haare und ging zurück in die Küche, um in dem ungewohnten Licht ihren Tee zu trinken. Mit beiden

Händen umfasste sie die heiße Tasse, erlaubte ihren Gedanken, zu ihren eigenen Angelegenheiten zurückzukehren. Mit Genugtuung erinnerte sie sich an die sechs Seiten, die sie noch hatte schreiben können, bevor sie in der vergangenen Nacht ins Bett gesunken war. Sekündlich konnte Lord Suffield Caroline Castlingham einen Heiratsantrag unterbreiten, und danach würde sich die *Quadrille in London* quasi von allein schreiben.

Dank ihres ungewohnt frühen Starts war Juliet bereits geduscht, angezogen und saß an ihrem Schreibtisch, als kurz nach neun Uhr der Summer des Türstehers erklang. Ames, die gerade ihr kleines Büro betreten hatte, um die sechs Seiten von letzter Nacht in den Computer zu tippen, ging ans Haustelefon, betrat dann das angrenzende Zimmer, in dem Juliet eine Ausgabe von *Lodge's Peerage* aus dem Jahre 1807 studierte. Sie brauchte Namen für eine Dinnerparty, die Lady Porter geben wollte, und zudem war das Schmökern im *Lodge* ein gutes Gegenmittel, um nicht über Anton Mohrs Tod zu brüten.

«Ein Detective Murray Landis befindet sich in der Lobby», verkündete Ames, und ihr Tonfall machte diese Aussage zur Frage.

Juliet sah auf, den Kopf voller Augustas und Frederics und Jemimas. «Murray», wiederholte sie zweifelnd, als ob Ames einen Namen für eine der Figuren von *Quadrille in London* vorgeschlagen hätte.

«Offenbar kommt er vom Revier an der Dreiundsiebzigsten Straße West», erklärte Ames. «Er möchte heraufkommen und Sie sprechen.»

«Ach! Das muss wegen Anton Mohr sein.» Juliet stand auf und wollte sich vom Schreibtisch entfernen, dann blieb sie abrupt stehen. «Murray Landis? Ich kannte einen Murray Landis in Radcliffe. Will sagen, *er* hat natürlich in Harvard studiert. Kunststudent. Sind Sie sicher?»

«Möglicherweise ist es nicht derselbe, Dr. Bodine», erwiderte Ames, ihr großes, schlichtes Gesicht so gewissenhaft neutral wie immer. Ames bestand darauf, Juliet mit Dr. Bodine anzureden, wie sie auch stets darauf bestand, im Kostüm und mit Strumpfhose zur Arbeit zu erscheinen. Manchmal fragte sich Juliet, wie Ames als kleines Mädchen gewesen sein mochte. Genauso wie fünfzig Jahre später, jede Wette: groß, bleich, zurückhaltend, vorsichtig und absolut kompetent. Sie war eines jener Kinder, die schon früh beschließen, ihre Meinung für sich zu behalten, die selbst die klügste Beobachtung ohne ein Lächeln tätigen, da gab es gar keinen Zweifel. Eine lustige und überschwängliche Ames gab es nicht und würde es nie geben; aber im Laufe der Jahre hatte Juliet gelernt, dass Ames eine Loyalität besaß, die vielleicht wertvoller war als mühelose Freundschaft. Sie verfügte auch über einen gewissen subtilen, trockenen – ja ausgedörrten – Humor. Wahrscheinlich lachte sie innerlich in dieser Sekunde brüllend über ihre Arbeitgeberin.

«Soll ich ihn hochbitten?», fragte Ames.

«Ja, bitte. Führen Sie ihn in die Bibliothek. Ich empfange ihn dort.»

Juliet stieg die Treppe zu ihrer Bibliothek hinunter, ihre Gedanken jagten in ihrem Gehirn herum wie Mäuse in einem Labyrinth. War es denn üblich, dass ein Detective in ein Privathaus kam? Warum besuchte er sie so kurz nach Antons Tod, warum nicht Max oder Greg? War die Polizei tatsächlich der Ansicht, sie hätte Anton Mohr Drogen verabreicht? Und was war aus ihrem Murray Landis geworden? Sie waren sich das erste Mal begegnet, als er während ihres ersten Jahres am College mit ihrer Zimmergenossin Mona ausging. Mona hatte sie auch schon lange nicht mehr gesehen – das Letzte, was sie von ihr gehört hatte, war, dass Mona einen Diplomaten geheiratet hatte und nach Norwegen gezogen war, und sie konnte sich nicht vorstellen, dass ...

«Miss Bodine?»

Ein großer, schlacksiger Mann mit dunklen Augen, einer langen krummen Nase und seltsam flachen Wangenknochen tauchte an der Tür zur Bibliothek auf. Er hatte einen dunklen

Teint, kurze lockige Haare, und seine Nase sah aus, als ob er sie einmal gebrochen hätte. Instinktiv wich Juliet ein oder zwei Schritte zurück. Es ist eine Sache, die gewölbten, vergilbten Fotos unserer Eltern zu sehen und über ihre lustigen Kleider und jungen Gesichter zu lachen, über die witzige Art, wie sie ihre Haare frisierten. Aber ein Gesicht, das uns jung vor Augen ist, plötzlich im mittleren Alter vor uns zu sehen, flößt Angst ein. Am Ende sind wir alle Dorian Gray (auch wenn uns dessen schlimmste Spezialeffekte erspart bleiben).

Juliet starrte den großen Polizeibeamten an. Entsetzen, Verwirrung und Freude drängten sich in ihr weiches Gesicht. Wie die meisten Menschen hatte sich Murray Landis einerseits verändert und war doch im Laufe der Jahre immer mehr er selbst geworden. Die leichte Schiefhaltung seiner Schultern war mit neunzehn erst in embryonaler Form vorhanden gewesen. Seine olivfarbene Haut war rauer geworden und sein drahtiges krauses Haar grau durchsetzt. Seine Nase schien noch krummer geworden zu sein. Aber seine kleinen dunklen Augen waren so funkelnd und scharf wie eh und je und verliehen ihm insgesamt dieselbe Wirkung absoluter Männlichkeit. Seine Khakihosen waren an den Knöcheln durchgescheuert, und an seinem dunklen Jackett fehlte ein Knopf. Aber sie kleideten seine hagere Gestalt gut.

Er erkannte sie ebenfalls wieder; sie sah es in seinen Augen. Als er vortrat, um ihr die Hand zu schütteln, erinnerte sich Juliet an den schmuddeligen Kunststudenten, der er einst gewesen war, ein Bildhauer, stets auf der Suche nach Autowracks und Spielsachen, Möbeln und Besteck. Er war ruhelos und intensiv, schien vor lauter Energie fast elektrisch geladen, die Art von Junge (in jenen ersten Collegejahren waren sie für Juliet alle noch ‹Jungs›), die ständig mit Münzen in den Hosentaschen klimpern oder durch den Raum tigern oder sich setzen und dann beim Sprechen wie rasend eine Hand oder einen Fuß bewegten. In manch einer Nacht hatte Juliet das Zimmer, das sie mit Mona teilte, ihr und ihm überlassen; in manch einer

Nacht lagen die beiden schlafend beisammen, wenn die Müdigkeit Juliet nach Hause trieb. Sie konnte sich nicht mehr erinnern, warum die beiden auseinander gegangen waren. Eifersucht? Irgendein sexuelles Durcheinander? Das war üblicherweise der Untergang der sorglosen, sexhungrigen Mona. Wenn Juliet an Murray dachte, dann immer (wie man sich an Menschen wegen solcher Sachen eben erinnert) als den Menschen, der ihr gegenüber zum ersten Mal E. M. Forsters Klage zitiert hatte, man könne sich ‹Fakten nicht stellen›, denn Fakten seien wie die Wände eines Raumes: wenn man sich einer stellt, steht man mit dem Rücken zu den drei anderen. So war er gewesen: ungewöhnlich aufgeschlossen, in seinem Denken nach allen Seiten offen, neugierig, voll abstruser Begeisterung und unerwarteter Meinungen. Er war auch freundlich und sensibel und geduldig – das musste man sein, wenn man mit Mona ausging – und (dieser Ansicht war Juliet zumindest damals gewesen) ziemlich talentiert. Als sie ihn jetzt ansah, fand sie, dass es wohl noch unwahrscheinlichere Kandidaten für die Polizei von New York gab, aber spontan fiel ihr da wirklich keiner ein.

«Juliet Bodine. Ich dachte mir, dass du es bist», sagte er mit dem starken Brooklyner Akzent, den sie vergessen hatte. *Juliet. Ich habb mir schon gedacht, das duu es bist.* Plötzlich fiel es ihr wieder ein: sein Vater war ein Cop gewesen und wohl auch ein Onkel oder zwei. Er hatte Harvard nur dank eines Stipendiums besucht, und das war übrigens Teil des Problems zwischen Mona und ihm gewesen. Er hatte dieses hartnäckige Vorurteil, den schleichenden Verdacht gehegt, dass Mona mit ihren begradigten Zähnen und der gerichteten Nase, das Einzelkind mit Vorortswohlstand, mehr an ihm als sozioökonomischer Kuriosität interessiert sei denn als Person.

«Ist es okay, wenn ich mich setze?», fragte er jetzt, während Juliet noch ganz in ihren Erinnerungen versunken war.

«Aber natürlich. Bitte.»

Sie kehrte in die Gegenwart zurück, bat ihn, es sich in einem der Ledersessel gemütlich zu machen, bot Kaffee an, fragte, wie es ihm ergangen sei.

Er nickte und lächelte. «Es ging mir gut. Wirklich gut. Du siehst prima aus. Es ist lange her.»

Ein schrecklicher Gedanke jagte ihr durch den Kopf: wie sehr auch sie sich verändert hatte. «Es ist lange her», wiederholte sie schwach.

«Du warst erfolgreich», fuhr er fort und ließ den Blick über den Wohlstand ihres Lebens wandern, die schweren Vorhänge, die mit Büchern angefüllten Wände, die Treppe in den zweiten Stock, die man durch die Tür gerade noch sehen konnte. Juliet sank ein wenig der Mut bei dieser scheinbaren Rückkehr zu dem Thema, wo sie ihn innerlich verlassen hatte: Geld, Prestige, wer es hatte, wer nicht.

«Ich hatte Glück», erläuterte sie. «Meine Bücher verkaufen sich gut.»

«Du bist Schriftstellerin?»

«Historische Liebesromane. Unter Pseudonym.»

«Du warst immer schon schlau.»

«Was wurde aus deinem Kunststudium?»

«Ach, ich mache immer noch Kunst. Momentan arbeite ich mit Schatten. Licht und Schatten. Ich zeige dir die Arbeiten gern mal, wenn du willst. Man kann es schwer erklären.»

«Das wäre nett.»

«Du musst dir übrigens keine Sorgen wegen des Geldes machen», sagte er mit einem Aufblitzen des geradezu unheimlichen Einfühlungsvermögens, an das sie sich aus früheren Tagen erinnerte. «Ich bin darüber hinweg.»

«Gut für dich.»

«Ja, ich habe Geld geheiratet.» Er lachte. «Und dann haben sich das Geld und ich scheiden lassen.»

«Tut mir Leid.»

«Ist schon eine Weile her. Hör zu, ich sage dir mal, warum ich hier bin.»

Er beugte sich vor, sein Gesichtsausdruck wurde ernst. Dabei verlor er die Nervosität, mit der er über ihrer beider Leben geplaudert hatte, aber nichts von seiner Intensität, wie Juliet bemerkte. Er roch auch noch wie früher. Ivory-Seife, Kaffee, Mennen-Deodorant und über allem die Superschicht aus reinem Männergeruch. Möglicherweise Pheromone. Es traf sie mit Macht, trotz ihrer Erkältung. Wie schön, wieder mit ihm zusammen zu sein. Abrupt erinnerte sie sich an die erregende Stunde, die sie auf ihrem Zimmer im Wohnheim verbracht hatten, gemeinsam auf Mona wartend; es war nichts geschehen, aber die Anziehungskraft zwischen ihnen beiden war berauschend stark gewesen.

«Der Mann, der heute Morgen starb, Anton Mohr, war das ein Freund von dir?»

Juliet erläuterte ihre Verbindung zu Anton, zur Jansch-Truppe, zu Ruth Renswick. Sie dachte eigentlich, Landis habe Ruth vielleicht damals am College kennen gelernt, aber das hatte er nicht.

«Und du glaubst, jemand hat Mr Mohr eine Droge verabreicht?», nahm er den Faden auf. «Das habe ich im Bericht gelesen.»

«Ich weiß es nicht», sagte Juliet und registrierte das formelle ‹Mr› Mohr. Das erschien ihr seltsam bei dem Jungen, an den sie sich erinnerte. «Mir kam einfach der Gedanke. Ich habe noch seine Sachen von gestern, einschließlich der Colaflasche, aus der er trank. Ich habe sie für ihn mitgenommen und wollte sie ihm eigentlich heute vorbeibringen.» Tränen brannten ihr in den Augen, als sie sich jetzt an die Unschuld von gestern erinnerte, aber sie zwang sich, die Tränen zu verdrängen.

Gleichzeitig hoben sich Murrays Augenbrauen. «Die Tasche war die ganze Nacht über in deinem Besitz?»

«Ja», erwiderte Juliet. Sein Ton schien irgendwie anzudeuten, das sei dumm gewesen, sogar kriminell. Glaubte er etwa, sie habe die Tasche stehlen wollen?

«Hast du je von einer Aufbewahrungskette von Beweismitteln gehört?», wollte er wissen.

«Eigentlich nicht», meinte Juliet. «Sollte ich das denn?»

«Na ja, ich wünschte, du hättest es, Juliet. Bei einer Aufbewahrungskette wird festgehalten, wer ein Beweismittel wann in Händen hielt. Hättest du diese Tasche gestern Officer Peltz gegeben, müsste ich mich jetzt nicht fragen, was in den letzten sechzehn Stunden mit ihr geschehen ist. Verstehst du das? Warum hast du die Tasche nicht Officer Peltz übergeben?»

Juliet richtete sich in ihrem Sessel auf. Sie wusste, sie war keine besonders eindrucksvolle Gestalt, nicht einmal unter Aufbietung all ihrer Würde; aber es konnte ja nicht schaden, aufrecht zu sitzen. Was hatte der Mann nur? Erinnerte er sich nicht daran, wie viele Nächte sie ihr eigenes Zimmer freigegeben hatte, damit er ungestört mit Mona schäkern konnte? Vor einem Augenblick war sie noch so froh gewesen, ihn zu sehen. Aber er schien sich in reine Beamtenhaftigkeit zurückgezogen zu haben.

«Weil ich keine Ahnung hatte, dass Anton sterben würde», erklärte sie so neutral wie möglich. «Die Tasche gehörte ihm. Ich wollte sie ihm zurückgeben. Und warum hat Officer Peltz sie nicht selbst an sich genommen?» Ihr Ton gewann an Hitze. «Er ist doch der Polizist. Ich habe ihm mitgeteilt, dass Anton eine Cola getrunken hat. Er hätte mich fragen sollen, wo sich die Flasche befand.»

«Hm», meinte Landis. «Ich möchte eines verstehen: Warum genau hast du Peltz gegenüber angedeutet, dass man Mr Mohrs Getränk möglicherweise mit Drogen versetzt haben könnte?»

«Das habe ich nicht angedeutet.»

Sie war sich bewusst, wie scharf ihre Stimme klang, aber das war ehrlich nicht ihre Schuld. Landis hatte eindeutig etwas Herrisches an sich.

Verärgert fuhr sie fort: «Hör mal, ich hätte gestern gar nichts zu sagen brauchen. Ich habe es trotzdem getan, weil ich es für das Richtige hielt. Und ich habe Peltz nur mitgeteilt, dass Anton eine Cola trank. Ich habe jedoch nicht gesehen, dass sich jemand daran zu schaffen gemacht hätte. Und ich wollte ihm verdeutlichen, dass mir Anton nicht der Typ zu sein schien, der sich zur Entspannung etwas einwirft. Ich bezweifelte, und zweifele immer noch, ob er absichtlich so eine wichtige Aufführung gefährdet hätte. Vielleicht verstehst du nicht, wie wichtig dieser formelle Durchlauf war.»

Mit wenigen Worten erklärte sie die Bedeutung des gestrigen Nachmittags, wie viele Leute, die für den Erfolg der Produktion entscheidend waren, das Stück zum ersten Mal sahen, und warum es so sehr auf diesen Durchlauf ankam. Auf dieses Stichwort hin fuhr sie mit einer Beschreibung von Mohrs üblicher Selbstbeherrschung fort, seinem zunehmend sprunghaften Verhalten zu Beginn der Aufführung und seinem spektakulären Zusammenbruch.

Eine Zeit lang erlaubte ihr Landis, fortzufahren. Er hatte ein kleines Notizbuch aus einer Innentasche gezogen, in das er in geheimnisvollen Abständen ein oder zwei Worte notierte. Zuerst nahm Juliet an, er schreibe die Einzelheiten ihrer Berichterstattung auf. Aber schließlich kam sie zu dem Schluss, dass es so einfach nicht sein konnte.

«Entschuldige, aber ich verstehe es immer noch nicht ganz», unterbrach sie Landis schließlich. «Hattest du denn einen Grund zu der Annahme, dass jemand etwas gegen Mr Mohr haben könnte?»

Er neigte sich zu ihr vor, die dunklen Augen wurden schmal. Juliet erkannte mit einem beinahe körperlichen Schock, dass er sie für eine Verdächtige hielt, nicht für eine Zeugin. Er hatte sich mögliche Fragen zu Widersprüchen ihrer Aussage notiert, zu möglichen Motiven, vielleicht sogar ihre eigene unabsichtliche Körpersprache.

Gleichzeitig erinnerte sie seine Frage daran, dass er noch nichts von der Falle wusste, die man Anton eine Woche zuvor mit der Kolophoniumkiste gestellt hatte. Kein Wunder, dass er so skeptisch, so verwirrt schien. Erleichtert klärte sie die Sache auf.

«Aber ja, natürlich hatte ich einen Grund», sagte sie lächelnd.

«Es tut mir Leid, das hätte ich gleich zu Anfang erwähnen sollen.»

So präzise wie möglich erzählte sie von dem Vorfall, beschrieb Antons Ausrutscher und seine Verletzungspause.

«Ich bin sicher, der Puder wurde gegen Ende der Ensembleprobe hineingetan», schloss sie. «Jeder, der den Tagesplan kannte, hätte gewusst, dass danach nur noch Mohr das Studio benutzte. Darum muss es auf ihn gemünzt gewesen sein.»

Detective Landis nickte. Aber entgegen ihren Erwartungen entspannte er sich offenbar nicht.

«Talkumpuder als gefährliche Tatwaffe», sagte er, und eines seiner Nasenlöcher zuckte, als ob er ein Lächeln unterdrückte. «Das ist neu. Aber dennoch ist es ein tätlicher Angriff mit möglicher Todesfolge. Hast du das Peltz gegenüber erwähnt?»

«Nein, daran habe ich nicht gedacht.»

«Ich verstehe», meinte Detective Landis, ziemlich ominös, wie Juliet fand. «Und was geschah, nachdem du den Talkumpudervorfall der Verwaltung der Jansch-Truppe gemeldet hast?»

Juliet erzählte von dem Memo, das Greg Fleetwood hatte verteilen lassen. Als sie ihre eigenen Worte hörte, kam es ihr äußerst merkwürdig vor, dass Fleetwood ein Problem, das seinen eigenen Schützling und ehemaligen Geliebten gefährdete, so lasch angegangen war. Warum hatte er nicht mehr unternommen?

«Hat sich daraufhin jemand gemeldet?», wollte Landis wissen.

«Nein.»

«Nein», wiederholte Landis und betrachtete sie aus schmalen Augen. «Hat Mohr Fleetwood gegenüber einen möglichen Täter genannt?»

«Davon weiß ich nichts», erwiderte Juliet und fühlte sich merkwürdig in die Defensive gedrängt. «Diese Frage solltest du Fleetwood stellen. Aber die Tatsache, dass sich niemand meldete, ist der Grund, warum ich das Ensemble der *Großen Er-*

wartungen selbst ein wenig in Augenschein genommen habe», fügte sie hinzu.

«In Augenschein?»

«In Augenschein genommen und belauscht», gab sie zögernd zu. «Ich habe mich ein wenig umgehört.»

«Ach, du sprichst vom Schnüffeln. Du hast die Privatdetektivin gespielt.»

«Ich wusste, dass du das sagen würdest!»

«Ist dir klar, dass man im Staat New York für private Ermittlungen eine Lizenz benötigt? Hat dich Miss Renswick für deine Dienste für die Jansch-Truppe bezahlt?»

«Selbstverständlich nicht», erwiderte Juliet steif. «Und ich hatte keineswegs die Absicht, die Privatdetektivin zu spielen.» Sie fragte sich, ob er in diesem Ton auch mit einem Mann gesprochen hätte. «Oder sonst etwas zu spielen», fügte sie hinzu.

Landis blickte unzweifelhaft skeptisch. «Hast du Mohr beim Herumschnüffeln zufällig gefragt, wer es seiner Meinung nach getan haben könnte?»

«Nein, habe ich nicht.»

«Hast du nicht.» Er sah sie an, als ob diese Unterlassung der eindeutige Beweis irgendeines finsteren Motivs ihrerseits darstelle. Doch in Wahrheit hatte sie das Gefühl gehabt, es stünde ihr einfach nicht zu, Anton wissen zu lassen, dass sie um die Falle wusste, in die er getreten war. Es war ihr als eine interne Angelegenheit der Jansch-Truppe erschienen, über die sie – selbst dem Opfer gegenüber – den Mund zu halten habe. Außerdem hatten sowohl Ruth als auch Greg in Hinsicht auf die Leistung ihres Stars den Wunsch geäußert, die Tatsache herunterzuspielen, dass Anton möglicherweise das Ziel des Angriffs war.

Als sie Detective Landis ansah, hatte sie allerdings nicht den Eindruck, dass er von ihren Überlegungen sonderlich beeindruckt sein würde.

«Dann hast du dich der Jansch-Truppe also aus rein altruistischen Beweggründen angeschlossen?», fragte er nach einer Pause.

Juliet verlor die Geduld. «Hör mal, glaubst du wirklich, ich häte etwas damit zu tun, dass Anton Mohr ausgerutscht ist?», fauchte sie indigniert. «Oder dass ich seinen Tod verursacht habe?»

«Aus meiner Sicht scheinst du im Mittelpunkt beider Ereignisse zu stehen», erklärte Landis.

«Ach, um Himmels willen!» Für wen hielt sich dieser Murray Landis, dass er sie einfach so verdächtigte? Dabei hatte sie seit Jahren nicht an ihn gedacht.

Er betrachtete sie noch einen Moment lang aufmerksam. Dann schien er ganz abrupt die bewusste Entscheidung zu treffen, sein Verhalten ihr gegenüber radikal zu verbessern. Ostentativ legte er sein Notizbuch zur Seite, lehnte sich zurück, legte ein hageres Bein über das andere und lächelte.

«Und was hast du herausgefunden?», fragte er. Sein Ton war jetzt freundlich und direkt. «Wer ist deiner Meinung nach der Böse? Vorausgesetzt, jemand hatte es auf Mohr abgesehen.»

Juliet zögerte. Noch vor einer Minute hätte sie jeden Betrag gezahlt, um das Misstrauen des Detective von sich abzulenken. Aber sie traute dieser plötzlichen Wende in seinem Verhalten nicht. Und die Aussicht, jemand anderen zu beschuldigen, war höchst unappetitlich.

«Ist schon gut, niemand verpfeift gern andere», redete er ihr gut zu, weil er offenbar ihren Gesichtsausdruck lesen konnte, «erzähl mir einfach, was du denkst. Du hast dich umgehört, du musst also etwas erfahren haben. Wen verdächtigst du? Gib mir etwas, mit dem ich arbeiten kann.»

Juliet rutschte auf ihrem Sessel umher. «Na ja, ich habe eigentlich noch keinen Verdächtigen», sagte sie und merkte, dass sie plötzlich nuschelte. «Ich habe erfahren, dass Mohr mit mehreren Leuten eine Affäre hatte.»

«Als da wären?», drängte Landis sanft.

«Da wären ... eine Tänzerin namens Olympia Andreades» – Juliet errötete, als sie den Namen nannte – «und noch eine Tänzerin namens Lily Bediant, dann Greg Fleetwood selbst und mindestens eine weitere Person, aber ich habe nicht erfahren, wer das war.»

Zu ihrem Kummer schrieb Murray jeden einzelnen Namen auf. Doch als er aufsah, entdeckte sie kein besonderes Interesse in seinem Gesicht.

«Ist einer von diesen Leuten verheiratet?», fragte er.

«Ich glaube nicht. Zumindest nicht, dass ich wüsste.»

«Dann sind sie auch keine Verdächtigen», konstatierte er.

Juliet wollte das gerade in Frage stellen, als seine nächste Frage ihre Aufmerksamkeit ablenkte.

«Was ist mir dir?»

«Ob ich verheiratet bin?»

«Ja.»

«Nein. Du willst damit doch wohl nicht sagen, dass ich es deiner Meinung nach war?»

«Nein, aber ich frage dich: Warst du es?»

«Natürlich nicht. Warum sollte ich ...»

«Du hattest nichts gegen Mohr?»

«Ich kannte ihn ja gar nicht.»

«Du kanntest ihn gut genug, um der Ansicht zu sein, dass er nicht der Typ ist, der sich zur Entspannung Drogen einwirft.»

«Ich hatte einfach nicht diesen Eindruck von ihm», wiederholte sie mit zunehmender Gereiztheit. «Hör zu, wenn ich tatsächlich darin verwickelt wäre, warum hätte ich dann gestern Officer Peltz ansprechen –»

«Wie läuft es mit der Produktion?», unterbrach Landis. «Gibt es besonders angespannte Verhältnisse? Mögen die Tänzer deine Freundin Ruth?»

In den vergangenen Jahren waren verdächtige Todesfälle in kulturellen Institutionen eine Art Spezialität von Detective Landis geworden. Das war zum Teil reiner Zufall, lag zum Teil aber auch an der Vielzahl von Museen, Konzerthallen und Theatern im Einzugsbereich seines Reviers. Er hatte an einem Mordfall im Museum für Naturgeschichte gearbeitet und an einem weiteren Mord an einem prominenten Kurator für amerikanische Volkskunst. Er kannte die zwischenmenschlichen Strömungen innerhalb der Historischen Gesellschaft New Yorks, das Sicherheitssystem in der Metropolitan Opera und die Befehlskette in mehreren Off-Broadway-Theatern. Das Ballett war Neuland für ihn, aber er war sich bewusst, dass kreative Bemühungen in jedem Kollektiv zu Reibung führen.

«Vermutlich mögen sie sie», murmelte Juliet.

«Komm schon, sei ehrlich. Ich werde sie nicht gleich wegen Mordes verhaften, nur weil du sagst, dass man schwer mit ihr arbeiten kann. Höchstwahrscheinlich würde man dann ohnehin eher sie ermorden wollen. Wie läuft es? Wie ist sie so?»

Juliet seufzte tief auf. Wer A sagt, muss auch B sagen, ermahnte sie sich selbst. Wenn sie diese Angelegenheit klären wollte, musste sie absolut ehrlich sein.

«Nun, sie ist schrecklich», fing sie an. «Ich meine, die Tänzer bewundern ihre Arbeit wirklich sehr, sie respektieren sie, und alle sind verrückt danach, in ihren *Großen Erwartungen* zu tanzen, aber sie ist – lass es mich so ausdrücken: Wenn es darum geht, die Feinheiten der Einstellung anderer Leute ihr gegenüber zu erkennen, hat Ruth zwei linke Gehirnhälften. Sie ist brüsk, fordernd, besessen, aufreizend. Ich glaube, ich hätte sie selbst gern umgebracht.»

«Aber du nimmst nicht an, dass jemand Anton Mohr umbrachte, nur um ihr eins auszuwischen, oder?»

«Ich glaube grundsätzlich nicht, dass jemand Anton umbringen wollte. Wenn er nur Ecstasy bekommen hat, warum sollte er daran sterben?»

Landis nickte, konnte sich der Logik dieses Arguments nicht entziehen. «Die Gerichtsmedizinerin weiß es noch nicht. Deswegen wird sie eine Autopsie durchführen. Aber es kann durchaus passieren – es ist bei diversen Raves in England offenbar schon ein Dutzend Mal passiert. Man nimmt Ecstasy und tanzt dann stundenlang in einem heißen Raum, trinkt nicht genug Wasser – und überhitzt sich. Einige erholen sich davon, andere nicht. Aber die haben auch stundenlang getanzt. Hier» – er spreizte die Hände –, «hier liegt der Fall anders.»

«Genau. Möglicherweise wollte jemand Ruth schlecht dastehen lassen, indem er Anton überschnappen ließ. Das war Ruths großer Moment, in dem sie ihren Wert beweisen wollte, in dem sie triumphieren wollte. Stattdessen wurde es ein Fiasko. Es gibt eine Tänzerin namens – na ja, du hast ihren Namen schon, Lily Bediant. Offenbar wollte sie die Rolle der Estella tanzen. Kennst du die *Großen Erwartungen*?»

«Ja klar.»

«Ruth hat sie als Miss Havisham besetzt.»

«Was? Als verrückte alte Dame?»

«Genau. Als verrückte Dame mittleren Alters, nach heutigen Maßstäben. Wie auch immer, Lily scheint ziemlich jähzornig zu sein. Und soweit ich weiß, war sie auch ziemlich verärgert.»

«Jähzornig und gewalttätig?»

«Ach, das weiß ich nicht. Aber stachelig und – auf keinen Fall nachsichtig, das steht fest.»

«Wer hat dir gesagt, dass sie angenervt war?»

Juliet erzählte es ihm.

«Vertraust du dieser Teri Malone?»

«Ja.»

«Hat sie vielleicht selbst ein Hühnchen zu rupfen?»

«Nicht, dass ich wüsste.»

«Erzähle mir, wem du vertraust. Vertraust du Ruth?»

«Oh ja, absolut. Sie ist ein guter Mensch. Ich will nicht, dass es so klingt, als sei sie das nicht. Sie ist manchmal nur ein – ein wenig schwer von Begriff, wenn es um andere Menschen geht.»

«Und du magst sie? Du wünschst ihr nur das Beste?»

«Ob ich sie mag? Ich habe dir gerage gesagt, dass sie eine meiner engsten Freunde ist.»

«Du möchtest ihr nicht zufällig beruflich ein Bein stellen?», fragte er und lächelte durchtrieben. «Glaube mir, ich würde es verstehen. Ich bin selbst Künstler. Du weißt ja, was man sagt: Es reicht nicht, selbst erfolgreich zu sein, man will auch, dass die Freunde scheitern.»

Juliets Groll brach durch. «Was zur Hölle ist nur los mit dir? Glaubst du mir kein Wort?»

«Eigentlich nicht», erwiderte er ruhig. Er schien nicht beleidigt zu sein. «Ich bin Polizist und führe eine Ermittlung durch.»

«Tja, du nimmst deinen Job offenbar ernst», stotterte sie.

«Wäre es dir lieber, ich würde einen möglichen Mord auf die leichte Schulter nehmen?»

Juliet musste ihm widerwillig Recht geben. «Natürlich nicht. Ich verstehe nur nicht, warum du mit mir sprichst, als wäre ich ein schwuler Serienkiller wie Jeffrey Dahmer.»

Landis' Nase zuckte erneut, aber er sagte nur: «Vielleicht sollten wir uns wieder dem vorliegenden Fall zuwenden. Von wem kannst du mir noch etwas berichten? Was ist mit dieser Victoria, der Frau, die Mohr in die Notaufnahme begleitet hat?»

«Ach, Victorine. Sie ist die leitende Ballettmeisterin.» Juliet dachte nach. «Sie ist ein zäher alter Brocken, aber ich bezweifle ... tja, sie war wegen Lily Bediant sehr wütend», räumte Juliet ein. «Das hat zumindest Teri gesagt. Lily ist ihr Schützling.»

«Das wäre ein Motiv.»

Juliet zuckte mit den Schultern. «Ruth hat mir erzählt, dass Victorine das Projekt eigentlich selbst choreografieren wollte. Aber ich kann mir nicht vorstellen, dass sie Anton unter Drogen setzt. Sie lebt für den Tanz, und er war ein großartiger Tänzer am Beginn seiner Karriere. Jedenfalls ist sie nicht der kriminelle Typ.»

«Wer ist das schon?»

Juliet sagte nichts, fühlte sich aber unwohl. Offenbar konnte man ihr dieses Unwohlsein im Gesicht ablesen. Landis stellte die Beine nebeneinander und beugte sich wieder vor.

«Hör mal, wenn du wirklich denkst, dass ein Verbrechen verübt wurde, wenn du wirklich willst, dass es gelöst wird, dann musst du mir helfen, Juliet», meinte er. «Es wird schon bald das nächste Verbrechen geben – einen Überfall, eine Vergewaltigung –, und dann muss ich mich darum kümmern. So ist es eben. Leider ist die Zeit von entscheidender Bedeutung.»

«Na gut. Ich weiß nicht, warum er sich wünschen sollte, Anton oder Ruth Schaden zuzufügen, aber den Magwitch tanzt ein Kerl namens Ryder Kensington», erzählte Juliet zögernd. «Er tanzt im Corps und ist mit Elektra Andreades verheiratet, einer Solotänzerin – sie tanzt die Estella in der Zweitbesetzung. Olympia Andreades ist ihre Schwester. Ryder ist ein großer Mann mit einer gewissen Wildheit – ich weiß nicht, wie ich das sagen soll, aber er hat etwas Bösartiges an sich. Olympia hat mir erzählt, dass er ...» Sie zögerte. «Er soll launisch und seiner Frau gegenüber sogar brutal sein. Es sei schwer, mit ihm auszukommen. Ich glaube ihr.»

«Seine Schwägerin hat dir das erzählt?»

«Ja. Sie scheinen sich sehr nahe zu stehen. Sie verbringen viel Zeit zusammen.»

«Und du glaubst, die beiden haben nebenher etwas am Laufen?»

«Ich habe keine Ahnung. Dieser Gedanke ist mir nie gekommen.»

«Ach nein? Was für ein sonniges Gemüt. Wen gibt es sonst noch? Anton war der Star, stimmt's? Wer tritt jetzt in seine Fußstapfen?»

«Das weiß ich nicht. Ruth wollte es heute Morgen entscheiden.»

«Was vermutest du?»

«Tja, die logische Wahl wäre Hart Hayden. Er ist der zweite Pip, der Pip in der Zweitbesetzung.»

«War er anwesend, als Mohr zu Boden ging?»

«Das waren wir alle. All diese Leute waren im Studio.»

«Dieser Hart Hayden, ist er gut?»

«Er ist wunderbar.»

«Warum war er dann nicht der Star?»

Juliet schüttelte den Kopf. «Ich hasse es, ständig ‹ich weiß es nicht› sagen zu müssen. Ruths Assistent hat mir erzählt, sie habe sich für die Rolle einfach eine andere Ausstrahlung gewünscht. Hart war nicht bodenständig genug. Zu abgehoben, hat er gesagt, wenn ich mich recht erinnere.»

«Aber du denkst, dass er die Rolle jetzt bekommt?»

«Ich wüsste nicht, wer sonst.»

«War er sauer, dass er die Rolle nicht gleich bekam?»

Murray hatte sich wieder zurückgelehnt und die Beine wieder übereinander geschlagen. Er wippte mit dem linken Fuß. Juliet kam der Gedanke, dass er seinen Brooklyn-Akzent möglicherweise absichtlich beibehalten hatte. Das war entwaffnend und zweifellos nützlich, um mit den meisten Menschen auszukommen. Wie sie später feststellte, war Murray durchaus in der Lage, bei Bedarf absolut akzentfrei zu sprechen. Was Akzente anging, war er zweisprachig. Er erinnerte Juliet an ihre Freundin Camila aus Puerto Rico, die manchmal mitten im Satz vom Englischen ins Spanische wechselte und wieder zurück.

Sein freundliches Verhalten der letzten Minuten schien ehrlich zu sein. Und doch glaubte sie keine Sekunde, dass er sie nicht länger verdächtigte. Zum ersten Mal wurde ihr bewusst, dass man wohl ein guter Schauspieler sein musste, um als Detective Erfolg zu haben.

Juliet schüttelte neuerlich den Kopf. «Ich habe wirklich nicht die leiseste Ahnung. Es hatte nicht den Anschein. Soweit ich weiß, tanzt er bei einigen anderen Stücken in dieser Saison die Hauptrolle. Und er war Anton ein wunderbarer Lehrer.»

«Er hat Mohr unterrichtet?»

«Na ja, Hart kannte einige Dinge, die Anton nicht beherrschte. Anton hat keine – hatte keine so gute klassische Ausbildung wie Hart. Und Hart hat wirklich Ahnung vom Tanz; er ist sowieso ungewöhnlich intelligent, denke ich. Manchmal bat Ruth also Hart, Anton bestimmte Dinge beizubringen – wie man eine bestimmte Hebung durchführt, wie viele Schritte man bei einem Übergang macht und wo.»

«Und darin war er gut?»

«Er war wunderbar. Sehr geduldig und – einfühlsam.»

«Einfühlsam musste er sein, weil Anton überempfindlich war?»

«Ich glaube, jeder Künstler reagiert überempfindlich, wenn man ihm zeigen muss, wie etwas gemacht wird. Noch dazu in aller Öffentlichkeit.»

Jetzt zuckte Landis mit den Schultern. «Hast du Anton gemocht?», fragte er, lehnte sich wieder vor und starrte ihr in die Augen, bis sich Juliet von seinem Blick förmlich durchbohrt fühlte.

«Wie ich schon sagte, ich habe ihn kaum gekannt.» Sie bemühte sich, seinem Blick standzuhalten.

«Warst du je mit ihm allein?»

«Nein. Doch», korrigierte sie sich, «einmal, für ein paar Minuten, gleich am ersten Tag, als ich ihn traf. Er versuchte, mit mir zu flirten. Wenigstens glaube ich, dass es ein Flirtversuch war.»

«Ach ja? Wie hat er sich angestellt?»

Unabsichtlich musste Juliet lächeln. «Wenn man bedenkt, dass wir keine zwei Minuten allein waren, hat er sich ziemlich gut gehalten, würde ich sagen.»

«Hast du mit ihm geschlafen?»

Sie unterbrach den Blickkontakt und lachte laut. «Murray, ich war zwei Minuten mit ihm allein im Studio. Sogar etwas weniger. Und ich hatte ihn gerade erst kennen gelernt.»

«Und damit war die Sache zu Ende?»

«Damit war es aus und vorbei. Und es gab keine ‹Sache›, die hätte enden können.»

«Hm.» Der Detective lehnte sich zurück und nickte ein paarmal, als ob er alle Informationen wie Puzzlestücke zusammensetzte. «Hm», sagte er noch einmal, sah auf seine Uhr, obwohl die Uhr auf dem Kamin eindeutig zeigte, dass es 9 Uhr 45 war. «Tja, die Gerichtsmedizinerin führt die Autopsie um 10 Uhr 30 durch. Ich gehe hin und sehe zu, dann schaue ich im Studio vorbei und stochere ein wenig herum . . .»

«Ach!» Juliet sprang auf die Beine. «Vergiss seine Tasche nicht.»

Sie eilte in den Flur und kehrte mit einer kleinen, schwarzen Stofftasche zurück, die in Deutschland hergestellt worden war.

«Das gehört Anton», sagte sie. «Die Colaflasche ist auch drin. Du solltest sie überprüfen lassen.»

«Glaubst du wirklich, dass ihn jemand unter Drogen gesetzt hat?»

«Ich wüsste nicht, wie es anders zu erklären ist. Zu Beginn der Vorführung war er noch ganz in Ordnung.»

«Er hätte doch das Ecstasy jederzeit einwerfen können, oder nicht? Schon bevor er ins Studio kam?»

Juliet blieb stehen. «Nein, das glaube ich nicht», erklärte sie mit fester Stimme. «So war er nicht. Seine Karriere war ihm viel zu wichtig. Du solltest die Cola wirklich analysieren lassen.»

Murray schnaubte, als ob er ein Lachen unterdrücken wollte. «Du glaubst tatsächlich, jemand habe sich an der Cola zu schaffen gemacht.»

Juliets Blick wurde kalt und hart. Die Befragung durch Detective Landis bereitete ihr keinerlei Vergnügen mehr.

«Bis gestern wusste ich nicht einmal, was Ecstasy ist», sagte sie so steif wie möglich. «Ich bin eine Bürgerin, ich bin eine Zeugin, und ich denke, es wäre lohnenswert, die Cola zu untersuchen. Ein halbes Dutzend Leute kamen vor dem formellen Durchlauf in die Nähe der Flasche, und ich habe gesehen, wie mindestens drei Leute die Flasche anfassten.»

«Ach ja? Wer?»

«Lily Bediant, Ryder Kensington und Hart Hayden», ratterte sie ohne zu zögern herunter. «Außerdem waren Elektra Andreades, Victorine Vaillancourt und Gregory Fleetwood in seiner Nähe. Jeder von ihnen hätte es tun können. Und ich habe ihn ja auch nicht pausenlos beobachtet.»

«Hat einer von denen, die die Flasche berührten, sie wirklich in der Hand gehalten? Etwas hineingetan?»

«Nein», antwortete Juliet zögernd. «Die meisten haben die Flasche zur Seite gestellt, damit sie nicht umfällt. Ich hätte sie selbst beinahe umgestoßen, als ich zu Anton ging, um ihm ein Kompliment zu machen.»

Murray hob eine Augenbraue. «Aha, hast du das?» Er schwieg einen Augenblick. Schließlich sagte er: «Hör mal, ich hab gehört, dass sie bei dem gestrigen Schwof Champagner ausgeschenkt haben. Hast du was getrunken?»

«Wie bitte?»

«Ich fragte, ob du gestern vor dem Durchlauf Champagner im Studio getrunken hast?»

«Ein kleines Glas.»

Er lächelte angespannt. «Und was hast du zu Mittag gegessen? Du hast doch nicht auf leeren Magen getrunken, oder?»

Juliet spürte zu ihrer Verärgerung, wie sie erneut rot wurde. «Ich habe zu Mittag gegessen», sagte sie pikiert.

«Hast du dazu ein Bier getrunken?»

«Ein Glas Chardonnay. Aber das hat ganz sicher nicht meine Fähigkeit beeinträchtigt, die Geschehnisse zu beobachten.»

«Natürlich nicht», sagte der Detective, aber sein Tonfall und sein Brooklyn-Akzent sprachen seinen Worten Hohn. Trotzdem senkte er den Kopf und nahm die Tasche zur Hand. «Ich bringe sie ins Labor der Gerichtsmedizin. Willst du auch Fingerabdrücke?»

«Ja, ich denke, das wäre angemessen.» Juliet versuchte krampfhaft, ihr Erröten zu vertreiben und ihre Würde wiederzugewinnen. «Falls sie herausfinden, dass etwas in die Cola gemischt wurde.»

«Stimmt. Hast du die Tasche seit gestern geöffnet?», erkundigte er sich beiläufig.

«Natürlich nicht.»

«Ist gut.» Endlich stand er auf.

Juliet hatte das Gefühl, dass er ihr nicht glaubte. Sie gab sich einem überwältigenden Impuls hin: «Hör zu, Murray», platzte es aus ihr heraus, «du glaubst doch nicht wirklich, dass ich Anton Mohr etwas angetan habe, oder doch? Dass ich potenzielle Beweise manipuliert habe?»

«Aber nein», erwiderte er. «Ich bin nur nach allen Seiten offen, und ich traue grundsätzlich jedem alles zu.»

«Danke.»

«Weißt du, nur weil man in einem schicken Apartment wohnt, spricht einen das nicht automatisch vom Mordverdacht frei», sagte er.

«Wie bitte?», protestierte Juliet. «Ich glaube, du hast diese ganze Kiste mit dem Geld doch noch nicht verwunden.»

Murray hob seine Augenbrauen und lachte, nicht gemein, sondern wie über sich selbst. «Da könntest du Recht haben», räumte er ein. «Aber nimm es nicht so schwer. Wenn ich dich wirklich für schuldig hielte, würden wir nicht Tête-à-tête in deinem gemütlichen kleinen Nest plauschen. Wir wären im Revier mit einem Kassettenrekorder und einem meiner Kumpel und würden ein formelles Verhör durchführen.»

Er nahm die Tasche, wandte sich zum Gehen und schenkte ihr plötzlich ein strahlendes Lächeln, inklusive schimmernder Zähne und funkelnder Augen. «War nett, dich zu sehen», sagte er. «Tu mir einen Gefallen, ja? Verlass die Stadt nicht.»

10

Nachdem Murray Landis gegangen war, saß Juliet allein in ihrer kühlen Bibliothek und dachte lange über ihn nach. Zweifellos war sie so undurchsichtig für ihn, wie es die Mitglieder der Jansch-Truppe für sie waren, und zweifellos war es sein Job, alle gleichermaßen zu verdächtigen. Und doch erboste sie sein Verhalten. Vielleicht hatte er diese besonders elektrisierende Stunde in ihrem stillen Wohnheim vergessen, in der sie eigentlich nicht mehr getan hatten, als Seite an Seite zu studieren, und doch hatte Spannung in der Luft gelegen und sie hatten schon zusammen Hasch geraucht! Wenn das kein heiliges Band schmiedete, was dann?

Gleichzeitig – dachte sie, als sie zu guter Letzt die Treppe zu ihrem Schreibtisch hochstieg – war es interessant, dass man in einem Wohnheim mit einem aufstrebenden Bildhauer einschlafen konnte, und wenn man zehn oder zwanzig Jahre später aufwachte, war er Detective bei der Polizei von New York. Sie musste unbedingt mal wieder Washington Irving lesen.

In der Zwischenzeit galt es jedoch, Lady Porters Gästeliste zusammenzustellen. In dem kleinen Büro, das neben Juliets großem Arbeitszimmer lag, beschäftigte sich Ames taktvollerweise mit der Fanpost. Juliet schloss ihre Tür, entfloh der Welt plötzlicher Todesfälle und suchte Zuflucht in einem überdimensionalen, eleganten Speisesaal im Ankle House. Sie deckte den langen Tisch ihrer Ladyschaft mit Sèvres-Porzellan, polierte das schwere Silber und entschied sich (einem Kochbuch aus dem Jahre 1816 folgend) für ein sechsgängiges Menü, das mit Hummersuppe begann und seinen krönenden Abschluss in Stachelbeercreme fand. Das Schreiben fiel ihr an diesem Tag leicht. Als sich die Gäste zum Mahl setzten, musste Caroline Castlingham zu ihrem Erstaunen feststellen, dass ihr gegenüber ein Gentleman am Tisch saß, den sie seit ihrer Kindheit nicht mehr gesehen hatte. Damals waren sie gemeinsam während eines festlichen Balls in den Speisesaal geschlichen und hatten sich mit einem Krug heißer, gewürzter Milch mit Rum davongemacht, die sie anschließend in Carolines Schulzimmer im oberen Stockwerk tranken. Sie waren ziemlich beschwipst und spielten endlose Runden von ‹Infolgedessen›.

(«Eine Dame und ein Gentleman treffen sich beim Tanz», erinnerte sich Caroline an den Anfang einer dieser Runden.

«Infolgedessen», war ihr Zechkumpan seinerzeit fortgefahren, «stolpert der Gentleman über den Fuß der Dame.»

«Infolgedessen versetzt die Dame dem Gentleman eine Kopfnuss», hatte Caroline hinzugefügt.

«Infolgedessen», hatte ihr Gesprächspartner erwidert, «fällt der Gentleman schluchzend zu Boden.»

Im Alter von zwölf Jahren und im Zustand zunehmender

Trunkenheit hatten die beiden das als so lustig empfunden, dass sie vor Lachen kaum noch Luft bekamen.)

Als die zwanzigjährige Caroline nun ihre alte Bekanntschaft am Tisch von Lady Porter wieder sah, entfuhr ihr unwillkürlich ein kleiner Freudenschrei. Jedoch erwies sich die Begeisterung des Gentlemans als so überschwänglich, dass Caroline beschloss, ihn mit einem kühlen und damenhaften Blick in seine Schranken zu weisen und ihn des Rest des Abends zu ignorieren.

Bevor Juliet sichs versah, waren zwei Stunden vergangen, und sie war nur ein wenig spät dran für den Weg zur Jansch-Truppe. In ihrer Arbeitskleidung – Jeans und T-Shirt – eilte sie die Straße hinunter und bog in die West End Avenue, wo zwei Taxis bei dem Versuch, zuerst zu ihr zu gelangen, beinahe kollidierten.

Sie entschied sich für den weniger aggressiven Fahrer, stieg ein und nannte die Adresse des Jansch-Gebäudes. Während ihr Taxi sich in den Verkehr einfädelte, klingelte das Handy in ihrer Handtasche.

«Hallo?»

«Juliet, glaubst du, dass Hart den Pip tanzen könnte? Oh mein Gott, ich kann immer noch nicht glauben, was passiert ist.»

«Natürlich kann Hart das», erwiderte Juliet spontan und fragte sich gleichzeitig, welcher Teufel den Fahrer des roten Chevy ritt, der drei oder vier Autos vor ihnen gleich zwei Fahrspuren belegte – hieß dieser Wagentyp Bounder? Blunder? Nein, ein Blazer, ein Chevy Blazer. «Du hast Glück, dass du ihn hast. Er wird wunderbar sein.»

«Ich sehe aber einen anderen Pip vor mir, das habe ich immer getan», beharrte Ruth. «Ich sehe ihn eher derb, bodenständig und ...»

«Ich bin sicher, Hart kann derb und bodenständig sein.» Juliet wollte sie mit ihren Worten trösten, erreichte aber die gegenteilige Wirkung.

«Nein, das kann er *nicht*, genau deshalb rufe ich dich ja an. Du musst mir sagen, dass ein Ballett-Pip, ein nicht bodenständiger Pip in Ordnung ist. Kannst du das? Du kennst doch die Figur.»

«Natürlich ist das in Ordnung. Es ist mehr als in Ordnung, es ist einzigartig. Es wird auf völlig neue Weise wunderbar sein.» Juliet erkannte mit Bestürzung, dass es ihre üblichen Fertigkeiten als Trostspenderin überfordern würde, wenn sie eine panische Ruth beruhigen und ermutigen musste. Findig wie sie war, visualisierte sie den geschickten Sir Hugh Legburne – einen unerschütterlichen Freund und erstklassigen Schmeichler, wie Kapitel vier von *Der Generalkonsul* zur Genüge zeigte – und zapfte einfach dessen Fertigkeiten an.

«Ruth, meine Liebe, du erschaffst ein Werk von echter Tiefe und Fantasie», säuselte Juliet. «Es gibt nicht nur eine einzige Art und Weise, den Pip zu tanzen. Im Laufe der Jahre wird es alle möglichen Pips geben, in den unterschiedlichsten Produktionen, und jede Produktion wird auf ihre Art Gültigkeit haben und interessant sein. Das bedeutet es, Kunst zu erschaffen. Du musst die Kontrolle auch ein wenig dem Werk selbst überlassen. Vertrau dir. Vertrau dem Tanz. Oder vertrau wenigstens Dickens.»

Es herrschte einen Augenblick Stille. Julie fragte sich, was der Taxifahrer aus ihren Worten schließen mochte.

«Glaubst du wirklich, dass die *Großen Erwartungen* Tiefe haben?», fragte Ruth schließlich.

«Ja, das glaube ich wirklich», flötete Juliet und fuhr mit einer Lüge fort: «Hör zu, wir biegen gerade auf die Amsterdam Avenue. Ich beeile mich besser.»

«Pass auf die Reporter auf», warnte Ruth eiligst. «Sie schleichen schon durch das Gebäude. Gott allein weiß, wie ihnen das gelungen ist.»

Juliet wollte das Handy gerade wieder in die Tasche stecken, als es erneut klingelte.

«Detective Landis. Spreche ich mit Juliet Bodine?»

«Hallo, Murray.»

«Oh, Juliet.» Die tiefe Stimme verlor etwas an Schärfe. «Hör zu, ich rufe aus dem Büro der Gerichtsmedizinerin an. In Mohrs Tasche fand sich ein Behälter mit Medikamenten – mit sieben Unterteilungen, so ein Plastikding. Montag und Dienstag waren leer, bei Mittwoch war noch eine Pille enthalten, und die anderen Tage hatten noch je drei Pillen. Hast du diesen Behälter gesehen?»

«Ich sagte doch, dass ich nicht hineingeschaut habe.»

«Nun gut, die Pillen sind rezeptpflichtig. Es handelt sich um Nardil, ein Antidepressivum. Die Gerichtsmedizinerin hat sie auf Anhieb erkannt.»

«Ehrlich?»

«Kam dir Mohr depressiv vor?»

«Überhaupt nicht.»

«Nun, er war es aber.» Die Stimme von Landis wurde hart. «Die Gerichtsmedizinerin sagt, dass Psychiater nie sofort Nardil verschreiben – es ist ein MAO-Hemmer, die Art, die mit einer langen Liste an Lebensmitteln und anderen Medikamenten reagiert. Es wirkt, aber die Leute haben oft derart große Probleme, sich von Käse und Bier und was nicht allem fern zu halten, dass die Ärzte es nur verschreiben, wenn die neuen, leichteren Antidepressiva nicht anschlagen. Also war Anton Mohr ein schwerer Fall. Ich besorge den Namen seines Arztes und versuche, mit ihm zu reden. Ach übrigens, das war auch der Grund für seinen Tod. Ecstasy und Nardil ergeben eine schlimme Mischung. Der arme Kerl, sein Psychiater hat ihn wahrscheinlich nie vor illegalen Drogen gewarnt.»

Juliet schwieg einen Moment. «Aber denkst du nicht auch, wenn er ...»

Landis unterbrach sie. «Glaubst du, in der Kompanie wusste jemand, dass er ein Antidepressivum nahm?», fragte er, während der Chevy Blazer endlich in der Ferne der Fünfundsiebzigsten Straße West verschwand.

«Keine Ahnung.»

«Nun, denk darüber nach, denn wenn es jemand wusste, hat er vielleicht versucht, Mohr umzubringen. Hör zu, ich komme später in die Studios. Wenn wir uns dort treffen, bleibt es bei Blickkontakt, klar? Zeige niemandem und erzähle auch niemandem, dass du mit mir gesprochen hast. Niemandem. Nicht einmal deiner Freundin Ruth. Hast du das verstanden, Juliet?»

«Ja, danke, es war eindeutig.»

«Ich habe die Cola im Labor gelassen. Im Moment weist noch alles auf einen Tod durch Unfall hin. Selbst wenn sich in der Cola eine Droge nachweisen lässt, hat er sie wahrscheinlich selbst beigefügt. Erinnerst du dich an die Haschkekse und das Acid auf Zuckerwürfeln? Jedenfalls rufe ich gleich seine Familie an. Vielleicht können sie mir etwas über seine Depressionen erzählen.»

«Okay.» Juliet versuchte es erneut. «Aber wie erklärst du dir . . .»

«Ich muss jetzt los, Jule. Sie bringen schon die nächste Leiche herein.»

Er legte auf. Das Telefon klickte schmerzhaft in Juliets Ohr.

Jule?

Wie üblich war die Probe für die *Großen Erwartungen* auf 12 Uhr mittags in Studio drei angesetzt. An diesem Tag musste sich das gesamte Ensemble einfinden, und da Juliet durch die Massen an Reportern aufgehalten worden war, die in der Lobby des Gebäudes die Routine unterbrachen, kam sie erst ins Studio, als das Ensemble bereits vollzählig war. Viele hatten gerötete Augen. Sie hielten sich mehr als sonst aneinander fest, an der Hüfte oder den Schultern. Kleenextücher quollen feucht aus ihren anmutigen Fingern. Zu Juliets Überraschung klammerte sich Elektra Andreades an ihren Ehemann – stumm, Trost suchend, wie es Menschen tun, die vorübergehend die Orientierung verloren haben. Obwohl klar war, dass alle von Antons Tod wussten – die meisten Tänzer und Tänzerinnen waren schon vor zwei Stunden eingetroffen, um Unterricht zu nehmen –, bat Greg Fleetwood sie, sich zu setzen, trat vor sie und hielt eine offizielle Rede.

Greg war offensichtlich die ganze Nacht wach gewesen. Seine Augen waren rot, sein Haar wirkte strähnig, seine Stimme klang monoton. Max, der neben ihm stand, trug den angespannten, wachsamen Gesichtsausdruck eines Mannes, der fest entschlossen ist, eine PR-Katastrophe durchzustehen.

«Wahrscheinlich wissen Sie mittlerweile alle, dass Anton Mohr letzte Nacht gestorben ist», sagte Greg, und umgehend wallten Tränen in seinen erschöpften Augen auf. «Er starb an Hyperthermie nach Einnahme einer – eines Medikaments, das eine nachteilige Wirkung hatte. Wir wissen momentan noch nicht sehr viel mehr, und ich möchte Sie alle bitten, nicht mit den Reportern zu reden, die Sie zweifelsohne ansprechen werden. Ich bin sicher, Anton würde wollen, dass wir die Produktion fortsetzen, die ihm so viel bedeutet hat ...»

Juliet, die nach ihrem frühen Tagesanfang schläfrig wurde, hörte nur mit einem Ohr hin. Ihre Aufmerksamkeit galt den Gesichtern vor ihr. Elektra Andreades hatte ihren Ehemann (der so viel größer war als sie) losgelassen und kauerte nun auf dem Boden, die Knie gegen die Brust gepresst. Sie wirkte erschlagen – mehr als erschlagen. Ängstlich? Ryder, die langen, kraftvollen Beine ausgestreckt, hatte einen harten, ernsten Ausdruck in den dunklen Augen. Auf der anderen Seite des Raumes befand sich Elektras Tanzpartner Hart. Er wirkte verwirrt, ebenso desorientiert wie sie, auch wenn in seinem Fall der Schock die Angst zu übertreffen schien. Lily Bediants violette Augen hatten Greg fest im Blick, aber ihr Gesicht war leer, verschlossen. Juliet musste plötzlich an Murrays Frage denken und grübelte, ob Lily gewusst hatte, dass Anton Nardil einnahm. Ein Medikament mit so vielen Beschränkungen ließ sich schwerlich vor jemand geheim halten, mit dem man intim war. Neben Elektra saß die eisige Kirsten Ahlswede, in Tränen aufgelöst. Alexei hatte seine Witzboldmanieren abgelegt und bedeckte seinen Kopf mit den Händen, als ob er gar nicht hören wollte, was geschehen war. Der weiche, volle Mund von Olympia Andreades wirkte verkniffen, ihre Augen waren umwölkt und gerötet. Victorine, die einen Großteil der Nacht im Krankenhaus verbracht hatte, war nicht erschienen.

Eine dieser Personen hatte bei Anton Mohrs Tod möglicherweise die Hand im Spiel gehabt, aber Juliet konnte keine Schuld in den Gesichtern vor ihr entdecken. Wie sah Schuld überhaupt aus? Sie dachte an ihr eigenes Verhalten, wenn sie etwas zu verbergen hatte: kein Mord und nicht einmal ein kleiner Gesetzesbruch. Jeder Impuls dieser Art, den sie gehabt hatte, war stets von ihrem kräftigen Superego zunichte gemacht worden. Sie hätte höchstens zu einer gesellschaftlichen Lüge oder auch einem Mangel an gut nachbarschaftlichem Verhalten gegriffen. Einmal hatte sie, um einer Einladung von einer besonders irritierenden Bekannten zu entgehen, so getan, als ob sie an diesem Wochenende geschäftlich das Land verlassen müsste. Dann war sie ihrer Beinahegastgeberin an der Fischtheke bei Zabar über den Weg gelaufen. Wie hatte sie damals reagiert? Juliet versuchte, sich ins Gedächtnis zu rufen, wie sie an jenem Nachmittag ihrer Inquisitorin erschienen sein musste. Sie hatte eine passende Ausrede vorbereitet, für den Fall einer solchen Panne, und im Nachhinein dachte sie, dass sie diese Geschichte wahrscheinlich ein wenig zu energiegeladen vorgetragen hatte. Sie hatte mehr gelächelt als üblich – jedenfalls die Mundwinkel hochgezogen –, sich gekrümmt und gekatzbuckelt, wie angetrieben von einem uralten, animalischen Instinkt angesichts eines potenziell wütenden Beutejägers. Ihre Ausrede war unnötig ausgefeilt gewesen. Sie hatte sich gezwungen gefühlt, ihre Peinigerin zum Abschied zu küssen, obwohl sie das normalerweise nicht tat. Aber all das war nur geschehen, weil sie tatsächlich mit jemandem konfrontiert worden war, der um ihre Schuld wusste. Davor und danach hatte sie nichts gespürt – nichts außer der Befriedigung, einer langweiligen Dinnerparty entflohen zu sein –, und sie hatte keineswegs besonders auffällig ausgesehen.

Juliet hatte bei Gregs Rede den Faden verloren, wurde aber wieder aufmerksam, als Ruth an seiner Stelle das Wort ergriff. Sie sah auf und bemerkte, dass Greg ohne seine übliche Großspurigkeit eingefallen in der Ecke neben Max saß. Greg war sowohl Antons Liebhaber als auch der Verwaltungschef, da musste er doch von dem Nardil gewusst haben? Und er hatte Anton engagiert. Wenn dessen Depressionen wirklich so schwer waren, dann hätte Greg doch sicher in Erfahrung bringen wollen, ob sie unter Kontrolle waren. Andererseits war das Jansch seine Kompanie, dessen Künstler waren sein Lebensunterhalt, sein Ruf. Welches Motiv hätte er haben können?

Ruth klang ebenfalls heiser, und ihre Augen waren rot umrandet (obwohl Juliet lieber nicht wissen wollte, aufgrund welcher Mischung aus Selbstsucht und Selbstlosigkeit sie geweint hatte). Bei Juliets Ankunft hatte sie nur kurz ihre Hand gedrückt und fiebrig «Danke» geflüstert.

Jetzt zeigte ihre Rede an die Tänzer und Tänzerinnen ihre bessere Seite.

«Was wir heute tun müssen, ist brutal, beinahe unmenschlich», fing sie an. «Wenn ich könnte, ich würde nach Hause gehen und weinen und eine Woche lang schlafen, und ich weiß, die meisten von euch möchten das auch. Aber diese Wahl haben wir nicht. Wir müssen weitermachen und zwar jetzt sofort, und wir müssen ohne Anton weitermachen. Wenn wir es nicht tun, setzen wir das Projekt aufs Spiel, an dessen Realisierung wir alle so sehr gearbeitet haben. Also – Hart, ich möchte dich bitten, die Erstbesetzung des Pip zu übernehmen. Schaffst du das neben all deinen anderen Verpflichtungen?»

Hart Hayden warf Greg einen Blick zu, letzterer nickte. Daraufhin sagte Hart leise: «Sicher.» Hinter der wohltrainierten Maske seines hübschen Gesichts tauchte ein neues Gefühl auf, wie Juliet bemerkte, aber seine feinen, gelehrtenhaften Gesichtszüge waren zu gut geschult, um dieses Gefühl an die Oberfläche zu lassen. Es konnte Freude über die Beförderung sein, es konnte aber auch Panik angesichts der größeren Arbeitslast sein, die diese Beförderung bedeutete, oder die professionelle Entschlossenheit, sich der Aufgabe als würdig zu erweisen, oder auch nur das bittere Aufblitzen neuerlicher Trauer.

Ruth fuhr währenddessen fort. «Kirsten, es tut mir Leid, aber Elektra wird mit Hart tanzen müssen. Ich kann dich ihm einfach nicht als Partnerin an die Seite stellen, außer du würdest um fünfzehn Zentimeter schrumpfen.» Der kleine Witz traf auf eine Mauer des Schweigens, und Ruth fuhr fort. «Du wirst weiterhin die Estella tanzen, als Zweitbesetzung mit Nicky Sabatino als zweitem Pip, aber ich hoffe, du weißt, wie sehr ich deinen Beitrag zu schätzen weiß – und ich hoffe, du wirst auch weiterhin dein Bestes geben. Elektra, ich gehe davon aus, dass du die Erstbesetzung der Estella handhaben kannst?»

Elektra nickte, dann warf sie Kirsten einen entschuldigenden Blick zu. Letztere hatte eine Maske erhabener Gleichgültigkeit aufgesetzt, gleichzeitig blinzelte sie Tränen fort.

«Lily, du bleibst die erste Miss Havisham. Ich möchte, dass du auch die Estella lernst. Nicky, schaffst du die Zweitbesetzung des Pip?»

Nicky, ein Halbgott mit dunklen Locken, den Juliet manchmal draußen auf der Feuertreppe gesehen hatte, bejahte. Dann setzte sich Luis Fortunato ans Klavier, und die Probe begann.

Juliet rief sich in Erinnerung, dass sie zurück zur Soiree von Lady Porter musste, und wollte sich gerade davonschleichen, als sich die Tür öffnete und Detective Murray Landis eintrat, mit einem Mann an seiner Seite. Dieser Mann war ebenfalls ein Detective – Juliet brauchte keine Erklärung, um das zu erkennen. Später erfuhr sie, dass es sich um Tom Fales von der Mordkommission Manhattan Nord handelte. Er arbeitete an diesem Fall als Partner von Landis.

Fales war grobknochig und untersetzt, mit vorstehenden blauen Augen und einer schmalen roten Nase. Er trug dieselben Khakihosen und dieselbe dunkle Jacke, die Landis so verdächtig durchschnittlich aussehen ließen. Und er besaß – ebenso wie

Landis – eine Aura, die ihn genau wie einen Fernsehdetective aussehen ließ. Was war es nur? Kein Arzt oder Anwalt (ganz zu schweigen von den Schriftstellern) aus Juliets Bekanntenkreis sah so sehr wie sein Filmgegenstück aus; man erwartete auch nicht, dass sich diese Berufsstände wie ihre Abbilder benahmen. Aber aus irgendeinem Grund musste man an die mega-authentischen Bilder fiktionaler Polizisten denken, wenn ein echter Polizeibeamter die Bühne des Lebens betrat. Vielleicht waren die Fernsehfilme mit Cops einfach besser gemacht als die mit Ärzten und Gerichtsmedizinern? Vielleicht richteten sich die Polizisten aber auch einfach mehr nach ihren Fernsehvorbildern?

Juliet war neugierig, wie sich ihr alter Bekannter in Aktion erweisen würde, darum hielt sie inne und ließ sich ein paar Meter neben der Tür auf dem Boden nieder, als ob das von Anfang an ihre Absicht gewesen wäre. Die beiden Detectives hatten sofort Patricks Aufmerksamkeit geweckt (und die aller anderen Anwesenden im Raum, mit Ausnahme von Ruth, die blind gegen alles war). Patrick eilte zu ihnen, und Juliet hörte sein verblüfftes «Oh!», zweifellos als Reaktion auf ihre Ausweise. Danach vernahm sie nur noch Gemurmel. Aus seinen Gesten schloss sie, dass Patrick ihnen zeigte, wo Anton getanzt hatte, wo und wie er gefallen war, wo genau sich die meisten Leute im Raum befunden hatten und so weiter.

Plötzlich schaute Ruth auf der Suche nach ihrem Assistenten auf, stellte fest, dass er eifrig mit Fremden plauderte und bellte scharf seinen Namen. Das führte zu einer Unterbrechung der Probe, da Patrick die Männer zu ihr führte und sie ihr vorstellte.

Noch mehr Gemurmel, Nicken und Gesten (während das Ensemble Blicke tauschte und sich mit erhobenen Augenbrauen ansah), dann stellten sich Murray und sein Kollege in die vordere Ecke des Raumes, gegenüber von Juliet, wo sie zusahen, wie Ruth Pips jugendlichen Faustkampf mit Herbert Pocket, Miss Havishams vornehmem jungen Verwandten, choreografierte. Murray hatte Juliet kein einziges Mal angesehen, soweit sie es mitbekommen hatte, und er hielt seinen Blick fest auf Ruth und die Tänzer gerichtet.

Die Rolle des Pocket sollte von Alexei Ostrovsky getanzt werden, der, wie Juliet unterdessen erfahren hatte, ein aufstrebender junger Solist war, als er vom Kirov-Ballett zur Jansch-Truppe wechselte. Er hatte nich die Absicht, auf Dauer hier im Corps zu bleiben, wovon Ruth auch nicht ausging.

«Du sagst zu Pip buchstäblich ‹Komm und kämpfe›», erklärte sie ihm. «‹Komm und kämpfe.› Für dich ist der Kampf ein Spiel. Du bist ein reicher Junge, der gerade seinen zweiten Gürtel in einer Karateschule an der Upper East Side erhalten hat. Du weißt doch, was ein Karate-Gürtel ist?»

Alexei nickte. Er trug lila Strumpfhosen und eine schwarze Weste, die einen Großteil seiner Brust frei ließ. Seine Brust war haarlos und schmal, aber herrlich geformt. Sein übliches Grinsen war nicht völlig aus seinem ansonsten hübschen Gesicht verschwunden, und Juliet nahm an, sein reflexartiges, überlegenes Grinsen war einer der Gründe, warum Ruth ihn für diese Rolle ausgesucht hatte.

«Du willst alles ausprobieren, was du gelernt hast, und jetzt hast du ein echtes, lebendes Versuchskaninchen gefunden, an dem du das ausprobieren kannst, verstanden? Und du», Ruth wandte sich an Hart Hayden, der ihr mit leicht gesenktem Kopf zuhörte, als ob er sich besser konzentrieren könne, wenn er zu Boden sah, «Dickens vergleicht dich hier mit einem ungebärdigen, jungen Wolf oder einem wilden Tier.» Hart blickte abrupt auf.

«Er sagt, du fühlst dich wie ein Tier, nachdem du dich Pocket gestellt hast, nicht einmal, sondern mehrmals», fuhr Ruth fort, «denn der geht immer wieder auf dich los, aber er hat keine Kraft, obwohl er kunstvoll herumspringt. Außerdem steht Estella zwischen euch. Und Estella – komm her, Elektra –, Estella beobachtet euch.»

Elektra Andreades erhob sich schwerelos vom Boden und schloss sich der kleinen Gruppe im vorderen Teil des Studios an.

Sie bewegte sich mechanisch, die Gedanken eindeutig anderswo. Aber sie schien in der Lage, sich zum Zuhören zu zwingen, denn sie tat, was man ihr sagte. Juliet sah, wie sie Hart einen sprechenden Blick zuwarf, eine stumme Bitte um Hilfe, Beistand, Freundlichkeit. Wie schon zuvor fiel Juliet auf, wie viel näher sich Hart und Elektra zu sein schienen, als es Ryder und Elektra waren. Sie besaßen beinahe die Kommunikation, die man bei Zwillingen findet, als ob das gemeinsame Tanzen über so viele Jahre hinweg ihnen eine lautlose Geheimsprache geschenkt hätte.

Ruth formte die ersten, zögernden Schritte wie ein Bildhauer, der Lehm in seinen Händen wärmt. «Genauer hinsehen!», forderte sie fast meditativ. «Vielleicht sollten wir hier eine Parallele zu Pip schaffen, wie er den Pas de deux von Havisham und Estella beobachtet, ich weiß noch nicht. Jedenfalls sagt Estella nach dem Ende des Kampfes zu Pip: ‹Du darfst mich jetzt küssen, wenn du magst.› Und natürlich wirst du sie küssen, Hart. Auf die Wange, die sie dir hinhält.» Ruth führte Hart und Elektra zusammen, drehte Elektras Kinn zur Seite, sodass ihre Wange Harts blassen Lippen präsentiert wurde. Hinter ihnen, von Ruth vernachlässigt, versuchten sich Kirsten und Nicky Sabatino an derselben Haltung, während ein Solotänzer namens Arturo Ruiz auf weitere Anweisungen als zweiter Pocket wartete.

«Verstanden?», machte Ruth weiter. «Aber es ist ein Geschenk der Verachtung, ein Trinkgeld, wie ein paar Münzen, die man einem Hotelpagen hinwirft. Und du musst dich für ein Tier halten, Hart. Ein wildes Tier, ungeschlacht und erdverbunden und niedrig. Nicht edel oder erhaben, nicht erleuchtet, nicht prinzenhaft . . .» Sie schwieg und warf Juliet einen schuldbewussten Blick zu. Ruth korrigierte sich eifrig und tätschelte ziemlich unbeholfen Harts Arm. «Ich bin sicher, dass du das begreifst.»

Juliet fragte sich, warum sie so unbeholfen Hart Haydens Arm tätschelte. So sah es wohl aus, dachte sie, wenn die Tätschelnde keine Tänzerin war, die stilvolle Zärtlichkeiten beherrschte. Er hatte etwas Strahlendes an sich, das Tätscheln und sonstige Berührungen im Keim erstickte, eine saubere, beinahe antiseptische Aura, die sowohl attraktiv als auch verstörend wirkte. Es fiel extrem schwer, sich vorzustellen, wie Hayden beispielsweise kicherte oder einen Schluckauf hatte – oder überhaupt etwas Unfreiwilliges tat und seinem Körper erlaubte, sich zu entspannen. Er gehörte zu den Menschen, für die Blähungen tragische Auswirkungen haben konnten. Kontrolle. An Hayden war alles kontrolliert. Und doch war er intelligent und hatte sie auch sehr freundlich begrüßt. Juliet kam zu dem Schluss, dass er offenbar nicht so leicht zu durchschauen war, wie sie es anfangs angenommen hatte.

Was immer er innerlich auch fühlen mochte, er brachte es fertig, Ruth seinen Körper zu überlassen. Sie arbeitete zuerst mit Alexei, entwarf eine Art übermütige Sequenz, bei der er Pip halb bedrohte, halb neckte. Doch schon bevor sie sich Hart zuwandte und mit ihm arbeitete, hatte er angefangen, seine Reaktionen auszufühlen, hatte fast affengleich einen Arm geschwungen, die Schultern verwirrt einsinken lassen. Juliet freute sich, dass sie (wie zufällig auch immer) Recht gehabt hatte hinsichtlich seiner Fähigkeit, ein erdverbundener Pip zu werden. Ruth nahm seine zögerlichen Bewegungen eifrig auf und verarbeitete sie zu einem Muster, das Pockets Bewegungen ergänzte.

«Herrlich!», rief Ruth angesichts einer scheinbar schwerelosen Drehung, die Hart improvisierte.

Juliet erkannte die ehrliche Begeisterung in ihrer Stimme und ließ ihren Blick von der Probenarbeit zu Landis wandern. Sie erschrak, als sie feststellte, dass er sie anschaute. In dem Augenblick, als ihre Blicke sich trafen, wanderte seiner zur Tür, und er hob einen Zeigefinger. «Geh vor die Tür und warte dort», sollte das bedeuten, und sie gehorchte, ignorierte Ruths raschen, vorwurfsvollen Blick, als sie sich hinausschlich. Der Flur war leer, mit Ausnahme der an- und abschwellenden Klaviermusik aus den anderen Studios.

Landis und Fales schlossen sich ihr wenige Minuten später an. Landis stellte sie einander vor.

«Können wir uns irgendwo in Ruhe unterhalten?»

Juliet hatte die Frage vorausgesehen und bereits das angrenzende Studio überprüft. Es war leer. Sie führte die beiden hinein. Landis zog sie an eine Stelle seitlich von der Tür, wo man sie nicht durch das kleine Fenster sehen konnte.

«Räuber und Gendarm», merkte sie mit leicht nervösem Lachen an.

«Mörder und Gendarm, wenn es nach dir geht», sagte Landis, der entschlossen schien, sie auf Distanz zu halten. Was ihr nur recht war, wie sie dachte.

«Würde es dir etwas ausmachen, mir dein Handy zu leihen? Ich möchte das Labor anrufen und fragen, was sie herausgefunden haben.»

«Stellt euch die Stadtverwaltung keine Handys zur Verfügung?», fragte Juliet und reichte ihm ihres.

Landis lachte. «Wir tippen unsere Berichte noch auf Schreibmaschinen», sagte er. «Warum hilfst du Detective Fales hier nicht, ein Diagramm von Studio drei zu skizzieren?»

Juliet tat, wie geheißen, und führte die wichtigsten Punkte an (Spiegel, Stangen, Kolophoniumkiste), die Fales rasch in ein Spiralheft zeichnete. Landis ging allein in eine Ecke und sprach eine Weile. Juliet musste einfach darüber lächeln, wie verlegen und fehl am Platz er und Fales hier wirkten. Sie nahm an, dass sie den Tänzern und Tänzerinnen ebenso unpassend und dumm vorkommen musste.

Kurz darauf klappte Landis ihr Handy zu und kehrte mit nachdenklichem Gesichtsausdruck zu ihnen zurück.

«Du hattest Recht», verkündete er und reichte Juliet das Handy. Er wandte sich an Fales. «Die Cola war voll mit Ecstasy.»

«Und die Fingerabdrücke?», fragte sie hoffnungsvoll.

Er schüttelte den Kopf. «Wir überprüfen, was wir gefunden haben, aber sie werden nicht viel beweisen. Jeder hätte die Flasche anfassen oder sie ihm reichen können und das aus einem völlig harmlosen Grund. Du hast sie wahrscheinlich auch angefasst, als du die Tasche zu Hause geöffnet hast . . .»

«Ich habe dir doch gesagt, dass ich die Tasche zu Hause nicht mehr geöffnet habe», unterbrach ihn Juliet verärgert.

«Es könnten auch noch die Abdrücke von dem Verkäufer drauf sein, der ihm die Flasche verkauft hat», fuhr Landis fort, «oder von einem Lieferjungen . . .»

«Sie kam aus einem Automaten», erklärte Juliet.

«Woher weißt du das?»

Sie schwieg kurz. «Eigentlich weiß ich es nicht mit Bestimmtheit», korrigierte sie sich. «Ich nehme nur an, dass sie aus dem Automaten im Aufenthaltsraum der Tänzer stammt, weil dort dieselben Flaschen ausgegeben werden.»

«Wir überprüfen das. Vielleicht hat jemand gesehen, wie er sie herausließ. Und wann. Wenn er sie hier gekauft hat und jemand hat sie gedopt, dann müssen wir überprüfen, wer seit der Zeit, als er sie kaufte, in seiner Nähe war – oder in der Nähe der Flasche. Kann jeder in das Gebäude kommen?»

Juliet schüttelte den Kopf. Sie hörte, wie Luis Fortunato nebenan das ‹Pip als Spanner›-Trio spielte und nahm mit einem Gefühl der Entmutigung zur Kenntnis, dass Ruth sich in der Choreografie rückwärts bewegte. «Man muss an der Empfangsdame vorbei. Es gibt sonst keinen Eingang.»

«Und hinaus?»

«Da gibt es mehrere Möglichkeiten. Es gibt eine Feuertreppe und zwei andere Fluchttüren, die zum Treppenhaus führen.»

«Ich brauche eine Liste von allen, die gestern hier waren.»

«Das sollte kein Problem sein. Jeden Tag wird ein Plan ausgehängt, auf dem steht, wer wo und wann sein muss.»

«Techniker? Besucher?»

«Da fragst du besser Gayle. Die Blondine am Empfang. Murray, hast du schon mit Antons Familie gesprochen? Was haben sie gesagt?»

Landis sah zu Fales, bevor er ihr antwortete. Fales hob und

senkte seine buschigen Augenbrauen, als ob er sagen wollte, dass diese Vorschriftswidrigkeit ihn nicht störte, wenn es für Landis okay war.

«Tja, sie sind natürlich außer sich vor Kummer», fing er an, «und ich musste einen Dolmetscher hinzuziehen, weil sie nicht viel Englisch können. Aber ich habe herausgefunden, dass der junge Anton eine sehr stürmische Jugend hatte.» Sein Brooklyn-Akzent wurde seltsamerweise schwächer, während seine Stimme an Wärme gewann und sein Gesicht Mitgefühl signalisierte. «Auf und ab, auf und ab, Psychiater, Jugendberater, jede Menge Probleme. Ein paar Zusammenstöße mit dem Gesetz, hauptsächlich wegen Drogenmissbrauchs.» Er hielt kurz inne und sah sie bedeutungsschwer an. Sie presste ihre Lippen zusammen. «Offen gesagt, klangen sie schockiert, aber nicht allzu überrascht. Ich glaube, sie wussten, dass so etwas eines Tages passieren würde.»

«Sie wussten, dass ihr Sohn umgebracht werden würde?»

«Sie wussten, dass er Selbstmord begehen könnte. Aus Leichtsinn, unabsichtlich, in einem Anfall von Verzweiflung, warum auch immer. Sie sagten es zwar nicht geradeheraus, aber es war augenscheinlich, dass sie nicht dachten: ‹Das kann nicht sein.› Es war eher: ‹Ist es also endlich passiert.›»

«Aber er hatte gute Gründe, für die es sich zu leben lohnte!», protestierte Juliet. «Er war gerade Solotänzer in einer hochangesehenen Kompanie geworden. Er hätte überall in der Welt tanzen können. Und körperlich war er in Bestform, das herrlichste Exemplar eines Menschen, das ich je gesehen habe.»

«Ja, ich habe ihn auch gesehen», sagte Murray, und Juliet, die das vehement anfechten wollte, erkannte gleich darauf, dass er die Autopsie meinte. «Das ist traurig, aber kein schlüssiger Hinweis auf einen Mord.»

«Warum sollte er seine Cola umständlich mit Drogen mischen, anstatt einfach eine Pille einzuwerfen?», fragte sie. «Warum sollte das überhaupt jemand tun?»

«Ambivalenz?», schlug Detective Landis vor. «Kleines Spielchen mit sich selbst? Manche Leute geben Ecstasy in ihr Essen oder in ein Getränk. Und dann tun sie so, als wäre nichts. Ecstasy hat einen wahrnehmbaren Geschmack, es schmeckt bitter. Falls Mohr wirklich nicht damit gerechnet hat, warum ist ihm dann nicht aufgefallen, wie merkwürdig seine Cola schmeckte?»

Juliet runzelte die Stirn, aber ihr fiel so schnell keine Antwort ein. Irgendwie hatte sie angenommen, Ecstasy sei geschmacklos. Aber wenn ...

«Ach!», brach es plötzlich aus ihr heraus. «Weil er eine Erkältung hatte! Das haben sie alle. Ich auch. Er dachte sicher, der seltsame Geschmack käme daher, dass er einen Schnupfen hatte.»

Landis warf Fales einen Blick zu, der daraufhin nickte.

«Wäre möglich», räumte Landis ein.

«Natürlich wäre das möglich. Es muss so gewesen sein», beharrte Juliet. «Hör zu, ich schwöre dir, Anton Mohr hätte unter gar keinen Umständen ...»

Aber Landis unterbrach sie. «Mach dir nicht ins Hemd.» Der Brooklyn-Akzent war zurückgekehrt. «Ich werde die Sache untersuchen. Ich befrage jeden Tänzer in der Kompanie, wenn es sein muss. Und die Techniker.» Er wandte sich an Fales. «Lass uns heute Nachmittag seine Wohnung ansehen. Sie liegt am Park Slope. Willst du sein Telefon checken?»

Sein Partner nickte, und Landis drehte sich wieder zu Juliet. «Das Telefon checken heißt, mit Hilfe der Telefongesellschaft zu überprüfen, mit wem er telefoniert hat. Wir untersuchen die Sache, ehrlich. Aber dir muss klar sein» – sein Brooklyn-Akzent wog jetzt wieder tonnenschwer, möglicherweise Fales zuliebe –, «dass der Typ bekanntermaßen Entspannungsdrogen zu sich nahm und seit langem an klinischen Depressionen litt. Es sieht nicht gerade nach einem Mord aus.»

Fales nickte zustimmend mit seinem Quadratschädel. Aus irgendeinem Grund hätte Juliet ihn am liebsten erdrosselt.

«Warum begleitest du uns nicht, spähst durch das Fenster in

der Tür und sagst uns, wer wer ist?», fuhr Landis fort. «Ich stehe Schmiere.»

Juliet bewegte sich nicht, und er trat nahe genug an sie heran, um seinen Arm locker um ihre Schulter zu legen. «Es ist sehr hart, wirklich hart, das ist mir klar», sagte er. «Es ist schrecklich, wenn man sieht, wie es mit einem Menschen zu Ende geht. Es tut mir wirklich Leid. Ich werde dir helfen. Und jetzt komm mit.»

Sanft, aber unerbittlich führte er sie zur Tür in Richtung Flur. Seine Doc-Martens-Schuhe schlurften über den Boden, die Slipper von Fales zockelten hinterher. Vom Kopf her wusste Juliet die mitfühlenden Worte von Landis zu schätzen, aber vom Bauch her wünschte sie, sie könnte seinen Arm von ihren Schultern schütteln. Es gefiel ihr nicht, beschwichtigt zu werden. Sie hätte am liebsten geschrien – sich lauthals die Lunge aus dem Leib gebrüllt.

«Junge, ich wünschte, du hättest diese Flasche gestern nicht mit nach Hause genommen.» Murray seufzte, als er seine freie Hand auf den Türknauf legte. «Als offizieller Beweis taugt sie jetzt leider nichts mehr. Ach ja, das erinnert mich, Jule», fügte er beiläufig hinzu und ließ Fales die Tür aufhalten, während sie auf den Flur traten, «wurden jemals Fingerabdrücke von dir genommen?»

11

Murray Landis musste sich immer dazu überwinden, die Wohnung eines Mordopfers zu sichten. Wenn die Leiche noch dort war, wollte man am liebsten weglaufen. Stattdessen musste man alles genau betrachten. Man hätte den Toten gern abgedeckt, aber man musste ihn inspizieren und Proben nehmen.

Trotzdem war es für ihn persönlich noch schlimmer, wenn das Opfer an einem anderen Ort gestorben war. Besonders bei jemandem, der allein lebte. Man schloss die Tür auf, und die Schachtel Cornflakes stand noch auf dem Tisch. Die Schale, in der die letzten Cornflakes in den letzten Milchtropfen schwammen, lag in der Spüle. Die *Daily News* lag an irgendeiner Stelle aufgeschlagen herum, vielleicht auf einer Seite mit Werbung für ein Auto, vielleicht auf der Sportseite. Am Rand womöglich eine Notiz: ‹Glühbirnen kaufen.› Aber alles schrie: ‹Dieser Typ ist aufgewacht, ging zur Tür hinaus und fiel ins Nichts.› Murray sah lieber bei drei Autopsien zu, als die Wohnung eines Toten zu betreten, der allein gelebt hatte.

Doch bei der Polizeiarbeit hatte man nicht die Wahl. Es ging um Zwänge: Man musste sich den Kerl ansehen, der aufgeschnitten worden war, man musste dessen Wohnung in Augenschein nehmen. Am Anfang hatte er es ganz interessant gefunden, die Privatangelegenheiten anderer zu seiner Sache zu machen. Er war von Natur aus neugierig, und so hatte er wenigstens einen Grund, viele Fragen zu stellen. Aber in den letzten Jahren setzten ihm die Antworten immer mehr zu. Kannten Sie die Frau, die Sie vergewaltigt haben? Wussten Sie, dass es illegal ist, einen Spielplatz ohne Begleitung eines Kindes zu betreten? Kennen Sie die Gesetze hinsichtlich Schusswaffen in diesem Staat? Was für Antworten konnte man auf solche Fragen schon erwarten?

Bei seiner Reihe mit Plastiken zum Thema Schatten ging es im hohem Maße um Verbrechen und Verbrecher. Um die dunkle Seite der Menschen, darum, was sie zu verbergen trachteten. Aber er zog es vor, die Reihe als ästhetische Weiterentwicklung zu betrachten, eine geistreiche Ausführung über Form und Inhalt. Und auch über Oberfläche, über die Illusion von Tiefe, über die Zweidimensionalität eines Gemäldes. Und über Materialien. Und über Geld- und Sammlerwert. Die Reihe war spielerisch angelegt, aber die Schattenplastiken waren bisweilen auch richtig sinnträchtig. Sie packten das Auge und verblüfften es, riefen Unbehagen hervor, ließen den Betrachter darüber nachdenken, warum das Gehirn unbedingt aus jedem Bild einen

Sinn herauslesen will. Zumindest er grübelte darüber nach. Er experimentierte derzeit mit multiplen Lichtquellen, darum waren einige Schatten dunkler als andere.

In Anton Mohrs Wohnung gab es an diesem Nachmittag, als er und Fales sie betraten, nicht viel Schatten. Die Bleibe hatte nur zwei kleine Fenster, die auf einen dunklen Hinterhof gingen. Der Tag war heiß und schwül und der Himmel bedeckt. Wahrscheinlich würde es in ein oder zwei Stunden regnen.

Mohr mochte der König des Balletts gewesen sein, aber er hatte eine Einzimmerwohnung im dritten Stock eines fünfstöckigen Hauses ohne Aufzug gemietet, in der schon ein anderer Tänzer der Jansch-Truppe gewohnt hatte. Eine Verwaltungsangestellte der Truppe namens Anita Perez hatte Mohrs Einwanderungspapiere erledigt und ihm geholfen, sich in New York niederzulassen. Sie wusste, dass die Wohnung leer stand. Wahrscheinlich hatte sie sie nie gesehen, dachte Landis. Vermutlich wusste sie nur, dass sie in einem annehmbaren Viertel lag und die Miete vernünftig war. Es war nicht die Art von Wohnung, die man einem Menschen mit Depressionen empfehlen würde – oder überhaupt einem Menschen, mit dem man es gut meinte. Sie war klein. Der Boden bestand aus billigem Linoleum, und die Decke hing niedriger als üblich. Die winzige Einbauküche war eigentlich hinter einer Falttür aus Holzleisten versteckt, aber die Tür hatte offenbar Schaden erlitten, und darum fehlten einige Leisten. Die Fenster wurden von nüchternen, schwarzen Einbruchssicherungsgittern geschützt. Die heiße Luft stand, als ob hier seit Monaten niemand gewesen wäre. Murray konnte nicht anders, als sie mit der letzten Wohnung zu vergleichen, die er aufgesucht hatte. Bodines Wohnung. Junge, hatte die Frau es gut getroffen.

Die Kakerlaken stoben auseinander, als Fales das grelle Deckenlicht einschaltete.

Wenigstens hatte Mohr alles getan, was er konnte, um seine Wohnung etwas zu verschönern. Ein Himmelbett stand schräg in einer Ecke, bildete den Mittelpunkt des Raumes, mit schwarz-weißen Laken und einer schimmernden schwarzen Tagesdecke. Schaffellteppiche umrundeten das Bett, und gerahmte Ballettposter (einige davon mit Mohr) hingen an den Wänden. Eine Hand voll Bücher über Tanz und Fitness zierte eine der Wände, darunter ein Anrufbeantworter, ein Kleinbildfernseher und eine Stereoanlage sowie eine beträchtliche Sammlung von CDs aus Jazz und Klassik. Ein schwarz lackierter Paravent im chinesischen Stil schuf einen kleinen Alkoven, den Mohr für sein sportliches Training benützt hatte: es gab eine Reihe von Hanteln, einige Matten und ein paar ziemlich exotische Dinger für Stretchingübungen und Ähnliches. Neben der Einbauküche stand der einzige Tisch, der dem Augenschein nach gleichzeitig als Beistell-, Schreib- und Esstisch fungierte. Obwohl die Wohnung ansonsten sehr ordentlich war (mit der unvermeidlichen Müslischale auf dem Abtropfbrett neben der Spüle), verschwand dieser Tisch unter Papierstapeln, hauptsächlich ungeöffnete Post.

Das Lämpchen des Anrufbeantworters blinkte. Fales nickte Landis zu, ging hinüber und hörte die Nachrichten ab. Es ertönte das übliche Surren und Klicken, dann die mechanische Ansage: «Drei Nachrichten.»

Die erste bestätigte einen Zahnarzttermin für den kommenden Montag.

«Mann, ich hasse Tote», sagte Landis. Ein lächerlicher Kommentar, aber er konnte nicht anders. Warum musste deren Ende auch immer so abrupt ausfallen?

«Die nächste Nachricht», verkündete die mechanische Stimme.

«Anton, ich bin's, Frank. Hör zu, ich habe da etwas, das dich interessieren könnte. Ruf mich an, wenn dir danach ist.»

Die Detectives tauschten einen Blick aus. Murray hatte schon an zwei oder drei Morden mit Fales zusammengearbeitet. Er war faul – tat nie etwas, was Murray nicht explizit von ihm verlangte –, aber er war schlau.

«Drogendealer?», spekulierte Murray.

«Zehn zu eins», gab Fales ihm Recht.

In der Zwischenzeit hatte eine Frauenstimme die von Frank dem Dealer abgelöst.

«Hallo, Anton, hier ist Amanda», fing sie an. (Genauer gesagt: «Hallo, Anton, hier ist Amanda?») «Eine Freundin von mir, die Courtney? Also, wir gehen am Samstagabend gegen Mitternacht in den Club Paradiso.» («Gegen Mitternacht?») «Willst du nicht mitkommen? Ich dachte, wir drei könnten uns vielleicht zusammen amüsieren?» Ihre Stimme ging in Kichern unter, als sie endlich ihr Anliegen vorgebracht und dann praktischerweise ihre Telefonnummer hinterlassen hatte. Anschließend rasselte das Telefon noch eine Weile, als ob Amanda beim Einhängen die Gabel verfehlt hätte.

«Wenigstens ließ er sich von seinen Depressionen nicht zu Hause anketten», meinte Fales, nachdem die beiden Männer einen neuerlichen Blick ausgetauscht hatten.

«Hör mal, Tom, was hältst du davon, wenn du dich um sein gesellschaftliches Leben kümmerst, und ich übernehme die Ballettkompanie?», schlug Murray vor und ging dabei die Papiere auf dem Tisch durch (Rechnungen, Briefe, Ballettprogramme). «Sprich mit dieser Amanda und dem Dealer, falls dieser Frank wirklich einer ist. Und ich bestelle die Tänzer aufs Revier.»

«Du willst doch wohl keine Ermittlung starten?», fragte Fales.

«Doch, will ich. Ich fange zumindest damit an. Ein oder zwei Tage.» Landis sprach mit schwerem Akzent, seine Stimme hart wie ein Hammer. Er wollte nicht, dass Fales dachte, er würde springen, weil Juliet Bodine es von ihm verlangte. Aber er glaubte auch nicht, dass sie an irgendwelchen dubiosen Dingen beteiligt sein könnte. Außerdem respektierte er bis zu einem gewissen Grad ihre Meinung. Obwohl er seit dem College selten an sie gedacht hatte, konnte er sich gut an sie erinnern. Genauer gesagt hatte ihr Anblick eine heftige quälende Welle von Interesse in ihm ausgelöst. Ihm war wieder eingefallen, dass er auf dem College versucht hätte, mit ihr zusammenzukommen, wäre er nicht schon mit Mona gegangen. Juliet besaß diese weiche, gepflegte Schönheit, die ihn unweigerlich antörnte, diesen Hauch von beschütztem Wohlstand. Murray hatte sich immer schon, Gott helfe ihm, zu Töchtern aus reichem Hause hingezogen gefühlt.

Und sie auch stets verachtet.

Jedenfalls war Juliet Bodine nicht auf den Kopf gefallen. Und sie hatte mit der Cola Recht behalten. «Wenn wir nichts finden, lassen wir es sein», fügte er hinzu. «Ich will nur nichts übersehen. Weißt du, was ich meine?»

Fales' Augenbrauen zuckten, und Landis sah, dass er am liebsten ‹Nein, weiß ich nicht› gesagt hätte. Aber er hielt den Mund. Das war noch so ein Pluspunkt an Fales.

«Ich gehe jetzt wieder ins Studio, besorge mir ein paar Listen, spreche vielleicht mit ein paar Leuten», fuhr Landis fort. «Gehst du dieses Zeug hier durch?» Er hielt eine Hand voll Zeitpläne der Jansch-Truppe sowie einige Werbesendungen hoch. «Und besorge die Telefonunterlagen. Ich prüfe sein Schließfach im Studio. Ich werde auch das Einwanderungsbüro anrufen, vielleicht wissen die etwas, vielleicht lasse ich die auch bei Interpol nachfragen, was soll's. Für einen Neunzehnjährigen ist er ganz schön in der Welt herumgekommen. Ach, und ich werde auch noch versuchen, seinen Seelenklempner zu kontaktieren.»

«Viel Glück», meinte Fales und rollte mit den Augen. Er hatte schon drei- oder viermal versucht, Psychiater auszufragen, immer erfolglos. Schweigepflicht. Bürgerrechte, dachte Fales angewidert, setzte sich aufs Bett und fing an zu lesen.

Zur Jansch-Truppe gehörten dreiundsechzig Tänzer und Tänzerinnen, dazu vier Ballettmeisterinnen, zwei Ballettmeister, vier Kompaniepianisten, die Pressechefin und ihre drei Handlanger, der Produktionsleiter und sein Team von zwanzig Elektrikern, Zimmerleuten, Garderobieren und so weiter, der künstlerische Leiter, der Geschäftsführer, die Teilzeit-Physiotherapeutin und ihre Masseurin, die Empfangsdame, die Buchhalterin und ungefähr ein Dutzend Sekretärinnen, Verwaltungsassistentinnen und Mädchen für alles. Nicht alle diese Personen hatten sich am Mittwoch, dem 14. Juli, im Gebäude befunden, aber die Liste der Anwesenden stieg rasch auf über einhundert. Ganz zu schweigen von den Besuchern an diesem Tag: ein paar Vorstandsmitglieder, einige Botenjungen, drei freiwillige Spendeneintreiber, die Telefonaktionen im Gebäude durchführten, ein Reporter vom Magazin *Dance*, der Max Devijian interviewt hatte, ein Techniker für die Reparatur der Klimaanlage und seine zwei Helfer, eine Frau, die behauptet hatte, die Ehefrau eines Solotänzers zu sein, sich aber als erzürnte Freundin erwies, der Händler, der den Imbissautomaten aufstockte (Landis machte einen Haken neben seinem Namen), alle Gäste des formellen Durchlaufs – und Juliet Bodine.

Landis hatte kein Problem damit, sämtliche einhundert Personen zu befragen, aber er wünschte, er wüsste etwas genauer, wozu er sie befragen sollte. Er setzte sich einen Augenblick an seinen Schreibtisch, dachte nach, griff dann zum Telefon und rief das Jansch an.

«Hier spricht Detective Murray Landis. Die Presseabteilung, bitte.»

Als Gretchen Manning persönlich abnahm, fragte er: «Hören Sie, könnten Sie mir Kopien der Pressemitteilung überlassen, die Sie für die einzelnen Kompaniemitglieder haben? Presseberichte, Lebensläufe, Prospekte, was immer. Ich weiß, das ist eine Menge Kopierarbeit, aber es würde mir helfen.»

Manning erwiderte eifrig, dass sie liebend gern jede beliebige Anzahl von Fotokopien erstellen lassen würde, die Detective Landis bräuchte, gern sofort oder noch schneller. Landis war ziemlich sicher, sie würde auch ihr Erstgeborenes nach ihm benennen oder ihn nach Tahiti ausfliegen oder ihm jeden anderen Gefallen erweisen, der ihn glücklich machte und ihn vor allem über den Fall Stillschweigen bewahren ließe. Er hatte sie nach sechzehn Uhr angerufen, und mittlerweile stürzte sich die Presse wie die Geier auf die Geschichte. Dutzende von Nachrichten vom Pressebüro der Polizei zu Anrufen diverser Medienvertreter hatten auf seinem Schreibtisch gelegen, als er zurückkam. Ein cleveres Kerlchen von der *Post* hatte es sogar fertig gebracht, zu Mohrs Apartment zu fahren und Landis abzufangen, als er Fales dort zurückließ. Manning und ihre Mannen vertraten nach außen die Linie, dass Mohrs Tod das Ergebnis einer Medikamentenreaktion war, alle weiteren Details seien Privatsache, und es sei an seiner Familie, diese zu veröffentlichen oder nicht. Nun erzählte sie Landis, dass sie mit Heinrich Mohr, Antons Vater, gesprochen und er ihr versichert habe, von Seiten der Familie würden keinerlei Informationen veröffentlicht. Sie fügte noch hinzu, dass Jansch hoffe, die ganze Sache wäre ein alter Hut, bis die Fakten ans Licht der Öffentlichkeit kämen (unvermeidbar, wie sie befürchtete). Und ob Detective Landis es so nicht auch für das Beste hielt?

Landis hatte Manning im Laufe des Tages kennen gelernt, als er zum Studio zurückgekehrt war, um sich ein zweites Mal umzuschauen. Er hatt auch Max Devijian, Fleetwood und ein paar andere getroffen. Er hielt nicht viel von Fleetwood. Der Kerl war zu viel Pose und nicht genug Substanz. Sein blödsinniges Memo über den ‹bösartigen Vorfall› wirkte auf Murray ziemlich halbherzig, die Art von Memo, die Bürokraten schreiben, damit sie beteuern können, etwas getan zu haben. Außerdem stellte sich heraus, dass er Mohr nie von dem Talkumpuder erzählt hatte – er habe ihn ‹nicht aus dem Gleichgewicht› bringen wollen, behauptete er, habe ihn nicht ‹belasten› wollen. Landis würde sich das näher ansehen. Aber Gretchen Manning hatte ihm gefallen, er wusste ihre Hingabe an ihren Job zu schätzen – obwohl er glaubte, dass sie hinsichtlich der Presse einen Tick zu optimistisch war. Devijian war ein Typ, den er gut kannte, sowohl aus seiner Erfahrung als Ermittler in verschiedenen Theatern und Museen als auch von seiner eigenen Künstlerkarriere: aalglatt, aber mit viel Herz, heuchlerisch, aber aufrichtig, vornehm, aber (da er immer um Geld bat) auch wieder nicht. Das sollte nicht heißen, dass Landis etwas dagegen hatte, wenn jemand Geld für die Künste locker machte. Ein durchaus ehrenwerter Beruf.

Als man Mohrs Schließfach für ihn geöffnet hatte, war nicht viel Interessantes aufgetaucht. Noch mehr Nardil, diesmal in der Apothekenflasche mit dem Namensetikett der Ärztin. Landis hatte sofort einen Mann darauf angesetzt, der innerhalb einer Stunde in Erfahrung gebracht hatte, dass die Ärztin, die das Medikament verschrieben hatte, eine Psychopharmakologin war, die Mohr erst zweimal gesehen hatte. Sie hatte ihm den Namen des Therapeuten genannt, der Mohr an sie überwiesen hatte, und Landis hatte vor wenigen Minuten eine Nachricht auf dem Anrufbeantworter des Mannes hinterlassen. Landis fragte sich, welcher von den beiden verantwortlich dafür war, Mohr nicht vor den Wechselwirkungen mit illegalen Drogen gewarnt zu haben. Er nahm an, die verschreibende Ärztin wäre rechtlich haftbar, aber wer konnte da schon sicher sein? Das hier war Amerika. Jeder konnte jeden verklagen – oder es zumindest versuchen.

Landis schrieb seinen Tagesbericht, kümmerte sich um die Presseanfragen, teilte die Jansch-Liste in vier Abschnitte auf, verteilte sie und ging nach Hause. Mohr war ein paar Minuten zu spät gestorben, um es an diesem Tag noch in die Regenbogenpresse zu schaffen. Als Murray die U-Bahn verließ und im Nieselregen an einem Kiosk am Broadway vorbeikam, stellte er sich vor, wie viel Spaß die Zeitungsmacher morgen mit der Geschichte hätten. Würden Sie sich für PAS DE TOD entscheiden? Oder für BALLETTSTAR IN FINALER DREHUNG?

12

Zu Juliets Verdruss ließ Murray Landis beinahe vier Tage verstreichen, bevor er wieder Kontakt zu ihr aufnahm.

Ihre Verdrossenheit hatte mehrere Gründe. Zum einen war

sie einfach neugierig und wollte wissen, was er herausgefunden hatte. Zum zweiten hatte sie nach ihrer etwas freundlicheren Begegnung in den Jansch-Studios gedacht, dass er sie allmählich als Hilfe betrachtete. Und drittens hatte sie ein klitzekleines bisschen gehofft, er würde sie nicht länger des Mordes verdächtigen.

Na gut, es wäre auch höflich von ihm gewesen, den Anschein zu erwecken, als ob er an nichts anderes mehr denken könnte als an ihre ungewöhnliche Schönheit und ihre faszinierende Persönlichkeit.

Sie hätte ihn natürlich anrufen können, aber etwas ließ sie zögern. Zu ihrer eigenen Verärgerung musste sie einräumen, dass es teilweise daran lag, ‹das Mädchen› zu sein. Das Mädchen rief nie den Jungen an, der Junge rief das Mädchen an. Das uralte Tabu – in ihrer Kindheit von Maggie, der Kinderfrau, die sie erzogen hatte, tief in ihr verankert – verlor nie seine Macht über sie. Auf einer etwas vernünftigeren Ebene musste man bedenken, wo sie beide standen: er als offizieller Ermittlungsbeamter, sie als Zeugin (oder, wie sie befürchtete, als Verdächtige). Es war an ihm und nicht an ihr, diese Positionen zu verrücken, wenn er das wollte.

Und warum war er überhaupt in der Lage, an etwas anderes zu denken als an ihre ungewöhnliche Schönheit?

Jedenfalls hatte sie in diesen Tagen ihre eigenen Angelegenheiten zu verfolgen. Ruth hatte sie gebeten, wieder an den Proben teilzunehmen – das Jansch probte von Dienstag bis Samstag –, aber obwohl Juliet versucht war, schob sie ihren Gesundheitszustand vor und blieb zu Hause. Angewidert von der offenbar unausrottbaren Erkältung, die sie sich in Studio drei zugezogen hatte, bat sie Ames am Freitagmorgen, sich in die Mid-Manhattan-Bibliothek zu begeben und alle Bücher auszuleihen, die sie über Gesellschaftsspiele des 19. Jahrhunderts und die Etikette bei Duellen finden konnte. Juliet musste die Spiele-Bücher wegen einer Runde ‹Speculation› durchgehen, die sie in Kapitel acht eingearbeitet hatte. Und die Duelle waren für sie von Interesse, weil es so aussah, als ob Lord Morecambe höchstwahrscheinlich Sir Edward Rice herausfordern würde. Sie wollte gewappnet sein, falls Rice die Herausforderung annahm.

In der Zwischenzeit blieb sie eisern im Bett, wo sie das gesamte Wochenende verbrachte. Sie lernte unter anderem, wie man eine schriftliche Aufforderung zum Duell verfasste und jemanden herausforderte (kurz sein, Kraftausdrücke vermeiden, die Beleidigung anführen und den Grund, warum man es als seine Pflicht erachtet, darauf einzugehen, den Namen eines Sekundanten angeben sowie die Bitte, Zeit und Ort zu nennen). Sie verfolgte auch mit Interesse die Ähnlichkeiten zwischen Speculation – einem Spiel, bei dem es um Immobilienentwicklung ging – und dem modernen Monopoly. Nach einem kurzen Regenschauer entwickelte sich eine brutale Hitze, darum war es kein Opfer, in der Wohnung zu bleiben. Sonntagnacht war ihre Erkältung zu ihrer großen Befriedigung nur noch ein Schniefen seines früheren Selbst. Auf der Negativseite hatte sie – konnte es wirklich sein? – ein kleines Problem in den unteren Regionen. Am Montagmorgen juckte es heftig. Eine Pilzinfektion, diagnostizierte sie. Sie aß zum Frühstück einen großen Becher Joghurt und einen weiteren zu Mittag, und drückte fest die Daumen. Und die Beine zusammen.

Am Freitag hatte die *Times* einen Nachruf auf Anton Mohr gebracht. Er war ergreifend und schmerzlich zu lesen. Die offizielle Lesart ‹aufgrund einer Medikamentenwechselwirkung, laut der Sprecherin der Jansch-Truppe› machte den Satz, der folgte, nur umso schrecklicher: ‹Er war neunzehn Jahre alt.› Die Liste seiner Leistungen war lang, ebenso die Namensliste der Familienangehörigen, die ihn überlebten. Juliet zwang sich weiterzublättern und las die Wochenendbeilage mit den Filmkritiken, aber am Samstag druckten sie den Nachruf erneut, wie das bei Nachrufen bisweilen der Fall war, und sie stolperte wieder darüber. Es gab auch einen kurzen Essay von einem Ballettkritiker, wie riskant und unter welchem Druck junge Tänzer lebten. Der Autor zitierte eine Reihe von Todesfällen aufgrund von Anorexie bei Ballerinen und mehrere Selbstmorde, wobei er eindeutig unterstellte, dass Anton der letzten Kategorie zuzuordnen sei. Juliet dachte bei sich, dass sie es manchmal im 19. Jahrhundert, dessen Tote schon so lange Zeit tot waren, besser hatte.

Ruth rief sie jeden Tag mehrmals an. Die Horde an Paparazzi und Reportern, die in der Lobby des Jansch-Gebäudes herumlungerte, war am Freitag noch angewachsen, und am Freitagabend verfolgte einer aus der Menge die Choreografin sogar bis in ihre Wohnung. Ein anderer bekam ihre geheime Telefonnummer in die Finger, und ein dritter fotografierte sie, als sie am Samstagmorgen in ein Taxi stieg. Die Klatschspalten im Internet quollen augenscheinlich über vor Gerüchten und Anspielungen, und Ruth war außer sich: der Titel *Große Erwartungen* wurde immer wieder gedruckt, jedesmal nahm er an trauriger Berühmtheit zu und verlor (fürchtete sie) jede Chance, jemals als Kunstwerk beurteilt zu werden. Trotz des Rummels, der sie umgab, konnte sie jedoch berichten, dass sie bei der Choreografie große Fortschritte machte. Und dann, als Ruth am Sonntagmorgen endlich mal einen Augenblick zum Entspannen hatte, war Murray Landis in ihrer Wohnung aufgetaucht.

«Um zehn Uhr früh», beschwerte sie sich bei Juliet, die sie anrief, sobald Landis gegangen war. «Ohne Voranmeldung. Denkst du nicht auch, dass er vorher hätte anrufen können?»

Juliet, die Ruth immer noch nicht erzählt hatte, dass Murray ein alter Bekannter von ihr war, wischte diesen Einwand beiseite. «Was wollte er? Hat er dir irgendwas erzählt?»

«Erzählt? Nein. Nur Fragen gestellt. Hat sich nach Anton erkundigt, nach der Talkumpudersache, warum ich ihn besetzt habe, wer ihn mochte, ob er sich über irgendwas aufgeregt hatte, was Greg sagte, als ich ihm von dem Kolophonium erzählte, in der Art.» Ruth gähnte. «Mein Gott, ich hatte noch nicht einmal meine erste Tasse ausgetrunken.» Sie gähnte erneut, ausgedehnt. «Ach, habe ich dir schon erzählt, dass das

Jansch eine Trauerfeier für Anton plant? Sein Leichnam wird nach Hause geflogen.»

«Nein, das wusste ich nicht.»

«Einige von ihnen wollen tanzen. Die Feier findet Montag in einer Woche in der Cadwell Hall statt.»

«Das könnte interessant werden», meinte Juliet, die mit ihren Gedanken schon woanders war. Warum hatte Landis sie nicht besucht? Wirkte sie wirklich so bedrohlich? «Und wie macht sich Hart?»

«Ach, er ist ein Dämon.» Ruths Stimme klang plötzlich viel höher. «Eigentlich ist er ganz wunderbar. Ich hätte nie gedacht, dass so viel in ihm steckt. Er scheint fast» – Ruth hielt kurz inne, dann fand sie den Begriff, den sie gesucht hatte – «fast wie besessen.»

«Ehrlich? Wie herrlich», erwiderte Juliet automatisch, obwohl ihr etwas an Ruths Worten seltsam vorkam. Sie versuchte, sich wieder zu konzentrieren, aber dieser Eindruck ließ sich nicht abschütteln. «Und Elektra?»

Jetzt fiel Ruths Stimme wieder auf die übliche Tonhöhe und verlor die ungewohnte Begeisterung. «Elektra scheint – ich weiß nicht genau. Abgelenkt. Sie kooperiert, aber ich habe nicht das Gefühl, dass ich ihre ganze Aufmerksamkeit besitze.»

«Hm. Wie schade», sagte Juliet, die selbst abgelenkt war. Höflich erkundigte sie sich nach den anderen – Ryder, Lily, Victorine, Olympia. Aber Ruth hatte ausschließlich Augen für ihre Stars und konnte nur noch an die *Großen Erwartungen* denken.

«Es geht ihnen gut, denke ich. Sie scheinen ganz normal. Nicht, dass dort jemals etwas wirklich normal wäre. Eine Ballettkompanie ist wie eine, nun ja, wie eine riesige Familie. Beinahe. Und so ein Vorfall wie Antons Tod saugt eine Zeit lang alles Leben heraus. Der Alltag geht weiter, aber niemand ist richtig mit dem Herzen dabei. Wenn du diese Woche mal vorbeigekommen wärst, hättest du es selbst gemerkt», stichelte sie.

Aber Juliet ging nicht darauf ein. Es klang, als ob Ruths Arbeit gute Fortschritte machte, und sie musste sich um ihre eigene Arbeit kümmern. Sie hatte ihr Recherchewochenende genossen – Recherche gefiel ihr immer – und freute sich ausnahmsweise auf die morgige Fortsetzung der Arbeit an ihrem Schreibtisch. Was das Geheimnis betraf, das Antons Tod umgab, so kümmerte sich die Polizei um den Fall. Obwohl es immer noch an ihr nagte, dass Landis ihr vorgehalten hatte, ‹die Privatdetektivin zu spielen›, hielt Juliet es für klüger, einfach wieder Angelica Kestrel-Haven zu sein.

Am Montagabend gegen 21 Uhr nahm Landis endlich Kontakt zu Juliet auf, allerdings nicht per Telefon. Stattdessen tauchte er unangemeldet vor ihrer Wohnungstür auf, genauso wie bei Ruth. Juliet hatte den lautstarken Protest ihrer Freundin über diesen Mangel an Manieren mit leichter Hand abgetan, aber sie musste zugeben, es war nervtötend, wenn es einem selbst geschah.

Insbesondere deshalb, weil sie um 19 Uhr an diesem Abend in ihren Pyjama gestiegen war. Diesen Luxus gönnte sie sich des Öfteren. Sie schleckte verträumt Pfirsicheis auf der Terrasse, schaute über den Fluss und dachte gerade über die vielen Tausend geheimnisvollen Lebensgeschichten in den stummen, funkelnden Wohnhäusern New Jerseys nach, als der Hausapparat summte. Sie ließ ihren Löffel fallen.

«Lasst mich bloß in Ruhe», knurrte sie laut auf dem Weg zur Sprechanlage. Das Leben einer Singlefrau war alles andere als überreich an sinnlichen Genüssen, aber ein privater Imbiss im Zustand mangelnder Bekleidung sollte doch eigentlich dazugehören.

«Ein Murray Landis möchte Sie sehen», informierte sie der Türsteher gleichgültig – der Stimme nach war es Marco. Sein Ton suggerierte, dass sie ihn erwarte, ein Umstand, der so weit von der Wahrheit entfernt war, dass sie beinahe patzig erwidert hätte: «Ja und?»

Stattdessen sammelte sie sich einen Augenblick und war sich dabei deutlich bewusst, wie ausgeleiert ihr ärmelloser, weißrosa gestreifter Baumwollpyjama war. In Filmen – zumindest in den alten Schwarz-Weiß-Streifen – besaß die Heldin immer irgendeinen fabelhaften Morgenrock, in den sie schlüpfen konnte, mit Federn und einer langen Schärpe. Mal von den Filmen abgesehen: während der Regency-Ära war die Bekleidung im Boudoir sogar eine eigene Modegattung. Juliets Morgenrock bestand dagegen aus lila Frottee, und wenn sie versuchte, die dicke Kordel um ihre Taille zu schlingen, hatte sie die Silhouette eines nicht gerade durchtrainierten Koalabären.

«Bitten Sie ihn, eine Minute zu warten, bevor er hochkommt», sagte sie schließlich zu Marco, dann eilte sie grollend die Treppe hinunter und zog sich um.

Mit einem perversen Gefühl der Befriedigung öffnete sie ihm einige Minuten später die Wohnungstür. Sie trug eine besonders zerschlissene Jeans mit abgeschnittenen Beinen und ein Sweatshirt mit dem Logo der Autorengewerkschaft. Wenn er etwas Schickeres wollte, sollte er sie das nächste Mal vorwarnen.

«Ich hoffe, ich komme nicht ungelegen», sagte Murray mechanisch – wahrscheinlich seine alternative Standardbegrüßung zu ‹Hände hoch! Polizei!›, dachte Juliet.

Sie lächelte höflich. «Komm mit auf die Terrasse.»

Er folgte ihr die Treppe hinauf, aber da sie ihm die Terrassentür öffnete, war er der Erste, der den großen Becher mit Häagen-Dazs-Eis sah, das jetzt auf der Begrenzungsmauer vor sich hin schmolz. Murmelnd nahm sie den Becher von der Mauer, die sich um die ganze Terrasse zog, und trug ihn zu der schmalen, nach Norden gehenden Seite, wo sie ihre Gartenutensilien lagerte.

Dann kehrte sie zurück. «Möchtest du etwas trinken?»

Murray lehnte ab, bewunderte die Aussicht und setzte sich anschließend ganz ans Ende der Gartenbank. «Ich dachte, es würde dich vielleicht interessieren, was wir bislang über Anton Mohr herausgefunden haben.»

Juliet unterdrückte den Impuls, mit ‹Ach ja? Was bringt dich nur auf diese Idee?› zu antworten. Sie setzte sich auf den gusseisernen Zweisitzer, der unbequem war und dessen Kauf sie seit langem bedauerte. Landis verhielt sich zwar nicht besonders jovial, aber wenigstens schien er sie nicht länger als Staatsfeind Nummer eins zu betrachten.

«Hauptsächlich stellte sich heraus, dass Mohr einen Drogendealer in der Kompanie hatte», verkündete Landis energisch. «Ein Mitglied des Corps namens Frank Endicott, kennst du ihn? Er handelt mit dem Zeug, um sein Einkommen aufzubessern. Vermutlich verdienen Tänzer nicht viel.»

«Ein Mitglied der Jansch-Truppe handelt mit Drogen?» Und wieder war Juliet geschockt über diese neuerliche Zurschaustellung menschlicher Schwächen unter Tänzern. «Vielleicht kenne ich ihn vom Sehen. Der Name sagt mir nichts.»

«Er tanzt nicht in den *Großen Erwartungen*, damit ist er dir wohl nicht bekannt. Er teilt sich eine Zweizimmerwohnung mit Hart Hayden – platonisch, wie die beiden erklären. Er behauptet außerdem, Hayden sei kein Kunde von ihm. Endicott ist ein großer Kerl, ziemlich knochig. Längliches Gesicht, aschblonde Haare, mit diesen weißen Augenbrauen und Wimpern, die man nur selten sieht. Er trägt in einem seiner Ohren zwei silberne Ohrringe.»

Juliet nickte, und ein Gesicht tauchte vor ihrem inneren Auge auf. Sie hatte ihn mehrmals gesehen, meistens in der Lobby, wo er herumlungerte und mit Gayle plauderte.

«Als Dealer ist er ein ganz kleines Licht», fuhr Landis fort. «Aber er versorgte Anton mit Gras und Hasch.»

«Aha. Aber nicht mit . . .»

«Und mit Ecstasy», fügte Landis hinzu. «Endicott sagt, er habe ihm zu Frühlingsanfang ein Dutzend davon verkauft. Mohrs Telefonaufzeichnungen weisen regelmäßige Gespräche zwischen den beiden nach.» Seine Stimme wurde wärmer. «Es tut mir Leid, Jule. Ich weiß, du hast ihn nicht für einen Junkie gehalten, und ich weiß, es gefällt dir nicht, wie diese Geschichte endet, aber wir haben allen Grund zu der Annahme, dass Mohr für seinen Tod selbst verantwortlich war. Sein Therapeut wollte mir nicht viel sagen, aber er ließ mich wissen, dass Mohr bereits einen Selbstmord hinter sich hat. Ich wollte sagen, dass er einen Selbstmordversuch unternommen hat», fügte er hinzu, als Juliet den Mund öffnete, um zu widersprechen. «Trotzdem handelte es sich hier wahrscheinlich um einen Unfall. Er sprach gut auf das Nardil an, aber er nahm es erst seit zwei Monaten, und es scheint, dass ihn weder sein Therapeut noch die Psychopharmakologin, die es offiziell verschrieben hat, vor Wechselwirkungen mit illegalen Substanzen warnten.»

Juliet erwiderte nichts. Zum ersten Mal zog sie die Möglichkeit in Betracht, dass sie sich geirrt haben könnte. Es gefiel ihr nicht, im Irrtum zu sein. Und sie irrte sich auch nicht sehr oft. Aber vielleicht war der Puder im Kolophonium für jemand anderen gedacht gewesen. Oder vielleicht war er zwar für Anton gedacht, hatte jedoch mit dem tödlichen Ecstasy nichts zu tun.

«Was ist mit seiner Colaflasche? Irgendwelche nützlichen Fingerabdrücke?»

Landis schüttelte den Kopf. «Die gute Nachricht hinsichtlich der Cola ist die, dass wir jemanden gefunden haben, der sah, wie Mohr sie herausließ, und diese Person blieb bei ihm, vom Kauf der Flasche bis ins Studio. Du hattest Recht, sie stammte aus dem Automaten im Aufenthaltsraum. Falls also an der Flasche manipuliert wurde, dann in Studio drei.»

«Wer hat das beobachtet?»

«Deine Freundin Teri Malone. Wir hatten Glück, sie gehörte zu den Ersten, die wir befragten. Du denkst doch nicht, dass wir an ihren Worten zweifeln sollten, oder?»

Juliet schüttelte den Kopf.

«Davon bin ich ausgegangen. Eine richtige Unschuld vom Lande. Diese riesigen Augen – meine Güte! Jedenfalls hat sie an jenem Tag im Aufenthaltsraum zu Mittag gegessen und saß zufällig neben dem Automaten, als Mohr eintrat. Sie erinnert sich daran, weil er noch nie zuvor mit ihr geredet hat, aber an diesem Tag fragte er sie, ob sie ihm eine Vierteldollarmünze leihen könnte. Sie war begeistert, und versuchte auch gar nicht, das zu verbergen. Er hat sich mit der Münze die Cola herausgelassen, und Teri Malone begleitete ihn anschließend in Studo drei. Offenbar hielt sie ihm dabei einen kleinen Vortrag, dass Cola abführend wirkt und für einen Tänzer, der zur Arbeit geht, keine gute Wahl ist. Dieser Empfang oder was immer deine Freundin Ruth da arrangierte, hatte bereits begonnen, als sie eintrafen, und Malone sagt, dass Mohr sich hinsetzte, mit seinen Stretchingübungen anfing und bis zum Beginn des offiziellen Durchlaufs seinen Platz nicht mehr verlassen habe. Sie erinnert sich so genau, weil sie aufgeregt war, endlich Kontakt zu ihm hergestellt zu haben. Sie platzierte sich so, dass sie ihn gut sehen konnte, und hoffte, er würde sie noch einmal ansprechen. Aber das tat er nicht. Ich wäre nicht überrascht, wenn sie plant, sich nie wieder die Finger zu waschen, die er kurz berührte, als er ihre Vierteldollarmünze entgegennahm. Anton Mohr mag ja verkorkst gewesen sein, aber er hatte auf jeden Fall Charisma. Wie auch immer, Malone sagt, sie habe ihn die ganze Zeit im Auge behalten.»

Eine schwache, widersprüchliche Erinnerung nagte an Juliet, aber sie sagte nur: «Ich verstehe. Und das . . .?»

«Und das war es dann.»

Juliet schwieg einen Moment. Von einem Balkon ein paar Stockwerke weiter unten drang Gelächter und der Geruch von Feuerzeugbenzin in die Nacht. «Und die Fingerabdrücke?»

Er zuckte mit den Schultern. «Hast du eine Flasche, die ich benutzen kann?»

Juliet ging nach drinnen. In einem Wandschrank im oberen Stock befand sich ein kleiner Kühlschrank, den ein früherer Besitzer hatte einbauen lassen. Dort bewahrte Ames ihr Mittagessen auf. Juliet nahm eine Flasche Perrier heraus und ging wieder zur Terrasse.

Landis stand auf und stellte das Perrier auf den Tisch, um zu zeigen, wie man eine Flasche halten konnte, ohne Fingerabdrücke zu hinterlassen.

«Man muss sie nur auf diese Weise greifen.» Er fasste die Flasche zwischen Daumen und Zeigefinger am Glasring, auf den der Metallverschluss aufgeschraubt wurde. Mit leichtem Druck hob er die Flasche an. «Keine Fingerabdrücke», sagte er und stellte sie wieder ab. «Wir fanden auf der Flasche nur seine, deine und noch ein paar nutzlose verschmierte Abdrücke.»

Juliet schaute bedrückt drein.

«Fingerabdrücke sind ohnehin heikel», meinte Landis tröstend. «Ich habe wahrscheinlich nur zwei- oder dreimal in hundert Fällen erlebt, dass ein Fingerabdruck als Beweis taugte. Wie auch immer, jemand hätte das Zeug – als Kapsel oder Puder oder in anderer Form – einfach in die geöffnete Flasche geben können. Also sage ich nicht, dass es nicht passiert sein könnte, ich sage nur, alles weist in eine andere Richtung. Außer . . .» Er zögerte.

«Außer?», soufflierte Juliet.

«Außer du versuchst, es einem anderen in die Schuhe zu schieben. Wenn du das Ecstasy selbst hineingegeben hast, vielleicht auch erst später, dann könntest du es so aussehen lassen, als ob . . .»

«Entschuldige bitte, wenn du von ‹du› sprichst, meinst du dann ‹du› im Sinne von ‹man›?», unterbrach sie ihn. «Oder willst du mit ‹du› andeuten, dass *ich* versuche, jemandem etwas in die Schuhe zu schieben?»

«Ich meinte es, wie ich es sagte», er schien verwirrt. «Außer du versuchst . . .»

«Ich hoffe, du meinst, ‹man› versucht hier, jemandem etwas in die Schuhe zu schieben», knurrte sie. «Du glaubst doch nicht wirklich, ich könnte etwas mit diesem Verbrechen zu tun haben, oder? Immer noch?»

Er zuckte mit den Schultern. «Nein. Aber ich glaube auch nicht, dass es ein Verbrechen gegeben hat. Das glaube ich wirklich nicht.»

Sie schwieg eine Minute, dachte an den Spruch mit den Fakten und den vier Wänden eines Raumes. An all die dummen Möglichkeiten, wie man innerlich offen bleiben konnte . . .

«Was hat Greg Fleetwood über den Puder gesagt?», fragte sie

schließlich. «Hatte Anton irgendeine Ahnung, wer es getan haben könnte?»

«Fleetwood hat es ihm nie erzählt», erwiderte Landis schonungslos. Und als er den Ausdruck der Überraschung in Juliets Gesicht sah, fuhr er fort. «Gab es einen guten Grund dafür? Klar, er wollte seinen Star nicht beunruhigen. Oder – wenn wir deiner Theorie folgen – er hat den Puder selbst in die Kiste gegeben und wollte sein Opfer nicht informieren. Wir gehen dem nach, vertrau mir.» Landis zuckte mit den Schultern. «Fleetwood schien wegen dieser Sache ziemlich mitgenommen. Wenigstens kam es mir so vor.»

Juliet runzelte die Stirn. «Dieser Frank Endicott, versorgt er auch andere Tänzer?»

«Oh ja. Er war nicht gerade wild danach, uns ihre Namen zu nennen, aber er erwähnte einige. Wir versprachen ihm, sie nicht strafrechtlich zu verfolgen. Dieser Ryder, den du nicht magst, ist einer seiner Kunden. Aber er zieht Speed vor. Frank konnte sich nicht erinnern, dass Ryder je Ecstasy gekauft hätte. Und Olympia Andreada ...»

«Andreades.»

«Genau. Sie kauft jede Menge Marihuana. Es gibt noch sechs oder sieben andere, aber die tanzen nicht in den *Großen Erwartungen*, darum sind sie wahrscheinlich außen vor. Außer es wäre mehr als eine Person darin verwickelt. Allerdings kann man eine Droge wie Ecstasy an jeder Straßenecke bekommen, dazu gehört nicht viel. Frank Endicott muss nicht unbedingt die Dosis geliefert haben, die Mohr umbrachte. Der Punkt ist der: Wenn wir keinen Augenzeugen finden, der sah, wie der Tänzer etwas in diese Colaflasche gab, haben wir nicht die geringste Chance auf eine Verurteilung. Oder auch nur auf einen Haftbefehl. Und ganz ehrlich ... tja, das sagte ich ja bereits.» Seine Stimme verlor sich, und er sah wieder auf den Fluss, auf die glänzende Brücke, das funkelnde Jerseyufer.

«Ehrlich gesagt glaubst du nicht, dass überhaupt jemand verhaftet werden muss», ergänzte Juliet.

Landis nickte.

«Teri hat nichts gesehen?», fragte sie, wenn auch nicht sehr hoffnungsvoll. «Du sagtest, sie habe Anton die ganze Zeit im Auge behalten. Wenn das stimmt, muss sie gesehen haben, wie er selbst das Ecstasy in die Cola gab.»

«Stimmt, genau danach habe ich sie auch gefragt.» Er zuckte wieder mit den Schultern. «Sie hat nichts gesehen. Aber offensichtlich ist es geschehen – entweder er hat es getan oder jemand anderes. Natürlich besteht die Möglichkeit, dass Teri es war …»

«Ach, vergiss es», sagte Juliet ungeduldig.

«Okay, schon vergessen. Mehr oder weniger. Wenn wir in Teri Malone nicht gerade die beste Schauspielerin seit der Bernhardt vor uns haben, dann ist sie uns gegenüber ehrlich. Wahrscheinlich ist genau das geschehen, was meistens geschieht: die Leute glauben fest, sie hätten etwas ständig im Auge behalten, aber dann haben sie doch hin und wieder den Blick abgewendet. Hinsichtlich der Personen, die sich ihm näherten, hat sie übrigens dieselben Namen erwähnt wie du.»

Plötzlich erinnerte sich Juliet an das widersprüchliche Detail, das an ihr genagt hatte. «Victorine hat irgendwann in der Pause Teri gezeigt, wie sie einen bestimmten Schritt auszuführen habe. Also konnte sie ihn gar nicht jede Sekunde im Auge behalten haben.»

Sie presste die Lippen zusammen, als eine Welle irrationaler Abneigung gegenüber Teri Malone in ihr aufstieg. In Wahrheit war sie selbst der Überzeugung gewesen, ihn fest im Auge behalten zu haben – und was hatte sie gesehen?

«Wir werden weiter Fragen stellen», fuhr Landis fort. «Wir befragen jeden. Wir haben bereits vierzig Befragungen durchgeführt, und da wir uns jetzt auf die Leute beschränken, die während des formellen Durchlaufs im Studio drei waren, sind nur noch etwa dreißig übrig. Bislang hat niemand etwas Seltsames in Zusammenhang mit der Colaflasche bemerkt. Wir haben aber einige interessante Dinge erfahren», fuhr er fort, während Juliet schwieg. «Es gibt einen ehemaligen Autodieb in der

Kompanie und eine verurteilte Prostituierte. Das Jansch beschäftigt einen illegalen Einwanderer, und es gibt zwei Leute im Kreativteam, bei denen die Kraftfahrzeugzulassungsstelle sicher bedauert, ihnen jemals einen Führerschein ausgestellt zu haben. Und ich kann dir sagen, Anton Mohr ist ganz schön herumgekommen ...»

«Das wusste ich bereits.»

«... aber nicht alle liebten ihn. Manche fanden ihn kalt, arrogant und unnahbar – genauer gesagt dachten das wohl die meisten Leute. Gretchen Manning hat mir erzählt, dass er ihr Kopfschmerzen verursachte: wollte nicht mit dieser Zeitschrift reden und hörte bei jener Zeitschrift gar nicht auf zu reden. Mehrere Solotänzer und -tänzerinnen gaben zu, dass sie sauer waren, als er über ihre Köpfe hinweg für eine Hauptrolle ausgewählt wurde. Also, der Junge war erst neunzehn. Hart Hayden sagte rundheraus, dass er von Mohr als Mensch nicht viel gehalten hat. Aber man sieht ja, dass sie ganz unterschiedliche Typen sind – und Hayden gibt zu, dass er nichts dagegen gehabt hätte, als Pip besetzt zu werden. Ich respektiere einen Menschen, der gegenüber einem Polizeibeamten so ehrlich sein kann», fügte er hinzu. «Du wärst erstaunt, was für Lügen die Leute einem auftischen.»

«Und was hat Ryder Kensington gesagt?»

«Ich habe ihn noch nicht befragt. Aber ich komme schon noch zu ihm.»

Die ganze Frustration und Enttäuschung, die sich in der letzten Viertelstunde in Juliet aufgestaut hatten, explodierten plötzlich.

«Aber er ist derjenige, von dem ich denke, dass er ...»

«Ich weiß, er würde dir in der Rolle des Killers am besten gefallen. Darum spare ich mir ihn für zuletzt auf», erwiderte Landis ruhig. «Diejenigen, die man verdächtigt, sind stets diejenigen, die man ein wenig schmoren lassen sollte. Im Moment weiß Kensington, dass all seine Kumpel befragt worden sind, und er überlegt sich, warum ihn noch keiner befragt hat. Er schmort.» Landis lächelte. «Wenn man diese Typen frühzeitig befragt, kommt die große Anwaltsnummer, noch bevor man überhaupt weiß, welche Fragen man ihnen stellen will.»

«Die große Anwaltsnummer?»

«Sorry. Sie engagieren einen Anwalt. Du rufst sie an, sie sagen dir nur, du sollst mit ihrem Anwalt sprechen, und wo stehst du dann? Keine Sorge, ich weiß, wer alles auf deiner Liste zu finden ist.»

«Hart Hayden war ebenfalls bein Anton, kurz vor dem Durchlauf», meinte Juliet ziemlich mürrisch, sah auf den Steinboden der Terrasse.

«Ich weiß.»

«Und Lily Bediant und Elektra Andreades und ...»

«Und Greg Fleetwood und Victoria Vaillancourt. Victorine», korrigierte er sich selbst. «Juliet, ich habe alles im Griff. Vertrau mir. Ich habe mir vom Jansch eine Videoaufzeichnung schicken lassen, auf der Mohr tanzt. Er war hervorragend. Falls ihn jemand umgebracht hat, dann will ich das wissen, glaube mir.»

Juliet sah auf. Landis lächelte sie auf unmissverständlich freundliche Weise an. Viel zu spät dämmerte ihr, dass fast alles, was er bezüglich des Todes von Anton Mohr getan oder veranlasst hatte – die Laboranalyse, die Überprüfung der Fingerabdrücke auf der Colaflasche, Dutzende von Befragungen, die Suche nach dem Dealer, unzählige Lebenslaufkontrollen –, alles hatte er für sie getan, hatte es getan, weil sie behauptete, Anton Mohr (ein Mensch, den sie kaum kannte) hätte es nicht riskiert, einen formellen Durchlauf dadurch zu ruinieren, dass er absichtlich eine Droge einwarf. Sie bezweifelte, ob irgendein anderer Beamter des NYPD auch nur ein Zehntel dieser Mühe auf sich genommen hätte – und er war noch nicht fertig, wie er sagte.

«Es tut mir Leid», erklärte sie reumütig. «Ich weiß wirklich zu schätzen, was du da tust.»

«Du kennst doch unser Motto.» Er lächelte breit. «‹Höflichkeit, Professionalität, Respekt›.»

Zwei Tage später, kaum eine Woche nach dem Zusammenbruch von Anton Mohr, wurden die polizeilichen Ermittlungen abgeschlossen. Jeder nur mögliche Zeuge war befragt worden. Niemand hatte etwas gesehen. Angesichts der psychologischen Vorgeschichte des Verstorbenen (wie Fales, der Partner von Landis, Mohr bei einem abschließenden Höflichkeitsbesuch in Juliets Wohnung bezeichnete) konnte man nur zu dem Schluss gelangen, dass er die Cola selbst mit Drogen versetzt hatte und dabei unabsichtlich zu Tode gekommen war. Er hatte wie im Rausch gelebt und war im Rausch gestorben. Er hatte Risiken auf sich genommen und sich dabei verkalkuliert. Die Gerichtsmedizinerin stufte den Tod als Unfall ein. Der Fall war abgeschlossen.

13

Zu der Erschaffung eines Kunstwerkes, oder auch nur eines kunsthandwerklichen Stückes, gehören normalerweise solche Extreme wie Verzweiflung, Hochstimmung, Selbstvorwürfe, Zweifel, Enttäuschung, Scham, Furcht, Selbstüberschätzung und Erschöpfung, und nur wenige Menschen würden all das aus einem anderen als einem künstlerischen Grund auf sich nehmen, außer vielleicht für die Erziehung eines Kindes. Junge Menschen berufen sich häufig mit Wohlwollen, sogar mit ungeduldiger Vorfreude, auf die alte Verbindung zwischen Genie und Wahnsinn; aber in Wirklichkeit ist es nicht lustig, dem Wahnsinn anheim zu fallen.

Jedoch beginnt ein Großteil der künstlerischen Arbeit wie die Kindererziehung voller Hoffnung, die erst verblasst, wenn es zu spät ist, um die Uhr zurückzudrehen. Glücklich sind jene Künstler, die nicht früher oder später an den Punkt kommen, wo sie die anstehende Arbeit fürchten und hassen. Selbst ein mittelmäßiges Theaterstück oder Gemälde, eine durchschnittliche Symphonie oder ein unterdurchschnittlicher Film werden ihrem Schöpfer höchstwahrscheinlich einen grausamen Tribut abfordern. Genauer gesagt lässt sich schon aus dem Gesetz des Durchschnitts schließen, dass sich mehr Herzen für die Mittelmäßigkeit gequält haben als für das Herausragende.

In dieser Hinsicht ist gerade der Ehrgeiz (der von Karriereberatern und Management Consultants so hoch in Ehren gehalten wird) besonders gefährlich. Während der bescheidene Kunsthandwerker hin und wieder von einem Ergebnis, das die eigenen Erwartungen übersteigt, positiv überrascht wird, scheint großer Ehrgeiz auch großen Kampf hervorzubringen. Ein Künstler, der das Bedürfnis verspürt, eine ideale Vision zu verwirklichen, lebt im Griff einer Zwanghaftigkeit, die so stark ist – eines Traumes, der so verführerisch und liebreizend ist –, dass die Anforderungen seiner Familie, seine Beziehungen, seine finanziellen Verpflichtungen, seine Höflichkeit im Umgang mit anderen, sogar die eigene Sterblichkeit als unwichtig beiseite gewischt werden.

Juliet hielt sich eine geschlagene Woche der Jansch-Truppe fern, von Montag bis Freitag, bis sie das Gefühl hatte, genügend Fortschritte an der *Quadrille in London* erzielt zu haben, um sich einen Besuch in den Studios erlauben zu können. Alles in allem war sie mit ihrem Manuskript mittlerweile ganz zufrieden. Ein völlig unerwartetes Kapitel war aufgetaucht, in dem Fitzroy Cavendish einen professionellen Faustkämpfer herausforderte, in der Hoffnung, dadurch Caroline Castlinghams Verlangen zu entfachen. Der arme Junge endete mit nichts weiter als einer gebrochenen Nase, auf die seine Mutter heiße, feuchte Tücher zu legen bestand, um die nachfolgenden Blutergüsse in Grenzen zu halten.

Bei ihrer Rückkehr ins Jansch-Gebäude an jenem Samstagnachmittag sah Juliet sofort, dass auch Ruth in ihrer Arbeit während der vorangegangenen Woche Fortschritte erzielt hatte, wenn auch ersichtlich war, zu welchem Preis, sowohl in ihrem Gesicht als auch an den Körpern der Tänzer und Tänzerinnen, die sie als Rohmaterial benutzte. Eine Reihe Männer trugen Stützbänder für den Rücken: breite, eng geschnürte Elastikbänder, die man um die Taille trug, um die Wirbelsäule zu entlasten. Die Physiotherapeutin und ihre Masseurin waren eifrig damit beschäftigt, die Frontkämpfer der *Großen Erwartungen* instand zu halten, deren Schmerzen zu lindern und ihre Mobilität wiederherzustellen; sie hätte bei keinem anderen Projekt je eine solche Menge an Halsmuskelverspannungen erlebt, vertraute die Marlboro paffende Masseurin Juliet auf der Feuertreppe an.

Darüber hinaus war eine sichtbare Härte in die Gesichter der meisten Tänzer und Tänzerinnen gekrochen. Das lag teilweise an der Musik, die in dieser Phase des Erzählbogens eine unrhythmische, komplexe Dissonanz annahm (Ruth war bei Pips Aufstieg in London sowie seinem zunehmenden Snobismus angekommen und bereitete jetzt die Entdeckung der Identität seines Wohltäters vor), und die Musik war nicht nur unschön, sondern auch verdammt schwer auszuzählen; man konnte kaum dazu tanzen. Zweifellos hatte es auch mit der ungebrochenen Trauer und dem Schock über Anton Mohrs Tod zu tun. Victorine, deren Erscheinungsbild normalerweise makellos war, wirkte beinahe schlampig, mit ausgezehrtem Gesicht und schiefem Haarknoten. Ein weiterer wichtiger Faktor in der veränderten Atmosphäre von Studio drei war, wie Juliet dachte, Ruths grimmige Entschlossenheit. Je näher der Endtermin rückte, desto mehr wuchs ihre Angst, sie könnte in ihren Bemühungen scheitern. Und obwohl sie versuchte, ihre Panik für sich zu behalten, waren die Tänzer und Tänzerinnen sicher viel zu einfühlsam in Sachen Körpersprache, um das nicht zu erkennen.

Ruth warf sich Juliet bei ihrer Ankunft förmlich in die Arme – für Ruth eine beispiellose Zurschaustellung dankbarer Zuneigung. Juliet, die durch das Fenster in der Tür zugesehen hatte, bis die Choreografin die vorgeschriebene Pause verkündete, entzog sich sanft der Umklammerung ihrer schwitzenden Freundin und gratulierte ihr zu den neuen Passagen, die sie gerade probte.

«Ganz ehrlich?», fragte Ruth zaghaft, ihr hartes, dunkles Gesicht ungewohnt flehend.

«Absolut, es ist brillant», sagte Juliet und meinte es auch so. Ruth hatte ein aufregendes, verstörendes Zwischenspiel entworfen, in dem Pip in die beiden Welten, die er bewohnte, hinein- und wieder hinauswirbelte – die elegante Welt von London und Miss Havishams Haus und im Gegensatz dazu die schlichte, unscheinbare Welt, in die er hineingeboren worden war. Hart Haydens Schritte und Gesten übermittelten beredt ein wachsendes Gefühl der Zerrissenheit zwischen diesen beiden Milieus; seine Bewegungen waren buchstäblich bodenverhaftet, wenn er Joe und Biddy besuchte, sein ganzer Körper schwebte, wenn er sich in die eleganten Höhen seiner großen Erwartungen erhob. Juliet erkannte nun, warum Ruth Hart als besessen bezeichnet hatte. Er tanzte, als ob eine überwältigende innere Kraft Besitz von ihm ergriffen hätte. Seine Konzentration war enorm, seine Haltung nicht länger prinzenhaft, sondern menschlich, verletzlich. Elektra, die in dieser Passage eine weitaus kleinere Rolle hatte, trat professionell, aber wenig bemerkenswert auf. Doch von Hart konnte man einfach nicht den Blick abwenden.

«Du darfst mich nie wieder so allein lassen», schimpfte Ruth. «Eine ganze Woche! Du hast mich im Stich gelassen! Du musst heute den ganzen Tag bleiben und morgen wiederkommen und übermorgen auch. Ich brauche dich!»

«Offensichtlich nicht», erwiderte Juliet. Dann begrüßte sie Teri Malone, die ihr auf dem Weg aus dem Studio im Pulk mit anderen Corpsmitgliedern zulächelte und zuwinkte.

«Du hast ja keine Ahnung, wie schwer das war.»

«Es ist doch immer schwer, oder nicht?»

Ruth runzelte die Stirn. «Halte mir nicht meine eigenen Leistungen vor.» Sie buhlte nicht länger um Mitleid und kehrte wieder zu der herrischen Art zurück, die ihr so viel mehr lag. «Jeden Augenblick kann ich wieder gegen eine Wand laufen, und du wirst nicht wissen, wie du mir helfen kannst, weil du nicht da gewesen bist. Ich komme jetzt zu dem Teil des Buches, wo ...»

Sie hätte bestimmt weitergejammert, aber Juliet bemerkte erleichtert, dass Patrick die Aufmerksamkeit seiner Chefin auf sich zu lenken versuchte und konnte sie daher unterbrechen. Eine Frau, die in Juliets verschwommener Erinnerung etwas mit den Kostümen zu tun hatte, stand neben ihm. Ruth ging zu ihnen, und es folgte eine heftige Konferenz, in der alle drei ihre Notizen verglichen, die Köpfe schüttelten und weitere Bemerkungen aufschrieben.

«Die Anproben», flüsterte Ruth Juliet zu, als sie nach dem Ende des Gesprächs zu ihr zurückkehrte. »Eigentlich sollten sie erst nächste Woche anfangen, aber bei den Kostümbildnern herrscht ein heilloses Durcheinander. Irgendeine Broadwayshow hat den Designer gewechselt oder etwas in der Art, und jetzt müssen *wir* unsere Pläne ändern.» Ihr Groll kam aus tiefstem Herzen und hatte die wohltuende Wirkung, dass er ihre Gedanken von Juliets vermeintlicher Fahnenflucht und Verantwortungslosigkeit ablenkte. Kurz darauf setzte die Probe wieder ein, und Juliet konnte sich erst an die Seite und dann gänzlich aus dem Raum stehlen. Ihrer Meinung nach hatte Ruth den schwierigsten Teil des Buches in die Sprache des Tanzes übersetzt – den Teil, in dem Pips Charakter sich ganz allmählich verändert. Wenn Ruth das allein schaffte, hatte sie den Rest zweifelsohne auch im Griff. Wohingegen die *Quadrille in London*, wie Juliet sich streng ins Gedächtnis rief, Angelica Kestrel-Haven benötigte.

Aber es war Samstag, und Juliet nahm sich an Samstagen immer frei. Sie lungerte noch eine Weile herum, starrte durch das Fenster in der Tür, und irgendwann tauchte Max Devijian neben ihr auf.

Er stellte sich neben sie, sah kurz zu, lauschte durch die Tür der Klavierbegleitung, bevor er mit überraschender Indiskretion bemerkte: «Wenn ich mir diese dissonante Musik ständig anhören müsste, würde mich das umbringen.» Dann rief er sich zur Ordnung und fügte rasch hinzu: «Obwohl ich natürlich glaube, dass sie den Spannungsbogen der Geschichte auf perfekte Weise einfängt. Sie ist wirklich ganz außergewöhnlich.»

Juliet bedachte ihn mit einem skeptisch-nachsichtigen Seitenblick.

«Aua!», rief Max, als er durch das Fenster sah, wie sich Hart Hayden brutal auf die Knie fallen ließ. «Es erstaunt mich, dass Victorine diese Bewegung erlaubt. Wo doch Harts Meniskus im Eimer ist.»

«Wie meinen Sie das?»

Der Geschäftsführer senkte seine Stimme zu einem vertraulichen Flüstern. «Erzählen Sie es nicht weiter, aber Hart Hayden wird nach dieser Saison gezwungen sein, sich vom Tanz zurückzuziehen. Die Ärzte sagen, eine weitere Knieoperation käme nicht in Frage. Er wird nie wieder tanzen.»

«Mein Gott. Wie alt ist er denn?»

Max zuckte mit den Schultern.

«Dreiunddreißig?» Er klang nicht besonders mitfühlend.

«Und was macht er danach?»

«Was können Tänzer schon machen?»

Der Zynismus seiner Antwort brachte Juliet dazu, sich endlich umzudrehen und Max aufmerksam zu betrachten. Seine großen Augen waren grau umrandet, und seine Mundwinkel hingen nach unten. Er schien um fünf Jahre gealtert. Juliet hatte ihn noch nie so mutlos gesehen – sie hatte ihn überhaupt noch nie mutlos gesehen.

«Wie geht es der Jansch-Truppe im Moment?», erkundigte sie sich. «Werden Sie einen anderen Star engagieren, der Anton Mohr ersetzt?»

Max schüttelte den Kopf. «Dafür ist es in dieser Saison schon zu spät. Außerdem gibt es keinen zweiten Anton Mohr.»

«Ich nehme an, was die PR angeht, haben Sie eine volle Breitseite abbekommen», sagte Juliet. Zum ersten Mal, seit sie sich kannten, tat ihr Max Devijian Leid. Trotz Gretchen Mannings tapferen Bemühungen um Geheimhaltung und der kooperativen Verschwiegenheit von Detective Landis hatte Antons Tod die Skandalblätter und lokalen Fernseh- und Radionachrichten tagelang beschäftigt. Überheblichkeit, Entspannungsdrogen, Antidepressiva, gigantische Egos, AIDS, Anorexie: die Tatsachen und die dazugehörigen Fantasien waren viel zu pikant, um darüber hinwegzugehen. Die Reporter hatten den Sitz der Jansch-Truppe unablässig heimgesucht und waren Tänzer und Personal (sowie Dutzende von Menschen aus den anderen Büros des Gebäudes) um Informationen, Andeutungen und Zitate angegangen. Nahaufnahmen von Antons herrlichem Gesicht und Ganzkörperaufnahmen seines prachtvollen Körpers fanden ihren Weg in nationale Zeitschriften, begleitet von den unvermeidlichen Erinnerungen ‹enger Freunde› und Einsichten von namenlosen ‹Quellen, die mit der Welt des Balletts vertraut sind›. Als im Keller eines Touristenhotels im Zentrum von Manhattan eine Ausrüstung zum Bau einer Bombe gefunden wurde, hätte Ruth den potenziellen Terroristen am liebsten ein Dankschreiben zukommen lassen, weil sie die Medien von ihr abgelenkt hatten.

«Tja, ich kann nicht gerade behaupten, dass diese Art von Presse den Sponsoren gefällt», meinte Max. Nach kurzer Pause fragte er mit ungewöhnlicher Offenheit: «Glauben Sie, das Stück wird laufen?»

Juliet blinzelte vor Überraschung. «Die *Großen Erwartungen?*»

Er nickte.

«Aber ganz sicher.»

Max sah sie an, versenkte den Blick seiner großen braunen Augen in ihre blauen. Er wirkte müde und sorgenschwer.

«Natürlich denken Sie das», sagte er. «Ruth ist Ihre Freundin.»

«Selbst wenn sie es nicht wäre. Hat Ihnen denn nicht gefallen, was Sie beim formellen Durchlauf zu sehen bekamen? Ruth meinte, Sie seien zufrieden gewesen.»

Max zuckte zusammen. «Ich wollte sie natürlich nicht beunruhigen, aber in Wahrheit fällt es mir schwer, mich deutlich daran zu erinnern.»

«Na gut», erwiderte Juliet ungeduldig, «aber haben Sie das Stück seitdem nicht mehr gesehen?»

«Ich habe hin und wieder den Kopf durch die Tür gesteckt.»

«Tja, Sie sollten hineingehen und sich eine Zeit lang dazusetzen. Es ist herrlich. Schauen Sie noch einmal hinein.»

Auf der anderen Seite der Tür arbeitete Ruth mit Hart und Elektra an einer spektakulären Dreh-Hebung. Es fing damit an, dass sich Elektra rückwärts in Harts Arme fallen ließ, als ob sie sich nicht dazu bequemen könne, ihn anzuschauen. Dann hob er sie an der Hüfte und wirbelte sie ziemlich grob herum. Nach zwei Umdrehungen ging er in die Knie und brachte Elektra langsam mit sich zu Boden, wo sie davonglitt, während Hayden sich hinlegte und seine Hand nach ihrem Rücken ausstreckte, der sich unbekümmert entfernte. Das Paar beendete diese Übung, dann diskutierten sie mit Ruth die Probleme, die sie dabei hatten. Aus ihren Gesten zu schließen, hatte Elektra offenbar das Gefühl, Harts Griff zu entgleiten. Hart dachte wohl, er müsse sie höher halten und mehr an den Hüften packen, um sein Gleichgewicht nicht zu verlieren. Wie viel Kraft es Hart kosten musste, Elektras Gewicht auf seiner Brust und seinem Bauch zu balancieren, während sie langsam – langsam! – zu Boden sank, konnte Juliet sich kaum vorstellen, ganz zu schweigen davon, wie Elektra ihre steife Haltung mit ausgestreckten Beinen bewahren konnte, die Füße präzise nebeneinander. Wenn man die Hebung auf diese Weise sezierte, schien sie nicht anders als jeder andere akrobatische Akt, ein Zirkustrick, von Sportlern durchgeführt – gleichermaßen schwierig, gleichermaßen erstaunlich, aber wohl kaum eine Frage der Ästhetik. Dennoch war es ein umwerfender Anblick – oder würde es sein, sobald die beiden die Details geregelt hatten. Kein Wunder, dass Martha Graham die Tänzer als ‹Sportler Gottes› bezeichnet hatte.

«Ein Viertel unseres gesamten Budgets in dieser Saison ruht auf Ruth Renswicks Schultern», war alles, was Max sagte, als er den Blick vom Fenster abwandte und sich wieder zu Juliet drehte. «Und ich höre von unserem Produktionsleiter, dass wir wahrscheinlich noch mehr Geld brauchen, wenn der Bühnenbildner es nicht schafft, das zu vereinfachen, was er und Ruth sich ausgedacht haben. Ich kann das Stiftungsgeld nicht angreifen. Ich kann kein Geld aus anderen Produktionen abziehen. Wissen Sie, es ist schwer, dem Vorstand oder einem Sponsor zu sagen: ‹Tja, wir haben unseren Star verloren, aber nur keine Sorge, es wird trotzdem fabelhaft, geben Sie uns einfach mehr Geld.›»

Er seufzte. Juliet zögerte. «Max, ich habe Sie noch nie so erlebt», wagte sie zu bemerken. Im Allgemeinen verfolgte sie die Politik, ihm nur dann eine Frage zu stellen, wenn sie die Antwort wirklich hören wollte, aber sie war auch nur ein Mensch, und Max schien so furchtbar deprimiert. «Geht es Ihnen gut?»

«Achten Sie gar nicht auf mich.» Er schenkte ihr ein rasches, trauriges Lächeln. «Meine Besorgnis wegen der *Großen Erwartungen* ist ohnehin nur ein Tarnmanöver. In Wahrheit . . .» Er hielt inne, fuhr dann fort. «Tja, ich kann es Ihnen auch einfach erzählen. In zwei Wochen weiß es die Allgemeinheit sowieso. Obwohl es mir recht wäre, Sie würden es erst weitererzählen, wenn es öffentlich bekannt gegeben wird.»

«Natürlich. Bis was bekannt gegeben wird?», fragte Juliet und wunderte sich gleichzeitig (wie sie es oft tat), warum die Menschen fast zwanghaft ausplaudern mussten, was sie eigentlich geheim halten wollten.

Max senkte seine Stimme und zog sie von der Tür weg, als ob jemand sein Ohr auf die andere Seite pressen könnte.

«Es geht um Greg», wisperte Max. «Er verlässt die Kompanie.»

«Tatsächlich? Wohin geht er?»

Max beugte sich noch näher, senkte den Kopf auf ihre Höhe. Juliet sah jedes einzelne dunkle Haar seines schütteren Schopfes, das er nach hinten gekämmt hatte. «Washington. Er wird Gelder der Regierung verteilen.»

«Sprechen Sie vom staatlichen Kulturfonds?», flüsterte Juliet zurück.

«Ist das zu glauben? Jetzt muss ich *ihn* um Geld bitten.»

«Aber er ...» Juliet geriet ins Stammeln, während ihr Verstand versuchte, in verschiedene Richtungen gleichzeitig voranzuschreiten. «Denkt er schon länger über einen Abschied nach?», fragte sie schlussendlich.

Devijian zuckte mit den Schultern. «Er führt mit denen schon seit Beginn der Sommerproben Gespräche, aber entschieden hat er sich erst letzte Woche.»

«Sie meinen, man hat ihm letzte Woche den Job angeboten?»

«Nein, vor fast einem Monat. Und seit der Zeit spielt er schon mit dem Gedanken. Sie ahnen sicher, was das für mich bedeutet. Wahrscheinlich hat er versucht, bessere Konditionen herauszuschinden, obwohl er behauptete, er sei sich nicht sicher gewesen, ob er gehen sollte.» Max schüttelte den Kopf. «Gott weiß, er hat Großartiges geleistet, aber ich denke, er war hier nie richtig glücklich. Er fühlt sich unterbewertet. Wahrscheinlich habe ich sein Ego nicht genug gestreichelt.»

Max klang sarkastisch, aber Juliet erinnerte sich daran, dass er in dem Ruf stand, sich seinen Untergebenen gegenüber gleichgültig zu verhalten, und sie hielt das auch für sehr wahrscheinlich.

Max fuhr unterdessen fort. «Er ist Tänzer, er steht gern im Rampenlicht. Hier musste er andere ins Rampenlicht schieben und selbst einen Schritt zurücktreten. Tja, wenn er erst einmal Stipendien verteilt, werden ihm die Leute den Hintern küssen.»

In seiner Stimme lag die Bitterkeit eines Liebhabers, dem man den Laufpass gegeben hat. Juliet tätschelte ganz automatisch seinen Arm. «Wenn Sie sagen, dass er sich letzte Woche entschieden hat, meinen Sie dann, vor Antons Tod?», fragte sie und versuchte, die Frage ganz natürlich klingen zu lassen.

Max warf ihr einen skeptischen Blick zu (kein Wunder, wie sie dachte). «Nein. Genauer gesagt hat er sich einen oder zwei Tage später dazu entschlossen. Warum?»

«Ach, ich dachte nur – ich dachte nur, dass Sie auf einen Schlag sehr viele schlechte Nachrichten verkraften mussten. Kein Wunder, dass Sie niedergeschlagen sind. Aber ich bin sicher, Sie finden einen exzellenten Ersatz.»

Sein Blick war düster. «Haben Sie irgendeinen Vorschlag?»

Juliet versprach ihm, darüber nachzudenken. Devijian mahnte sie, die Nachricht für sich zu behalten, und lächelte halbherzig.

«Vermutlich ist das nicht das Ende der Welt», scherzte er.

«Überhaupt nicht.»

«Aber es fühlt sich so an.» Er lächelte erneut und schlenderte dann den Flur entlang, seine Schultern etwas weniger gebeugt als bei seinem Eintreffen.

An diesem Abend trafen sich Ruth und Juliet zum Essen in einem Café an der Amsterdam Avenue. Sie setzten sich an einen Tisch im Freien, nippten Campari-Soda im warmen Dämmerlicht und beobachteten, wie ein paar Meter entfernt Hunde ein PARKEN VERBOTEN-Schild anpinkelten. Stoßstange an Stoßstange brummten die Busse neben ihnen und donnerten davon, sobald die Ampel an der Einundachtzigsten Straße auf Grün schaltete. Bettler hielten die Arme über die fröhlich gestreiften Leinenbarrieren, die das Café aufgestellt hatte, um sie fern zu halten. Riesige Jungs im Teenageralter latschten vorbei, schlugen sich gegenseitig auf die Schultern, während ihre übergroßen Jeans lässig über das bleiche Fleisch ihrer Hüften rutschten. Autoradios plärrten, übertönten das Schnattern der Gespräche. Einsame Männer starrten im Vorübergehen hübsche junge Frauen an, einsame Frauen richteten melancholische Blicke auf jeden einigermaßen passablen jungen Mann. Ein Ehemann warf Juliet en passant einen verzweifelten SOS-Blick über die Köpfe von Frau und Kind zu.

«Wie schön, mal draußen zu sein», meinte Juliet zu Ruth. Gleichzeitig erwiderte sie den Blick des Mannes auf eine Art und Weise, die ihn hoffentlich an sein Ehegelübde erinnerte.

Wenn sie jemals an so etwas wie unschuldiges Flirten geglaubt hatte, dann hatte Rob ihre Meinung geändert.

Sie zündete sich eine Zigarette an. Der Gestank des Gehwegs (Dreck, Urin, verschüttete Limonaden, verrottender Müll) vermischte sich mit den Abgasen von der Straße und dem Duft der Speisen, die den Gästen des Cafés vorgesetzt wurden, und wurde zu einem durchdringenden, dekadenten Aroma. Juliet zog fest an ihrer Zigarette, lehnte sich zurück und stieß ihren eigenen rauchigen Atem in das allgemeine Geruchskonglomerat hinaus.

«Du darfst niemand erzählen, dass du davon weißt», fing Juliet an und berichtete Ruth dann, was Max ihr an diesem Nachmittag über Greg Fleetwoods bevorstehenden Abschied anvertraut hatte.

«Meine Güte. Nach Washington. Was glaubst du, hat ihn nur dazu bewogen?», fragte Ruth.

«Genau die Frage stelle ich mir auch. Sag mir, ob du es zu abgedreht findest, aber wir wissen, dass Greg und Anton in Deutschland ein Liebespaar waren. Wir wissen, dass Greg Anton zur Jansch-Truppe holte. Dann könnte es doch sein, dass Greg erwartete, dass Anton als sein Protegé die Affäre fortführte?»

Ruth zuckte mit den Schultern. «Wäre möglich», räumte sie ein.

«Doch stattdessen serviert Anton ihn ab. Du weißt, warum. In Deutschland war Anton jung und hatte sich noch nicht bewiesen, während Greg ihm ungemein glamourös und mächtig vorgekommen sein muss. Doch als Anton hier eintraf, war er der Star. Greg wirkte auf ihn plötzlich alt, wie einer, der mal was war und jetzt erwartete, dass Anton ihm dankbar sein solle. Und das ist für sich genommen kein besonders attraktiver Wesenszug. Also nahm sich Anton einen Liebhaber nach dem anderen. Mal eine Frau, dann einen Mann ...»

«Greg selbst auch, mindestens bei einer Gelegenheit», warf Ruth ein.

«Greg auch», stimmte Juliet zu. «Aber vielleicht nur für eine Nacht. Ruth, hat Greg einen festen Partner?»

«Nein. Höchstens es wäre ein dunkles Geheimnis oder eine völlig neue Beziehung.»

«Das habe ich mir gedacht. Lass uns also annehmen, es gibt keinen Partner in seinem Leben. Doch selbst wenn – jemand, der derart eitel und arrogant ist wie Greg Fleetwood, steckt eine Ablehnung nicht einfach so weg.»

Ruth schwieg einige Augenblicke. «Du gehst von sehr vielen Prämissen aus», meinte sie dann.

«Greg war derjenige, der dieses nutzlose Memo von wegen ‹böswilliger Vorfall› über den Talkumpuder herumgehen ließ. Und er hat dich angelogen, als er dir sagte, er würde Anton davon erzählen.»

«Vielleicht hat er nicht gelogen. Womöglich hat er es sich nur anders überlegt.»

Juliet ignorierte diesen Einwurf. «Greg war an dem Tag, als das Kolophonium manipuliert wurde, zweimal im Studio», fuhr sie fort. «Einmal kurz vor Ende der Ensembleprobe.»

«Hast du gesehen, dass er sich der Kiste näherte?»

«Ich habe ihn nicht beobachtet. Er ging durch das ganze Studio – an mehr kann ich mich nicht erinnern. Bis jetzt hatte ich nie ernsthaft daran gedacht, dass er damit zu tun haben könnte. Die Idee, dass er absichtlich einen Star der Jansch-Truppe verletzt, schien mir zu weit hergeholt. Aber wenn er sich aus persönlichen Gründen gegen Anton gewendet hat – und da er jetzt die Truppe verlässt ...»

Juliet zog noch einmal an ihrer Zigarette und drückte sie dann aus.

«Wir dürfen nicht vergessen, wer immer das Kolophonium zur Falle werden ließ, wollte wahrscheinlich nur, dass Anton sich lächerlich macht», fuhr sie fort. «Das gilt auch für die Manipulation seiner Cola. Es war eine hohe Dosis Ecstasy, aber nicht einmal annähernd tödlich. Murray hat mir erzählt, man bräuchte dreißig Mal so viel, wie in der Flasche war, um jemand zu töten.» (Murray Landis hatte ihr Schweigegelübde vor einigen Tagen aufgehoben, und sie hatte Ruth prompt von ihrer früheren Bekanntschaft erzählt.) «Niemand hätte ahnen können, dass es tödlich enden würde», sagte sie abschließend.

«Ach nein? Greg hat doch sicher gewusst, dass Anton Nardil verwendet», bemerkte Ruth.

«Ja, der Gedanke ist mir auch gekommen. Aber selbst wenn er es wusste, hat er dann auch gewusst, dass Nardil und Ecstasy zusammen derart gefährlich sein können?», fragte Juliet. «Vielleicht flüchtet Greg nur vor einem Racheakt, der katastrophal schief gegangen ist.»

«Andererseits könnte es doch sein, dass es nichts mehr gibt, was Greg hier hält, nun, da Anton tot ist», argumentierte Ruth. Sie lehnte sich nach vorn, die nackten Arme auf das weiße Tischtuch abgestützt. «Ich war diejenige, die ihm vom Talkumpuder erzählte, wie du dich erinnerst, und er wirkte absolut verblüfft. Er regte sich ziemlich auf, wegen Anton. Vielleicht fühlt er sich jetzt schuldig, weil er nicht mehr unternommen hat, um ihn zu schützen. Vielleicht ist der einzige Grund, dass er seinen Job, den er ohnehin nicht sehr mochte, nicht schon früher gekündigt hat, der, dass Anton hier war, dass er Anton liebte. Möglicherweise ist die Aussicht, hier zu bleiben und täglich an ihn erinnert zu werden, einfach zu schmerzlich.»

Juliet musste zugeben, dass Ruths Mutmaßungen auch nicht weniger plausibel klangen als ihre eigenen.

«Na gut», meinte sie schließlich, «lass uns die anderen durchgehen. Motiv, Mittel und Gelegenheit, so heißt es doch im Anwaltsjargon, oder? Was den Talkumpudervorfall betrifft, so hatten alle die Mittel, und Dutzende von Leuten hatten die Gelegenheit. Beim Ecstasy ist die Sache schon etwas eingeschränkter. Aber nicht viel. Lass uns die möglichen Motive überlegen. Denkst du nicht auch, Ryder Kensington könnte es getan haben?

«Was getan haben?»

«Vielleicht beides. Hat Puder in das Kolophonium geschüttet. Und Drogen in die Cola.»

«Aber warum?»

«Tja, er ist ein ziemlich cholerischer Typ. Olympia hat mir erzählt, dass er Elektra geschlagen hat.»

«Ehrlich?» Ruth schien eher interessiert denn geschockt. «Ich frage mich, ob sie das zulässt.»

Juliet zuckte mit den Schultern. «Erinnerst du dich, wie Ryder zusammengefahren ist, als du an jenem Tag an der Telefonzelle an ihm vorbeigegangen ist, genau an dem Tag, als Anton wegen des Kolophoniums ausrutschte? Und er und Olympia klammern sich merkwürdig eng aneinander, denkst du nicht auch? Sie hatte eine Affäre mit Anton. Vielleicht gefiel das Ryder nicht.»

Ruth rührte die wässrigen Überreste ihres Drinks mit dem Finger langsam um. «Wäre möglich», räumte sie ein.

«Und er war zweifellos zur richtigen Zeit am richtigen Ort – beide Male.»

«Stimmt», sagte Ruth. «Aber ich habe eine noch einfachere Idee. Vielleicht war es Olympia.»

«Weil Anton sie abserviert hat?»

«Könnte doch sein.»

«Könnte es.» Juliet runzelte die Stirn und hielt nach dem Kellner Ausschau, einem freundlichen jungen Mann mit einer dichten blonden Lockenmähne. «Aber sie schien sein unbeständiges Naturell schrecklich erheiternd zu finden, als ich mit ihr über ihn sprach. Und ich kann mich nicht erinnern, dass sie am Tag des Durchlaufs in seiner Nähe gewesen wäre. Wenn wir schon Ex-Liebhaber unter Verdacht haben, dann würde ich Lily Bediant für die wahrscheinlichere Kandidatin halten. Schließlich hat er sie hintergangen.»

«Das ist doch schon ein Jahr her.»

«Lily scheint mir nicht die Sorte Mensch, die vergisst. Und vielleicht wollte sie dir auch ein wenig Kummer bereiten.» Juliet entdeckte den Kellner sechs Tische weiter, wo er mit zwei jungen Frauen plauderte. Sie fing an zu signalisieren.

Ruth richtete sich auf. «Mir?», schnaubte sie. «Warum?»

«Weil du sie als alte Jungfer besetzt hast.»

«Miss Havisham ist eine großartige Rolle», protestierte Ruth empört. «Außerdem ist die Havisham erst in den Fünfzigern. Nur weil Teri Malone meinte . . .»

«Teri scheint Lilys Vertrauen zu genießen», entgegnete Juliet und wedelte dabei heftig mit den Armen über dem Kopf. «Und wo wir gerade von verrückten alten Jungfern sprechen: Ich frage mich manchmal, ob Victorine schon so abgedreht ist, dass sie ihre kostbare Lily bei einem Angriff auf deine Person unterstützen würde.»

«Und dadurch die *Großen Erwartungen* vermasseln würde? Und Anton verletzen?»

Juliet zuckte mit den Schultern. «Er war nicht der Einzige, der an diesem Tag dumm dastand», stellte sie fest. Als sie Landis diese Möglichkeit vorgetragen hatte, schien er nicht viel davon zu halten. Aber dennoch war es eine Überlegung wert. «Dieser Durchlauf war deine Chance, dich hervorzutun. Du brauchtest diese Chance. Und stattdessen . . .»

Sie brach mitten im Satz ab, als der Kellner endlich ihre wedelnden Arme bemerkte und zu ihnen geschlendert kam.

«Alles in Ordnung, die Damen?»

«Ich glaube, wir haben Sie heute am frühen Abend um etwas zu essen gebeten», monierte Juliet höflich. «Es war doch heute Abend, nicht wahr, Ruth? Vor ungefähr fünfundvierzig Minuten? Also bitte, Sir, könnten wir etwas zu essen bekommen? Wir sind mittlerweile ziemlich hungrig.»

Der Kellner bedachte sie mit dem mitleidsvollen Lächeln, das die Geduldigen für die Hektiker reserviert haben. «Ich sehe mal in der Küche nach», erwiderte er, als ob er ihr aus reiner Güte einen besonderen Gefallen erweisen würde.

Als er davongeschlendert war, fuhr Juliet fort. «Hast du mir nicht auch erzählt, dass Victorine die *Großen Erwartungen* eigentlich selbst choreografieren wollte?»

Ruths schmale Stirn legte sich in Falten. Sie saß einige Augenblicke stumm da. In der Zwischenzeit zählte Juliet an ihren Fingern ab. «Mal sehen: Ich weiß, dass sechs Leute mit Anton vor dem Durchlauf gesprochen haben – Greg Fleetwood, Ryder, Lily, Elektra, Victorine und – wen haben wir vergessen? Ach ja, Hart Hayden! Was ist mit Hart? Könnte er mit Anton geschlafen haben?»

«Wäre möglich. Obwohl ich gehört habe, dass Hart mehr oder weniger zölibatär lebt.»

«Ja, das hat er mir auch gesagt. Vielleicht war er eifersüchtig, weil er nicht die Erstbesetzung von Pip war?»

«Wäre möglich», meinte Ruth zweifelnd. «Andererseits war Anton vielleicht auf ihn eifersüchtig, weil Hart in dieser Saison den ersten Albrecht in *Giselle* tanzt und Anton nur die Zweitbesetzung war. Siehst du, das Problem ist Folgendes.» Sie beugte sich vor und sprach mit größerem Ernst. «Das Problem mit all deinen Verdächtigen ist, dass sie alle Tänzer sind, Juliet. Jeder Einzelne hat viele Jahre seines Lebens – hat sein ganzes Leben – damit verbracht, für den Tanz zu kämpfen, zu leiden und alles zu opfern. Jeder Einzelne hat schon Rollen verloren, die er gern getanzt hätte. Und Tanz ist immer eine Gemeinschaftsarbeit. Jeder dieser Leute hat etwas zu verlieren, wenn sich die *Großen Erwartungen* als Flop erweisen. Das schadet nicht nur mir. Das schadet der ganzen Kompanie, auch Greg.»

«Tja, irgendeiner muss es aber gewesen sein.»

«Nicht unbedingt.»

«Ach Ruth, erzähl mir jetzt nicht, dass du dich der Meinung von Landis anschließt! Denkst du wirklich, Anton habe absichtlich Ecstasy geschluckt? Warum sollte er es dann in seine Cola mischen? Warum hat er nicht einfach eine Pille eingeworfen?»

«Ich weiß es nicht.»

«Ich weigere mich zu glauben, dass er sich selbst sabotiert haben soll.»

«Er war depressiv», gab Ruth zu bedenken.

«Nein, er war nicht depressiv. Er wurde erfolgreich wegen seiner Depressionen behandelt.» Juliet, die selbst einmal gegen Depressionen hatte ankämpfen müssen, hörte die Wut in ihrer Stimme und versuchte, sich zu beruhigen. «Murray Landis mag depressiv sein. Du magst depressiv sein. Aber der Einzige in dieser ganzen Angelegenheit, der auf gar keinen Fall depressiv war – zumindest nicht in seinem Verhalten –, war Anton.» Nach einer verdrossenen Pause fuhr sie fort. «Und du glaubst ja wohl nicht, dass er sich absichtlich dazu brachte, wegen des Talkumpuders auszurutschen, oder?»

«Natürlich nicht.»

«Dann hat es also irgendjemand nichts ausgemacht, ihn zu verletzen.»

«Stimmt. Aber Juliet ...» fing Ruth an und brach dann ab. «Süße, geh mir jetzt nicht an die Gurgel, aber denkst du nicht, dass du ein kleines bisschen voreingenommen bist und es unbedingt für einen Mord halten willst?»

«Voreingenommen?»

«Nun ja, Murray Landis glaubt an Selbstmord, und Murray Landis hat deine Gefühle verletzt. Jetzt bist du böse auf ihn und infolgedessen fest entschlossen, ihm einen Irrtum nachzuweisen. Darum muss es also ein Mord sein.»

«Murray Landis hat meine Gefühle verletzt?»

«Jetzt sei nicht gleich sauer.»

«Sauer?»

«Juliet, ich kenne dich. Wenn du anfängst, meine Worte zu wiederholen, bist du fuchsteufelswild. Du bist voreingenommen, und du bist verletzt, weil du dachtest, Landis hätte dich wie eine Freundin behandeln sollen, nicht wie eine Verdächtige. Er hat nur seinen Job getan, aber du hast es persönlich genommen.»

Juliet nahm mit der Linken eine Gabel zur Hand und fuhr mit der Rechten über die Zinken. «Ich bin durchaus in der Lage, mich wie eine Erwachsene zu verhalten, denkst du nicht auch?»

«Für kurze Zeit, mag sein. Aber auf Dauer? Nein.»

«Ruth!»

«Tut mir Leid, ich glaube wirklich nicht, dass eine von uns so erwachsen ist. Es tut nun mal weh, wenn jemand, den wir mögen und dem wir vertrauen, uns nicht mag und uns nicht vertraut. Auch wenn es die Aufgabe dieser anderen Person ist, uns nicht zu trauen. Aber betrachte es doch mal von Murrays Standpunkt aus. Wahrscheinlich hat er es genossen, dich wieder zu sehen. Wahrscheinlich hätte er sich am liebsten mit dir zusammengesetzt, mit dir über alte Zeiten geredet und was sonst noch alles dazugehört. Es war sicher nicht leicht für ihn, seine Distanz zu wahren, aber er musste es tun, und er hat es getan. Das ist sein Job. Also sei ihm deswegen nicht böse.»

«Wenn er mit mir gut Freund sein wollte, warum hat er dann nicht angerufen, seit der Fall abgeschlossen ist?»

«Siehst du? Du bist verletzt. Aber es war wirklich bewundernswert, dass er dich auf Abstand halten konnte», fuhr Ruth fort. «Das bedeutet nämlich, dass er seine Arbeit ernst nimmt. Und das mögen wir doch bei einem Menschen, oder etwa nicht?»

Juliet verstand allmählich ihren Standpunkt, aber sie war noch nicht bereit, das zuzugeben. Es bekümmerte sie, dass Ruth – ausgerechnet Ruth! – sie so viel besser kannte als sie sich selbst.

«Tut mir Leid, ich glaube, jetzt hast du mich abgehängt», erwiderte sie doppelzüngig. «Glaubst du wirklich, meine . . .» Sie schwieg kurz, suchte nach einem passenden Ausdruck und fuhr dann fort: «Glaubst du wirklich, meine Enttäuschung angesichts Murrays Einstellung könnte meine Beurteilung der Fakten umwölken?»

«Ja doch. Du bist auch nur ein Mensch. Denkst du nicht auch, dass alle Gedanken von Emotionen beeinflusst werden?», fragte Ruth. «Glaubst du nicht auch, dass unsere Wünsche unser logisches Denken stets beeinflussen?»

«Keineswegs», widersprach Juliet und ergriff dankbar die Gelegenheit, abstrakt zu argumentieren. «Handlung wurzelt in

Emotion, da gebe ich dir Recht. Aber Gedanken – nein. Und per definitionem ganz sicher nicht die Logik.»

Von da an führten die beiden eine lange Diskussion, in deren Verlauf Ruth behauptete, dass Emotionen sogar Fakten beeinflussten, während Juliet darauf beharrte, dass eine grundlegende objektive Realität jedem Gedanken zugrunde lag, der diesen Namen verdiente. Dieses unangenehme Streitgespräch begleitete sie durch ihr Essen (als es endlich vom Keller gebracht wurde, der es vor ihnen auf dem Tisch abstellte, als ob er die verrückten Wünsche zweier Kinder erfüllte) und bis zu Kaffee und Blaubeerkuchen. Sie wechselten kein weiteres Wort darüber, wie Anton gestorben war oder ob Juliet Murray Landis zu hart beurteilte. Dennoch ging Juliet die Sache nach, als sie sich trennten. Auf dem Heimweg beschloss sie, selbst Kontakt zu ihm aufzunehmen. Vielleicht würde sie ihn zur Trauerfeier für Mohr einladen.

Wenn es stimmt, dass es zwei Arten von Menschen auf der Welt gibt (wie wenigstens eine Art von Mensch beständig zu versichern pflegt), dann herrscht ganz sicher eine Kluft zwischen jenen, die geistreich, beredt und bewegend von kürzlich Verstorbenen sprechen können, und jenen, die das nicht können. Welcher Mechanismus auch immer bestimmten Trauernden erlaubt, wortreich das Leben eines geliebten Verstorbenen zu schildern (beispielsweise die versammelte Trauergemeinde an die schlüpfrigen Witze zu erinnern, die Mom spätnachts gern erzählte, oder an den Tag, an dem Cousin Pete mitten in einem Schneesturm bis nach Pine Creek lief, nur um sicherzustellen, dass Onkel Jim genug zu essen hatte) und dadurch den Verstorbenen für einen kurzen Augenblick des liebevollen Gedenkens zurückzubringen und gleichzeitig den Heilungsprozess der Überlebenden einzuläuten – diese Gabe, diese Fähigkeit oder dieser Mechanismus wird zweifelsohne von irgendeinem Chromosom gelenkt, das in manchen Menschen vorhanden ist und anderen schlichtweg fehlt.

Juliet, die zur zweiten Gruppe gehörte – zu jenen, die monatelang keine zwei Sätze zusammenbringen, wenn sie von Trauer überwältigt sind, geschweige denn flüssig artikulieren können, was sie an dem Verstorbenen geschätzt haben, und das nur wenige Tage nach dessen Ableben –, staunte nicht schlecht angesichts der Trauerfeier, die die Mitglieder der Jansch-Truppe und einige andere für Anton Mohr ausrichteten. Zum einen war Cadwell Hall trotz seiner immensen Größe zu drei Vierteln mit Trauernden gefüllt: Tänzer und Tänzerinnen, Tanzlehrer, Tanzbegeisterte, Tanzkomponisten, Tanzagenten und Hersteller von Bändern für Spitzenschuhe (wie Juliet unterstellte). Sie alle strömten durch die schweren, altmodischen Türen von Cadwell Hall und nahmen in einem unsicheren Murmeln aus gedämpften Begrüßungen und Beileidsbezeugungen ihre Sitze ein.

Murray Landis hatte mit einer Bereitwilligkeit, die Juliet äußerst befriedigend fand, zugestimmt, sie zu begleiten. Sie trafen sich einige Minuten vor sieben am Columbus Circle und gingen zu Fuß durch das zunehmend rosafarbene Licht des Spätnachmittags. Eingedenk Ruths Überzeugung, dass sie ihm Vorwürfe machte, weil er seinen Job gut erledigte, hatte sich Juliet darauf vorbereitet, ihn warmherzig und als Freund zu begrüßen. Aber er entdeckte sie zuerst, trat mit ausgestrecktem Arm auf sie zu und schüttelte ihr formell die Hand. Im Gegenzug hörte sie, wie ihr «Hallo» unsicher und zweideutig klang.

Jetzt, mitten in dem respektvollen Stimmengewirr der Anwesenden, suchten sie sich im Gänsemarsch ihre Sitze gleich hinter dem Orchesterraum. Juliet, die sich vorgestellt hatte, bei diesem emotional aufgeladenen Anlass das schuldbewusste Gesicht des Täters ausmachen zu können (wenn es denn einen Täter gab, was sie langsam bezweifelte), stellte fest, dass sie sowohl von der Größe der Menschenmenge als auch von dem erstaunlich hochklassigen Programm eingeschüchtert war. Sie sah sich um, so gut sie konnte, aber die Mitglieder der Jansch-Truppe waren im ganzen Auditorium verstreut, ihre Gesichter tauchten nur hin und wieder auf, waren aber zumeist viel zu weit entfernt oder zu sehr ins Gespräch vertieft, als dass sie aus ihnen etwas lesen konnte. Ryder und Elektra saßen zusammen in einer Loge im Zwischengeschoss. Victorine saß ebenfalls nur wenige Reihen vom Orchester entfernt, mit Lily Bediant auf der einen Seite und Teri auf der anderen. Beim Hereinkommen hatte Juliet kurz Hart Hayden gesehen, aber er verschwand in einem Seitengang, und danach entdeckte sie ihn nicht wieder.

Das Programm war kurz, aber eindrucksvoll. Eine Kammermusikgruppe hatte sich zusammengefunden und lieferte die Musikbegleitung, zu der drei Tanzeinlagen aufgeführt wurden, die ersten beiden choreografiert von Twyla Tharp beziehungsweise William Forsythe und getanzt von Mitgliedern verschiedener zeitgenössischer Truppen. Mit beiden Stücken war Anton Mohr stets in einem Atemzug genannt worden, und beide waren voller Kraft und Begeisterung, alles andere als melancholisch. Offenbar hatte man die bewusste Entscheidung getroffen, in diese Richtung zu gehen, und die kurzen Reden, die im Anschluss gehalten wurden (von Greg und Victorine für Jansch und von mehreren anderen Lichtgestalten der amerikanischen und europäischen Tanzwelt), spiegelten das wider. Für Juliet war der bewegendste Teil der Trauerfeier der Schluss, der dritte Tanz, bei dem Kirsten Ahlswede (Antons letzte Partnerin) solo auftrat. Es war einer der Tänze aus Benjamin Brittens *Gloriana*, wie Murray ihr zuflüsterte.

«Bist du ein Fan von Britten?», flüsterte Juliet zurück, kurz abgelenkt, weil es ihr eine so bemerkenswerte Leistung in Musikologie zu sein schien.

Er zuckte mit den Schultern. Immer noch neugierig, wandte sie den Blick wieder zur Bühne. Die Choreografie, wer immer sie geschaffen hatte, war irgendwo zwischen klassischem Ballett und modernem Tanz angesiedelt, mit wiederholten Gesten, gesenktem Kopf, durchgebogenem Rücken, leicht in den Knien. Es war mehr eine Ehrenbezeugung als eine Elegie. Ohne rührselig zu sein, sprach das Stück von Verlust und Genesung, Wut angesichts des Todes und Akzeptanz des Unvermeidlichen. Später erfuhr Juliet, dass Ruth dieses Stück vor einigen Jahren nach dem Tod eines ehemaligen Liebhabers choreografiert hatte.

Es herrschte beklommene Stille, als Kirstens Aufführung endete. Einerseits schien es merkwürdig, nicht zu klatschen, andererseits war es unpassend, bei einer Trauerfeier zu applaudieren. Der Vorhang fiel, und ein paar endlose Sekunden vergingen, bevor Greg wieder auf die Bühne trat.

«Die Trauerfeier ist hiermit beendet», verkündete er. Ihm haftete nicht länger das Aussehen völliger Erschöpfung und tiefen Entsetzens an, wie kurz nach Antons Tod, nun trug er fast seine übliche Großspurigkeit zur Schau. Juliet musste wieder an seine Entscheidung denken, Anton nichts von dem Talkumpuder zu erzählen, und an seine plötzliche Kündigung, die erst noch bekannt gegeben werden musste. «Danke, dass Sie gekommen sind. Und gute Nacht.»

Das Publikum raschelte langsam auf die Beine, nachdenklich und ernsthaft, füllte die Gänge und strömte beinahe lautlos aus dem Auditorium. Das Programm war sehr lebendig und schön gewesen, und doch hinterließ es den Eindruck einer Feierlichkeit, die so gar nicht zu Anton Mohr passte. Auf dem Gehweg vor der Cadwell Hall standen einige Leute in Paaren und kleinen Gruppen zusammen, unterhielten sich leise über das Programm, versuchten alles zu vermeiden, was nach Kritik klang, unsicher, was sie jetzt mit sich anfangen sollten. Auch Murray und Juliet gehörten dazu, versuchten gerade zu entscheiden, ob sie zusammen etwas essen sollten, als Ruth, die Kirsten hinter der Bühne für ihren Auftritt vorbereitet hatte, aus einer Seitentür trat.

Sie war allein und offensichtlich nicht in Stimmung für eine Unterhaltung. Sie winkte steif in Richtung Juliet und nickte Landis kaum wahrnehmbar zu, dann bahnte sie sich ihren Weg in Richtung Seventh Avenue.

«Ich dachte, sie sei eine gute Freundin von dir», sagte Murray und lächelte, wie Menschen es tun, wenn eine plötzliche Unhöflichkeit sie erschüttert.

«Oh ja.» Juliet war ebenfalls ein wenig fassungslos, wusste aber, was sie von Ruths Schroffheit zu halten hatte: es handelte sich um ihre schiere Unachtsamkeit gegenüber den Gefühlen anderer. «Wenn ich sie morgen anrufe und ihr sage, dass sie sich unhöflich verhalten hat, wird sie sich nicht daran erinnern – aber sie wird sich trotzdem entschuldigen», versicherte sie ihm. «Also . . .»

Sie kehrten zu der Sackgasse in ihrer Unterhaltung zurück, die insgeheim mehr damit zu tun hatte, dass jeder von ihnen herauszufinden suchte, ob der andere den Abend verlängern wollte, als damit, ob sie tatsächlich essen wollten. Sie wollten essen. Und sie wollten den Abend verlängern. Aber Juliet machte Murray nervös. Sie war zu sanft, zu konventionell, zu beschützt, zu wohlhabend für ihn. Sie schrieb historische Romane, er machte zeitgenössische Kunst. Seine Familie entstammte der Arbeiterklasse, ihre – tja, wahrscheinlich der Diamantenklasse. Seit seiner Scheidung war er zu dem Schluss gekommen, es sei klug, sich nicht mehr mit Frauen zu verabreden, die sich so sehr von ihm unterschieden. Er konnte sich nicht vorstellen, dass Juliet Bodine bei einer Galerieeröffnung in Greenpoint Rolling Rocks kippte oder auf der Matratze in seiner Bude im vierten Stock eines aufzuglosen Hauses kampierte oder sich im Irish Harp einen Burger mit ein paar Jungs vom Revier reinzog – ganz zu schweigen davon, gefilte Fisch mit seiner Familie in Sheepshead Bay zu essen. Eve, seine Ex-Frau, hatte in der reichen, sonnigen Welt, in der sie für ein Auktionshaus arbeitete, gefunkelt, hatte aber welk und matt gewirkt, wann immer er sie auf sein Terrain mitnahm. Das war es dann gewesen.

Juliet dagegen sah in Landis genau den Typ Mann, der ihr ihren Erfolg nicht gönnte. Gerechterweise musste sie hinzufügen, dass das auf fast alle Männer zutraf, die in finanzieller und gesellschaftlicher Hinsicht nicht erfolgreicher waren als sie. Landis würde darunter sicher leiden – und er würde wiederum sie leiden lassen. Und davon hatte sie während ihrer Ehe schon genug gehabt. Als sie Rob Ambrosetti kennen gelernt hatte, war er ein witziger Off-Broadway-Regisseur auf dem Weg nach oben gewesen. Doch als seine Karriere einen Durchhänger hatte und vor sich hin dümpelte, ihre dagegen steil nach oben schoss, hatte er seinen Frust an ihr ausgelassen.

Sie hatte mittlerweile in Landis' Augen gesehen, dass er sich tatsächlich an diese süße, erotische Stunde sorgfältiger Inaktivität erinnerte, die sie miteinander geteilt hatten, und dass er sich immer noch so sehr zu ihr hingezogen fühlte wie damals. Das beruhte auf Gegenseitigkeit. Aber sie waren beide zu alt, um sich einzubilden, sie könnten diese sexuelle Anziehung einfach ausleben, ohne ein emotionales Chaos hervorzurufen. Dennoch blieb die Frage, ob sie wenigstens zusammen essen konnten.

Schließlich meinte Juliet: «Es ist so ein herrlicher Abend. Ich gehe nach Norden. Begleitest du mich noch ein Stück?»

«Ja, lass uns ein wenig bummeln», erwiderte Murray, offensichtlich erleichtert.

Der Rhythmus des Laufens, die milde Nacht, die wachsende Distanz zwischen ihnen und den beklemmenden Eindrücken der Trauerfeier sowie die ständige Notwendigkeit, anderen Fußgängern auszuweichen, lenkte sie allmählich von ihrer Unbeholfenheit ab und erlaubte es ihnen, sich wieder entspannt miteinander zu unterhalten. Das Bedürfnis, wenigstens einen Teil der schmerzlichen Energie freizusetzen, die beide nach der Trauerfeier verspürt hatten, ließ ihr Gespräch bald schon scherzhaft werden.

«Ich war schon immer der Meinung, es sollte ein Verb geben, das ‹überholen› bedeutet, sich aber auf das Gehen bezieht», erklärte Juliet, als sie sich dem Lincoln Center näherten. «Wie man ein Auto überholt, nur eben zu Fuß. Ich denke, ‹überrunden› wäre ganz passend. Beispielsweise ‹diese Touristen vor uns gehen so langsam, lass uns sie überrunden›.»

«Überrunden», wiederholte Murray nachdenklich. «Nett. Wie wäre es mit zirkumflanieren?»

«Meine Güte, das ist gut. Das gefällt mir. Das ist ein richtiges Wort. ‹Sollen wir sie zirkumflanieren?› Könnte transitiv sein, was meinst du?»

«Sich zirkumflanieren? Nein, ich denke nicht.»

«Wie wäre es mit ‹hinterholen›?»

«Oder ‹drumrumschreiten›?»

«Warum hast du es so eilig? Warum bist du um diese Familie drumrumgeschritten?», versuchte Juliet. «Ja, das könnte funktionieren.»

Es war beinahe 20 Uhr, aber wie immer an Montagen war das Lincoln Center geschlossen. Die Met, das Newhouse und der Avery-Fisher-Bau lagen mit ausdrucksloser Fassade im Dunkeln, beinahe unheimlich. Doch Horden von Menschen, darunter viele junge, hingen aus keinem ersichtlichen Grund auf dem Platz herum, offenbar genossen sie einfach die Nacht, die bunten Fahnen, die sich zum Broadway hin aufbliesen, die Kühle des Brunnens.

«Danke für die Einladung», sagte Landis, als sie die komplizierte Kreuzung an der Sechsundfünfzigsten Straße überquerten.

«Danke, dass du mitgekommen bist.»

«Ich hatte noch nie viel Zeit für das Ballett an sich, aber der moderne Tanz gefällt mir ganz gut. Tanz ist das musikalische Äquivalent der Bildhauerei. Musik, die man sehen kann.»

«Ich mag die Bildhauerei, denn wenn man um eine Plastik herumgeht, scheint sie sich zu bewegen», sagte Juliet. «He, woher hast du das Stück von Benjamin Britten gekannt?»

«Ist nur ein altes Lieblingsstück von mir. Ich bin ein Opernfan.»

«Ehrlich?»

«Du musst gar nicht so schockiert klingen. Auch als Cop kann man die Oper mögen, weißt du.»

«War nicht so gemeint.»

«Wir haben sogar eine Amateur-Operngruppe bei der Polizei. Sie nennt sich ‹CopOpera›.»

«Ehrlich?»

«Nein, gelogen.» Murray brach in Gelächter aus. Nicht gerade sehr höflich, dachte Juliet. «Mann, mir gefällt der Ausdruck auf deinem Gesicht!» Er beruhigte sich und fuhr fort: «Aber es gibt eine Baseballgruppe der Bildenden Künstler. Ich bin der Kapitän der Bildhauer.»

«Jetzt machst du Witze.»

«Aber keineswegs. Wir spielen jeden Mittwochabend um acht, Field Four im Riverside Park. Komm doch mal vorbei und schau uns zu. Diese Woche spielen wir auch wieder.»

«Wo ist Field Four?»

Während Murray es ihr erläuterte, kehrte Juliet in Gedanken zu dem zurück, was Ruth in dem Straßencafé über ihn gesagt hatte. Im Großen und Ganzen glaubte sie jetzt, dass Ruth Recht hatte. Murrays Verhalten während der offiziellen Ermittlungen in Sachen Antons Tod konnte nicht anders als hoch professionell bezeichnet werden, und sie lag falsch, wenn sie das persönlich nahm. Außerdem vermutete sie, dass sie von ihrer eigenen Einstellung ziemlich enttäuscht war, die (wie sie zu spät erkannte) voller Misstrauen ihm gegenüber gewesen war. Voller Vorurteile, um genau zu sein. Sie schüttelte sich innerlich.

«Ich würde wirklich gern ein paar Arbeiten von dir sehen», sagte sie.

«Das lässt sich einrichten. Mein Studio ...»

«Ach, schau nur, wir stehen direkt vor Planet Sushi», unterbrach sie ihn. «Lass uns hier draußen etwas essen.»

Beim Essen machte Murray Juliet mit Edamame bekannt – gekochte, gesalzene Sojabohnen. Juliet wiederum überredete Murray zu geräuchertem Aal und Seeigel. Sie sprachen über die gute alte Zeit in Cambridge und über die derzeitige Politik des Bürgermeisters von New York. Vorsichtig, um die Tatsache auch ja fest in der Geschichte zu verankern, offenbarte Murray, dass er und Mona sich einst denkwürdig gestritten hatten, weil Mona glaubte, er fühle sich zu Juliet hingezogen (was stimmte, wie er zugab). Gleichermaßen sorgfältig beichtete Juliet, dass sie Murray in jenen alten Tagen ebenfalls attraktiv gefunden hatte. Was Monas derzeitiges Leben anging, so hatte Murray zuletzt vor ein paar Jahren von ihr gehört. Ihr Ehemann hatte den diplomatischen Dienst verlassen und war in ein buddhistisches Kloster eingetreten. Mona lebte wieder bei ihren Eltern in Cherry Hill.

Erst als ihr Tisch abgeräumt worden war und Eis aus roten Bohnen vor ihnen stand, brachte Juliet wieder ihre Idee zur Sprache, seine Arbeiten sehen zu wollen.

«Ja, klar», sagte Murray. «Das würde mir gefallen. Vielleicht nächste Woche?» Er goss ihr noch etwas Sake ein, nahm den letzten Rest für sich. «Ich rufe dich an, und wir machen etwas aus.»

Das Gespräch stockte. Es gab einen schlimmen Moment während der Eiscreme, als sie einander in die Augen sahen. Juliet wurde klar, dass es sie ziemliche Mühe kosten würde, sich zu bremsen. Als Murray nach dem Essen anbot, sie nach Hause zu begleiten, erwiderte sie, sie wolle lieber mit dem Taxi fahren. Dann sprang sie in eines, bevor er es ihr ausreden konnte. Er stand auf dem Gehweg, als sie ihm durch das offene Fenster zum Abschied zuwinkte.

14

Nach der Trauerfeier und ihrem Essen mit Landis am Montagabend beschloss Juliet, sich für mindestens zwei Wochen von der Jansch-Truppe fern zu halten. Das alles ging sie ohnehin nichts an. Und es war überdeutlich, dass Ruth mittlerweile allein in der Lage war, mit ihrer Choreografie fortzufahren. Wohingegen die *Quadrille in London* um keine Seite wachsen würde (rief sie sich streng ins Gedächtnis), außer sie setzte sich hin und schrieb sie.

«‹Diese Welt, die scheinbar wie ein Land der Träume vor uns

liegt›», zitierte sie am nächsten Morgen laut, während sie sich die Treppe hinauf an ihren Schreibtisch zwang. «‹So bunt, so schön, so neuerschaffen›, ist in Wirklichkeit nur dazu da, uns verrückt zu machen und uns von unserer Arbeit abzulenken», schloss sie das Zitat, sehr frei nach Matthew Arnold, während sich der raue, würzige Geruch von Murray Landis' Haut in ihre Erinnerung drängte und dieser schlimme Moment, in dem sie einander in die Augen geschaut hatten.

«Nein, nein, nein», sagte sie laut zu sich selbst.

Was den Tod von Anton Mohr anging, konnte sie zwar nicht das Gefühl loswerden, dass etwas anderes als ein Unfall dahinter steckte, aber ihr fiel auch nichts ein, was Landis bei seiner Ermittlung übersehen hätte. Wenn er nichts hatte finden können, dann gab es eben nichts zu finden. Sie war morbide, klammerte sich an die Vorstellung, dass mehr an der Geschichte sei, trotz aller Beweise (oder deren Mangel). Zweifelsohne hatte die Trauerfeier keinen Hinweis auf eine Regelwidrigkeit geliefert: sie war respektvoll, feierlich und angemessen traurig gewesen. Und jetzt war es an der Zeit, weiterzumachen, und das konnte sie am besten dadurch tun, indem sie sich an ihren Schreibtisch setzte.

Außer, fügte sie hinzu, als sie an besagten Schreibtisch trat, es passierte etwas Interessantes.

Es war nicht Juliets Schuld, dass genau einen Tag später etwas Interessantes geschah, und zwar in Form eines dringenden Telefonanrufs von Victorine Vaillancourt am nächsten Morgen. Ames klopfte, um den Anruf zu melden, als sich die Autorin gerade mit Sir Edward niedergesetzt hatte, um über Lord Morecambes Aufforderung zum Duell nachzudenken. Natürlich würde er annehmen müssen, aber sollte er Pistolen oder den Degen wählen? Und wer würde einen geeigneten Sekundanten abgeben? Auf der Hand lag natürlich ...

In diesem Augenblick klopfte Ames leise an und streckte den Kopf durch die Tür, um den ‹dringenden› Anruf zu vermelden.

Juliet war verärgert. Was konnte dringender sein als die Wahl eines Sekundanten?

«Es tut mir Leid. Sie klingt ziemlich besorgt», sagte Ames. «Ist sie alt?»

Juliet seufzte, ihre Gedanken kehrten widerstrebend nach New York und in das gegenwärtige Jahrhundert zurück. «Ich weiß nicht. Ja, wahrscheinlich ist sie ziemlich alt. Danke, Ames. Ich nehme hier ab.»

Victorine entschuldigte sich ausführlich und wortreich. Sie wusste, dass Juliet bei der Arbeit war, sie selbst hasste es, wenn man sie bei der Arbeit unterbrach und doch ...

Es stimmte, ihre Stimme klang etwas zittrig. Sie war eine so strenge und Furcht einflößende Persönlichkeit, dass man leicht vergaß, wie alt sie in Wirklichkeit war (zumindest vergaß man es, bis man sah, wie sie aufstand oder sich setzte, was sie niemals ohne sorgfältige Beachtung ihrer abgenutzten, offensichtlich schmerzenden Gelenke tat). Juliet versuchte automatisch, sie zu beruhigen, indem sie ihr versicherte, dass sie bei nichts Wichtigem unterbrochen worden sei.

«Was kann ich für Sie tun?», fragte sie.

«Ich fürchte, es geht um Ihre Freundin Ruth», erwiderte Victorine. Ihr Akzent war stärker herauszuhören als sonst. «Sie hat mich gestern Abend nach der Trauerfeier angerufen. Und gerade ich komme ins Studio und stelle fest, dass sie hat offenbar viele Tänzer der *Großen Erwartungen* angerufen. Ich nicht weiß genau, was sie zu ihnen gesagt, aber mir hat sie, ich glaube, der Ausdruck lautet – eine Strafpredigt gehalten?», endete sie zaghaft.

Juliet zögerte. «Es gibt das Wort Strafpredigt», räumte sie vorsichtig ein. «Es bedeutet tadeln, ausschelten.»

«Vielleicht ich suche nach dem Wort Belästigung?», schlug Victorine vor.

«Ich weiß es nicht.» Juliet seufzte wieder. «Am besten erzählen Sie mir, was genau sie gesagt hat.»

«Ach ja, danke. Ich mich frage, ob Sie vielleicht könnten vorbeikommen, um darüber zu reden? Ich nicht würde darum bitten, aber ...» Ihre Stimme brach, und sie schwieg einige Augenblicke. «Es mir fällt sehr schwer, auch nur kurze Distanzen zu gehen. Ich versuche, meine Gebrechlichkeit nicht zur Schau zu stellen, aber ... Sie mir würden einen großen Gefallen erweisen.»

Juliet verstand allmählich, warum die Tänzer und Tänzerinnen Victorine so verehrten. Sie hatte eine äußerst gewinnende Seite an sich. Ihre Präsenz war eindrucksvoll, beinahe abschreckend, aber wenn sie ihre Zartheit offenbarte, war es unmöglich, nicht sein Bestes zu geben, um ihr behilflich zu sein. Manche Menschen waren so; Juliet war ihnen schon zuvor begegnet. Tatsächlich hatte sie in *Cousine Cecilia*, ihrem dritten Buch, eine ähnliche Figur geschaffen. Lady Sophia – wie hieß sie doch gleich? Oglethorpe? Rattray. Das *König von Siam*-Syndrom, so könnte man es wohl nennen.

Was sie im Augenblick zu Anna machte.

«Ich kann in einer halben Stunde bei Ihnen sein», sagte Juliet und schob ihr Manuskript buchstäblich zur Seite.

«Ich Ihnen danke!» Victorines Stimme, ihre ganze Art schien Juliet ein seltenes, lange ersehntes Kompliment zu machen.

Zwanzig Minuten nachdem sie den Hörer aufgelegt hatte, saß Juliet auf einem unbequemen Metallstuhl vor Victorines Schreibtisch.

Als leitende Ballettmeisterin hatte Victorine Vaillancourt ein etwas größeres Büro erhalten als den im ersten Stock sonst üblichen Kubus. Es lag in der Mitte eines langen Korridors, direkt neben der Musikbibliothek, die Juliet schon aufgesucht hatte. Am Tag der Talkumpuderattacke hatte sie Victorine aus diesem Büro geholt, und sie war mehrmals auf dem Weg zur Damentoilette daran vorbeigekommen (die Damentoilette im unteren Stockwerk gehörte zum Umkleideraum der Tänzerinnen, wo sich Juliet hoffnungslos fehl am Platz fühlte). Aber die Ballettmeisterin schien hier kaum Zeit zu verbringen. Auf dem

Schreibtisch befanden sich nur wenige Notizbücher und übergroße Loseblattsammlungen, ein Becher voller Bleistifte und Kugelschreiber und ein Stapel ungeöffneter Briefe.

Auf Victorines Bitte hin hatte Juliet die Tür geschlossen, und doch senkte die Ballettmeisterin die Stimme, als sie mit ihren Erklärungen anfing. Juliet erinnerte sich, dass sie im Flur häufig Stimmen und Geräusche aus einem der Bürokuben auf diesem Stock gehört hatte; die Wände bestanden wahrscheinlich aus Pappkarton.

«Ich Sie nicht möchte in irgendwelche Intrigen verwickeln», begann Victorine und deutete ein Lächeln an, «geschweige denn, Sie in die unangenehme Lage bringen, sich müssen entgegenzustellen Ihrer Freundin. Aber die Wahrheit ist, dass Miss Renswick gestern Abend ein wenig hat überschritten die Grenzen. Sie sich mir gegenüber beschwert hat, dass die Tänzer sich nicht würden genug auf ihre Charaktere konzentrieren. Sie anscheinend hat das Gefühl, die Tänzer nicht geben in ihrer Produktion das Beste, sondern anderswo. Das nicht stimmt. Ich versuchte, zu erklären – obwohl eigentlich sie es müsste selbst wissen –, dass man von Tänzern nicht kann erwarten, die Charaktere aufzupolieren, ihre präzise Verhaltensweise zu entwickeln und so weiter, während sie noch lernen die Schritte. *Enfin,* während Miss Renswick die Schritte überhaupt erst entwickelt! Tänzer nicht lernen Schauspielerei . . .»

«Ach nein?» Juliet wollte sie nicht unterbrechen, aber sie war von dieser Aussage so überrascht, dass sie es trotzdem tat.

«Nein, sie das tun nicht. Vielleicht chinesische Tänzer erhalten eine solche Ausbildung. Vielleicht bei einigen wenigen Schulen. Aber nicht bei uns, nein. Schauspielerei auch nicht ist die Kunst des Tänzers, ich denke. Tanz ist Tanz, Schauspielerei ist Schauspielerei. Jedenfalls zu verlangen, dass meine Leute erschaffen Charaktere wie . . .» Victorine hatte ihren weichen, flehenden Tonfall verloren und sprach mit energiegeladener Empörung «. . . wie Instant-Reis, wie Instant-, wie sagt man hier? Instant-Kartoffelbrei. *Non. Ça, non!*»

Juliet wusste nicht genau, was sie darauf erwidern sollte. «Ich sehe, welch große Probleme Ihnen das bereitet», murmelte sie. Damit war sie bestimmt abgesichert.

Victorine merkte offenbar, dass sie sich auf unschöne Weise hatte mitreißen lassen. Sie fuhr etwas ruhiger fort: «Ja, in der Tat. Es mir und den Tänzern große Probleme bereitet, und es gar keine Hilfe ist. Die Arbeit mit Tänzern ist äußerst heikel.» Sie runzelte die Stirn. «Ich nicht weiß, ob Ihre Miss Renswick das versteht. Lily Bediant heute kam in Tränen ins Studio.» Sie sprach den Nachnamen Bedi-ong aus, als ob es ein französisches Wort wäre. «Sie sich hat für Rüth die Zehen bis auf die Knochen abgetanzt. Und sie alle noch sind erbebt über den Verlust von Anton Mohr.» Juliet wurde erst nach einem Augenblick klar, dass Victorine eigentlich sagen wollte, die Tänzer seien alle emotional erschüttert. «Es zu viel ist. Tänzer reagieren auf Strenge, auf Disziplin, ja, aber man sie nicht darf – *tyranniser*. Tyrannelieren, wie sagt man bei Ihnen?»

«Tyrannisieren? Man darf sie nicht schikanieren?»

«*Précisément.* Sie sprechen Französisch?»

«Ein wenig», sagte Juliet mit falscher Bescheidenheit, die eigentlich ehrlicher hätte ausfallen sollen, wie sie später bitter erkannte. «Früher habe ich fließend Französisch gesprochen, aber das war vor vielen, vielen Jahren.»

Victorine lachte plötzlich überraschend tief auf. «Warten Sie ein paar Jahrzehnte, bevor Sie sprechen von ‹vor viele, viele Jahre›, das sein mein Rat. Hüten Sie Ihre Jügend.»

Victorines Akzent war wieder voll durchgebrochen, und ihre Grammatik schlug Purzelbäume. Juliet fragte sich, ob das eigentliche Problem darin bestand, dass Ruth ihren Lieblingsschützling zum Weinen gebracht hatte, oder ob der Schaden wirklich weiter reichte.

«Am Telefon habe ich Sie so verstanden, dass Ruth mit mehreren Leuten gesprochen hat?», lieferte Juliet das Stichwort.

«Oh ja, in der Tat. Sie nicht weinen alle, aber zwei oder drei sehr böse zu mir gekommen, und ich hören, es geben noch andere. Und ich sie selbst höre. Sie auch mich zur Ordnung gerufen. So das nicht gehen, Mademoiselle Bodine, im Ballett so etwas einfach nicht gehen.»

Juliets Unbehagen musste sich in ihrem Gesicht gezeigt haben, denn Victorine schwieg zwar kurz, wartete aber nicht, bis Juliet ihr antworten konnte.

«Jedoch ich Sie nicht habe eingeladen, um meine Gefühle zu trosten. Meine Gefühle immer noch sind sehr stark, Gott sei Dank, was immer sonst auch an mir schwach geworden sein. Ich Sie habe hergebeten, weil ich denke, dass Sie Ihre Freundin vielleicht können vor sich selbst retten. Sie erweist ihrem Ballett keinen Gefallen durch solche Taktiken, und das muss man ihr sagen. Ich habe mit Grégoire darüber gesprochen, aber er denkt, und ich ihm zustimme, dass am besten Sie sich mit ihr sprechen. Wenn sie es von ihm hört, sie wird denken, er sei mit ihrer Arbeit unzufrieden, und sie noch mehr *déboussolée* werden. Wie sagt man?»

«Außer sich? Verwirrt? Durcheinander?»

«Durcheinander. Lieber Gott, dreißig Jahre in New York, und ich immer noch fragen muss. *En tout cas,* wenn ich mit ihr spreche, sie wird denken, dass Grégoire nicht steht hinter mir. Ich nicht habe seine Autorität. *Alors, enfin,* wir Sie flehen an. Als Freundin von Miss Renswick und als Freundin der Jansch-Truppe. Sie braucht Sie. Es ist offenkundig, dass sie sich Sorgen macht, sie ist *sous pression*, es ist eine schwere Aufgabe, kein Zweifel daran. Ich selbst einmal habe ein Automobil in die Seine gelenkt, während ich choreografierte eine neue Version von *Giselle* . . .»

«Ehrlich?»

«Oh ja», erklärte Victorine, und ihr Tonfall ließ erkennen, dass sie keinen Grund sah, warum Juliet daran zweifeln sollte. «Der Tanz sein schwer. Das Leben von Tänzern, es sein voller Schwierigkeiten. Väter verlieren ihre Kinder aus den Augen, Kinder lassen ihre Mütter ohne sie sterben, Ehemänner haben genug von ihren tanzenden Frauen und gehen auswärts . . .»

«Gehen fremd», korrigierte Juliet automatisch.

«Gehen fremd. Knochen brechen, Menschen brüllen sich an, alles mögliche unattraktive Verhalten ist normal in einem Beruf, der ist so anspruchsvoll. *Enfin,* ich nicht bin wütend auf Miss Renswick, auch Grégoire nicht. Wir alle verstehen, wie sehr sie leidet. Aber können Sie sie beruhigen? Sie war viel ruhiger an den Tagen, als Sie im Studio waren, Mademoiselle, und ohne Ruhe die Tänzer können nicht arbeiten.» Dann fügte sie mit einem gallischen Zucken ihrer Oberlippe hinzu. «Aber natürlich, wenn Sie sagen nein, wir das werden verstehen.»

Natürlich sagte Juliet Ja. Ames hob die Augenbrauen, als Juliet anrief und meinte, sie würde wahrscheinlich den ganzen Nachmittag bei der Jansch-Truppe verbringen. (Juliet konnte förmlich hören, wie Ames die Augenbrauen hochzog, selbst am Telefon.) Aber Arbeit war nicht alles, wie Juliet sich selbst sagte, Freundschaft war wichtiger. Also begann sie ihre zweite Wache am Bett der Terpsichore.

Als Ruth um 11 Uhr 30 an diesem Vormittag eintraf, fing Juliet sie ab und plauderte mit ihr. Ruth selbst brachte dabei ihre hektischen Anrufe vom Vorabend zur Sprache. Juliet schlug sanft vor, dass man mit Honig mehr Fliegen fange et cetera. Ruth war viel zu froh, sie zu sehen, als darüber mit ihr zu streiten.

Im Laufe des Tages tat Juliet so, als habe sie beim Lauschen in der Lounge eben erst von der Reaktion der Tänzer auf die Anrufe gehört. Sie konnte Ruth überreden, sich persönlich bei jenen zu entschuldigen, die sie angerufen hatte, ihr Vertrauen in deren Fähigkeiten zum Ausdruck zu bringen und ihren eigenen überstrapazierten Nerven die Schuld für diese Panne zu geben. Ruth gehorchte brav, mit dem Ergebnis, dass um 15 Uhr, als sie zum ersten Mal an diesem Tag mit dem ganzen Ensemble probte, die Atmosphäre im Studio einigermaßen erträglich war.

Um 15 Uhr 45, während der Pause in dieser Probeneinheit, suchte Juliet nach einer ruhigen Ecke, von der aus sie mit Ames telefonieren konnte. Als sie an diesem Morgen ihren Schreibtisch verließ, hatte sich ihr Gehirn offenbar bereits so sehr mit dem Manuskript beschäftigt, dass es an Lord Morecambes Duell weitergearbeitet hatte, ohne dass ihr das bewusst geworden war. Mehrere geniale Ideen waren ihr ungebeten gekommen, während sie zugesehen hatte, wie Ruth mit dem Coprs (das jetzt von Dorfbewohnern zu Londoner Bürgern mutiert war) über eine komplizierte Szene kurz vor dem Ende des zweiten Aktes sprach. Sie wollte nun Ames bitten, ein paar Notizen zu suchen, die sie vor fünf oder sechs Jahren über den Grundriss und die Wahrzeichen von Hampstead Heath angelegt hatte.

Viele der Tänzer verließen ebenfalls während der Pause das Studio, einige um zu rauchen, einige um zu pinkeln, einige zweifelsohne einfach nur, um dem Raum zu entfliehen. Im Nachbarstudio probte ein aufstrebender junger mexikanischer Solist namens Rafael Paredes bravourös einen Tanz aus *Don Quichote*, und mehrere Tänzer aus den *Großen Erwartungen*, besonders die Männer, scharten sich um das Fenster in der Tür, um ihm bei seiner Probe zuzusehen. Juliet entdeckte Ryder Kensington und Nicky Sabatino unter ihnen. Hart war ebenfalls herausgekommen und schlenderte den Flur entlang, nachdem er einige Worte mit einem Corpsmitglied gewechselt hatte, das Kip oder Skip hieß, wie Juliet glaubte. Lily Bediant ging schnurstracks in den Aufenthaltsraum der Tänzer, ebenso Elektra, einige Schritte hinter ihr.

Die wenigen öffentlichen Telefone im Jansch-Gebäude waren immer besetzt, und Juliet hielt es für unangebracht, an einem öffentlichen Ort kryptisch in das eigene Handy zu schwatzen. Sie wollte gerade in Richtung von Ruths kleinem Büro aufbrechen, um Ames von dort anzurufen, als ihr die Idee kam, sich Victorines zentral gelegenen Kubus auszuleihen. Victorine war immer noch in Studio drei, und sie würde ganz sicher verstehen, wenn Juliet . . .

Doch als sie sich Victorines Büro näherte, stellte sie fest, dass die Tür nicht wie üblich weit offen stand, sondern nur angelehnt war. Sie trat näher und wollte hineinsehen, als sie hörte, wie eine Schublade geöffnet und wieder geschlossen wurde. Das ließ sie innehalten. Dann noch eine Schublade – auf und zu. Juliet zögerte, war verwirrt. Ihr kam der Gedanke, dass womöglich irgendjemand das kleine Büro mit Victorine teilte. Oder vielleicht war es ein jüngerer Angestellter, der einige Notizen holen sollte. In beiden Fällen schien es ein höchst unangemessener Moment, um sich das Büro auszuleihen, also drehte sich Juliet um und wollte über die Wendeltreppe zu Ruths Büro hochsteigen, als ein vertrautes, aber zunächst nicht identifizierbares Rasseln aus Victorines Büro erklang. Es endete sofort, und eine weitere Schublade wurde zugestoßen. Langsam zog sich Juliet zur Treppe zurück. Irgendetwas störte sie an ihren Eindrücken, ihr Unbehagen nahm jedoch keine konkrete Form an.

Jedenfalls wollte Juliet für sich sein. Neben dem Lageplan von Hampstead Heath waren ihr noch ein paar andere Änderungen und neue Ideen gekommen. Sie eilte in die Stille von Ruths Büro, wo sie Ames anrufen und bitten konnte, alles aufzuschreiben.

Sie erlebte ihre Assistentin in beispielloser Aufregung. Offenbar war die Post gekommen, und Ames hatte unabsichtlich etwas geöffnet, was sich als Privatbrief herausstellte. Soweit Juliet erkennen konnte, war dadurch kein Schaden angerichtet worden, aber Ames war noch nie zuvor ein solcher Fehler unterlaufen (sie hatte sich eigentlich noch nie einen Fehler geleistet), und sie war vor Bedauern am Boden zerstört.

«Ich wollte Sie während der Probe nicht auf dem Handy anrufen, Dr. Bodine», erklärte sie, «weil ich nicht wusste, ob ich nicht vielleicht störe. Ich dachte, es sei klüger, zu warten, aber ich bin so froh, dass Sie anrufen, Dr. Bodine, ich weiß nicht, wie ich heute Nacht schlafen soll . . .»

«Ames, meine Liebe, um Himmels willen. Es ist nicht weiter schlimm. Von wem war der Brief?»

«Ach, ich kann es Ihnen unmöglich sagen . . .»

«Ames!»

«Er ist von Mr Ambrosetti, glaube ich. Er hat nur mit ‹Rob› unterzeichnet. Und es stand kein Name auf dem Umschlag, sonst hätte ich, wie gesagt, doch niemals . . .»

«Rob?»

Juliets Stimme hatte sich völlig geändert. Über fünf Jahre nach der Scheidung hatte eine Nachricht von Rob immer noch die Macht, eine brennende Mischung aus Sehnsucht, Wut, Schmerz und Bedauern wachzurufen, die sie sekundenschnell aus dem Gleichgewicht bringen konnte. Wie radioaktiver Abfall, so dachte Juliet bisweilen, hatte diese traurige Folgeerscheinung eine Halbwertzeit, die viel länger währte als das Glück, das sie vor so langer Zeit geteilt hatten.

Mit Mühe gewann sie ihre Haltung wieder. «Was will er?»

«Bitte, ich möchte das lieber nicht laut vorlesen, außer es wäre absolut notwendig», meinte Ames mit solch offenkundiger Qual, dass Juliet ihren eigenen Kummer vorübergehend beiseite schob.

«Ist schon gut. Ich frage mich nur, ob es etwas Geschäftliches ist oder . . .» Sie schwieg. Oder was? Oder etwas Spaßiges? Sie zwang sich dazu, sich zu konzentrieren. «Hören Sie, es gibt ein paar Dinge, die Sie für mich erledigen müssen.»

Juliet war die ganze Zeit gestanden, hatte müßig aus Ruths Fenster geschaut, auf die Frau in dem Büro gegenüber (offenbar war es ihr Büro), die an diesem Tag damit beschäftigt schien, etwas in ihren Computer zu tippen. Juliet stellte sich vor, es wäre eine leidenschaftliche E-Mail, aber der Gesichtsausdruck der Frau ließ eher auf ein Besprechungsprotokoll oder einen juristischen Schriftsatz schließen. Juliet ging um Ruths Schreibtisch herum, setzte sich auf Ruths Stuhl und ließ ihren Blick zum ersten Mal über den Schreibtisch wandern.

«Was ich vor allem brauche», fing sie an, «falls Sie es auftreiben können, ist – ach herrje!»

«Wie bitte?»

«Äh, nur eine Minute. Es ist nichts.» Mit neuerlicher Willensanstrengung zwang sich Juliet, sich an die Liste ihrer Wünsche zu erinnern und sie zu wiederholen. Aber was sie gerade entdeckt hatte, unterbrach ihre Gedankengänge, ließ sie sogar den Brief von Rob vergessen, der auf sie wartete. Auf Ruths Schreibtisch lag ein abgerissenes Stück weißes Papier, in Blockbuchstaben hatte jemand mit schwarzem Kugelschreiber darauf gekritzelt:

KEIN SOLCHER DRUCK MEHR
AUF DIE TÄNZER
SONST ...!

Mehr stand nicht auf dem Zettel.

Juliet kehrte ein wenig zu spät ins Studio drei zurück. Ruth war bereits mitten in der Arbeit mit den Corpsmitgliedern, zeigte ihnen, wie sie die Schritte, die sie zuvor mit ihnen durchgegangen war, zu der Musik tanzen sollten – langsam, falls nötig, aber doch wenigstens in einem Rutsch, damit sie die Wirkung sehen konnte. Die Szene folgte Pips Entdeckung, dass sein heimlicher Wohltäter der ungehobelte Sträfling Magwitch war und nicht die kultivierte Miss Havisham. Ruth wollte die Szene zu einer Art albtraumhaftem Abbild machen, zu einem dunklen Spiegelbild jener Szene, an der sie gestern gearbeitet hatte und in der Pip aufgeregt zwischen seinem ungehobelten Start im Leben und der vornehmen Gesellschaft hin und her schwankte. Sie hatte das ganze Wochenende mit Patrick daran gearbeitet, wie sie Juliet erzählte, und stellte zu diesem Zweck ein neues Repertoire an Bewegungen vor, eine Reihe von Schritten und Gesten, die anzüglich, schemenhaft und bedrohlich sein sollten, wie Gestalten, die von einem Spiegelkabinett verzerrt werden.

Juliet betrat während Ruths angespannter, aber wenigstens nicht beleidigenden Rede an das Corps de ballet den Raum.

«Vergesst nicht, die Beleuchtung wird euch unterstützen»,

sagte sie, «darum wird es nicht so kahl aussehen, wie es hier vielleicht scheint. Aber ihr müsst unbedingt versuchen, euch als finstere, als groteske Gestalten zu sehen. Die Finger gaaanz weit ausgestreckt oder gekrümmt, die Hälse gaaanz hoch gereckt, der Rücken gaaanz fließend, als ob ihr euch im Wasser bewegt, gegen die Strömung. Die Knie *gebeugt*. Die Knöchel *flexibel*. Könnt ihr mir bitte alle einen Gefallen tun und die Knie beugen? Bitte.» Sie wandte sich an den Pianisten. «Ray, ganz langsam, bitte. Vom ersten Takt an. Ich zähle auf vier. Und *eins* und *zwei* und *drei* und *vier* ...»

Die Musik setzte ein, und die Tänzer und Tänzerinnen wiederholten scheinbar mühelos die lange, komplizierte Reihe an Bewegungen, die ihnen erst eine Stunde zuvor gezeigt worden war. Dieses Mal traten die Londoner Bürger und die Menschen aus dem Marschland von Essex in die Welt der jeweils anderen und wieder heraus, ihre Gruppen vermischten sich, bildeten sich neu, sickerten beinahe in die Bühne ein, ihre Schultern häufig nach unten gezogen, die Füße fast klauenartig verkrümmt. In der Zwischenzeit lag Pip im hinteren Teil der Bühne auf drei Stühlen, die sein Bett darstellen sollten. Mit geschlossenen Augen und zuckendem Körper kämpfte er (thematisch gesprochen) um das Aufwachen. Parisis Musik für diesen Abschnitt war bewegt und noch disharmonischer als der erste Teil. Trotz der Tatsache, dass es nur das Klavier gab, um alle Instrumente des Orchesters darzustellen, fand Juliet die ganze Sache außerordentlich beeindruckend.

Ruth jedoch nicht.

«Danke», murmelte sie den Tänzern und Tänzerinnen zu, als die Musik endete und alle mehr oder weniger kollabierten, ausgelaugt von den ungewohnten Bewegungen und der Mühe, sich an die Schritte zu erinnern und sie durchzuführen. «Das war schrecklich», sagte Ruth. «Nicht ihr», fügte sie hastig hinzu und wandte sich an die keuchenden Tänzer. «Oh mein Gott.» Ihre Stimme hob sich plötzlich zu einem Heulen. «Diese Schritte! Um Himmels willen, es sieht aus wie von Bob Fosse!»

Sie schlug sich mit ihren kleinen Fäusten an den Kopf, sah auf die Uhr und stellte fest, dass es nur noch zehn Minuten bis zum Ende der Probe waren.

«Geht», sagte sie zu den Tänzern. «Ab mit euch. Ihr seid noch jung. Lasst mich hier einfach zurück. Corpsmitglieder, ich sehe euch morgen. Solisten und Hauptrollentänzer kommen um fünf wieder.»

Sie sank zu Boden, ein knochiges, grauhaariges Wrack. Während die Corpsmitglieder ihre Sachen einsammelten, sah sie noch einmal auf und rief. «Ihr seid wunderbar gewesen. Ehrlich. Danke.»

Juliet bemerkte, wie Victorine – die wie üblich aufrecht auf einem Stuhl im vorderen Teil des Raumes saß – den erschöpften Tänzern fast segnend zunickte. Sie erinnerte Juliet an eine Mutter, deren wortloses Lächeln ihren Kindern nach einem beunruhigenden Ausbruch des Vaters Verständnis und Mitgefühl signalisierte.

Währenddessen warnte Patrick sichtlich die aufbrechenden Tänzer und Tänzerinnen, die Ruth Trost spenden wollten.

«Es ist besser, sie in Ruhe zu lassen», flüsterte er Hart Hayden zu, der der eingefallenen Choreografin etwas sagen zu wollen schien. «Vertrau mir.»

Patrick rollte mit den Augen. Hart ging weiter und warf Juliet im Vorübergehen ein kameradschaftliches Lächeln zu.

Was Juliet betraf, so drängte es sie, mit Ruth über den Zettel zu reden, den sie gefunden hatte, sie erkannte aber, das es wohl besser wäre, sich zuerst um die Ästhetik zu kümmern. Sie ließ ihre Freundin erst einmal etwas Wasser trinken, ließ ihr Zeit, sich abzukühlen und sich zu sammeln und setzte sie anschließend auf einen Stuhl in dem nunmehr leeren Studio. Sie zog sich selbst auch einen Stuhl heran und platzierte sich Ruth gegenüber. Ihre Knie berührten einander beinahe. Ruth hatte eine der kleinen Orangen genommen, die sie für die Szene mit dem Weihnachtsessen verwendeten, und schälte sie.

«Wie wäre es mit einem Pas de deux?», fing Juliet an.

«Du meinst, ich soll einfach das Ganze ...» Ruth hörte auf, die Orange zu schälen.

«Mir schien das immer die geeignete Stelle für einen Pas de deux», unterbrach Juliet. «Seit ich zum ersten Mal deine Zusammenfassung las. Pip und Magwitcch, so unterschiedlich in ihren Ideen und Gefühlen hinsichtlich ihrer Beziehung. Wo wir schon von einer Spiegelung sprechen, denk an ihre erste Begegnung und wie du dieses Zusammentreffen und diese Schrittfolgen und diese Gesten jetzt wieder verwenden könntest! Die Musik passt perfekt, und die Szene – na ja, ich will nicht unhöflich sein, aber ich denke, es würde dem Publikum viel mehr bringen als eine Szene mit dem Corps. Erzähltechnisch gesehen, meine ich.»

Ruth schwieg einige Augenblicke. In ihrem Kopf, so vermutete Juliet, spielte sie durch, was sie aus dem zweiten Akt gemacht hatte, versuchte, den Fluss der Bewegung zu sehen und wie die von ihr vorgeschlagene Veränderung sich darauf auswirken würde.

Ruth fuhr fort, die Orange zu schälen. «Wenn also Drummle und Estella hinterher mit ihrem Walzer anfangen ...»

«... musst du dir keine Gedanken machen, wie du das ganze Corps von der Bühne bekommst», beendete Juliet ihren Satz. (Ruths Zusammenfassung und die Musik von Parisi sahen einen Walzer für Estella und ihren hochnäsigen Verlobten Bentley Drummle vor, mit Miss Havisham als dumpf brütender Dritter im Bunde.)

Ruth dachte darüber nach. «Andererseits muss ich mir überlegen, wie ich das Corps anderweitig einbringe. Die Leute erwarten, dass das Corps Bestandteil eines Balletts ist. Ich kann sie nicht nur zwei von zwanzig Minuten auf die Bühne holen.»

«Aus diesem Grund denke ich, dass du sie in die Walzerszene einbauen solltest. Dann sieht es mehr aus wie eine Feier und macht deutlich, dass Drummle und Estella jetzt verlobt sind.»

«Mehr Kostüme bedeuten höhere Kosten», murmelte Ruth. Sie hatte die Schale entfernt und balancierte sie auf einem Knie, während sie nachdenklich einen Orangenschnitz abtrennte. «Das wird Max nicht gefallen.»

«Bänder und Schärpen, das würde schon reichen. Du glaubst doch nicht, dass englische Dorfbewohner aus dem 19. Jahrhundert formelle Abendkleidung besaßen, oder?»

«Das Corps ist also auf der Bühne und dann ...» Ruth steckte sich den Orangenschnitz in den Mund.

«Und dann taucht Pip auf, schaut zu, macht vielleicht mit und dreht sich ein wenig mit Estella im Kreis. Dann klopft Drummle ab, führt Estella von der Bühne, das Corps folgt und Miss Havisham ist allein ...»

«... für ihr großes Solo des Bedauerns», griff Ruth die Idee auf. «Ende des zweiten Aktes. Oh mein Gott, das könnte funktionieren.»

«Glaube ich auch.»

«Das bedeutet, dass Pip ohne Unterbrechung – ich weiß nicht recht – vielleicht zehn Minuten tanzt.»

«Übertrage den Hauptteil des Duetts an Magwitch.»

«Ryder?», meinte Ruth zweifelnd und auch gedämpft, weil sie einen zweiten Orangenschnitz im Mund hatte.

«Glaubst du, er schafft das nicht?»

«Nein. Ich meine, ja, wahrscheinlich würde er es schaffen. Eigentlich ist er sehr gut.» Sie kaute und schluckte. «Ich wäre nicht überrascht, wenn er nächstes Jahr zum Solotänzer befördert wird. Ich denke, Greg hat ihn einfach übersehen. Ryder hat viele Stärken.»

Die Erwähnung von Ryder und Stärken erinnerte Juliet an den Zettel auf Ruths Schreibtisch. Sie wollte das Thema gerade ansprechen, als Ruth ihr sowohl die Schale als auch den Rest der Orange reichte und wie in Trance aufstand. Sie ging in die Mitte des Raumes und probierte ein paar Bewegungen aus.

«Ta-tumm! Ta-ta-tumm!», sang sie oder murmelte es vielmehr. Offensichtlich versuchte sie, einen zweiten Pas de deux für Magwitch und Pip zu entwerfen. Juliet sah zu und hoffte, Ruth würde sich nach ein oder zwei Minuten wieder setzen.

Doch stattdessen rief Ruth, ohne dabei langsamer zu werden: «Such Patrick und schick ihn her. Machst du das, bitte?»

Zögernd gab Juliet nach, warf die Überreste der Orange in den Mülleimer und verließ das Studio. Nach einer Weile entdeckte sie Patrick im Aufenthaltsraum der Tänzer. Er lehnte an ebenjenem Automaten, der Anton mit der tödlichen Cola versorgt hatte, und trank gierig aus einer Flasche Limonade.

«Ihre Hoheit wünscht Sie», sagte Juliet, und Patrick zog stöhnend von dannen. Juliet zögerte, dann beschloss sie, sich in den Aufenthaltsraum zu setzen und selbst eine Pause einzulegen. Der Zettel auf Ruths Schreibtisch würde warten müssen.

15

Juliet hatte genug über Gorillas gelesen, um zu wissen, dass sie ihre Geheimnisse nie alle auf einmal preisgaben.

Affenforscher mussten sich bei ihnen einschmeicheln und sie monatelang geduldig beobachten, bevor sie die subtile Hierarchie in der Gruppe herausfanden. Darum war es keine Überraschung, dass Juliet erst jetzt das Beziehungsgeflecht der Jansch-Tänzer und -Tänzerinnen erkennen konnte, das ihr bei den ersten Begegnungen verschlossen geblieben war.

Im Aufenthaltsraum lag an diesem Dienstagnachmittag Olympia Andreades in voller Länge auf einem Sofa, den Kopf gegen eine Lehne gestützt, die langen Beine über den Schoß von Alexei Ostrovsky und Skip (oder Kip) Wieauchimmer gelegt. Die drei schienen in eine Art Wortspiel vertieft, wie ‹Stadt-Land-Fluss›, nur dass die Worte, die sie sich zuriefen, die Namen von Berühmtheiten waren, keine Ortsnamen, und auch keinerlei besondere Beziehung zueinander zu haben schienen. Wenigstens war das für Juliet nicht zu erkennen.

Auf der anderen Seite des Raumes teilten sich Lily Bediant und Teri Malone einen übergroßen Sessel. Teri massierte Lilys

Oberarme, während sie einander etwas zuflüsterten und gelegentlich lächelten, als ob sie ein interessantes Geheimnis teilten.

Hart und Elektra saßen ebenfalls nebeneinander, auf einem Sofa unter einem der Fenster. Vor Juliets Augen fütterte Hart seine Partnerin aus einer Tüte mit Rosinen – eine Rosine, eine zweite Rosine, eine dritte; jede verließ seine zarten Finger einzeln und verschwand hinter ihren gleichermaßen zarten Lippen. Vor dem strahlenden Hintergrund des Fensters hinter den beiden konnte man beinahe jede Rosine auf ihrem Weg verfolgen (dachte Juliet), wie sie nach Passieren des Schlundes als sichtbarer Knoten wieder auftauchte und durch den schlanken Hals der Ballerina rutschte. Schon der Anblick einer solchen gastronomischen Zurückhaltung weckte in Juliet den Wunsch, ihre Zähne in einen Cheeseburger zu versenken, einen Cheeseburger, aus dem Ketchup wie Blut auf einen Teller mit Pommes frites tropfte. Dann hob Elektra plötzlich die Hände, senkte den Kopf und nieste kräftig zweimal. Juliet hatte ganz vergessen, dass die arme Frau an einer Erkältung litt. Was konnte sie von diesen jämmerlichen, in Zeitlupe verschluckten Ex-Trauben überhaupt noch schmecken?

In den ersten Tagen bei der Jansch-Truppe, dachte Juliet bei sich, während sie den Blick abwandte und die etwa ein Dutzend Tänzer und Tänzerinnen im Aufenthaltsraum ansah, hätte sie aus diesen Gruppierungen nur geschlossen, dass die Hauptrollentänzer im Großen und Ganzen unter sich blieben, ebenso das Corps und die Solotänzer. Nicky Sabatino und Jon Trapp, der schon lange Hauptrollen tanzte und in dieser Saison die Hauptrolle in *Bluthochzeit* bekommen hatte, saßen an einem Tisch in der Raummitte und stritten vehement über die Chancen der Yankees in der World Series. An einem anderen Tisch teilten sich vier Corpsmitglieder eine Automatenpackung Salzbrezeln, während sie gemeinsam ein Kreuzworträtsel lösten. Eine Paarbildung wie bei Lily und Teri, die immer noch in ihrem Sessel flüsterten, war höchst ungewöhnlich, und selbst in den Anfangstagen hätte Juliet diese Regelabweichung zweifelsohne in den Notizen ihrer Feldstudie ernsthaft zur späteren Überprüfung notiert.

Aber mittlerweile begriff sie, dass noch andere Gruppierungen innerhalb der grundlegenden dreigeteilten Hierarchie existierten (die sich bisweilen auch überlappten). Eine dieser Gruppen unter den Tänzern und Tänzerinnen war ... spritziger – ja, das Wort drängte sich auf – als die anderen. Sie lachten lauter, neckten einander frecher und vermittelten einen Eindruck von Wildheit, der sich bei den anderen nicht finden ließ. Olympia und Ryder gehörten zu dieser Gruppe, die, wie Juliet vermutete, auch Drogen nahm. Eine Subgruppe verfolgte eine zweite Karriere, die sie vom Tanz fortführen würde. Man sah nur selten, dass ein Tänzer zur Entspannung ein Buch las, aber es gab eine erlesene Clique, die im Aufenthaltsraum pflichtbewusst einige Zeilen in einem Psychologie- oder Physiologiefachbuch markierte. Dann gab es Getreue, die sich um bestimmte Tänzer und Tänzerinnen sammelten, Verehrer eines bestimmten Hauptrollentänzers oder eines Paares. Es gab auch Tänzer, die sich innerhalb der Kompanie so gut wie gar nicht mit anderen anfreundeten – nicht viele, aber doch ein paar. Einige Tänzer fanden zueinander, weil sie alle Kinder hatten. Die Russen blieben hauptsächlich unter sich, Latinos und Asiaten mischten sich dagegen gern. (Es gab nur einen einzigen Afroamerikaner, selbst heutzutage, der daher weder unter sich bleiben noch sich mischen konnte). Einige Tänzer krochen der Verwaltung mehr in den Hintern als die anderen (offener oder erfolgreicher). Manche versuchten, neue Stücke zu choreografieren – in der Hoffnung, das Jansch würde ihnen eines Tages erlauben, selbst etwas für die Kompanie zu entwerfen.

Und dann gab es die Liebesbeziehungen: schwule Beziehungen, Heterobeziehungen, offene Beziehungen, heimliche Beziehungen. Die einzige Faustregel, die Juliet diesbezüglich entdecken konnte, war die, dass offener Körperkontakt zwischen Tänzern und Tänzerinnen kein Hinweis auf eine sexuelle Bindung darstellte. Anders als bei den meisten Menschen streichelten und rieben und packten und stupsten und berührten Tänzer einander den ganzen Tag, ohne dabei an ein Vorspiel oder einen Besitzanspruch zu denken. Juliet fragte sich, wie viele ausführliche Erklärungen unter diesen Umständen nötig wären, um echtes sexuelles Interesse zu bekunden. Vielleicht formulierten sie es schriftlich? Oder sie warteten, bis sie tatsächlich im Bett lagen, bevor sie zu dem Schluss gelangten, dass es sich jetzt um Sex handelte? Andererseits mochte es viele Ebenen der Kommunikation unter ihnen geben (Blicke? Gesten? Stöhnen?), die sie noch nicht zu unterscheiden gelernt hatte. Was immer es sein mochte, sie hielt es auf jeden Fall nicht für Geruch. Größtenteils rochen sie entweder nach Schweiß (jeder besaß einen ganz eigenen, absolut einzigartigen Duft, wie ihr aufgefallen war) oder nach einer Powerdröhnung Parfüm.

Juliets Gedankengänge wurden vom plötzlichen Massenaufbruch ihrer Studienobjekte unterbrochen, wie es zweifelsohne schon so mancher Affenforscher erlebt hatte. Als ob ein unhörbares Signal angeschlagen hätte (ihr wurde später klar, dass es die große Uhr an der Wand war, die auf eine Minute vor fünf zeigte), erhoben sich fast alle Tänzer und Tänzerinnen und eilten gemeinsam die Treppe hinunter.

Später musste Juliet voller Staunen daran zurückdenken, was sich direkt vor ihren Augen abgespielt hatte.

Der dramatischste Augenblick des Nachmittags ereignete sich kurz nach 18 Uhr 30 in Studio drei, in dem Ruth an einem zweiten Pip-Estella-Havisham-Pas de trois arbeitete – mit dem Spitznamen ‹Liebe sie, liebe sie›-Trio, gemäß Miss Havishams Anweisung an Pip –, und er ereignete sich mitten im zweiten Akt. Ruth hätte es vorgezogen, an dem neuen Pip-Magwitch-Pas de deux zu arbeiten – der bald schon unter dem Namen ‹Anerkennungsduett› bekannt sein sollte –, aber sie hatte die Magwitches nicht angefordert, nur die Estellas und die Havishams, also war sie gezwungen, ihrem ursprünglichen Plan zu folgen.

Obwohl der Pas de trois vor der Szene stattfand, die sie im Laufe des Tages probiert und nun über Bord geworfen hatte, war Ruth damit noch nicht sehr weit gekommen. Juliet sah zu, wie sie sich langsam durch die Takte der Musik arbeitete, die schwer, hypnotisch und extrem schön war. Der Anfang stand fest: In Anspielung darauf, dass Pip engagiert worden war, um sie zu unterhalten, beugte er Miss Havisham und hob sie dann auf seine Schultern, stellte sie wieder ab und trug sie ein paar Schritte, bevor er sie langsam auf ihre Füße gleiten ließ. Doch danach war quasi noch alles offen. Ruth tastete sich gefühlsmäßig durch die Choreografie, übernahm viel von den Beiträgen ihrer Haupttänzer, besonders von Lily (was Juliet überraschte), die an diesem Nachmittag von den Dreien am konzentriertesten zu sein schien. Elektra musste ständig niesen und klagte im Verlauf der Probe, dass sie sich nicht wohl fühle. Hart schien eigenartig geistesabwesend. Aber Lily Bediant war voller Ideen, schlug sogar Schritte für die beiden anderen vor, die Pips feurige Bewunderung und Estellas interesselose Duldung ausdrücken sollten. Hinter ihr bemühte sich die Zweitbesetzung der Havisham, Mary Christie, sehr darum, mithalten zu können, während Kirsten Ahlswede und Nicky Sabatino umsonst nach Ruths Aufmerksamkeit strebten.

An einem bestimmten Punkt in der Arbeit mit Lily und Patrick ersann Ruth eine Hebung, bei der Pip Estella an der Taille ergreifen und sie fast ganz zu Boden senken sollte, als ob er sie schänden wollte, dann sollte er sie mit den Händen hoch über sich heben, sodass er stattdessen voller Anbetung zu ihr aufsah. Estella sollte währenddessen unbeweglich, gleichgültig, emotional unerreichbar bleiben. Es war eine typische Renswick-Umkehrung, eine Abfolge von Bewegungen, die für die Tänzer Schwung schuf, aber auch eine Erwartungshaltung im Publikum weckte und dann alles auf den Kopf stellte. Ruth hatte mehrere dieser Abfolgen für *Sturmhöhe* geschaffen. Aber sie waren schwer auszuarbeiten, und gerade diese Abfolge versprach, ein ‹dicker Hund› zu werden. Es galt, ein Dutzend schwieriger praktischer Fragen zu lösen: Wie sollte Pip Estella durchgehend halten? Wie konnte er ihr Gewicht meistern, während er sie langsam über sich hob? Wie konnte Estella mogeln und ihm unmerklich helfen, sie nach oben zu heben? Wie konnte sie sich anschließend so positionieren, dass seine Hände ihr halfen, ihren Körper unbeweglich zu halten? Wie konnte ihr Gewicht so verteilt werden, dass es für Pip möglichst wenig belastend war? Auch die Beinarbeit war kompliziert, schließlich sollten sie nicht übereinander stolpern. Dazu das präzise Timing zur Musik. Juliet sah ihnen zu, hin und her gerissen zwischen Staunen und völliger Langeweile, während jede Sekunde der Bewegung gewissenhaft geplant, geübt, abgeändert und neu probiert wurde. Elektra glänzte vor Schweiß und (alle vornehme Grazie vergessen) grunzte laut, wann immer Hart sie anpackte, hochhob oder zu Boden setzte. Als Ruth so zufrieden war, dass sie weitermachen konnten, war auch Hart schweißgebadet und atmete schwer und keuchend.

Darum hätte es eigentlich keine solche Überraschung sein sollen. Als Ruth Hart bat, zum Anfang des Pas de trois zurückzukehren und die ganze Szene zur Musik zu wiederholen, damit sie die neue Hebung im Zusammenhang sehen konnte, begann er die Szene wie gewünscht damit, dass er Lily Bediant auf seine Schultern hob, sich aufrichtete und sie einige Schritte trug. Dann verlor er jedoch den Griff und ließ Lily auf den Boden hinter sich fallen.

Es folgte etwas, das Juliet als das übliche Pandämonium nach dem Sturz eines Tänzers kennen gelernt hatte. Victorine (die mit irgendwelchen Wilis im Nebenstudio gearbeitet hatte) wurde gerufen, ebenso die Physiotherapeutin, die zufällig an diesem Tag im Gebäude weilte. Lily hatte den Sturz mit den Händen abgefangen, aber ihr Kinn war auf den Boden geknallt, und die Unterseite ihres Kiefers blutete ein wenig. Dennoch wiederholte sie mehrmals, dass es ihr gut ginge und alle bitte ohne sie weitermachen sollten. Juliet hielt sie für ziemlich tapfer. Ein Sturz aus einer Höhe von über eineinhalb Metern musste einen doch erschüttern. Hart war unterdessen außer sich vor Selbstvorwürfen und Bedauern. Eine Partnerin fallen zu lassen war zwar keineswegs beispiellos, stellte jedoch einen ganz grundlegenden Vertrauensbruch dar.

«Ich weiß nicht, was geschehen ist. Eben hatte ich sie noch, und dann . . .», stotterte er ständig, während die Umstehenden versuchten, ihn nicht anzusehen, als ob er ein Krimineller wäre.

«So was kommt vor», tröstete ihn Patrick immer wieder, legte den Arm um ihn, tätschelte seine Schulter.

«Bei mir nicht. Ich habe noch nie jemand fallen lassen.»

«Es kommt vor, Mann.»

Ruth war zwar bestürzt, erklärte sich aber erleichtert, dass der Sturz nicht schlimmer ausgegangen war. Lily sollte Dr. Keller aufsuchen, auch wenn die Blutung fast sofort wieder aufgehört hatte und Lily mehr oder weniger ungerührt schien.

«Manchmal fallen sie einfach», flüsterte Ruth Juliet zu. «Wenn man zehn Ballerinen unter die Haut schauen könnte, würde man wahrscheilich bei fünf von ihnen eine Narbe finden. Sie hat alles in allem noch Glück gehabt.»

Die Physiotherapeutin kam herein und untersuchte Lily. Hart kniete neben ihrem Stuhl. Als die Therapeutin verkündete, dass ihrer Meinung nach nichts allzu Schlimmes passiert war, atmete er vor Erleichterung so laut auf, dass man es im ganzen Studio hören konnte.

«Lily, es tut mir so Leid . . .»

Lily schüttelte ihre glänzende platinblonde Mähne, die an diesem Tag nur locker mit einem Band nach hinten gebunden war. «Hör auf. Es war ein Unfall.»

Juliets Meinung von Lily schoss himmelswärts. Bislang hatte sie von der Primaballerina nur Launenhaftigkeit, Wutanfälle und Eitelkeit zu sehen bekommen; hier endlich zeigte sich, warum sie so weit gekommen war. Patrick bestellte einen Wagen, der Lily zum Arzt bringen sollte.

«Darf ich mitkommen?», bat Hart.

«Das ist wirklich nicht notwendig.»

«Bitte. Außer, du hältst es mit mir nicht aus.»

Lily lächelte, ein freundlicher Akt, der unseligerweise ihr Kinn wieder zum Bluten brachte. «Wenn du dich dadurch besser fühlst.» Sie stand auf, schwankte und setzte sich rasch wieder.

«Lass ihn mitkommen», befahl Victorine, die Hart böse angefunkelt hatte, nun aber erkannte, dass er als Begleiter nützlicher sein würde als sie selbst. Sie zog ein Taschentuch aus dem langen Ärmel ihres Trikots und reichte es feierlich ihrer Favoritin.

Hart, ebenso bleich wie sein Opfer, kniete neben Lily, während Patrick ihre Handtasche und ein paar Straßenkleider holte, die sie sich überziehen sollte. Als sie an Haydens Arm aus dem Studio humpelte, war es nach 19 Uhr, und das Gebäude leerte sich allmählich. Man hörte Tänzer und Tänzerinnen in den Fluren; im ganzen Haus öffneten sich Türen und wurden wieder geschlossen.

«Sei sehr vorsichtig mit ihr», warnte Victorine, als Hart Lily behutsam hinausführte. Victorine sah ihnen nach, wie sie den Flur entlanggingen, dann verabschiedete sie sich und verließ ebenfalls das Studio, ihr Rücken so gerade wie immer, ihre Schritte sichtbar zögerlich, fast zitternd.

In der Zwischenzeit hatte sich Ruth, wie es zweifelsohne vorauszusehen war, über die neue Hebung Gedanken gemacht und wollte sie mit Patrick ausprobieren. Juliet sah zu, wollte eigentlich gehen, war aber entschlossen, noch ein paar ruhige Worte mit Ruth wegen des bedrohlichen Zettels in ihrem Büro zu wechseln.

Ruth hatte gerade angefangen, eine neue Abfolge von Schritten mit ihrem Assistenten einzustudieren, als sie plötzlich rief: «Ach verdammt! Ich wollte doch nachsehen, ob ich die Pips und die Magwitches morgen zwischen drei und vier haben kann, um an dieser neuen . . .» Sie brach ab, fuhr dann fort: «Juliet, weißt du, wer Amy Egan ist? Die Frau, die die Terminpläne überwacht. Kennst du ihr Büro?»

«Ja.»

Amy Egan war eine ehemalige Tänzerin mittleren Alters, die einen Großteil des Tages damit verbrachte, die widerstreitenden Bedürfnisse von über achtzig Tänzern und Ballettmeistern in Einklang zu bringen. Sie und Juliet hatten sich vor kurzem in der Toilette im mittleren Stock miteinander bekannt gemacht, als Amy verzweifelt nach einem Tampon suchte und Juliet ihr aushelfen konnte.

«Würde es dir etwas ausmachen, hochzulaufen und nachzusehen, ob sie noch da ist?», bat Ruth. «Falls sie da ist, könntest du sie um einen bitten? Ich käme auch nur mit Hart und Ryder aus, das wäre schon okay. Von drei bis vier ist morgen unsere Mittagspause», erklärte sie dem erschöpften, doch stets stoischen Patrick, «aber wir können einfach durcharbeiten.»

Patricks blaue Augen weiteten sich kurz, aber er sagte nichts, und Juliet machte sich auf ihren Botengang. Amy Egan befand sich nicht in ihrem Büro – der gesamte obere Stock schien wie ausgestorben –, aber Juliet nahm eine Kopie des Tagesplanes für den nächsten Tag von einem Stapel, der immer auf ihrem Schreibtisch lag. So konnte Ruth wenigstens sehen, wo Ryder und Hart während dieser Stunde erwartet wurden. Sie ging gerade den Korridor zur Treppe entlang, als sie eine Stimme hörte. Es war Victorine.

«Mais comment cela se peut-il?», sagte sie – oder wenigstens glaubte Juliet das zu hören. Die Tür zu ihrem Büro war geschlossen, aber Victorines Stimme erklang laut und recht deutlich.

Es antwortete niemand, und Juliet ging davon aus, dass sie mit sich selbst sprach. Dasselbe Geräusch wie am Nachmittag, das Öffnen und Schließen einer Schublade, wiederholte sich jetzt, und die Stimme fuhr geistesabwesend fort: «Mais – où sont-ils, mes mistenflûtes?»

‹Wie gut mein Französisch doch noch ist!›, rief Juliet sich innerlich zu und blieb im Flur stehen, um sich auf diesen erneuten Beweis der überragenden Kräfte ihres Gehirns etwas einzubilden. Sie hatte in Radcliffe im Nebenfach Französisch studiert, ein Umstand, der sich bei der Recherche zu *Ein Gentleman aus Paris*, den Angelica K-H vor sieben oder acht Jahren geschrieben hatte, als nützlich erwies. Juliet erinnerte sich deutlich, dem Wort ‹mistenflûte› in den *Mémoires d'un Officier de l'Armée de Napoléon* begegnet zu sein. «Sich nach all dieser Zeit zu erinnern!», staunte sie freudig. Im Geist übersetzte sie Victorines laut ausgesprochene Gedanken: «Wie kann das angehen? Aber – wo ist es nur, wo ist mein Zeugs?»

‹Ich frage mich, was sie vermisst. Vielleicht kann ich ihr helfen›, dachte Juliet mit einem Anflug von Eitelkeit.

Sie beschloss jedoch nach kurzem Nachdenken, dass es vornehmer wäre, sich taktvoll zurückzuziehen und Mademoiselles Illusion von Privatsphäre nicht zu zerstören.

Juliet ging wieder nach unten und wollte gerade Studio drei betreten, als eine schlanke Gestalt in Straßenkleidung neben ihr auftauchte.

«Miss Kestrel-Haven?»

Juliet sah sich um und entdeckte Teri Malone, deren braune Augen sie flehentlich ansahen.

Juliet lachte. «Bitte, nennen Sie mich Juliet.»

«Natürlich.» Teris Apfelbäckchen färbten sich wieder einmal rot. «Es tut mir so Leid – ich wollte sagen, ich hoffe, es macht Ihnen nichts aus . . .» Sie senkte den Kopf und wühlte in einer großen Ledertasche, die über ihrer Schulter hing. «Wenn Sie es sich nicht ansehen wollen, verstehe ich das natürlich.»

Sie sah wieder auf und reichte Juliet ungefähr zwanzig Blatt Papier, die fein säuberlich zusammengeheftet waren.

«Es ist natürlich nur ein grober Entwurf. Aber es ist das erste Kapitel, und ich hatte gehofft . . .» Ihr sank der Mut, und ihre Stimme verlor sich.

«Es wird mir eine Freude sein», log Juliet und nahm die angebotenen Seiten. «Ich werde Kontakt mit Ihnen aufnehmen, sobald ich es gelesen habe.»

«Ach, Sie sind ja so . . . danke!» Teri atmete schwer und eilte davon.

Juliet klemmte sich das Kapitel unter den Arm und trat wieder ins Studio. Ruth hatte endlich aufgehört, Patrick zu foltern, und ihn nach Hause gehen lassen. Jetzt sammelte sie ihre eigenen Sachen und machte sich auf den Weg zur Tür.

«Du hattest vollkommen Recht mit der Albtraumszene und dem Corps», begrüßte sie Juliet, zog sie am Arm durch die Tür und dann rasch den Flur entlang zu den Umkleideräumen. «Dieser Pas de deux wird der Beziehung von Pip und Magwitch viel mehr Tiefe verleihen. Und wenn man darüber nachdenkt, ist das doch irgendwie der Dreh- und Angelpunkt der ganzen Geschichte, oder nicht? Wie brillant von dir, das zu erkennen. Langsam glaube ich, wir sollten für dieses Ballett gemeinsam verantworlich zeichnen. Hast du Amy gefunden?»

Juliet schüttelte den Kopf und reichte Ruth den Plan. So angenehm es auch war, mit Dank überschüttet zu werden, so wollte sie doch endlich die Angelegenheit mit dem geheimnisvollen Zettel ansprechen.

«Ruth, warst du heute schon in deinem Büro? Hast du gesehen, was auf deinem Schreibtisch liegt?»

Ruth war völlig verschwitzt und fühlte plötzlich Hunderte kleine Wehwehchen, dennoch wurde sie nicht langsamer, sondern eilte weiter den Flur entlang. «Was liegt denn auf meinem Schreibtisch?», fragte sie.

«Dann hast du es also nicht gesehen.»

«Habe ich was nicht gesehen?»

«Tja, es tut mir Leid, dir das sagen zu müssen, vor allem jetzt, wo deine Kreativität wieder sprudelt, aber ...» Die beiden Frauen betraten den Umkleideraum, der offenbar leer war. Dennoch ging Juliet rund um die Bank in der Raummitte und steckte den Kopf in den Duschraum, bevor sie leise fortfuhr. «Es liegt ein handgeschriebener Zettel auf deinem Schreibtisch, auf dem steht: ‹Kein solcher Druck mehr auf die Tänzer, sonst ...›»

Ruth fing an zu lachen.

«Was ist daran so komisch?»

Ruth lachte wieder, dann umarmte sie Juliet. «*Ich* habe das geschrieben, du Dummerchen, nachdem du mir heute Morgen diese Predigt gehalten hast. Er ist eine Gedächtnisstütze für mich!»

Juliet beschloss, Robs Brief und Teris Kapitel erst nach dem Abendessen zu lesen, wenn sie sich ein wenig ausgeruht hätte. Den ganzen Tag in einem Probenstudio voller Menschen zu sitzen, war überaus nervenaufreibend für sie, ganz zu schweigen von den verschiedenen Spannungsverhältnissen und Aufgaben, die sie dort zu meistern hatte. Im normalen Alltag war sie während ihrer wachen Stunden meistens allein, bestenfalls Ames arbeitete im Nebenzimmer. Und in der Regel war das für sie auch genug Gesellschaft. Was immer Rob zu sagen hatte, sie würde es besser verdauen, wenn sie sich wieder etwas frischer fühlte.

Auf dem Heimweg von der Jansch-Truppe hatte Juliet sich in einem koreanischen Supermarkt umgesehen, wo sie einen kleinen Berg an grünem Salat, Paprika, Pilzen, Avocados und anderen Gemüsen anhäufte. Der Anblick von Elektra Andreades, die auf Mitleid erregende Weise ihre winzigen Rosinen knabberte, war ihr ins Gedächtnis gebrannt, und sie warf ein Päckchen Cashewnüsse, einige Croutons, ein halbes Dutzend Kiwis und eine Zuckermelone in ihren Einkaufswagen. Einen Augenblick später geriet sie vor einem Verkaufsstand voller Bing-Kirschen ins Wanken, dunkel und fest und beinahe unerträglich verführerisch. ‹Pestizide, Pestizide›, rief sie sich in Erinnerung und stärkte ihre Willenskraft, indem sie vor ihrem inneren Auge auf jeder köstlichen Kirsche einen kräftigen Spritzer giftiger Chemikalien visualisierte. Sie würde Ames bitten, im Bio-Supermarkt anzurufen und herauszufinden, ob sie dort Kirschen im Angebot hatten. Verbotene Frucht, im wahrsten Sinne des Wortes.

Es war beinahe Ende Juli, und der Sommer reifte herrlich heran. Die schwüle Hitze der früheren Wochen war von einer weniger feuchten, angenehmeren Wärme abgelöst worden. Die

Tag- und Nachtgleiche lag zurück, und die Abende wurden merklich kürzer, aber es gab um 20 Uhr immer noch genug Licht, als sie ihren Salat (jetzt gewaschen, klein geschnitten, mit Dressing versehen und in einer gigantischen Porzellanschale angerichtet) auf die Terrasse trug, sich hinsetzte, auf den Fluss sah und aß.

Beim Essen zu lesen war eine Angewohnheit, die sie zu vermeiden suchte, da es der Mahlzeit den halben Geschmack raubte. Stattdessen ließ Juliet ihren Blick abwechselnd auf dem frischen, glänzenden Salat ruhen, auf dem rosa gefärbten Horizont und auf dem violetten Fluss. Sie staunte über die Vielfalt der Nahrung, wie sie das oft tat, über deren fantastische Farben und Formen, wie angenehm sie im Mund lag. Sie staunte ebenso über die Schönheit des Flusses und des Horizonts, fragte sich, warum der Anblick von Bäumen, einem Fluss und des Himmels die Seele so sehr zu trösten vermochte. Vor nicht allzu langer Zeit hatte sie in der Lobby der Metropolitan Opera, zwischen dem zweiten und dritten Akt von *La Traviata*, zufällig gehört, wie eine junge Frau zu ihrer Begleitung sagte: «Die Natur ist der Bildschirmschoner des Lebens.» Jetzt erinnerte sie sich daran und seufzte. Vermutlich war die Natur wirklich zum Bildschirmschoner des Lebens geworden – und das Leben für viele der Bildschirmschoner des Fernsehers.

Als Juliet eine Kiwi schälte, wurde ihre Stimmung allmählich etwas weniger philosophisch. Sie konnte ihre Schuldgefühle nicht abschütteln, weil sie Ruth an diesem Tag allzu freudig zu Hilfe geeilt war. Sie war wie eine Alkoholikerin: die winzigste Ausrede genügte ihr schon, um ihren Schreibtisch im Stich zu lassen. Der arme Sir Edward Rice saß immer noch allein in seinem Arbeitszimmer und dachte über Lord Morecambes unverschämte Herausforderung zum Duell nach. Bücher, mahnte sie sich, schrieben sich nicht von allein. Und als sie an diesem Abend nach Hause gekommen war, hatte sie eine Notiz von Ames vorgefunden, dass die Cover-Illustration für *Quadrille in London* an diesem Morgen zur Website ihres Fanclubs geschickt worden sei. Juliet wünschte, der Verlag würde ihre Buchcover nicht im Voraus veröffentlichen. Sie setzten sie damit immer sehr unter Druck. Juliet seufzte erneut. Morgen würde sie sechs Stunden arbeiten – komme, was da wolle. Sie konnte hinterher zur Jansch-Truppe gehen. Sie würde Ames bitten, bei Victorine anzurufen und ihr mitzuteilen, wann sie sie erwarten konnte.

Juliet beendete ihre Mahlzeit und wollte aufstehen, doch erst rutschte sie ein wenig auf dem Stuhl umher. Dieses Jucken. Es war so lange her, seit sie ihre letzte Pilzinfektion gehabt hatte. Vielleicht noch einen Joghurt als Dessert? Sie hatte auch schon von Frauen gehört, die Joghurt direkt auftrugen ... vielleicht sollte sie im Internet nach natürlichen Heilmethoden suchen.

Gegen 21 Uhr 30 hatte sie das Gefühl, sie müsse endlich Robs Brief lesen, ging in ihr Büro und fand ihn ganz oben auf dem Stapel an Korrespondenz, den Ames für sie vorbereitet hatte. Er war gefaltet, und ein gelber Post it-Zettel klebte auf dem Umschlag. ‹Es tut mir so Leid!›, stand in Ames psychotisch sauberer Handschrift darauf. Juliet überlegte einen Moment, dann beschloss sie, den Brief am besten an ihrem Schreibtisch zu lesen, wo sie sich für gewöhnlich am selbstbewusstesten fühlte. Vielleicht gab es einen praktischen Grund, aus dem Rob ihr schrieb, etwas, bei dem Juliet ihm helfen konnte. Vielleicht brauchte er eine Organtransplantation oder war fälschlicherweise zum Ziel einer bundesweiten FBI-Fahndung geworden. Sie öffnete den Brief. Doch die Angelegenheit war nicht so einfach.

Als Robs und Juliets Ehe zerbach, schien der Grund, der Katalysator, auf der Hand zu liegen: die Affäre, die Rob seit vier Monaten mit einer aufstrebenden jungen Schauspielerin namens Elise hatte. Ihre Ehe war problematisch gewesen, das hatte Juliet schon zuvor erkannt, aber von dieser Sache erfuhr sie erst, als er es ihr sagte. Dann war sie verletzt – von der Ansammlung von Lügen, die Rob ihr während dieser heimlichen Liaison erzählt hatte, und von seiner Beichte. Er erklärte, dass er nicht länger unter Juliets Pantoffel stehen wollte. Rob hatte seine Sachen gepackt und war zu seiner großen Liebe nach Toronto gezogen. Drei Wochen nachdem sie die endgültigen Scheidungspapiere unterzeichnet hatte, erhielt Juliet die Nachricht von der Eheschließung von Robert Vincent Ambrosetti mit Elise Maria Craig. Sechs Monate später kam die zweite Ankündigung: die Geburt ihrer Tochter Jemima Rose Ambrosetti.

Robs Freunde und die Freunde von Juliet hatten kaum Umgang miteinander gehabt und Juliet hatte nicht gewusst, dass ein Baby unterwegs war. Sie hatte vor Jemimas Ankunft eine Art emotionales Gleichgewicht erreicht, aber die Geburtsanzeige führte zu einer Phase großen Kummers, beinahe Verzweiflung, kaum weniger schmerzlich als die ursprüngliche Trennung. Doch sie kam darüber hinweg. Als ein gemeinsamer Bekannter ihr zwei Jahre später mitteilte, dass Elise und Rob sich hatten scheiden lassen, hatte Juliet mit Rob und ihrer Ehe abgeschlossen.

Unseligerweise hatte Rob ihr seit seiner zweiten Scheidung mit wachsender Zuneigung und in immer kürzeren Abständen geschrieben. Zuerst waren die Briefe reuig und flehend, dann nüchtern und gewichtig, dann einfach nur sehnsuchtsvoll. Doch zuletzt (was auch viel intelligenter war) wurden sie unterhaltsam. Rob war schließlich am Theater. Er konnte überaus amüsant sein. Juliet hatte ihn gebeten, nicht mehr zu schreiben, es beunruhige und verwirre sie. Aber obwohl er dann ein oder zwei Monate davon Abstand nahm, traf letztendlich immer wieder ein Schreiben ein. Er wolle Toronto unbedingt verlassen, teilte er ihr mit, aber Elise hatte sich dort niedergelassen. Wenn er nach New York zöge, müsse er seine Besuche bei Jemima einstellen, zumindest bis er genug Geld habe, um hin- und herzufliegen. Rob konnte sehr komisch sein, wenn er unglücklich war, und über Kanada im Allgemeinen und Toronto im Besonderen ließ er sich immer ziemlich lustig aus. Juliet fühlte sich mit jedem Brief, den sie erhielt, wie zerrissen.

Dieser Brief war besonders komisch. Sie las ihn, legte ihn mit Tränen in den Augen zur Seite – Tränen der Heiterkeit und der Trauer – und entwarf im Geist die kurze, maßvolle Antwort, die sie ihm morgen schicken würde. Dann griff sie nach Teris Eröffnungskapitel, das eine Beschreibung des Lebens einer Großfamilie in Eau Claire, Wisconsin, im Jahre 1902 schilderte, und nahm es mit ins Bett. Es war, wie sie mit Freuden feststellte, gar nicht so schlecht.

Am folgenden Morgen erwählte Sir Edward Rice seinen Cousin Francis Sneed zu seinem Sekundanten. Juliet, die mit einer Karaffe Eistee zur Stärkung pflichtbewusst an ihrem Schreibtisch saß, war von dieser Wahl überrascht – aber sie musste einräumen, dass Charles Dalrymple zwar Sir Edwards bester Freund war, aber auch Nachbar von Lord Morecambe in Derbyshire. Natürlich wollte Sir Edward ihn nicht in eine derart peinliche Situation bringen. (Genauer gesagt grenzten die Landsitze von Morecambe und Dalrymple aneinander; Angelica K-H war ein großer Fan der englischen Lebensweise.)

Für gewöhnlich war die erste halbe Stunde am Schreibtisch die schlimmste. Sobald Juliet sich aufgerafft und an die Arbeit gemacht hatte und eine Weile am Schreibtisch saß, entwickelten die Dinge eine eigene Dynamik, und sie arbeitete ganz zufrieden vor sich hin. Die Respekt einflößende Ames hatte bereits die angeforderten Notizen zu Hampstead Heath gefunden, darum verbrachte Juliet ein paar glückliche Stunden dort, nachdem sie die Angelegenheit von Sir Edwards Sekundanten geklärt hatte. Sie frischte ihr Wissen um die Sehenswürdigkeiten von Hampstead Heath auf und suchte einen geeigneten Platz, an dem das Duell an einem Aprilmorgen unbeobachtet stattfinden konnte. Es war ein Schock, als sie von der Beschreibung einer Speisekarte aus Jack Straws Schloss vom Jahre 1817 aufsah und feststellte, dass es 16 Uhr 15 in New York war. Hastig griff sie nach Teris Kapitel (auf dem jetzt ein gelber Post it-Zettel mit einigen bewundernden und wirklich aufrichtigen Worten klebte), schnappte sich ihre Überlebenstasche und rannte zur Tür hinaus.

Während die Proben weitergingen und sich die Saison der Aufführungen näherte, war Juliet die zunehmende Zielgerichtetheit und Effizienz der Jansch-Truppe aufgefallen. Anton Mohrs Tod war nicht vergessen, aber die Trauerfeier für ihn hatte das Trauma offenbar erfolgreich verarbeitet, es zu einem Teil der Vergangenheit gemacht, sodass die Kompanie nach vorn sehen und die notwendige Arbeit getan werden konnte.

Als Juliet an diesem Tag in die Studios lugte (nachdem sie Teris Kapitel in deren Postfach direkt hinter der Hutschachtellobby gelegt hatte), entdeckte sie in jedem Raum eine kompetente kleine Maschinerie an der Arbeit: Tänzer, die sich in ihre Rolle einfühlten, Lehrer, die vertraute Witze über unausrottbare Fehler machten, Projekte, die langsam Gestalt annahmen. Selbst in Studio drei hatte die Katastrophenstimmung etwas abgenommen, wenn auch noch nicht die Ruhe herrschte, die für Victorine so wichtig war. Dennoch kam Patrick sogar zur Tür, um Juliet hineinzubegleiten, während Ruth es fertig brachte, die paar Augenblicke ohne ihn weiterzuarbeiten. Ruth sei es nicht gelungen, Ryder und Hart für die Stunde zwischen drei und vier zu bekommen, flüsterte Patrick Juliet zu, aber zwischen eins und drei habe sie Elektra, Hart und Lily im Studio gehabt, und sie hätten in dieser Zeit sehr viel zur Vervollständigung des vierminütigen ‹Liebe sie, liebe sie›-Pas de trois beitragen können. Ruth habe sie jetzt wieder im Studio und hoffe, die Sache zu beenden, bevor sie an diesem Abend nach Hause gingen. Für 18 Uhr sei das ganze Ensemble ins Studio drei bestellt, und sie plane, einen Durchlauf all dessen zu versuchen, was sie bislang vom zweiten Akt choreografiert hatte.

«Wie geht es Lily?», flüsterte Juliet. «Was hat der Arzt gesagt?»

Ruth arbeitete genau in diesem Moment mit dem verletzten Star, ging mit ihr ein Manöver durch, bei dem Lily ihren Arm schwenken musste, als ob sie einen Akt schwarzer Magie vollzöge. Die Ballerina hörte aufmerksam zu und sah aus wie immer. Das einzige Anzeichen, das Juliet für den gestrigen Unfall entdecken konnte, war ein blauer Fleck am Unterkiefer.

«Er meinte, es sei weiter nichts», erwiderte Patrick. «Nur eine Beule. Und sie sagt, ihrem Kopf gehe es jetzt wieder gut.»

«Ach, was für ein Glück.» Juliet betrachtete Lily noch etwas länger, dann sah sie sich im Raum um. Hart hielt sich an einer der Stangen fest, führte eine Art Streckübung für die Beine durch. Elektra, einige Meter entfernt, stand unnatürlich still, den Kopf gesenkt, die Schultern untypischerweise eingefallen. Sie sah spitz aus, irgendwie merkwürdig, etwas weniger anorektisch als sonst, aber sehr unglücklich.

Juliet machte Patrick darauf aufmerksam.

«Ich weiß», meinte er. «Sie hat es mit dem Magen. Ihr Gesicht ist auch ganz grün.»

Juliet nickte. Sie wünschte, Ruth würde es bemerken und Elektra nach Hause schicken. Es tat richtig weh zuzusehen, wie jemand, dem es offensichtlich schlecht ging, versuchte, sich normal zu verhalten.

Und Elektra versuchte es wirklich. Ruth bat sie, die ganze Sequenz bis zu dem Takt zu tanzen, an dem sie gerade arbeiteten. Elektra tanzte die gesamte Sequenz, zwar nicht ‹mit voller Kraft›, wie die Tänzer es nannten, nur mit Probenstärke, aber immerhin. Und wie am Vortag ächzte sie häufig, besonders, wenn Hart sie hob oder abstellte. Als Ruth zu guter Letzt eine Pause verkündete, setzten sich die beiden neben das Klavier, nicht weit von Juliet entfernt.

Ruth war mit Patrick beschäftigt und machte sich mit ihm einige Notizen, darum hatte Juliet Zeit zu lauschen. Es wäre auch schwer gewesen, nicht zuzuhören.

«Gott, ist mir schlecht!», stöhnte Elektra. «Aua! Hilf mir doch!»

Hayden bedachte sie mit einem recht seltsamen Blick, wie es Juliet schien, aber er sagte nur: «Vielleicht hast du Hunger. Du hast nicht gerade viel gegessen.»

«Wie könnte ich hungrig sein?», erwiderte sie gereizt. «Du fütterst mich seit zwei Tagen mit diesen verdammten Rosinen. Bei jeder Hebung habe ich das Gefühl, sie gleich auskotzen zu müssen.» Sie senkte ihre Stimme. «Ich wünschte, sie würde endlich mit dieser verdammten ‹Madonna/Hure›-Hebung aufhören.» (Das war der Name der komplizierten Hebefigur, die Ruth am Vortag entwickelt hatte.) «Meine Rippen fühlen sich Scheiße an. Was nicht dein Fehler ist», fügte sie hinzu und legte sich flach auf den Boden.

«Tut mir Leid. Ich bin auch ziemlich erledigt», sagte Hart. Er sah wirklich schrecklich aus. Sein blondes Haar hing ihm in feuchten Strähnen ins Gesicht, sein schmales, hübsches Gesicht war blass und angespannt. Er hatte sogar ein Zucken im Augenwinkel, wie Juliet bemerkte. Patrick hatte ihr gesagt, dass sich Tänzer einfach niemals beim Choreografen beschwerten, gleichgültig, wie ausgelaugt sie waren oder wie viel Schmerzen sie litten. Als sie diesen beiden zuhörte, dachte Juliet, was für ein lächerliches und absolut unmenschliches System das war. Als ob Ruth eine Art Gott wäre, dessen kreative Agonie so außergewöhnlich und kostbar war, dass in ihrem Umfeld das Leben jedes Einzelnen dafür zur Hölle gemacht werden durfte!

Die Pause endete, und die schwierige Probe begann von neuem. Lily Bediant, die den Raum verlassen hatte, kam mit einer frischen vollen Flasche Wasser und dem Ausdruck gelassener Märtyrerschaft zurück. Mary Christie, Nicky Sabatino und Kirsten Ahlswede, die ihre zehn Minuten der Freiheit mit Streck- und Hüpfübungen an der Stange verbracht hatten, nahmen ihre Plätze im hinteren Teil des Studios wieder ein. Offenbar fügten sie sich in ihr Schicksal, eine weitere Stunde das zu kopieren, was die Erstbesetzung tat (und dabei völlig ignoriert zu werden). Elektra hievte sich mühsam auf die Beine und lieferte sich Ruths Gnade aus, wonach Hart sie und Lily von hier nach da und von da nach hier hob (wie Anton Mohr gesagt haben würde). Victorine saß aufrecht und wachsam auf ihrem Stuhl. Luis Fortunato spielte dieselben Noten immer und immer wieder.

Und dann fiel Elektra in Ohnmacht.

Sie tanzte für sich, kurz bevor sie fiel, beobachtete sich im Spiegel, während sie eine Art Lauf-und-Dreh-Schritt aus dem zweiten Akt übte. Unterdessen probten Hart und Lily noch einmal eine frühe Hebung aus dem ‹Liebe sie›-Abschnitt. Elektra gab ein kleines Geräusch von sich, angesichts des lauten Klaviers fast unhörbar, und kippte wie benommen einfach um. Dann lag sie in einer halb-embryonalen Krümmung auf der Seite, die Augen halb geöffnet, die Augäpfel nach hinten gerollt, die Arme schlaff, die Haut feucht und blass.

«Ich hole eine Ammoniakkapsel», rief Patrick und rannte aus dem Studio.

«Es ist der Hunger», meinte Hart, der nach der Anstrengung immer noch keuchte. «Sie hat nichts gegessen.»

Victorine warf einen verächtlichen Blick auf Ruth. «Es ist wohl eher völlige Erschöpfung.»

«Vielleicht die Hitze?», schlug Juliet vor, die die Gewächshaustemperaturen im Studio immer schon verblüfft hatten.

«Seht nur!»

Mit dem Ausdruck blanken Entsetzens im Gesicht wies Kirsten Ahlswede auf ihre ohnmächtige Kollegin. Zuerst begriffen Juliet, Ruth und Victorine, die auf der anderen Seite des Raumes standen, nicht, was sie meinten. Doch dann sahen es auch sie.

Ein roter Fleck sickerte zwischen den Beinen der bewusstlosen Frau hervor. Er verwandelte sich rasch in eine riesige rote Pfütze.

16

Ryder Kensington schien Juliet nicht der Mann zu sein, der in einer Krise den Kopf verlor. Doch zwanzig Minuten, nachdem er erfahren hatte, dass man seine Frau ins Krankenhaus gebracht hatte, brach er offenbar völlig zusammen.

«Bleiben Sie hier», sagte Juliet und schob ihn auf einen Plastikstuhl im Wartebereich der Notaufnahme des St.-Luke's-Roosevelt-Krankenhauses. «Ich frage mal, wo sie ist.»

Eine Stunde zuvor waren Sanitäter und Polizisten in einer Szene, die auf unheimliche Weise an Antons Abtransport vor zwei Wochen erinnerte, in Studio drei eingefallen. (Juliet wusste mittlerweile, dass die Polizei automatisch verständigt wurde, wenn die Zentrale einen Krankenwagen losschickte.) Sie stellten Fragen und verschwanden dann mit Elektra auf einer Trage. Wenigstens hatte Elektra ihr Bewusstsein wiedererlangt und konnte einige der Fragen selbst beantworten. Aber ihr Ehemann war nicht zu finden. Greg fuhr mit dem Krankenwagen, während Juliet und Patrick vergeblich nach Ryder suchten. Mit grimmigem Gesichtsausdruck eilten sie die Korridore des Jansch-Gebäudes entlang und versuchten dabei, jeden Anschein einer Katastrophe zu vermeiden. Der Tagesplan zeigte, dass Ryder in dieser Stunde zu keiner Probe eingeteilt war, aber er hätte sich um sechs zu Ruths Durchlauf des zweiten Aktes mit dem ganzen Ensemble einfinden müssen.

Was er nicht tat.

Erst als Amy Egan kurz nach 18 Uhr 30 aus der U-Bahn am Astor Place trat, stellte sie fest, dass man ihren Pager aktiviert hatte. Ryder sei in die Innenstadt zu einer überraschenden Anprobe bei den Kostümbildnern gefahren, erzählte sie Gayle, der Empfangsdame, eine dringende Angelegenheit, weswegen ihm erlaubt worden sei, zu der 18-Uhr-Probe zu spät zu kommen. Gayle gab die Nachricht weiter und rief bei den Kostümbildnern an; aber die sagten, Ryder habe ihr Atelier schon vor geraumer Weile verlassen.

Und tatsächlich schlenderte er in die schicke, kleine Lobby, als Gayle gerade den Hörer auflegte. Er wirkte merkwürdig normal in dem roten Top und den Jeans, während er zu seinem Walkman zu sprechen schien und anfangs gar nicht bemerkte, dass die kleine Gruppe besorgter Menschen in der Lobby etwas mit ihm zu tun hatte.

«Elektra?», rief er, nachdem Patrick es ihm erklärt hatte. Sein Ton schien anzudeuten (so kam es Juliet vor), dass unter seinen vielen Ehefrauen Elektra diejenige war, von der er am wenigsten einen medizinischen Notfall erwartet hätte.

Und nach diesem zweifelhaften Ausruf brach er völlig zusammen. Juliet sagte ihm, dass bereits ein Wagen unten auf ihn warte, dann begleitete oder vielmehr führte sie ihn zu dem Auto. Als sie sah, mit welch fassungslosem Gesichtsausdruck er einstieg, setzte sie sich neben ihn. (Patrick musste natürlich zurück und Ruth helfen, die nicht die Absicht hatte, ihre letzte Probenstunde an diesem Tag vorzeitig zu beenden.) Also kamen sie gemeinsam im St. Luke's an, wo der Warteraum der Notaufnahme von hustenden Kindern, blutenden Teenagern und stöhnenden Senioren überzuquellen schien – die üblichen New Yorker, die einen unerwartet harten Tag hinter sich hatten.

Juliet drückte Ryders muskulöse Schultern fest gegen die Stuhllehne, bevor sie zur Empfangstheke der Notaufnahme losmarschierte.

Dort erfuhr sie, dass man Elektra sofort aufgenommen habe und man sich jetzt in einem der Behandlungsräume um sie kümmere, wo sie nicht gestört werden durfte. Als sich ihre Informantin umdrehte, trat Juliet rasch durch eine Tür mit der Aufschrift ZUTRITT VERBOTEN und fand Greg Fleetwood, der an einer Säule in der Mitte eines Labyrinths aus vorhanggeschützten Kabinen lehnte.

«Sie ist da drin», sagte Greg und wies auf eine Kabine, deren Vorhang sich ausbeulte, während man innen geschäftig hin und her eilte.

«Wissen Sie schon ...?»

«Nein.»

Sie erinnerte sich, dass Greg vor kurzem viele Stunden in ebendiesem Krankenhaus mit Anton verbracht hatte. Juliet empfand Mitgefühl mit ihm und schickte ihn hinaus, um Ryder Gesellschaft zu leisten, während sie diese Kabine im Auge behielt. Hinter dem Vorhang sah man grüne Hosenbeine vom Knie abwärts. Sie eilten von der einen Seite des Bettes zur anderen, dann wieder zurück. Gelegentlich tauchte jemand auf oder verschwand darin, viel zu konzentriert auf seine Arbeit, als dass Juliet gewagt hätte, eine Frage zu stellen. Apparate piepsten. Stimmen murmelten Unverständliches. Nach einer scheinbar endlos langen Zeit trat eine schlanke, sehr junge Frau heraus, stellte sich als Dr. Chen vor und fragte, ob Juliet eine Verwandte sei.

Juliet spürte, wie sie angesichts dieser ernsten Frage erbleichte. «Nein. Ihr Ehemann sitzt im Wartezimmer.»

«Ich komme mit Ihnen», erklärte Dr. Chen und ging voraus.

Sie fanden Ryder allein. Greg war auf die andere Straßenseite geflohen, um zwei Eiskaffee zu besorgen.

«Kommen Sie bitte», bat die Ärztin und winkte Ryder durch eine Tür hinter der Theke, die Juliet zuvor nicht aufgefallen war. Sie versuchte, Ryders Blick zu erhaschen, damit sie sich entschuldigen konnte, aber er sah nicht auf.

«Ich warte auf Sie . . .», fing sie an, aber Dr. Chen winkte auch ihr zu und sie folgte. Die Tür führte zu einer Reihe winziger Untersuchungszimmer. Dr. Chen fand einen leeren Raum und bat sie hinein. Ryder setzte sich auf den einzigen Stuhl, Juliet nahm auf dem Untersuchungstisch Platz.

«Es tut mir Leid, aber Ihre Frau hat das Baby verloren», sagte Dr. Chen sanft, wenn auch ohne jegliche Einleitung.

«Das . . .»

Soweit Juliet wusste, war das Ryders erstes Wort, seit er den Namen seiner Frau in der Lobby des Jansch-Gebäudes ausgerufen hatte. Kaum hatte er es ausgesprochen, hielt er inne, wirkte völlig fassungslos.

Auch Juliet fühlte sich sprachlos. Elektra schwanger! Kein Wunder, dass sie so grün im Gesicht gewesen war.

«Die gute Nachricht ist, dass es ihr gut geht und sie sich vollständig erholen wird», fuhr die Ärztin aufmunternd fort. «Es besteht kein Grund, warum sie nicht bald schon wieder schwanger sein sollte. Sie hat ziemlich viel Blut verloren, aber ich denke, in ein paar Tagen ist sie wieder ganz die Alte. Nur eben ...» Sie schaute mitleidsvoll auf Ryder. «Nur eben ohne das Baby. Es tut mir so Leid.»

Ryder saß wie gelähmt. «Was für ein Baby?», brachte er schließlich heraus.

Es trat eine Pause ein. Juliet spürte, wie ihr Herz gegen ihren Brustkasten pochte. «Wussten Sie es denn nicht?», fragte Dr. Chen. «Ihre Frau war schwanger.»

«Elektra Andreades? Haben Sie die richtige Patientin?»

Dr. Chen sah auf die braune Akte in ihrer Hand. «Ja, das stimmt, Mr Andreades», sagte sie. «Sie war im dritten Monat schwanger. In der dreizehnten Woche, um genau zu sein.»

«Meine Frau kann nicht im dritten Monat schwanger sein», fauchte Ryder, die buschigen Augenbrauen gesenkt, die Stimme voller Verachtung für diese Ärztin, die die Grundlagen des Lebens nicht verstand. «Zum einen hat meine Ehefrau teilweise verstopfte Eileiter, die eine Empfängnis extrem schwierig gestalten. Zweitens hatten wir keinen Sex mehr seit ...»

Juliet spürte, wie sie rot wurde. Ryder bemerkte den Bruch in seiner Logik und schwieg abrupt. Es herrschte eine furchtbare Stille in dem Raum. Die Neonröhren surrten. Draußen im Flur hörte man die dröhnende Stimme einer Krankenschwester: «Hatte Ihre Nase immer schon einen Drall nach links, Mrs Lester?»

Schließlich sagte Dr. Chen: «Man bringt sie in diesem Moment in den dritten Stock hoch.» Sie sah Hilfe suchend Juliet an. «Nehmen Sie einen der Aufzüge von der Lobby. Die Stationsschwester wird Ihnen sagen, welches Zimmer Sie aufsuchen müssen.»

Dr. Chen presste auf merkwürdig schulmädchenhafte Art die Akte an ihre schmale Brust, lächelte etwas melancholisch, nickte mehrmals und verließ den Raum. Auf der Schwelle blieb sie stehen, um ihre Besucher mit hinauszunehmen. Als die Tür zum Untersuchungszimmer zufiel, schien sich die Ärztin in Luft aufzulösen. Sie ließ Juliet und Ryder allein im Wartebereich zurück.

Ryder war beinahe dreißig Zentimeter größer als Juliet, und sie konnte sein Gesicht nur sehen, indem sie etwas zurücktrat und den Kopf in den Nacken legte. Das war ihr unangenehm – sie fürchtete sich sogar davor –, doch auch so nahm sie wahr, dass eine Art Sturm über sein markantes Gesicht zu toben schien. Seine dunklen Augen blitzten grimmig, die Augenbrauen zuckten, Mund und Kiefer bebten. Es war nicht nur sein Gesicht. Juliet hatte den Eindruck, dass die aufsteigenden Gefühle wie Dampf von der Haut abstrahlten. Kochend heißer Dampf. Sie sah sich hoffnungsvoll nach Greg um, aber sie waren nur wenige Minuten weg gewesen. Wahrscheinlich stand er in irgendeinem *Starbucks* noch in der Schlange. Der Glückliche.

«Möchten Sie . . .», fing sie an.

«Ich gehe jetzt zu ihr hoch», unterbrach Ryder. «Danke für . . .»

«Ich komme mit Ihnen», schnitt ihm Juliet ihrerseits das Wort ab, als das Bild der hilflosen Elektra vor ihrem inneren Auge auftauchte.

«Das wird nicht nötig sein», erklärte Ryder.

«Ich möchte sie sehen.» Juliet eilte neben ihm zurück in die Lobby. Zu ihrer Erleichterung stritt sich Ryder nicht mit ihr. Sie fühlte sich neben ihm sehr klein, und vermutlich war er zu dem Schluss gekommen, dass sie ebenso wie eine Hauskatze oder eine Stubenfliege zu unbedeutend war, um sich wegen ihr Gedanken zu machen. Sie warteten stumm auf den Aufzug und stiegen dann gemeinsam ein.

Im dritten Stock schickte sie die Stationsschwester den Flur entlang zu Zimmer 418. Ryder marschierte los, Juliet wuselte hinter ihm her. 418 war ein Zweibettzimmer, aber das Bett neben der Tür war leer. In dem Bett am Fenster lag Elektra mit geschlossenen Augen, immer noch bleich, aber schon weniger Besorgnis erregend weiß als noch vor zwei Stunden. Ihr dunkles Haar lag verschwitzt und feucht auf dem Kissen. Selbst in einem solchen Moment war sie ungeheuer schön, dachte Juliet.

Ryder stellte sich neben das Bett und berührte Elektras Schulter. Sie schlug die Augen auf.

«Hi», sagte er.

«Hi.»

Juliet blieb an der Tür stehen. Sie war nicht sicher, ob sich einer von beiden ihrer Anwesenheit bewusst war, aber sie war bereit, sofort die Schwester zu rufen, sollte Ryder eine unbedachte Bewegung machen.

Doch er bewegte sich nicht. «Wer hat dich geschwängert?», fragte er stattdessen fast beiläufig.

Die Augen seiner Frau schlossen sich wieder. «Anton Mohr.»

«Tja, dieser Hurensohn», brummte Ryder, die Hände an seiner Seite zu Fäusten geballt. Juliet bemerkte, wie sein Ehering in dem harten elektrischen Licht funkelte. Sie erreichte bald die Lebensmitte und wunderte sich immer mehr über die Ehe, die ihr eine geheimnisvolle und verwirrende Institution zu sein schien (zumindest wenn sie lange genug währte). Aus der Eichel der Romanze wuchs eine Eiche der Realität, die diesem süßen, aufregenden, umhätschelten kleinen Saatkorn nicht mehr ähnelte – so wenig eben eine Eiche einer Eichel ähnelt. Sie hatte sich manchmal gefragt, wie wohl ein Ehering aussehen würde, der sich ebenso verändern konnte wie die Beziehung, die er symbolisierte.

«Wann genau wolltest du mir das sagen?», fragte Ryder.

Elektra öffnete wieder die Augen und fing an zu weinen. «Geh. Ich fühle mich schon scheußlich genug.»

Sie setzte sich auf, um ein Papiertaschentuch vom Nachttisch zu nehmen, und zum ersten Mal bemerkte sie Juliet.

«Was zum Teufel machen Sie hier?», fragte Elektra.

Juliet war überrumpelt. «Ich wollte nur sicherstellen, dass . . .», fing sie an, doch sie konnte den Satz nicht beenden. Was zum Teufel machte sie hier? Es war offensichtlich, dass es in der Jansch-Truppe verschlungene Fäden gab, die sie niemals verstehen würde – und (wahrscheinlich) sie auch nichts angingen. Sie hatte Teri Malone deutlich sagen hören, dass Olympia

Andreades Antons Geliebte gewesen sei. Und doch war jetzt ihre Schwester ...

Juliet schüttelte den Kopf. «Es tut mir Leid», sagte sie. «Ich wollte nur Ryder zu Ihnen bringen. Ich gehe jetzt.»

Und das tat sie dann auch.

Es war mittlerweile beinahe 21 Uhr am Mittwochabend. Juliet fuhr mit dem Taxi direkt zum Riverside Drive, Ecke Einhundertsechste Straße. In dem Versuch, so zu tun, als sei sie wehrhaft und beherrsche Jiujitsu marschierte sie zügig in den dunklen Park. Die Bildhauer spielten an diesem Abend gegen die Konzeptkünstler, wie sie feststellte. Und rammten sie offenbar in Grund und Boden.

Als sie eintraf, liefen die Bildhauer gerade aufs Feld. Unter dem hohen elektrischen Licht stachen die himmelblauen T-Shirts mit der Aufschrift ‹Bildhauer tun es in drei Dimensionen› heraus und hoben sie von ihren Gegnern ab. (Die Konzeptkünstler trugen weiße T-Shirts mit einem Porträt von Ludwig Wittgenstein auf dem Rücken). Murray lief direkt zum Rightfield, und Juliet sah bald schon, warum. Der erste Konzeptkünstler schickte einen High Fly in seine Richtung. Murray fing den Ball aus der Luft und warf ihn dem Bildhauer auf der zweiten Base zu. Zwei Outs. Der nächste Batter, unterernährt und kurzsichtig, mit einem militärischen Kurzhaarschnitt und einem eintätowierten Totempfahl auf dem linken Arm, lugte, holte aus, lugte, holte aus, wischte sich die Brillengläser und lugte und holte erneut aus, aber ohne etwas zu treffen. Wieder ein Punkt für die Bildhauer. In dem Durcheinander beim Seitenwechsel brachte Juliet es fertig, Murray auf sich aufmerksam zu machen.

«Hey, Jule!» Er sah zu ihr herunter, überrascht und – das konnte sie nicht missdeuten – erfreut. «Du bist gekommen!»

«Ich muss mit dir reden», sagte sie mit mehr Contenance als sie fühlte. Die Szene im Krankenhaus war extrem verstörend gewesen. Sie wollte mit jemandem darüber sprechen, der die

Hintergründe kannte, und Ruth kam dafür nicht in Frage, denn Ruth wäre entsetzt, wenn sie erfuhr, dass Elektra schwanger war, und entzückt über die Fehlgeburt – denn nur so konnte ihre Erstbesetzung die Estella tanzen.

«Großartig. Wir sind in ungefähr einer halben Stunde fertig. Setz dich. Du kannst unser Fan sein», sagte Murray.

Er nickte zum Abschied, drehte sich um und feuerte Jennifer an, eine schlaksige Blondine im Minirock, mit gepiercter Nase und Reeboks, die zur Home Base gelaufen war.

Nach zwei Balls und zwei Strikes hatte sie immer noch nicht geschlagen. Offenbar war die Liga der Visuellen Künste über Buh- und Zwischenrufe erhaben, aber es gab jede Menge Gebrüll und Aufmunterungsrufe zur Unterstützung der eigenen Teamspieler.

Juliet setzte sich auf die Bank der Bildhauer, augenscheinlich als einzige Zuschauerin. Murray sah mit Fanghandschuh einfach gut aus. Sie zwang sich, ihren Blick auf etwas anderes zu richten, und erkannte auf der ersten Base den Kapitän der Konzeptkünstler, der vor kurzem eine Arbeit geschaffen hatte, bei der das New Yorker Flat-Iron-Gebäude und eine riesige Menge Oxfordhemden eine Rolle gespielt hatten. Der *New Yoker Observer* hatte eine begeisterte Kritik gebracht.

Als das Spiel endete, war Juliet in deutlich besserer Stimmung als bei ihrer Ankunft.

Außer Atem und verschwitzt ließ sich Murray neben sie auf die Bank fallen. «Willst du was trinken?» Er nickte in Richtung des Cafés, das den Sommer über auf der Betonterrasse neben den sandigen Spielfeldern geöffnet hatte.

«Gern.»

Sie wartete, während er Bälle, Schläger und andere Utensilien des Teams einsammelte, dann ging sie neben ihm den schlecht beleuchteten, leicht ansteigenden Pfad entlang. In dem flackernden elektrischen Licht sah sie die Schweißperlen in seinem lockigen Haar.

«Ihr Jungs habt die Konzeptkünstler ja richtig vom Feld gefegt», lobte sie und hatte plötzlich gar keine Lust mehr zu erklären, was sie hergeführt hatte.

Murray zuckte mit den Schultern. «Sie waren im Nachteil. Ihr Pitcher arbeitet gerade an einem Stück, mit dem zusammen er die ganze Woche im Fleischerviertel ausgestellt wird. Du solltest nächsten Mittwoch kommen. Da spielen wir gegen die abstrakten Maler. Die sind echt schlecht.»

Sie setzten sich an einen Tisch neben dem Geländer, welches das Café von den diversen Spielfeldern abtrennte. Dahinter lag der geschäftige Highway und dahinter der funkelnde Hudson.

«Was ist los?», fragte Murray. «Du bist doch nicht gekommen, um dir Fielder-Tipps zu holen.»

Juliet erzählte es ihm.

«Anton. Meine Güte», sagte Murray, als sie zur Szene in Elektras Krankenzimmer gekommen war. «Denk nur, was für ein Baby die beiden gehabt hätten.»

Juliet nickte. Sie glaubte nicht, dass Ruth daran auch nur einen Gedanken verschwenden würde.

«Die ganze Sache hat mich ziemlich erschüttert», sagte Juliet.

«Kein Wunder. Was hat Greg Fleetwood gesagt?»

«Greg!» Juliet starrte ihn an wie vor den Kopf gestoßen. «Den habe ich völlig vergessen.»

Landis lachte, fröhlicher als es Juliet für nötig hielt. «Ich bin sicher, er hat mittlerweile herausgefunden, wo sie ist», meinte er.

Juliet senkte die Augen. Ein Kellner kam, und sie hörte, wie Murray einen Gin Gimlet bestellte. Grunzen und dumpfe Aufprallgeräusche von einem Team Volleyballspieler auf dem Feld unter ihnen.

Sie sah auf. «Ich nehme auch einen Gin Gimlet.» Als der Kellner gegangen war, fuhr sie fort. «Hör zu, ich mache mir Sorgen um Elektra. Darüber wollte ich mit dir reden. Es geht mich natürlich nichts an, aber ich denke wirklich, Ryder könnte ihr gegenüber gewalttätig werden. Olympia hat mir erzählt, dass er sie schlägt, und jetzt liegt sie da ... eine leichte Beute ...

und wartet darauf, dass er wiederkommt. Ich meine, er ist ihr Ehemann. Die Schwestern werden ihn bestimmt zu ihr lassen.»

«Hat er vorhin versucht, sie zu schlagen?»

Juliet schüttelte den Kopf. «Nicht, solange ich dabei war. Aber ich denke trotzdem ... ich weiß, es klingt wahrscheinlich dumm.»

«Es scheint unwahrscheinlich, dass er sie kaltblütig angreift, wenn er sie nicht im ersten Zorn geschlagen hat.»

«Ich weiß nicht recht. Er nahm es so merkwürdig auf. Fast als würde es ihn gar nicht überraschen. Ich habe einfach das Gefühl, es wäre unverantwortlich, nichts zu unternehmen. Außer den beiden bin ich die Einzige, die weiß, was heute Abend in diesem Zimmer vor sich ging.»

«Wenn du sagst, dass Kensington nicht überrascht wirkte, willst du damit andeuten, dass er bereits wusste, wer der Liebhaber seiner Frau war, nämlich Anton Mohr?»

Es war die Frage eines Polizisten, und Juliet fühlte sich nicht wohl bei dem Gedanken, sie zu beantworten, bevor sie die Auswirkungen ihrer Antwort bedenken konnte.

«Ich bin mir nicht sicher. Er war eindeutig überrascht, als die Ärztin ihm mitteilte, seine Frau sei schwanger. Er wäre beinahe vom Stuhl gefallen. Aber als Elektra sagte, es sei Antons Baby, zuckte er nicht einmal mit der Wimper.»

«Was genau hat er sie gefragt?»

«Er fragte: ‹Wer hat dich geschwängert?›, oder etwas in der Art.»

«Und als sie sagte ‹Anton war es› ...»

«Da sagte er ‹Heilige Scheiße›. Nein, ‹dieser Hurensohn›, sagte er. Und er fragte sie, wann sie denn geruht hätte, es ihm mitzuteilen.»

Ihre Drinks kamen. Murray hielt seinen an die verschwitzte Stirn. «Wenn man weiß, dass die eigene Frau eine Affäre hat, wäre das ein verdammt gutes Motiv, ihren Liebhaber aus dem Weg zu räumen», sagte er.

«Ich weiß. Andererseits ...» Juliet brach ab und verstummte.

«Ja? Nur zu, sprich es aus.»

«Wenn Elektra Anton gesagt hat, dass sie schwanger war, und er nicht vor Freude auf und ab gesprungen ist, dann hat sie vielleicht beschlossen, ihn selbst zu bestrafen.»

«Indem sie das Kolophonium mit Talkumpuder versetzte», fügte Murray hinzu.

«Oder Ecstasy in seine Cola gab. Oder beides.»

Murray dachte darüber nach, sog an seiner Limonenscheibe. «Gerade eben im Krankenhaus, sah sie da so aus, als würde sie sich vor Kensington fürchten?», fragte er schließlich.

Juliet schüttelte den Kopf. «Sie wirkte viel zu müde, um Angst zu haben. Zu traurig.»

«Wenn du dir Sorgen machst, warum gehst du morgen nicht wieder hin und fragst sie?»

«Denkst du, das sollte ich tun?»

«Ja, wenn du dir Sorgen um sie machst. Geh gleich morgen früh.»

Juliet schwieg. Als Erstes wollte sie morgen früh eigentlich Sir Edward Rices verletztes Bein versorgen und ihn heimlich wieder in Lady Porters Haus schaffen. Natürlich hatte Elektra als Pluspunkt zu verbuchen, dass sie real war.

«Ich glaube, sie mag mich nicht besonders», meinte Juliet. «Würdest du für mich zu ihr gehen?»

Landis hob nur die Augenbrauen.

«Ach, schon gut», sagte Juliet. «Ich gehe.»

Die Besuchszeit im St. Luke's-Roosevelt fing erst um 11 Uhr vormittags an (wie Juliet zu ihrer Freude erfuhr, nachdem Murray sie in ein Taxi gesetzt und dem Fahrer ihre Adresse genannt hatte). Einige Minuten, nachdem sie die Bandansage abgehört hatte, dachte sie daher, sie könne am nächsten Morgen wenigstens etwas Zeit mit Sir Edward zubringen.

Aber dann wurde ihr klar, dass Ryder (wenn er so wütend war, wie sie fürchtete) vielleicht nicht bis zur offiziell sanktionierten Stunde warten würde. Also stand sie zwei Stunden früher als normal auf, trank hastig ihren Kaffee, zog los und winkte sich auf dem Broadway ein Taxi heran.

Der Tag war noch dämmrig, aber schon unangenehm warm. Taxis gab es in Hülle und Fülle, dafür kaum Verkehr, wie das im Sommer in der Stadt immer der Fall war. Juliet traf lange vor 8 Uhr im St. Luke's ein und stellte fest, dass es überhaupt kein Problem war, in den vierten Stock zu gelangen. Jede Menge Menschen strömten durch das Krankenhaus: Angehörige, die auf Patienten in Operationsräumen warteten, Besucher der ambulanten Versorgung und die üblichen Pechvögel, die einen Unfall erlitten hatten. Sobald Juliet oben war, ignorierte sie einfach das Schwesternzimmer und schritt zielstrebig zu Zimmer 418. Es hatte seine Vorteile, wenn man ein sanftes, harmloses Gesicht besaß und ein Lächeln, das auf Verwunderung schließen ließ. Was sie allerdings getan hätte, wenn sie Ryder über den Weg gelaufen wäre, wusste sie nicht.

Sie fand Elektra wach und allein. Ihre Haare waren etwas geordneter, die beängstigende Blässe verschwunden. Falls ihr Ehemann sie letzte Nacht geschlagen hatte, dann nicht ins Gesicht. Ihre Haut war glatt und blutergussfrei. Sie lag mit halb geschlossenen Augen im Bett und sah sich die *Today*-Show an, die auf dem Fernsehgerät lief, das hoch oben an der gegenüberliegenden Wand angebracht war. Beim Klang von Juliets Schritten öffnete sie die Augen und richtete sich etwas auf. Sie schien verblüfft, aber nicht unangenehm berührt, als sie Juliet erkannte.

«Störe ich?»

Elektra nahm die Fernbedienung zur Hand und schaltete das Fernsehgerät aus.

«Nein. Ich dachte, Sie wären die Schwester.» Ihre Füße bewegten sich ruhelos unter dem Laken. Juliet nahm an, dass es seltsam für sie sein musste, im Bett zu liegen, wo doch Bewegung und Erschöpfung die einzigen Konstanten in ihrem Leben waren. «Ich habe um jemanden gebeten, der mir die Haare wäscht.»

«Wie geht es Ihnen heute?»

«Ziemlich beschissen. Ich habe nämlich mein Baby verloren.» Ihre Augen schwammen in Tränen.

«Es tut mir so Leid. Es ist schrecklich. Ich ...» Juliet schwieg, dann sagte sie, ohne es eigentlich zu wollen: «Ich habe selbst einmal ein Baby verloren. Es ist furchtbar.»

Elektras dunkle Augen waren voller Tränen, aber sie erlaubte ihnen nicht, zu fließen. «Hatten Sie später noch ein Kind?»

«Nein.» Auch das war Teil des Problems zwischen Juliet und Rob gewesen – und mit ein Grund, warum die Geburt seiner Tochter Jemima Juliet so schwer zugesetzt hatte.

Juliets Augen wurden feucht, und Elektra fing an zu weinen. Juliet trat einen Schritt vor, und da sie sich nicht auf das Bett setzen wollte, strich sie ihr im Stehen ungelenk über die Hand.

«Aber ich war älter als Sie», log sie. «Sie haben noch sehr viel mehr Zeit.»

«Mag sein.» Elektra schwieg einen Moment, dann brach es aus ihr heraus. «Ich verstehe nicht, was passiert ist. Ich war erst vor zwei Tagen bei meinem Gynäkologen. Alles war in Ordnung. Und jetzt ...»

«Fehlgeburten kommen häufiger vor, als den meisten Menschen klar ist», erklärte Juliet ruhig. Sie zweifelte, ob dieser Umstand als Trost herhalten konnte. «Sie treten sogar bei jeder fünften Schwangerschaft auf. Nur passieren viele Fehlgeburten, bevor die Frauen überhaupt wissen, dass sie schwanger sind.»

Elektra erwiderte nichts. Nur mit Mühe gewann sie ihre Fassung zurück. Sie entzog Juliet ihre Hand und nahm ein Papiertaschentuch, mit dem sie sich über die Augen wischte. Dann schnäuzte sie sich und fuhr sich mit den Fingern durch ihr dichtes dunkles Haar. In weniger als einer Minute hatte sie einen Großteil ihrer üblichen Haltung wiedergewonnen. Ihr Atem ging langsamer, ihre hübschen Gesichtszüge nahmen den gewohnten Ausdruck an – Kraft in Ruhestellung, würde man es wohl nennen, dachte Juliet. Wenn sie die Verwandlung nicht selbst gesehen hätte, sie hätte behauptet, es sei für eine Frau in einem Krankenhausbett – in einem Krankenhauskittel – nicht möglich, so viel Haltung, so viel Würde zu haben. Juliet versuchte ebenfalls, sich zusammenzureißen. Es war nicht leicht, den Feuervogel im Geiste weiblicher Solidarität anzusprechen.

«Hören Sie, ich hoffe, Sie vergeben mir, wenn ich mich zu weit vorwage, aber ich musste mir einfach Sorgen machen, nachdem ich gestern gegangen war. Ihr Mann – mir kam der Gedanke, er könnte ...» Sie verstummte. Wie konnte man es nur umschreiben? «Er könnte womöglich gewalttätig werden», beendete sie schließlich den Satz. «Ich fragte mich, ob Sie Angst hätten.»

Elektra lächelte traurig. «Angst vor Ryder?»

Plötzlich wurde es Juliet klar: Nach dem Tod ihres Liebhabers und dem Verlust ihres Babys, was hatte Elektra da noch von einem wütenden Ehemann zu fürchten? Und wenn er sie schlug? Solange er sie nicht umbrachte ... Durchaus möglich, dass ihr auch das im Moment keine schreckliche Bedrohung schien.

Nach einem Augenblick fuhr Elektra fort. «Da Sie schon fragen, Ryder hat mich hin und wieder geschlagen. Er ist ein verkorkster, weinerlicher, ehrgeiziger, frustrierter, großer kleiner Mann. Aber er hat mich nie dort geschlagen, wo man es sehen konnte, das wäre nicht professionell. Und ich habe es ihm immer heimgezahlt.» Sie lächelte wieder traurig. «Manchmal habe ich ihn sogar zuerst geschlagen. Und um ehrlich zu sein, gestern Nacht tat er mir sogar ein wenig Leid. Er wollte immer ein Kind haben, als er noch jünger war. Wir haben es lange Zeit versucht. Jahrelang. Tanzen ist großartig, aber es ist nichts für die Ewigkeit. Wir wollten eine Familie gründen, auch wenn ich dadurch eine Zeit lang von der Bühne müsste. Aber es half nichts, wir schafften es nie. Darum war das letzte Nacht für ihn auch ein Schlag ins Gesicht.»

Juliet fand, es sei schon ein Schlag ins Gesicht, wenn man erfuhr, dass die eigene Ehefrau einen Geliebten hat, aber davon sprach Elektra nicht. Vielleicht waren die beiden ja zu der Übereinkunft gekommen, dass Treue keine Rolle spielte.

Oder auch nicht.

Nach einer Weile, in der Juliet an Landis dachte, fasste sie sich und fragte: «Ich bin verwirrt. Hat Ryder denn von Ihnen und Anton gewusst?»

War es nur ihre Einbildung oder huschte kurz ein ängstlicher Ausdruck über Elektras Gesicht, bevor sie die Überhebliche mimte?

«Hören Sie, Sie sind eine Freundin von Ruth und eine Gönnerin der Jansch-Truppe», erwiderte die Ballerina, wieder einmal so hochmütig wie eine Eisprinzessin, «und ich weiß es zu schätzen, dass Sie vorbeikommen, um nachzusehen, ob es mir gut geht. Aber es liegt mir wirklich nichts daran, meine Ehe mit Ihnen zu besprechen.»

«Natürlich nicht. Entschuldigen Sie.»

Einen Moment lang war Juliet von ihrem eigenen Verhalten entsetzt. Dann fiel ihr wieder ein, dass es weitaus entsetzlicher wäre, wenn jemand Anton Mohr ermordet hätte – wenn beispielsweise Ryder das getan hätte.

«Hören Sie, wenn Sie mit Ruth sprechen, könnten Sie ihr dann bitte mitteilen, dass ich ohnehin geplant hatte, ihr Ende der Woche von dem Baby zu erzählen?», fuhr Elektra in energischem Tonfall fort. «Ich hätte sie nicht das ganze Ballett mit mir und Hart choreografieren lassen. Ich wollte nur sicherstellen, dass ich keine . . .» Elektras Tränen kamen wieder hoch, und sie blinzelte sie mühevoll weg. «. . . dass ich keine Fehlgeburt habe», endete sie.

Das Eintreffen einer Schwesternhelferin mit einer Schüssel und einer Flasche Shampoo ersparte den beiden Frauen eine weitere Runde Tränen. Juliet wünschte Elektra alles Gute und eilte rasch nach Hause.

Als Juliet in ihre Wohnung kam, fand sie drei Nachrichten von Ruth auf ihrem Anrufbeantworter vor, alle wutentbrannt, weil Elektra ein Geheimnis aus ihrer Schwangerschaft gemacht hatte. Und jedesmal verlangte Ruth zu wissen, wo Juliet war und warum sie nicht ans Telefon ging.

Feige wie sie war, hatte Juliet Ruth in der gestrigen Nacht nicht angerufen. Sie hatte vielmehr gehofft, Greg Fleetwood würde die Ehre zuteil, Ruth die Nachricht von Elektras Fehlgeburt zu überbrigen. Es war eine Erleichterung, dass es tatsächlich so gekommen war. Leider schien sich Ruth seitdem nicht wesentlich beruhigt zu haben.

«Wann wollte sie mir es sagen?», kreischte Ruth, als Juliet sie anrief. «Greg meinte, sie war im dritten Monat! Wollte sie bis zur Premierennacht warten?»

Juliet übermittelte an diesem Punkt die Nachricht der Ballerina.

«Hat sie den Verstand verloren? In fünf Wochen ist Premiere, und sie glaubt, es wäre noch Zeit für eine neue Besetzung?»

«Hättest du denn eine neue Besetzung gebraucht?»

«Hast *du* den Verstand verloren? Eine schwangere Estella? Das wäre aber nett für die Kinder.»

«Ach», sagte Juliet und dachte nach. Es stimmte. Sicher hätte Elektra nicht lange so weitermachen können wie bisher, ohne dass man etwas sah. «Tja, wenigstens musst du nur Estella ersetzen», meinte sie und hoffte, Ruth damit zu beruhigen. «Du hast immer noch deinen Pip.»

«Juliet, was glaubst du wohl, wer die Rolle mit Hart tanzen kann, wenn nicht Elektra? Hart ist fast fünfzehn Zentimeter kleiner als Kirsten Ahlswede – und daraus werden zwanzig Zentimeter, wenn sie in Spitzenschuhen tanzt. Wahrscheinlich wiegt sie so viel wie er. Wie soll er sie heben? Ich müsste wieder ganz von vorn anfangen und diesmal mit – mit Gott weiß wem. Vermutlich mit Kirsten und Nicky Sabatino. Mein Gott!»

«Was sagen die Ärzte, wann sie wieder fit ist?», fragte Juliet und versuchte, Ruth von der möglichen Katastrophe abzulenken.

«Wahrscheinlich darf sie morgen nach Hause», grummelte Ruth. Offenbar wollte sie mit Jammern noch nicht aufhören. «Wenn sie sich das ganze Wochenende schont, sollte sie nächsten Mittwoch wieder auf dem Damm sein. Und übrigens bat mich ihr Ehemann vor ein paar Tagen, ob er am Samstag den Proben fern bleiben dürfe», fügte sie hinzu, stürzte sich geradezu auf diesen weiteren Schicksalsschlag.

«Warum?»

«Hat er nicht gesagt. Aus ‹persönlichen Gründen›. Dann kann er jetzt den Tag mit ihr verbringen.»

Juliet hatte noch nichts zur Identität des Vaters des toten Babys gesagt, und das hatte sie auch nicht vor. Auf dieses Geheimnis war sie nur zufällig gestoßen. Es trug zwar zu ihrer Vorstellung über die Identität des Talkumpudertäters bei, aber wenn entweder Ryder oder Elektra schuldig waren, dann war es jetzt ein für alle Mal vorbei. Vielleicht würde Juliet nach der Premiere der *Großen Erwartungen* diese Information mit Ruth teilen. Bis dahin würde es Ruth nur ablenken, und genau das konnte sie jetzt gar nicht brauchen. Juliet versprach, am späten Nachmittag zur Probe zu kommen, und nach ein paar Minuten verabschiedeten sich die beiden Frauen voneinander.

17

«Das ist doch gerade der springende Punkt in Sachen Ehrgeiz», sagte Ruth. «Ehrgeiz ist eine zutiefst persönliche Angelegenheit.» Ihr Löffel klapperte ruhelos in der Porzellanschale mit der letzten, schmelzenden Eiscremekugel. «Es ist ein unwiderstehlicher innerer Antrieb, Herausragendes zu leisten, so großartig zu sein wie die Leute, die einen inspirieren – oder sogar noch großartiger. Das ist Ehrgeiz. Darum geht es beim Ehrgeiz.»

Es war der letzte Sonntag im August, und Ruth und Juliet aßen in Juliets Küche zu Mittag. Ein Monat war seit Elektras Fehlgeburt verstrichen, und Ruth hatte zu ihrer eigenen Verwunderung den dritten Akt der *Großen Erwartungen* zwei Tage vor dem Zeitplan beendet. Sie erklärte dieses Wunder damit, dass dieser Akt kürzer war als die beiden ersten, und warf mit den Bezeichnungen der Bewegungen um sich, die sie dafür geschaffen hatte. Aber Juliet glaubte, dass Ruth – wie viele Künstler – unter widrigen Umständen einfach besser arbeitete als unter den so genannten optimalen Voraussetzungen. Der Stress der Ereignisse, die die *Großen Erwartungen* umgaben, war in Wirklichkeit förderlich gewesen. Zum Beispiel Elektra Andreades: Ihr katastrophaler Verlust und die einwöchige Abwesenheit hatten ihre Energien eindeutig gebündelt; nach ihrer Rückkehr warf sie sich mit Entschlossenheit in die Proben und tanzte die Estella mit einer stolzen, zornigen Kälte, die Juliet nur einem gebrochenen Herzen zuschreiben konnte.

Somit waren Ruth Renswicks *Große Erwartungen* komplett. Jetzt mussten die Tänzer nur noch lernen, wie sie sich durch das Stück als Ganzes bewegen und ihre Charakterdarstellungen entwickeln und vertiefen konnten. Dann noch die technischen Proben, die Kostümproben und – die Premiere überleben. Das Mittagessen in Juliets Küche (die Frauen waren von einem Ozonalarm ins Haus getrieben worden) stellte in gewisser Weise ein Triumphmahl dar. Juliet hatte ebenfalls (fast) die *Quadrille in London* beendet, und die beiden labten sich zufrieden an einem Bankett aus Canapés, Hummus, Tapenades, Räucherforelle, Sesambrötchen, Ingwereiscreme und der Art von Streitgespräch, die ihnen am besten gefiel: theoretisch, unlösbar und absolut nicht darauf ausgelegt, die Vorstellungen des Gegenübers zu ändern.

«Ich denke nicht», erwiderte Juliet. «Ich denke, das macht nur einen Teil des Phänomens Ehrgeiz aus, aber es ist eine sehr verengte Sicht.» Sie goss Milch in ihren Kaffee. «Ich glaube, die meisten ehrgeizigen Menschen oder doch sehr viele Menschen werden von dem Bedürfnis nach gesellschaftlicher Anerkennung getrieben, dem Bedürfnis, sich ihren Wert bestätigen zu lassen oder – wie soll ich es ausdrücken? – von anderen Leuten öffentlich anerkannt zu werden.»

Ruth genoss den Streit und hielt ihren Löffel über den Tisch. «Von anderen Leuten, die sie respektieren?», fragte sie.

«Von allen möglichen Leuten. Leute, die sie fürchten, Leute, die sie bewundern, ihre Mutter und ihr Vater, sogar Leute, für die sie nichts als Verachtung empfinden.» Juliet stand auf und ging zum Kühlschrank, um die Reste der Forelle wegzustellen. «Ehrgeiz ist Besorgnis erregend. Stell dir einen Menschen vor, der – ich weiß nicht – der eine Zeitungsanzeige entwirft. Er will sein Publikum dazu bringen, Dinge zu kaufen, die sie nicht einmal brauchen. Bewundert er sie? Nein. Spürt er das Verlangen, sie zu manipulieren, sie zu bezwingen, sie scharenweise in die Läden zu treiben? Ja.»

«Dieser Mensch spürt das Bedürnis, sich ein Ferienhaus in den Hamptons zu kaufen», widersprach Ruth. «Das hat mit Ehrgeiz nichts zu tun. Niemand wird dazu gezwungen, Zeitungsanzeigen zu verfassen.»

«Das sehe ich anders. Ich denke, genau das passiert. Die Leute treten einen Job an und erhalten eine Aufgabe und auf diese Weise können sie plötzlich ihren Wert unter Beweis stellen. Sie verkaufen mehr Büroklammern als sonst jemand in der Welt oder stellen mehr Strafzettel für falsches Parken aus oder waschen mehr Füße von Leprakranken, was auch immer. Das Haus in den Hamptons ist ein Teil davon, aber es ist beileibe nicht das ganze Bild. Willst du noch mehr Kaffee?»

«Nein, danke. Denkst du auch so über Angelica Kestrel-Haven? Zeigst du deinen Wert, indem du Bücher schreibst?», fragte Ruth.

«Wohl kaum», meinte Juliet. «Wenn überhaupt, dann schreibe ich sie trotz der Art und Weise, wie mich die meisten Menschen, die ich kennen lerne, wahrnehmen. Hast du überhaupt eine Vorstellung von der Verachtung, die mir auf Dinnerpartys entgegenschlägt? Wie viele Leute meine Bücher ‹schlüpfrig› oder gar ‹pornografisch› nennen und mich fragen, wie lange ich brauche, um ‹mal schnell› eines zu Papier zu bringen? Ich fühle mich keineswegs dazu getrieben, Angelica Kestrel-Haven zu sein. Es gefällt mir einfach, Bücher zu schreiben.»

«Ehrlich?», fragte Ruth, offenbar schockiert.

Juliet setzte sich wieder. «Ja. Warum überrascht dich das?»

«Tja, womöglich wegen deiner Bereitwilligkeit, so gut wie jede Ausrede zu nutzen, um dich davor zu drücken.»

Juliet, die gerade von einem Vortrag auf dem Jahrestreffen des Verbandes der Universitätsfakultäten für Folklore und Mythologie in Boston zurückgekehrt war, musste lachen. Der Vortrag war ein gutes Beispiel für eine Reise, zu der sie sich nur bereit erklärt hatte, weil sie einen würdigen Grund bot, ihren Schreibtisch zu verlassen. «Ich habe nicht gesagt, dass es mir leicht fällt», erwiderte sie. «Ich sagte, ich genieße es.» Sie senkte ihre Stimme. «Manchmal, da erlebe ich ... du weißt schon ... das S-Wort.»

«Stumpfsinn?»

«Schreibblockade», flüsterte Juliet.

In der Rückschau war die *Quadrille in London* gar nicht so schlecht gelaufen – nur ein paar Wochen hier und da bei der Jansch-Truppe, ein paar Tage, in denen sie – na gut, sie konnte es ruhig aussprechen –, in denen sie Nancy Drew gespielt hatte. Nun lagen nur noch zwei Kapitel vor ihr. Während ihres Buches *Ein Gentleman aus Paris* hatte sie tatsächlich gelernt, HTML zu beherrschen.

«Aber normalerweise gefällt es mir», fuhr Juliet fort. «Meistens macht es Spaß. Wohingegen Ehrgeiz keinen Spaß macht. Zu Höchstleistungen angetrieben zu werden, ist nicht lustig.»

Es herrschte eine Pause, in der Ruth Juliets Worte verdaute. «Ja und?», fragte sie schließlich.

«Ja, ist es dann nicht sinnvoll, etwas zu tun, was einem gefällt?»

«Sinnvoll?», wiederholte Ruth zweifelnd.

«Weil wir nur dieses eine Leben haben. Wenn man die Wahl hätte – was die meisten Leute nicht haben, aber nur mal angenommen –, sollte man dann nicht die Dinge tun, die einem Freude bereiten?»

«Da man nur dieses eine Leben hat, sollte man etwas Bedeutsames daraus machen», erklärte Ruth mit fester Stimme. «Man sollte schwer arbeiten und sein Bestes geben. Man sollte danach streben, so gut zu werden, wie man nur werden kann. Dem, was man liebt, etwas zurückzugeben. Bevor man stirbt, sollte man für das, was einem wichtig ist, den besten Beitrag leisten, den man nur irgend kann. Genau das sollte man tun.»

«Ungeachtet des Preises, den man persönlich dafür zahlen muss? Das sehe ich anders.»

«Ungeachtet des Preises.»

Juliet schüttelte den Kopf. «Du hast zu viel Zeit in Ballettstudios verbracht», sagte sie und bedauerte es sofort. Es war eine Erleichterung, mit Ruth mal über etwas anderes zu sprechen als den Tanz.

«Wenn die Menschen keinen inneren Antrieb besäßen, gäbe es keinen Tanz», meinte Ruth.

«Aber sicher doch. Er wäre nur anders. Eine andere Art Tanz. Wie die Volkstänze. Das hätten wir dann.»

«Aber bestimmt gäbe es kein Ballett.»

«Natürlich gäbe es das. Zumindest wäre es möglich. Es wäre nur nicht so irrwitzig auf Perfektion versessen.»

Jetzt schüttelte Ruth den Kopf. «Das Ballett *ist* Perfektion. Das liegt in seiner Natur. Es ist extrem, und es erfordert extreme Anstrengungen. In deiner Welt würde es kein Ballett geben, überhaupt keine Ballettstücke, keine Hirnchirurgie – wenigstens keine erfolgreiche Hirnchirurgie –, keine Raumfahrttechnik, keinen Hungerstreik, keine . . .»

«Keine Supermodels, keine Elitesoldaten, keine religiösen Fanatiker, kein Ausgebranntsein . . .», unterbrach Juliet.

«Keine Leistungen.»

«Keine unbequemen Leistungen.»

«Kein Streben nach . . .»

«Kein unglückliches Streben.»

«Es würde einfach nicht funktionieren», rief Ruth frustriert, während Juliet aufstand und die Eiscremeschalen stapelte.

«Und warum würde es nicht funktionieren?»

«Weil die Menschen ehrgeizig sind», erklärte Ruth. «So sind

die Menschen nun mal. Sie möchten dieser Welt ihren Stempel aufdrücken, sie möchten sich hervortun, sie möchten, dass man sich an sie erinnert. Sie wollen etwas tun, das es wert ist, getan zu werden. *Und* sie wollen, dass alle sagen: ‹Das hast du getan? Beachtlich! Ich hätte das nicht tun können.› Genau das wollen die Menschen, und sie wollen es mehr, als sie sich wünschen, glücklich zu sein oder es bequem zu haben oder moralisch zu sein oder geliebt zu werden oder was auch immer. Das ist meine Meinung.»

«Mit anderen Worten, sie wünschen sich Anerkennung.»

«Das ist ein Teil davon. Aber in erster Linie geht es um die Sache selbst.»

«Bei manchen Menschen.»

«Natürlich nur bei manchen Menschen», räumte Ruth ein. «Aber eine Menge Menschen wären mit allem glücklich, was bei anderen etwas Anerkennung hervorruft. Natürlich treibt es nicht jedermann zu Höchstleistungen. Aber jene, die diesen Antrieb verspüren, haben gar keine andere Wahl. Man versucht es und schuftet und treibt sich an und verbeißt sich und gibt noch etwas mehr, bis man zusammenklappt. So ist das nun mal.»

Juliet goss sich frischen Kaffee ein. «So ist es, weil wir es so definieren. Wenn wir unsere Kinder anders erziehen würden, wenn die Gesellschaft mehr Wert auf Glück und weniger Wert auf Leistung legen würde . . .»

«Dann würden wir alle wie in Polynesien leben», spottete Ruth.

«Und was wäre so falsch daran, wie in Polynesien zu leben?»

«Wenn es überall wie in Polynesien wäre, dann würde niemand wissen, dass es Polynesien gibt. Niemand würde es finden. Es gäbe keine Forschungsreisenden, keine Überseeschiffe, keine Astrolabien, keine Landkarten . . .»

Juliet zuckte mit den Schultern. Das Fehlen von Astrolabien bereitete ihr keine schlaflosen Nächte.

«Jetzt zuckst du noch mit den Schultern, aber du würdest

dich ganz schön umsehen, wenn du deine Tage bekommst und niemand hätte Tylenol erfunden.»

Juliet lachte. «Das erinnert mich, wie lautet doch gleich der Name dieses Medikaments, das man bei Pilzinfektionen verwendet? Früher gab es das nur auf Rezept.»

«Monistat?»

«Genau! Danke. Ich war so ...» Juliet rutschte demonstrativ auf ihrem Stuhl. In den letzten vier Wochen hatte sie bestimmt hundert Tonnen Joghurt verspeist, aber es hatte den Juckreiz nur gelindert, nicht ausgelöscht.

«Wo wir gerade davon sprechen ...» Ruth hielt inne und rutschte aufreizend auf ihrem Stuhl umher. «Wie steht es mit deinem Liebesleben?»

«Liebesleben?», wiederholte Juliet, als ob ihr dieser Begriff fremd wäre.

«Hast du dich noch mal mit Murray Landis getroffen?»

«Weißt du, ich bin irgendwie ziemlich sauer auf Murray Landis», erklärte Juliet mit plötzlicher Energie. Sie hatte ihn gleich nach ihrem zweiten Besuch bei Elektra angerufen, ihm eine Nachricht hinterlassen und erzählt, was sie erfahren hatte. Aber sie hatte nie wieder von ihm gehört. Sie glaubte nicht, dass er sie nicht leiden konnte, darum war sie zu dem Schluss gekommen, dass er Angst vor ihr hatte. Das hob ihn nicht gerade in ihrer Wertschätzung.

«Immer noch?»

«Nein, schon wieder. Vor einem Monat meinte er noch, er ruft mich an, damit ich mir seine Plastiken ansehen kann, aber das hat er nicht getan. Ich glaube, mit diesem Kerl stimmt etwas nicht.»

«So ist es doch immer.» Ruth lachte. «Du kennst doch die alte Definition eines Romans? Ein Stück Belletristik von einer gewissen Länge, mit dem etwas nicht stimmt. Also könnten wir auch sagen, ein Mann ist ein Junge in einem gewissen Alter, mit dem etwas nicht stimmt. Oder ist das jetzt ganz furchtbar sexistisch?»

Juliet wollte gerade erwidern, dass alle Erwachsenen große Kinder seien, denen etwas fehle, als das Telefon klingelte.

«Das übernimmt der Anrufbeantworter», sagte Juliet. Der Anrufbeantworter stand in der Küche, war lärmig und ließ sich unmöglich ignorieren, und sie saßen stumm, bis er nach dreimal Klingeln ansprang.

Juliets geschäftsmäßige Stimme bedauerte, derzeit nicht an den Apparat gehen zu können, und bat den Anrufer, eine Nachricht zu hinterlassen.

Ein weiteres Klicken.

Dann ein männliches Räuspern.

Dann: «Jule?»

Juliet sprang auf.

Abgesehen von der gesundheitsgefährdenden Ozonschicht war es ein perfekter Sommerabend. Die Hitze des Tages hob sich friedlich, während die Dämmerung hereinbrach. Juliet betrat den Central Park mitten in einem Strom von Theaterbesuchern, der sich in Richtung Osten auf die Allee großer, üppig grüner Bäume zu bewegte.

Bei seinem Telefongespräch hatte Murray erklärt, dass ein Freund von ihm, der für den Park zuständig war, ihm für diesen Abend zwei Eintrittskarten für *Macbeth* im Delacorte geschenkt habe. Ob Juliet ihn begleiten wolle?

«Es wäre mir ein Vergnügen», sagte Juliet und fragte sich, warum die Einladung gerade jetzt erfolgte.

«Großartig», meinte Landis. «Leider kann ich dich nicht vorher schon treffen. Ich habe gestern einen Mord bekommen und muss arbeiten.»

«Kein Problem.»

«Wir treffen uns kurz vor acht an der Kasse des Delacorte, okay?»

«Klar», sagte Juliet und hängte ein.

‹Einen Mord bekommen› hieß wohl, dass in seinem Revier ein Tötungsdelikt stattgefunden hatte und ihm die Ermittlungen zugeteilt worden waren. Sie aß ein Stück Pizza auf einer Bank neben dem Planetarium, bevor sie in den Park schlenderte.

Auf dem Diana-Ross-Spielplatz neben dem Eingang kreischten immer noch ein paar Kinder, die in der Dämmerung durch den Brunnen mit der Fontäne tollten. Eine Hand voll Schnittblumen markierte die Stelle, an der vor Jahren eine junge Pianistin brutal attackiert worden war. Müde Hundebesitzer, Kindermädchen, ältere Spaziergänger, streitende Paare saßen auf den Bänken entlang des Wegs zum Theater. Etwas weiter fuhren Hunderte von Radfahrern und Inline-Skatern über den Parkweg, zwangen die Fußgänger, an der roten Ampel vor der Kreuzung in der Nähe des Belvedere Castle zu warten, dann so schnell wie möglich über den Weg zu hasten, damit sie nicht von irgendeinem Rollerblader im Geschwindigkeitsrausch umgefahren wurden. Juliet, die mit ihnen hastete, ertappte sich bei dem Wunsch, sie könnte sich unbemerkt im Schritt kratzen. Morgen würde sie ganz bestimmt klein beigeben und eine Schachtel Monistat kaufen.

Und dann war sie dort, wo die fantastischen, grauen Steinquader über dem kleinen See dräuten und Romeo und Julia in einem bronzefarbenen Gewirr aus mageren, pubertären Gliedmaßen Wacht hielten und auf Shakespeare warteten. Das Murmeln der Theaterbegeisterten vermischte sich mit dem Zirpen der Grillen. Keiner hier hatte für die Eintrittskarten bezahlt: sie waren kostenlos an alle (und nur an jene) vergeben worden, die sich an diesem Nachmittag angestellt hatten, zwei Karten pro Person, nicht mehr. Es war ein so demokratisches und so reines kulturelles Ereignis, wie es sich die Stadt gerade noch erlauben konnte, und die Anwesenden waren in Hochstimmung.

Landis kam ein oder zwei Minuten zu spät zur Kasse, trug ein müffelndes Sweatshirt und den Ausdruck erschöpfter Befriedigung im Gesicht. Juliet stellte sich auf die Zehenspitzen und wollte ihn auf die Wange küssen. Gleichzeitig streckte er ihr die

Hand entgegen. Es folgte ein quasi surrealer Augenblick, ein Schwindel erregendes Gewirr aus Händen und Lippen in Nahaufnahme. Schließlich fuhr Juliet mit ihrer Schläfe über die verschwitzte Wange von Landis, während er ihren Unterarm zu fassen bekam.

Sie traten zurück und lächelten einander an, beide leicht errötet.

«Wie läuft es in deinem Fall?», erkundigte sich Juliet.

«Hab ihn erwischt. Widerlicher kleiner Fiesling.»

«Gratuliere.»

Murray nahm sie behutsam am Arm und führte sie zu einem der Eingänge des Theaters. «Es war ein Hochgenuss für mich. Dieses Stück Dreck hat seine eigene Schwester mit einem Messer attackiert, weil sie es mit einem Mitglied einer rivalisierenden Gang trieb.»

«Hat er sie umgebracht?»

«Nein, aber den Jungen, mit dem sie es trieb. Hat sie allerdings auch ziemlich aufgeschlitzt. Sie wird wohl eine Weile allein schlafen.»

Juliet schwieg kurz. «Wie konntest du ihn so schnell finden?», fragte sie dann. «Woher wusstest du, dass er es war?»

«Ich habe mit der Mutter des Opfers gesprochen. War bestimmt nicht älter als dreißig. Der Mörder ist vierzehn. Die Mutter hatte natürlich Angst, etwas zu sagen, weil seine Gang dann hinter ihr her sein würde. Aber ich bin nicht zu ihr in die Wohnung, darum hoffte ich . . .»

Murrays Worte verloren sich, als er die Eintrittskarten einem Platzanweiser reichte und er zu ihren Sitzen geführt wurde. Juliet folgte ihm.

«Was für ein Glück, dass du ihn so schnell fangen konntest», sagte sie, als sie sich gesetzt hatten. Ihre Sitze lagen in der zehnten Reihe Mitte – verdächtig gute Plätze. Juliet fragte sich allmählich, ob Murrays Freund als Polizist möglicherweise eine besondere Vorzugsbehandlung genoss.

Murray zuckte mit den Schultern. «Die meisten gelösten

Mordfälle wurden innerhalb von 48 Stunden aufgeklärt. Danach wird ein Fall zur Seite gelegt, außer es ergibt sich eine neue Spur. Sich immer auf die frischen Morde konzentrieren, das ist die Regel. Wahrscheinlich sollte es nicht so sein, aber ...»

Murray zuckte wieder mit den Schultern, und Juliet wusste, das er an Anton Mohr dachte. Ihr kam der Gedanke, wie schon ein- oder zweimal zuvor, dass sie ihm nie richtig für die erschöpfende Sorgfalt gedankt hatte, mit der er seine Ermittlungen durchgeführt hatte. Sie wollte nicht, dass er glaubte, sie würde über seine Methode oder seinen Einsatz schlecht denken. Vielmehr hatte sie in den vergangenen vier Wochen selbst aufgehört, an einen Mord zu glauben.

Aber da verlöschten bereits die Lichter und sie hatten noch nicht die Gelegenheit gehabt, in ihr Programm zu schauen. Juliet schlug ihres auf und las die Besetzungsliste durch. Duncan, Macbeth, Lady Macbeth ... Blitzartig kam ihr in den Sinn, welchen seltsamen, intensiven, zornentbrannten kleinen Tanz sie Hart Hayden vor so vielen Wochen allein in dem winzigen Probenraum hatte aufführen sehen. Damals hatte sie gewusst, dass sie den Tanz kannte, hatte ihn aber nicht zuordnen können. Jetzt war es ihr plötzlich klar: Es war Jagos Solo im ersten Akt von Lubovitschs *Othello*, ein Tanz aus furioser Frustration, vereiteltem Ehrgeiz und tödlichem Neid.

Juliet wandte ihre Aufmerksamkeit wieder dem Programm zu, erleichtert, dass dieser Punkt geklärt war, und dann, nur einen Augenblick später, fiel ihr noch etwas ein. Die Jansch-Truppe führte in dieser Saison *Othello* gar nicht auf.

Macbeth ist nicht gerade ein romantisches Stück, und es fiel Juliet und Murray nicht allzu schwer, nach Hause zu gehen, ohne sich sinnlichen Gedanken hinzugeben. Die Aufführung war gut gewesen, und sie hatten viel zu reden.

Landis bestand darauf, Juliet durch den Park zu begleiten, bis hin zu ihrer Haustür. Dann blieb er eineinhalb Meter vor der Markise stehen, die Arme vor dem hageren Brustkorb verschränkt, die starken Hände in den Achselhöhlen. Er tänzelte fast vor Unbehagen, nickte, lächelte und sagte: «War schön, dich zu sehen!» und «Danke, dass du so kurzfristig noch mitgekommen bist!» Dabei warf er dem Türsteher Blicke zu, als ob er Angst hätte, Juliet könnte ihm vor dessen Augen die Arme um den Hals werfen und ihm einen Gutenachtkuss aufdrücken. Juliet hätte ihn bestimmt zu Boden werfen können, indem sie mit Schwung gegen seine Knöchel trat, aber abgesehen davon sah sie keinen Weg, wie sie sich seinem Gesicht nähern konnte.

Obwohl sie den ganzen Abend auf eine Erklärung gewartet hatte, deutete er mit keinem Wort an, warum er ihr die zweite Karte für *Macbeth* angeboten hatte, warum er sie gerade jetzt und nicht schon früher angerufen hatte. Sie wollte ihn nicht fragen. Sein Verhalten war freundlich gewesen, vielleicht ein wenig lockerer als sonst, aber ansonsten nicht weiter bemerkenswert.

Juliet blieb also auf Distanz. «He, wann darf ich deine Arbeiten sehen?», fragte sie.

«Oh mein Gott, das tut mir Leid. Ich wollte dich anrufen, und dann habe ich einfach ... einfach nie ... ich habe es wohl einfach vergessen ...»

Seine Worte verloren sich, und Juliet dachte, dass er vielleicht doch kein so guter Schauspieler war. Womöglich hatte er tatsächlich gemischte Gefühle, ob er ihr seine Arbeiten zeigen sollte oder nicht, aber zweifelsohne hatte er nicht vergessen, sie anzurufen. Somit bestätigte sich ihr Verdacht, dass er Angst hatte, mit ihr allein zu sein.

Und das wahrscheinlich aus gutem Grund. Ihr war bereits der Gedanke gekommen, ihm einen Drink anzubieten, aber eine rasche Ermahnung an die rauschartige Begeisterung, die sein Blick in ihr wachrufen konnte, ließ sie das noch einmal überdenken. Es war besser, wenn sie seinem Beispiel folgte. In Wahrheit war es einfach schon lange her, dass sie sich so stark zu einem Mann hingezogen gefühlt hatte. Allein der Geruch, der

Schauder sexueller Möglichkeiten in der Luft, bereitete ihr Vergnügen. Sie dankte ihm, winkte ihm zu und ging ins Haus.

Im Aufzug kam ihr die Idee, dass ein keuscher, prüder Mann einen interessanten Helden für die Regency-Ära abgeben würde. Sehr interessant. Sie ließ sich in ihre stille Wohnung ein, ging zügig zu ihrem Schreibtisch und notierte den Gedanken auf einer Karte für ihren ‹Künftige Ideen›-Karteikasten. Als sie aufstand, kratzte sie sich automatisch am Schritt. Sie hatte eindeutig eine blühende Pilzinfektion.

Doch so unangenehm die Infektion auch war, so lebendig *Macbeth* gewesen war, so neugierig sie auf Murray Landis war, sie ging zu Bett mit dem Kopf voller Ideen für einen tugendhaften Regency-Helden. Ach ja, das würde Spaß machen! Sie lag fast eine Stunde wach und entwarf einen Plot um diese Figur, bevor sie endlich einschlief.

Am Morgen rief Juliet noch vor dem Eintreffen von Ames in der Apotheke an und bat darum, ihr so schnell wie möglich Monistat zu liefern. Dann brühte sie sich einen Tee auf und ging in ihr Arbeitszimmer, wo in ihrer Referenzbibliothek ein informativer Laienführer der Pharmakologie stand. Benützte man Monistat nur nachts? Sie meinte, sich an eine solche Vorgabe erinnern zu können. Merkwürdigerweise schien das Jucken jetzt, wo das Heilmittel in solche Nähe gerückt war, schlimmer denn je. Juliet glaubte, es keine weitere sechzehn Stunden aushalten zu können. Vielleicht sollte sie es anwenden und sich dann hinlegen?

Sie fand das Buch, setzte sich damit in einen der Ledersessel und blätterte die Seiten durch. Librium, Lopressor, Luvox, Macrodantin, Mecitil, Mistenflo, Micronor, Midocon . . .

Mistenflo? Einen kurzen, seltsamen Augenblick lang schien das Wort wie ein magischer Vogel in der Luft zu schweben – ein lebendes Wesen, das auf wundersame Weise Erleuchtung versprach.

Ihr Atem ging schneller, und sie blätterte zurück.

Ebenso wie Cytotec ein Produkt von Misoprostol. Verhindert die Bildung von Magensäure, schützt die Magenwandauskleidung ... Patienten, die nicht-steroide, entzündungshemmende Medikamente einnehmen, beispielsweise bei akuter chronischer Arthritis, können mit Mistenflo die Bildung von Magengeschwüren verhindern ... Gegenanzeigen: Da Mistenflo zu Fehlgeburten führen kann, darf es NICHT WÄHREND DER SCHWANGERSCHAFT eingenommen werden.

Mistenflo, du eingebildete Närrin. Juliet ließ das Buch in den Schoß fallen, ihr Juckreiz war vergessen. Nicht mistenflûte. Jetzt, wo sie darüber nachdachte, bezeichnete man mit ‹mistenflûte› auch nicht Krimskrams, sondern einen Menschen, in etwa ‹der Soundso›. Außerdem war es ein veralteter Begriff. Für ‹Krimskrams› sagte man heutzutage ‹truc› oder ‹machin›.

Lange Zeit saß sie unbeweglich da und dachte nach. Als ob die vergangenen zwei Monate eine große, faltbare Landkarte seien, die sie erst jetzt aufschlagen und im Ganzen studieren konnte, sah sie allmählich den Fluss und das Muster der Ereignisse. Beobachtungen, die sie vorher kaum registriert hatte, trafen mit den Worten zusammen, die sie Ruth erst gestern hatte sagen hören – Worte, die sie selbst gesagt hatte –, und die ergaben gemeinsam eine ganz einfache Geschichte. Juliet stand auf und stieg beinahe wie in Trance die Treppe hinauf zu ihrem Schreibtisch, wo sie den Computer einschaltete und die Medline-Website anklickte.

‹Misoprostol›, tippte sie ein.

Und schon tauchte es auf, zusammen mit Dutzenden anderer Pflanzenextrakte: ‹Cytotec in Brasilien›.

Juliet las: ‹In Brasilien, wo Abtreibungen illegal sind, wird das synthetische Prostaglandin Misoprostol, mit oder ohne ärztliche Überwachung, seit den frühen achtziger Jahren verwendet, um eine Abtreibung im Stillen und ohne hohe Kosten durchzuführen ...›

Brasilien. Ihre Gedanken rasten zurück zu ihrem ersten Tag bei der Jansch-Truppe. Wie konnte sie nur so dumm gewesen sein und es nicht schon früher erkannt haben? Trotzdem würde sie Elektra Andreades eine Frage stellen müssen – nein, zwei Fragen –, um absolut sicher zu sein.

18

Um 9 Uhr 50 am Morgen rief Juliet bei der Jansch-Truppe an.

«Gayle, ich möchte eine kleine Premierenparty für Ruth organisieren», improvisierte sie, als sich die Empfangsdame meldete. «Gibt es eine Möglichkeit, ganz kurz mit Elektra Andreades zu sprechen?»

Wie sie gehofft hatte, war Elektra anwesend, und der Unterricht hatte noch nicht begonnen. Kurz darauf war sie am Apparat.

«Hören Sie, es tut mir Leid, Sie zu belästigen», fing Juliet an, «und es tut mir auch wirklich Leid, dass ich meine Nase in Ihre Angelegenheiten stecke, aber . . .»

Sie stellte ihre Fragen. Die Antworten fielen so aus, wie sie es erwartet hatte. Sie versprach, später alles zu erklären, legte auf und wählte dann erneut. Zuerst rief sie bei Landis unter seiner Privatnummer an. Sein Anrufbeantworter nahm das Gespräch entgegen. Sie hinterließ eine Nachricht und versuchte es in seinem Büro.

«Detective Landis ist außer Haus», erklärte eine hastige Stimme.

«Erwarten Sie ihn heute noch zurück?»

«Keinen blassen Schimmer.»

Sie hinterließ auch dort eine Nachricht, formulierte vorsichtig, dass es mit einer offiziellen Angelegenheit zu tun habe. Dann beschloss sie, dass ein wenig Bibliotheksrecherche nicht schaden könnte, bis er sich bei ihr meldete. Vor vier oder fünf

Jahren, als sie *Marianne oder die List des Schauspielers* schrieb, bei der es um eine Gouvernante ging, die von einer Grande Dame der Regency-Bühne engagiert worden war, hatte sie in der Theatersammlung der Kunstbibliothek im Lincoln Center über Sarah Siddons recherchiert. Dort waren ihr andere Leute aufgefallen, die dicke Ordner mit Zeitungsausschnitten von lebenden Schauspielern durchgingen. Ein weiterer Anruf informierte sie, dass es tatsächlich eine solche Sammlung auch für Tänzer gab; eine Stunde später (in der sie unter anderem das frisch gelieferte Monistat aufgetragen hatte, und zur Hölle damit, dass man danach eigentlich in der Horizontalen bleiben sollte) hatte sie einen schmalen Papierstreifen ausgefüllt und reichte ihn der Bibliothekarin.

Im Gegenzug erhielt sie ein dickes Bündel Kritiken, Artikel, Programme, Fotos und Pressemitteilungen, das weit vorausblickende Angestellte der New York Public Library in den letzten fünfzehn Jahren angelegt hatten. Die frühen Fotos unter diesen Dokumenten zeigten einen kleinen, ziemlich mageren Jungen mit hellen glatten Haaren, die ein heftig retuschiertes Gesicht umgaben, einen Jugendlichen (wie die Begleittexte erläuterten), der in Fort Pillow in Tennessee aufgewachsen war.

Langsam blätterte Juliet die Ausschnitte durch, studierte die fragilen Bruchstücke der Druckerschwärze so vorsichtig, als seien sie Relikte einer vergessenen Zivilisation. Es gab keinen ‹Sohn der Stadt auf Erfolgskurs› – Artikel im *Nashville Courier* oder gar im *Fort Pillow Star*. Es gab auch keine Interviews mit stolzen Eltern oder Geschwistern, sondern nur ein paar kurze Worte von einer pensionierten ehemaligen Ballettlehrerin in Memphis. Das war alles. Juliet sah auf und blickte in die Augen einer Büste von Nijinsky. Sie schauderte ein wenig in der kühlen Luft der Bibliothek.

Doch selbst als sie die Details ausarbeitete – selbst als sie es Murray im Geist erklärte –, war sie sich bewusst, dass kein Gericht der Welt die Beweise, die sie in der Hand hatte, gelten lassen würde, geschweige denn auf tätlichen Angriff, fahrlässige

Tötung und (wenn ihr Gedächtnis sie in diesem Punkt nicht trog) Mord befinden würde. Sie reichte die Akte der gleichgültigen Angestellten hinter der Glasscheibe zurück und machte sich auf den Heimweg, tief in Gedanken eingetaucht, wie es Angelica K-H formuliert hätte. Wind war aufgekommen, und der Ozonalarm war in der Morgendämmerung aufgehoben worden, darum beschloss sie, zu Fuß zu gehen. Ihr Handy klingelte, als sie gerade den Riverside Park betrat.

Sie setzte sich zum Telefonieren auf eine Bank, nicht weit von der Stelle, wo ein Mann ausgestreckt im Schatten einer gigantischen Eiche schlief. Auf einem anderen Baum beäugte sie ein tollkühnes Eichhörnchen mit großen Augen, offenbar hielt es sie irrtümlicherweise für einen seiner menschlichen Freunde.

«Murray, es war Hart», sagte sie in ihr Handy. «Hart Hayden hat Anton Mohr umgebracht.»

Landis sagte, er wolle sie in zehn Minuten oben auf dem Mount Tom treffen, dem Felsengebilde an der Ecke Dreiundachtzigste Straße und Riverside Drive, das Edgar Allan Poe in den Tagen, als er an dem ‹Raben› schrieb, angeblich erklommen hatte, um auf den Hudson River zu blicken. Juliet, die froh war, dass sie Turnschuhe trug, spazierte die halbe Meile zu Fuß, dann bahnte sie sich über Glasscherben, leere Kartoffelchiptüten und benutzte Kondome ihren Weg den Berg hinauf (von den Einheimischen aus gutem Grund ‹Rattenhügel› genannt).

Der Wind blies heftig durch die dicht belaubten Bäume, die jetzt am Ende des Sommers staubig waren und die dicht begrünten Äste müde hängen ließen. Murray, der in seinen schwarzen Levis-Jeans und dem weißen T-Shirt gar nicht wie ein Cop aussah, wartete bereits auf dem Gipfel. Ihre Blicke trafen sich, entfernten sich wieder. In stummer Übereinkunft versuchte keiner, den anderen mit etwas Persönlicherem als einem ‹Hallo› zu begrüßen. Murray hatte seine Jeansjacke über den rauen, schmutzigen Schiefer ausgebreitet, und er bedeutete Juliet, sich zu setzen, dann ließ er sich in einiger Entfernung mit gekreuzten Beinen auf dem nackten Felsen nieder. Unter ihnen rauschten die Bäume im Wind, und der Highway brummte. Ein roter Schlepper zog einen voll beladenen Kahn den mit Schaumkronen bedeckten Fluss hinauf.

«Schieß los», forderte Murray sie auf.

«Ist gut.» Sie schloss die Augen, dann richtete sie ihren Blick auf den Kahn, um so ihre Gedanken zu ordnen. «Für ein Mordmotiv war es eigentlich ziemlich nobel», fing sie an und schaute immer noch auf den Fluss. «Und so einfach, dass man kaum darauf kommen konnte. Ich war gerade in der Kunstbibliothek im Lincoln Center. Hart Hayden wuchs in Tennessee in der hintersten Provinz auf, als jüngstes von sechs Kindern einer Familie, die eine Hühnerfarm betrieb. Er war klein, er war mager, und er hatte so schlimme Akne, dass er lebenslange Narben im Gesicht davontrug. Sein richtiger Name lautete George Washington, ob du es glaubst oder nicht. Seine Sexualität war wohl eher zweifelhaft. Und er betete das Ballett an. Du kannst dir vorstellen, wie seine Jugend ausgesehen haben muss.

Aber er hatte Biss. Er schaffte es auf eine örtliche Tanzschule und später aus Tennessee hinaus. Durch ein Stipendium an der angesehenen Kunstakademie in North Carolina traf er Elektra Andreades, ein Mädchen, das zierlich genug war, um ihn groß wirken zu lassen. Er änderte seinen Namen, erfand Hart Hayden. Mit Ehrgeiz und Talent wurden er und Elektra zu Stars des amerikanischen Balletts. Elektra heiratete, aber Hayden lebte ausschließlich für den Tanz, schob sein Sexualleben, sein Privatleben beiseite, strebte nichts weiter an. Seine Größe war ein Manko, aber dank Elektra kam er damit gut zurecht. Seine Karriere hatte nur einen Makel: kein Choreograf fand ihn je inspirierend genug, keiner schuf je ein Stück für ihn, nur für ihn. Wenn er sich einst zurückzieht, wird er der Ballettwelt keinen dauerhaften Stempel aufgedrückt haben. Und diese Aussicht schmerzte ihn nach allem, was er getan hatte, nach allem, was er aufgegeben hatte, ungeheuer.

Auftritt von Ruth Renswick. Vor ein paar Jahren kam sie zur

Jansch-Truppe und zog eines ihrer Stücke namens *Cycles* neu auf. Hayden hatte genau das Aussehen, das sie brauchte, und sie brachte ihn groß heraus. Er war großartig. Ein paar Jahre weiter. Das Jansch beauftragte Ruth, die *Großen Erwartungen* abendfüllend zu choreografieren. Jetzt wurden Haydens Gebete endlich erhört: Wen, wenn nicht ihn, würde die Renswick schon als Pip besetzen? Zum ersten Mal sprachen seine geringe Größe und seine zarte Statur für ihn. Er war Pip. Er stammte sogar aus ähnlichen Verhältnissen. Und er wusste, dass Ruth ihn mochte.»

Juliet legte eine Pause ein und warf einen verstohlenen Blick auf Murray, um nachzusehen, ob er noch interessiert schien. Er blickte stirnrunzelnd auf die Promenade, beobachtete offenbar zwei Kinder auf ihren Fahrrädern. Sein dunkles Gesicht mit den merkwürdig flachen Wangenknochen war ausdruckslos.

Juliet zwang sich weiterzumachen, wechselte aber in die Gegenwartsform in der Hoffnung, die Sache dadurch etwas aufzumischen. «Als es dann soweit ist, verkündet Ruth jedoch, dass Anton Mohr die erste Besetzung des Pip tanzt. Hayden ist wie vor den Kopf geschlagen. Aber er ist fest entschlossen sich durchzubeißen, ihr zu zeigen, was für einen Fehler sie gemacht hat. Er wird die Zweitbesetzung des Pip, und glücklicherweise erarbeitet sie die Choreografie mit beiden Besetzungen. Von Anfang an verausgabt er sich völlig für sie, arbeitet unermüdlich, zeigt eigene Gedanken, unterbreitet Lösungsvorschläge. Aber sie sieht es nicht. Wochen verstreichen, und Anton ist – trotz seiner relativen Unbeholfenheit als klassischer Tänzer – immer noch ihr Liebling.

Also hat Hayden diesen brillanten Einfall – eine schlaue, fiese Idee. Er kauft irgendein Puder oder zerstößt wahrscheinlich selbst braunen Lidschatten und vermischt ihn mit Talkumpuder. Das Endprodukt nimmt er mit ins Studio. Er wartet auf seine Chance. Sie kommt, als Anton allein in Studio drei proben soll, gleich nach der Probe mit dem gesamten Ensemble. Im Durcheinander schüttet Hayden das Puder in die Kolophoniumkiste. Mohr stürzt, verletzt sich und – voilà! – Haydens Chance, sich zu beweisen.

Und wieder rackert er sich für Ruth ab. Er unterzieht sich sogar der Mühe, sich mit mir, ihrer Freundin und Beraterin, gut zu stellen, damit ich ihn in mein Herz schließe. Aber Ruth kapiert es immer noch nicht. Anton ist ihr Star, umd kaum ist er genesen, macht sie ihn nicht nur wieder zur Erstbesetzung, sie zwingt Hayden auch noch, ihm das Verpasste beizubringen – ebenjene Schritte, die Hayden selbst erfunden hat. Er kocht vor Wut, aber er tut es. Und er denkt sich einen Plan B aus.

Es kommt der Tag des formellen Durchlaufs. Die gute Nachricht zu Beginn der Durchlaufprobe: Mohr kennt zwar die Schritte, aber seine Leistung ist miserabel. Hoffnung keimt in Hayden auf. Vielleicht wird Ruth ihn doch noch bitten, den Pip im formellen Durchlauf zu tanzen? Doch nach der Pause fängt Anton plötzlich Feuer. Er bietet eine umwerfende Leistung, alle im Studio sind verzückt. Ruth ist begeistert. Mittags zieht sich Hayden allein in das abgelegenste kleine Studio zurück und verschafft sich, außer sich vor Neid, Erleichterung, indem er das Solo des Jago aus dem ersten Akt von *Othello* tanzt.

Er beschließt auch, seinen Plan B in die Tat umzusetzen, seine Trumpfkarte auszuspielen. Kurz vor dem Durchlauf verabreicht er Mohr das Ecstasy. Woher er es hat? Kein Problem, sein Zimmergenosse ist der Drogendealer der Kompanie. Hayden kann Mohr die Pille nicht einfach in die Hand drücken, darum bringt er sie in pulverisierter oder Kapselform mit. Während des kleinen Empfangs sucht er Mohr unter irgendeinem Vorwand auf und lässt die Droge hurtig und unauffällig in dessen übliche Coca-Cola-Flasche gleiten. Das unauffällig durchzuziehen ist für Hart ein Kinderspiel, für einen Tänzer, der für seine Anmut bekannt ist und dessen derzeitige Aufgabe es ist, auf Tische und wieder herunter zu springen, so zu tun, als ob er Orangen fängt, oder fliegende Frauen ganz real aufzufangen. Tänzer sind geschickt, agil, so gut wie Jongleure.

Mohr wird auf jeden Fall den Durchlauf ruinieren, und Ruth wird endlich erkennen, wie sehr sie sich geirrt hat. Doch stattdessen ...»

«Eine Sekunde mal.» Landis wirkte schon seit einigen Minuten ungeduldig, und jetzt brach es endlich aus ihm heraus. «Ich habe Ruth speziell nach der Konkurrenz unter den Tänzern gefragt. Sie sagte, und das klingt logisch, dass Tänzer ständig enttäuscht sind. Sie liegen immer miteinander im Wettstreit. Und Hayden selbst gab zu, dass es ihn ärgerte, nicht die Erstbesetzung des Pip zu sein. Er war völlig offen, was das angeht. Diese Art von Frust gehört zu ihrem Beruf. Ruth sagte das, und ich muss ihr das glauben.»

«Stimmt, aber hier wird gerade Ruths Vertrautheit mit der Welt des Tanzes zum Stolperstein. Was sie nicht weiß, ist nämlich, dass Hart Hayden nach dieser Saison nie wieder professionell tanzen wird. Max Devijian hat mir das ganz im Vertrauen erzählt. Haydens Knie machen nicht mehr mit. Noch eine weitere Saison, und er ist bis zum Lebensende ein Krüppel. Und Hayden gehört zu den Künstlern, die ihrer Kunst von ganzem Herzen hingegeben sind. Ihn hat nicht nur persönlicher Ehrgeiz angetrieben; seine Hingabe galt dem Ballett selbst. In seinen Augen konnte er einen besseren Pip erschaffen als Anton Mohr. Er kannte Pip, er verstand ihn, und er glaubte, es sei ein nicht wieder gutzumachender Verlust für das Ballett, wenn er den Pip nicht auf ewig im Tanz festhielt. Hart hat seine Verbrechen im Namen des Tanzes begangen. Das hat uns so in die Irre geführt. Ich dachte immer, dass Tänzer nicht für eine Rolle töten, wie es so schön heißt. Aber sie können es – wenn die Kunst ihr Leben ist.

Ich habe Hart falsch eingeschätzt. Vielleicht hast du das auch. Er ist überaus klug und charmant und kontrolliert, aber im Innern gehört er zu diesen komplizierten Leuten, deren Antrieb von dem Entsetzen über ihre Wurzeln geschürt wird. Er wuchs als Ausgestoßener auf, ein Spinner, den seine Altersgenossen ausgrenzten. Er hat sich selbst neu erschaffen, aber der Kern des

Zorns, den er als Kind aufbaute, steckt noch in ihm. Mit anderen Worten, er ist eine viel, viel extremere Persönlichkeit als die Person, die er für sich selbst erschaffen hat.»

Murray sah etwas interessierter aus als zuvor. «Sprich weiter», sagte er und gestikulierte ungeduldig.

«Also gut. Unglücklicherweise stirbt Anton. Das hat Hart nicht beabsichtigt, und es macht ihn ziemlich nervös. Aber was geschehen ist, ist geschehen, und er hat sich nicht all die Mühe gemacht, um jetzt die Nerven zu verlieren. Endlich – endlich! – macht ihn Ruth zur Erstbesetzung von Pip. Er wirft sich mit Leidenschaft in diese Rolle, tanzt wie besessen, um Ruth zu zitieren. Und alles ist prima. Bis Elektra ihm nicht einmal eine Woche später anvertraut, dass sie im dritten Monat schwanger ist.»

«Sie hat es ihm gesagt?»

Juliet nickte. «Ich habe sie heute Morgen angerufen und sie danach gefragt. Er ist der Einzige, dem sie es gesagt hat. Sie stehen sich, glaube ich, näher als Bruder und Schwester, und sie war der Ansicht, er verdiene es, dass man es ihm als Erstem erzählte. Ach übrigens, ich habe sie auch gefragt, ob Ryder bei einer anderen Kompanie vorgetanzt hat. Ich hatte so eine Ahnung, dass er aus diesem Grund so heimlichtuerisch und nervös war. Und genau das hat er getan: im Frühling wechselt er nach Los Angeles. Sie haben sich schon auf eine Scheidung geeinigt. Wie auch immer, Hart versucht natürlich, Elektra zu einer Abtreibung zu überreden. Er sagt, es sei ein Fehler, zu diesem Zeitpunkt mit Ryder ein Kind zu machen, es werde ihre Ehe nicht retten, sondern nur ihre Karriere zerstören, und so weiter. Elektra hat ihm nicht gesagt, dass Ryder gar nicht der Vater ist. Aber ihr Entschluss stand fest.

Also schaut Hayden nach vorn. Elektra sah man kaum etwas an, wenn überhaupt; doch wenn sie bereits in der dreizehnten Woche war, dann würde sie zu Saisonbeginn fast im fünften Monat sein. Unter gar keinen Umständen konnte sie dann noch die Estella tanzen. Und – das ist jetzt wichtig – mit einer anderen konnte wiederum er unter gar keinen Umständen tanzen. Kirsten Ahlswede ist einen Kopf größer als er. Selbst wenn Ruth eine neue Estella fände, sie würde bestimmt nicht noch einmal ganz von vorn anfangen. Das weiß Hayden. Wenn Elektra nicht tanzt, tanzt er auch nicht. Und Anton wäre völlig grundlos gestorben. Hayden ist jetzt wie unser Freund Macbeth – ‹Ich bin einmal so tief in Blut gestiegen, dass, wollt ich nun im Waten stillestehn, Rückkehr so schwierig wäre, als durchzugehn.›»

«Aber was kann er schon groß tun?», fragte Landis. «Schwarze Magie?»

«Aha, jetzt kommt der schlaue Teil. Siehst du, Hart hat einmal mit dem Ballett von Rio getanzt. Ich wusste, dass er eine Verbindung nach Brasilien hat, weil er ein ‹Ballett von Rio›-T-Shirt trug, als ich ihm das erste Mal begegnete. Als ich vorhin in der Bibliothek nachgeschlagen habe, stellte ich fest, dass er vor drei Jahren dort als Gaststar getanzt hat. Und in Brasilien kommt häufig ein Medikament namens Misoprostol, ein künstliches Prostaglandin, als Abtreibungsmittel zum Einsatz. Es ist dort unten bekannt; er hätte es mühelos von einem der Tänzer erfahren können.

Hierzulande wird Misoprostol unter den Markennamen Cytotec und Mistenflo zur Verhinderung von Magengeschwüren eingesetzt. Es wird häufig verschrieben und ist auch leicht zu erhalten – anders als beispielsweise die Abtreibungspille RU-486. Zweifellos hätte Hart es mit so einer versucht, wenn er davon eine hätte bekommen können. Aber bei Misoprostol ist die Sache weitaus weniger heikel. Häufig nehmen es ältere Menschen mit chronischer Arthritis ein, weil die Medikamente, die sie gegen die Arthritis nehmen, leicht zu Magengeschwüren führen können.»

«Und Tänzer bekommen oft Arthritis», ergänzte Landis.

Juliet schwieg kurz. Während ihrer Erzählung hatte sie den Blick auf den Fluss gerichtet, auf den Park, auf den Himmel. Aber nun spürte sie den Blick von Landis auf sich und sah zu ihm. In seinen Augen lag jetzt nichts als reine Hochachtung und Bewunderung. Es schmeichelte ihr ungeheuer.

Ein Augenblick verstrich, bevor sie ihren Blick abwenden und ihre Erzählung beenden konnte. «Victorine Vaillancourt nimmt Mistenflo.»

«Und woher weißt du das?»

«Ruth hat es mir gegenüber am Tag des Talkumpudervorfalls erwähnt.»

«Und woher wusste Hayden das?» Auch Landis blickte jetzt wieder auf die Landschaft.

«Warum sollte er es nicht wissen? Er arbeitet seit vielen Jahren mit Victorine. Und Mistenflo wird mit den Mahlzeiten eingenommen. Er hat bestimmt Dutzende, wenn nicht gar Hunderte von Malen beobachtet, wie sie es einnahm. Er musste nur ein paar Pillen von ihr stehlen. Und zufällig habe ich gehört, wie er genau das getan hat.»

Juliet beschrieb den Nachmittag vor ungefähr fünf Wochen, als sie vor Victorines Bürotür stand, weil sie etwas Privatsphäre suchte. Das vertraute Rasseln im Innern, das wusste sie jetzt, war das Geräusch von Pillen, die aus einer Flasche geschüttet werden. Und sie hatte Hayden auch gerochen, obwohl sie auf diesen Sinneseindruck damals nicht näher eingegangen war.

«Paco Rabanne, Neutrogena und sein individueller Schweiß», erklärte sie Murray. «Er war es.»

«Kannst du dir da wirklich sicher sein?»

Juliet schloss die Augen und schnüffelte. «Ivory-Seife», sagte sie. «Mennen-Deo. Und ... du trägst etwas, das aus Leder gemacht ist, neuem Leder. Die Schuhe?» Sie öffnete die Augen.

«Es ist eine neue Brieftasche.» Murray zog sie fast ungläubig hervor. Er schüttelte den Kopf. «Erstaunlich. Und woher wusstest du, dass es sich bei den rasselnden Pillen um Mistenflo handelte?»

«Ach das.» Juliet ärgerte sich, dass sie bei der Erinnerung an ihren Irrtum und an ihre aufgeblasene Einbildung errötete. «Im Laufe jenes Nachmittags hörte ich ein Selbstgespräch von Victorine, auf Französisch, als ich den Flur entlangging und an ihrer Tür vorbeikam. Ich dachte, es hieße ‹Wo ist mein Krimskrams?› Aber ich machte einen Fehler in der Übersetzung.» Ihre Röte vertiefte sich. «In Wirklichkeit sagte sie ‹Wo sind meine Mistenflos?›»

«Hm.» Murray klang alles andere als überzeugt.

«Du kannst sie ruhig fragen, ob ein paar Pillen fehlen», meinte Juliet. «Jedenfalls hat Hayden Elektra das Mistenflo verabreicht. Und er hatte wieder Glück. Die beiden haben sich angewöhnt, dass er seine Partnerin manchmal füttert. An dem allerersten Tag, als ich sie traf, sah ich, wie er ihr etwas gab – es sah aus wie Rice Krispies oder Sonnenblumenkerne. Etwas Winziges. Offenbar hat er das Mistenflo zerkleinert und Bruchstücke davon in Rosinen gegeben, denn damit hat er sie später an jenem Tag im Aufenthaltsraum der Tänzer gefüttert. Am nächsten Tag beschwerte sie sich darüber, dass er sie gezwungen hatte, diese Rosinen zu essen. Sie hatte eine Erkältung, vergiss das nicht.

All das ging nicht spurlos an Haydens Nervenkostüm vorüber. An dem Tag, als er die Pillen stahl, hat er tatsächlich Lily Bediant fallen lassen. Wie auch immer, am folgenden Nachmittag hatte die Medizin ihre Wirkung getan. Elektra erlitt eine Fehlgeburt.»

Landis sah den Felsen an, sein Gesicht wirkte nachdenklich. «Laut neuesten Gerichtsurteilen ist die Tötung eines Fötus rechtlich gesehen Mord», sagte er.

«Ja, ich meine auch, das gelesen zu haben.»

Es herrschte langes Schweigen.

«Und das war es?», fragte Landis schließlich.

«Das war was?»

«Das ist deine Theorie? Deshalb hast du mich heute angerufen?»

Juliet fühlte Wut aufsteigen und zwang sie wieder nach unten. «Ja», sagte sie mit ruhiger Stimme.

Landis hob endlich den Blick und sah ihr direkt in die Augen. «Tja, eine interessante Geschichte», sagte er und verfiel wieder in seinen Brooklyn-Akzent, «eine einfallsreiche Geschichte, eine elegante Geschichte, und du erzählst sie wirklich gut. Besonders die Sache mit den brasilianischen Abtreibungspillen war unterhaltsam.»

Juliet war sofort auf hundertachtzig, als er ‹unterhaltsam› sagte, aber noch wütender war sie darüber, dass er das ‹besonders› so breit aussprach: und das mit einem Harvard-Diplom in der Tasche! Ehrlich, er trieb die Volkstümlichkeit zu weit.

In der Zwischenzeit redete er weiter. «Aber Jule, ich muss schon sagen, du versteifst dich hier auf reine Mutmaßungen. Frauen erleiden immer mal wieder eine Fehlgeburt. Elektra könnte das Baby ganz von selbst verloren haben. Anton könnte das Ecstasy selbst genommen haben. Und praktisch jeder könnte die Kolophoniumkiste manipuliert haben.»

«Das ist mir klar, aber wer könnte alles drei getan haben? Wer hätte ein Motiv?» Sie bemühte sich, ihre Stimme neutral und leidenschaftslos zu halten. «Darum bin ich darauf gekommen. Wie drei Folien: Wenn man sie alle drei übereinander legt, bleibt nur ein einziger Verdächtiger übrig, der sich wie ein roter Faden durch alle drei Fälle zieht, nämlich Hart Hayden.»

Landis zuckte nur mit den Schultern.

«Hör zu», sagte er, «deine grauen Zellen haben Erstaunliches geleistet. Aber der Schlüssel für einen erfolgreichen Fall sind die Beweise, verstanden? Wenn du Recht hast, sollte sich das Mistenflo in Elektras Blut nachweisen lassen. Ich überprüfe das mit der Ärztin von St. Luke's. Ich frage Victorine Wasauchimmer, ob sie ein paar Pillen vermisst. Ich bezweifle, dass Frank Endicott überhaupt ein paar fehlende Ecstasypillen bemerken würde, aber ich kann ihn ja mal fragen. Angenommen, ich bekomme drei positive Antworten, dann kann ich Hayden vorladen, ihm ein wenig zusetzen. Aber ich muss dir sagen, dass wir ohne richtige Beweise keinen Fall haben. Bist du bereit, eine schriftliche Aussage zu machen? Vor Gericht gegen ihn auszusagen?»

Juliet hatte an diese Möglichkeit zuvor noch gar nicht gedacht. Es war eine Sache, über diese Angelegenheit intellektuell nachzugrübeln und Landis davon zu erzählen, doch eine ganz andere, bei einem Strafgerichtsverfahren als offizielle Zeugin zu fungieren. Sie dachte an Ruth, die sie darum gebeten hatte, ihr bei den *Großen Erwartungen* zu helfen, nicht darum, im letzten Moment alles zum Entgleisen zu bringen, indem sie verlangte, dass der führende Tänzer verhaftet würde.

Dann fiel ihr Elektra ein, reglos, in einer Pfütze aus Blut, die sich um sie herum ausbreitete.

«Ja», sagte sie, «das bin ich.»

Landis rief sie noch am selben Abend gegen 19 Uhr an. Es gab keine Hoffnung, das Mistenflo in den Blutproben von Elektra, die ihr im Krankenhaus entnommen worden waren, nachzuweisen. Durch eine Routineuntersuchung ließ sich der Stoff nicht nachweisen, und Dr. Chen hatte erklärt, dass das einzige Labor, das eine Spezialuntersuchung durchführen konnte, in Montreal läge. Außerdem würde die Substanz zwei Stunden, nachdem Elektra sie zu sich genommen hatte, völlig vom Stoffwechsel aufgelöst.

Victorine Vaillancourt erinnerte sich, dass sie sich an einem Nachmittag vor ungefähr einem Monat gefragt hatte, ob sie zufällig ein paar Mistenflo-Tabletten verlegt hatte. Aber später bemerkte sie, dass sie sie in die Pillendose getan haben musste, die sie in ihrer Handtasche trug. Sie hatte immer einen großen Vorrat von Mistenflo – zu Hause, im Büro, in diversen Handtaschen –, weil sie es so regelmäßig brauchte. Sie könne nach so langer Zeit nicht beschwören, ob auch nur eine Pille gestohlen worden war.

Was Frank Endicott betraf, so hatte dieser Landis ins Gesicht gelacht, als er ihn nach ein oder zwei fehlenden Ecstasypillen befragte. Als ihm dann wieder einfiel, dass er mit dem Gesetz sprach, hatte er etwas gefasster erklärt, dass er (in jener fernen, fernen Zeit, als er noch mit illegalen Drogen handelte) keine Inventarlisten seiner Waren geführt habe.

Und das war es dann.

«Es tut mir Leid, dir das sagen zu müssen, Jule, weil mir deine Theorie gefällt. Ich bewundere die Art und Weise, wie du dir alles zusammengereimt hast», meinte Murray. «Du könntest sogar Recht haben. Aber du hast nichts weiter als ein paar Luftblasen, wie wir bei der Polizei es nennen. Selbst wenn Victorine sich erinnern könnte, ein paar Pillen verloren zu haben, habe ich noch nie von einer Geruchszeugin gehört.»

«Sehr witzig.»

«Lass es nicht an mir aus, Süße. Ich würde den Kerl die ganze Nacht verhören, wenn wir auch nur einen einzigen echten Beweis hätten. Wenn du diesen Trottel Peltz damals dazu gebracht hättest, die Tasche von Mohr mitzunehmen, hätten wir eine ununterbrochene Beweiskette, und wer weiß, vielleicht hätten wir das, was wir gefunden hätten, verwenden können, um ...»

«Ich habe nicht daran herumgefuhrwerkt.»

Landis ignorierte die Unterbrechung und fuhr fort. «... um einen Fall aufzubauen. Aber so wie es aussieht, könnte es sich um manipulierte Beweise handeln, und ich habe keine Veranlassung, gegen Hayden vorzugehen. Es tut mir Leid, Jule. Manchmal gewinnen einfach die Bösen.»

19

Am Dienstagmorgen, dem 7. September, dem Tag der großen Galaeröffnung der zweiundsechzigsten Saison der Jansch Repertory Ballet Troupe in New York, schickte Juliet Ruth ein Dutzend Rosen und eine Karte, auf der sie ihr einen Triumph von Dickens'schen Ausmaßen wünschte.

Ruth rief kurz vor Mittag an. «Danke für die Blumen. Ich komme mir vor wie auf hoher See im Sturm.»

«Warum?»

«Mir ist kotzübel. Ich bin so nervös, ich könnte – ich weiß

nicht, was ich könnte. Ich bin so nervös, dass ich schreien könnte.»

«Warum schreist du dann nicht?»

Es trat eine Pause ein. «Halt den Hörer kurz weg von deinem Ohr», befahl Ruth.

Juliet gehorchte gerade noch rechtzeitig, um nicht die ganze Wucht eines des Trommelfell sprengenden Schreis abzubekommen.

«Großer Gott!», rief sie, als die Leitung nicht länger vibrierte. «Fühlst du dich jetzt besser?»

«Ja, allerdings. Ich fühle mich besser.»

«Großartig. Dann genieße den heutigen Abend.»

«Danke, Juliet.»

Juliet hatte Murray zu der Premiere der *Großen Erwartungen* eingeladen, eine Art Friedensangebot, eine hübsche, großzügige Geste, die ihm zeigen sollte, dass sie ihm angesichts seiner Weigerung, ihre Theorie über Hart Hayden weiter zu verfolgen, nicht böse war.

Eine Woche war seit dem Tag auf Mount Tom vergangen, und obwohl sie immer noch glaubte, Recht zu haben – und immer noch hoffte, dass die Wahrheit irgendwie ans Licht gebracht werden könnte –, hatte sie Landis tatsächlich bis zu einem gewissen Grad vergeben. Sogar den dämlichen Witz über die Geruchszeugin. (Die korrekte Bezeichnung wäre – in Anlehnung an Augenzeugin – doch sicher ‹Nasenzeugin›?) Nach viel heißer Luft und Empörung war sie wieder einmal zu dem Schluss gekommen, dass er sich einfach nur so professionell wie möglich verhielt. Wenn Murray sagte, das Gesetz brauche mehr Fakten, um einhaken zu können, dann war das auch so. Dennoch ließ sie Caroline Castlingham dem Earl of Suffield ein Milchkännchen an den Kopf werfen.

Als sie ihn zu der Premiere einlud, war sie gar nicht auf den Gedanken gekommen, dass er einen Smoking tragen würde. Murray Landis im Smoking war ein Anblick, auf den sie nicht vorbereitet war. Doch als er sie abholte, stand er da in Schwarz und Weiß, so schlank und mondän und hartgesotten und elegant gleichzeitig, als wäre er einer Werbung für das männliche Geschlecht entstiegen. Jeder Rest an Groll, den sie noch gegen ihn hegen mochte, löste sich in Luft auf, als sie stumm dem Impuls dankte, ihr engstes, schickstes Kleid anzuziehen (ihr einziges enges schickes Kleid, um genau zu sein), das Silberne mit dem durchsichtigen, bestickten Bolero und langem Seitenschlitz. Eine der positiven Folgen ihres Fernbleibens von der Jansch-Truppe in den letzten Tagen war das Wiedererwachen ihres Selbstbewusstseins. Sie fühlte sich weich und duftend und hübsch, und was sie in den Augen von Landis sah, bestätigte sie darin.

«Hab dir 'ne Orchidee mitgebracht», verkündete er und zog eine durchsichtige Plastikhülle hervor, von der Art, wie sie Juliet seit der High School nicht mehr gesehen hatte. Darin befand sich eine dunkelviolette Orchidee, die kunstvoll mit einem helllila Band verknüpft war. Murray öffnete die Schachtel, wobei er ständig ein Minimum von einem Meter Abstand zu ihr hielt, streckte die Arme aus und band die Blume an ihr Handgelenk. Es war eine etwas heikle Angelegenheit, die es erforderte, dass sie ihr Handgelenk nach oben bog. Dabei streifte er sie zufällig mit seinen schwieligen, aber geschickten Künstlerfingern und kitzelte sie leicht.

Ein seltsames Behagen erfasste sie. Offensichtlich hatte er den Geist verstanden, in dem sie ihn eingeladen hatte. Und die Orchidee mit ihren Assoziationen einer längst verstrichenen Zeit rief in ihr sanfte und zärtliche Gefühle hervor. Es sah Landis irgendwie ähnlich, etwas mitzubringen, das so unschuldig war und doch so voller Erinnerungen. Juliet wusste gar nicht, was sie sagen sollte. Sie konnte ihn nur dankbar anlächeln. Er erwiderte das Lächeln, offenbar erfreut von ihrer Reaktion.

Juliet trat kurz in den Flur zurück, um einen Pashmina-Schal aus dem Garderobenschrank zu holen. Das Wetter war tagsüber noch warm und sommerlich, aber die Abende konnten kühl werden, und sie erinnerte sich, dass es in der Cadwell Hall definitiv eisig sein konnte.

«Dr. Bodine?»

Ames war plötzlich aus der Küche getreten, einen üppigen Strauß langstieliger Lilien in den Armen. In Juliets Abwesenheit würde sie die Aktivitäten des Catering-Unternehmens, der Floristen und der sechs anderen Profis überwachen, die bereits begonnen hatten, die Wohnung für die Party vorzubereiten, die nach Mitternacht beginnen sollte. «Sollen diese Blumen in Glasvasen oder in große Körbe?»

«Ach, in die Körbe, denke ich, aber fragen Sie doch den Floristen», erwiderte Juliet. Sie wandte sich wieder an Murray, wollte ihn ordentlich mit Ames bekannt machen, und sah, dass sein Gesicht plötzlich dunkel und wütend geworden war, als ob ihn etwas verärgert hätte. Es waren die Lilien, wurde ihr eine Sekunde später klar, er dachte wohl, dass der riesige Strauß seine Blume für ihr Handgelenk in den Schatten stellte. Wut stieg in ihr auf, über seine eigensinnige Beschränktheit, über seine kindische Egozentrik – als wenn der Großeinkauf von Blumen ausschloss, dass sie von einer einzigen Blüte gerührt sein könnte. Sie hatte ihm ja gesagt, dass sie eine Party für das Ensemble der *Großen Erwartungen* plante. (Juliet hatte eine Woche zuvor beschlossen, die improvisierte Lüge, die sie Gayle erzählt hatte, doch in die Tat umzusetzen.) Glaubte er etwa, sie würde Popcorn und Bier in einem mit Krepppapierschlangen geschmückten Raum servieren?

Sie biss die Zähne zusammen und packte seinen Arm ziemlich grob. «Wir sollten jetzt gehen», murmelte sie. «Ames, Sie können mich über das Handy erreichen.»

In der folgenden Stunde stockte die Konversation zwischen dem gereizten Paar. Keiner von beiden wollte die Enttäuschung zugeben, die sie empfanden, und keiner konnte sie aus seinen Gedanken verdrängen. Aber der Anblick der Cadwell Hall, bis unter die Decke von glitzernden, aufgeregten Ballettomanen besetzt (und Ruths Dankesworte im Programm hinsichtlich der ‹unersetzlichen Hilfe und dem Zuspruch›, den ihr Juliet Bodine während der Entstehung dieser *Großen Erwartungen* hatte zuteil werden lassen), verbesserten zumindest Juliets Laune, und sobald die Vorstellung begann, vergaßen beide ihr Kümmernisse und tauchten bereitwillig in die aufregende Welt der Fantasie ein.

Es war außergewöhnlich, dachte Juliet, die von der ersten Reihe der Empore zusah, wie die Orchestermusik, der Fluss der Erzählung, das Bühnenbild und die Größe der Bühne, ja sogar die Erregung des Publikums, all die Szenen, die sie so oft gesehen hatte, mit neuem Leben versah. Seit der Zeit, als sie zuletzt im Studio gewesen war, hatten die Tänzer und Tänzerinnen ihre Bewegungen und ihren Ausdruck subtil entwickelt und reale Charaktere erschaffen, sodass das Drama, das Ruth in jede Interaktion choreografiert hatte, um ein Zehnfaches erhöht wurde. Pips erste Begegnung mit dem verzweifelten Kriminellen Magwitch war so mitreißend wie die Szene bei Dickens selbst. Eine lebendige Verknüpfung von Beleuchtung, Projektionen und quasi-grotesker Choreografie schuf ein Feuer, das Miss Havisham verbrannte, später hüllten Paralleleffekte in fließenden Grün- und Blautönen die Bühne ein, als Magwitch und seine Nemesis Compeyson unter Wasser kämpften. Immer wieder spürte man, wie das Publikum erstarrte, die Luft anhielt und sich dann kollektiv entspannte. Der Humor, den Ruth eingebaut hatte, größtenteils im ersten Akt, verbreitete eine Munterkeit, die das Publikm beinahe zum Lächeln brachte. Die Musik, die in den letzten Tagen unter der Überwachung des Komponisten geprobt worden war, wurde superb gespielt.

Und der Tanz war kraftvoll, leidenschaftlich und außergewöhnlich. Ryder tanzte einen düsteren, komplexen Magwitch, Lily eine eisige Havisham. Am besten von allen waren Elektra und Hart: sie, ein Mädchen gefangen in ihrem eigenen, starren, herzlosen Stolz, er, eine Offenbarung jugendlicher Naivität,

Sehnsucht, närrischer Romantik, brutalem Ehrgeiz und Kraft. Beim Zusehen schwankten Juliets Gedanken merkwürdig hin und her, flackerten von der Wahrnehmung von Hart als Tänzer zu Hart dem Mörder. Kunst und Moral, in der Tat. (Oder Artistik und Körpergröße!) Aber sie konnte nicht lange darüber nachdenken, so gefesselt war sie von dem Werk, das Ruth geschaffen hatte, so glücklich war sie für ihre Freundin.

Nach dem Ende der ersten beiden Akte gab es bereits stürmischen Applaus und die Massen, die in der Pause durch Cadwell Hall flanierten, waren sichtlich in Hochstimmung. Dennoch wurde Juliet von der Reaktion auf den Schlussvorhang überrascht. Das Publikum tobte und sprang auf die Füße, klatschte in dieser eigenartigen kollektiven Verzückung, die die Menschen bei einer erfolgreichen Premiere bisweilen packt. Als die Tänzer und Tänzerinnen vor den Vorhang traten und sich verbeugten, brüllte das Publikum voll lustvoller Freude bravo und brava und bravi – bravi für das Corps, bravi für die Solotänzer, brava für Lily Bediant (ein üppiger Blumenstrauß wurde ihr aus dem Orchester gereicht) und für Elektra Andreades (dito).

Als Pip war Hart natürlich der Letzte, der sich verneigte. Das Haus brach bei seinem Anblick in Toben aus. Später waren sich alle einige, dass er noch nie so brillant, so instinktiv getanzt hatte, es war eine Sternstunde, die Art von Vorstellung gewesen, die man niemals vergisst. Er verbeugte sich zuerst knapp, ziemlich viktorianisch, dann noch einmal und schließlich, als der Applaus weiter auf ihn eindonnerte, tief und theatralisch. Sein helles Haar war nass vor Schweiß, sein Gesicht glänzte, er sah zu den höchsten Logen auf, dann auf das ganze Haus, hielt die Hand an sein Herz, lächelte und verbeugte sich erneut, schließlich nahm er Elektras Hand und zog sie zu sich nach vorn. Er kniete vor ihr und küsste ihre Fingerspitzen. Als er sich erhob, glaubte Juliet (die wie alle anderen im Haus immer noch stand), ein fiebriges Leuchten in seinen Augen zu erkennen. Eine Lichtspiegelung, wie sie vermutete.

Der Vorhang fiel und hob sich erneut, und dann begann die

Parade der Leute, die hinter den Kulissen gearbeitet hatten: der Dirigent, der Komponist, Greg Fleetwood und zu guter Letzt Ruth im Abendkleid, die klein und gar nicht wie sie selbst wirkte. Sie zog eine Grimasse, unfähig zu dem anmutigen, dankbaren Lächeln, das sie eigentlich hätte zeigen sollen, dann verbeugte sie sich auf eine Weise, die alle daran erinnerte, dass auch sie einst eine Tänzerin gewesen war. Max Devijian trat mit einem gigantischen Blumenstrauß für sie auf die Bühne, und dann fiel der Vorhang zum letzten Mal.

Nachdem ihre Befangenheit von den letzten drei Stunden wie weggewaschen war, blieben Juliet und Landis noch etwas auf ihren Plätzen sitzen, starrten auf die Scheitel derjenigen, die das Parkett verließen, und verglichen ihre Gedanken zu dem, was sie gerade gehört und gesehen hatten. Gelegentlich unterbrach sie jemand, den Juliet kannte und beiläufig vorstellte. Einmal nickte Murray kühl einem seiner Bekannten zu. Er zeigte sich geschickter in dem unvermeidlichen Ritual von Begegnung und Begrüßung, als Juliet erwartet hatte, obwohl sie feststellte, dass sein Brooklyn-Akzent sich wieder einmal stark in den Vordergrund drängte.

Das Jansch hatte hinter der Bühne einen Champagnerempfang für die Kompanie und ausgewählte (wenn auch zahlreiche) Sponsoren, Mäzene und Vorstandsmitglieder vorbereitet – die Art von Ereignis, die zu weiteren Geldspenden führte –, aber Juliet wollte diese Gelegenheit auslassen und lieber nach Hause gehen, um ihr eigenes Fest vorzubereiten. Die einzige Person, die sie wirklich sehen wollte, war Ruth, und Ruth wäre von Bewunderern umgeben, die an dem Augenblick ihres Triumphs partizipieren wollten.

«Du kommst doch mit mir, oder?», fragte Juliet, als sie sich endlich auf den Weg nach unten zur Lobby machten.

Murray blickte skeptisch. «Ich weiß nicht. Du darfst nicht vergessen, dass ich einen Großteil dieser Leute offiziell befragt habe. Sie könnten sich unangenehm berührt fühlen.»

«Ja und?»

«Es ist doch ihre Party, oder nicht? Würde mein Erscheinen der Sache ... nicht einen Dämpfer aufsetzen?»

Einen Augenblick lang wusste sie nicht, was sie darauf erwidern sollte. Er hatte nicht ganz Unrecht, dachte sie. Und das ärgerte sie. Andererseits vermutete sie, dass seine Ablehnung mehr mit seiner allgemeinen Nervosität in ihrer Gesellschaft zu tun hatte als mit Sensibilität gegenüber den Gefühlen der Tänzer.

«Na, dann nicht», murmelte sie schließlich. Stumm stiegen sie in die überfüllte Lobby hinunter und schritten durch die schweren Türen. Wie vereinbart hatte Ames einen Wagen von dem Limousinenservice kommen lassen, dessen sich Juliet öfter bediente, und als sie in die immer noch warme Nacht traten, entdeckte sie den Wagen keine sechs Meter entfernt.

«Kann ich dich wenigstens irgendwo absetzen?», fragte sie. «Oder hast du Angst, das könnte auch irgendetwas den Dämpfer aufsetzen?»

Murray schüttelte den Kopf. «Ich will doch nur sicherstellen, dass deine Party ein Erfolg wird», sagte er.

«Für wen?»

Er öffnete den Wagenschlag für sie.

Sie gestattete sich, ihm einen Moment lang tief in die Augen zu schauen. «Ich möchte gern, dass du kommst.»

Er lächelte leicht. «Dann komme ich später nach. Wenn die Party schon im Gange ist.»

Er half ihr in den Wagen, wartete, bis sie ihren langen Rock sicher verstaut hatte.

Murray beugte sich vor. «Du siehst heute Abend wirklich wunderschön aus», sagte er, dann schlug er die Tür zu.

Wie Juliet später erfuhr, hatte Teri Malone all ihren Kollegen und Kolleginnen erzählt, dass Ruths Freundin, Miss Bodine, in einer Art urbanem Taj Mahal residierte, den niemand verpassen dürfe. Teilweise aus diesem Grund, teilweise aus der generellen Neigung der Tänzer, Feste zu feiern, wie sie fallen, fand ihre

Party unter massiver Teilnahme statt. Gegen halb eins in der Nacht trafen die ersten Tänzer ein, anfangs Corpsmitglieder (die sich bitterlich beklagten, dass sie gleich nach der Aufführung die Hände der Sponsoren schütteln mussten), dann die Zweitbesetzung, anschließend Patrick, Lily Bediant und zu guter Letzt – an Ruths Arm – Elektra und Hart.

Juliet hatte bereits jenes abgehobene Gefühl, das jede Gastgeberin kennt, bei dem Details verschwimmen und jedes Zeitgefühl aufgehoben wird. Die Leute wanderten durch beide Stockwerke, durch ihr Wohn- und Esszimmer, in den Salon vor ihrem Büro und, mit begeisterten Ausrufen angesichts der funkelnden Aussicht, auf die Terrasse. Überraschenderweise fand Juliet heraus, dass Teri Malone sich zu einer Art stellvertretender Gastgeberin ernannt hatte, was ziemlich nützlich war. Teri hatte sehr viel mehr von der Wohnung in Erinnerung behalten, als Juliet geglaubt hätte, und alle paar Minuten hörte man die leise, pfeifende Stimme der Tänzerin, wie sie Neuankömmlingen den Weg zu den Drinks, zur Toilette oder zum Telefon wies. Juliet verstand allmählich, wie Teri zu Lily Bediants Vertrauter werden konnte. Sie war auf höchst angenehme, selbstbewusste Weise ehrerbietig, und auch wenn man wusste, dass sie versuchte, für sich etwas herauszuschlagen (Juliet vermutete, dass sie ihrer Lektorin Portia Klein vorgestellt werden wollte), so war es doch angenehm, sie um sich zu haben.

Nach längerem Nachdenken hatte Juliet beschlossen, im oberen Stockwerk Gershwin und Cole Porter zu spielen, im unteren dagegen Billie Holiday und Fats Waller. Die Caterer boten im Esszimmer ein kaltes, aber sehr nahrhaftes Mahl an; eine Bar war sowohl dort als auch oben aufgebaut worden. Ames, die in einem dunklen Seidenkostüm eindrucksvoll aussah und von der Küche aus operierte, hatte das Personal gut im Griff. Juliets einziges Problem war der Duft der Blumen. Sie hatte den Floristen gebeten, die Menge zu begrenzen, aber es war immer noch überwältigend. Juliet hatte gerade beschlossen, auf der Terrasse eine Zigarette zu rauchen, als Ruth und ihre beiden Stars eintrafen.

«Liebes!» Ruth warf in einer seltenen Geste der Ausgelassenheit die Arme um Juliet und küsste sie auf beide Wangen. «Du bist ein Genie! Ich bin ein Genie!» Sie zeigte auf Hart und Elektra neben sich. «Und hier sind noch zwei Genies. Waren sie nicht fabelhaft?»

Juliet umarmte ihre Freundin mit einem tiefen Gefühl der Zufriedenheit. Doch gleichzeitig fühlte sie sich beim Anblick von Hart Hayden, der über ihre Schwelle trat, äußerst unwohl. Sie hatte sogar Angst, wie sie feststellte. Sie spürte, wie ihre Handflächen kalt und feucht wurden. Wie hatte sie das nur nicht vorhersehen können? Ihrer Meinung nach hatte er zweimal getötet. Sollte sie nun zulassen, dass er es sich gemütlich machte und frei durch ihre Wohnung streifte?

Ruth trat als Erste ein. Ein anderes Mitglied der Kompanie, das sich zufällig gerade im Eingangsbereich befand, entdeckte sie und begann zu klatschen. Vom Applaus angezogen strömten andere aus der Bibliothek und dem Wohnzimmer und klatschten ebenfalls. Als Juliet Ruth an der Menge vorbei ins Esszimmer führte, bildete sich zu beiden Seiten eine Art Korridor aus jubelnden Tänzern und Tänzerinnen. Ruth lachte und verneigte sich, so locker und glücklich, wie Juliet sie noch nie gesehen hatte. Doch so sehr Juliet sich auch für ihre Freundin freute, war sie in Gedanken immer noch bei Hart. Er war, ebenso wie Elektra, mit der Menge verschmolzen und klatschte mit den anderen, aber in seinen klugen blauen Augen meinte Juliet etwas Merkwürdiges zu sehen, verdeckt von einem stolzen, kämpferischen, rücksichtslosen Triumph.

Ryder war aus dem Esszimmer getreten und begrüßte seine Frau mit einem ruhigen Glückwunschkuss auf die Wange, eine weitaus freundlichere Begrüßung als Juliet es in der Vergangenheit gesehen hatte. Sie nahm an, sein bevorstehender Umzug nach Los Angeles hatte die Spannung zwischen ihnen verringert.

Im Esszimmer erstarb der Applaus endlich und wurde von normalem Partygeplauder ersetzt.

«Oh mein Gott, was bin ich erleichtert!», flüsterte Ruth Juliet zu, als die anderen sich wieder ihrem eigenen Vergnügen zuwandten. «Nicht für eine Million Dollar würde ich das noch mal durchmachen wollen. Wo ist der Wodka?»

Juliet holte eiligst etwas zu essen und zu trinken, aber ihr Blick wanderte immer wieder voller Unbehagen zu Hart, der jetzt mit einem frisch gemixten Highball in der Hand an der Bar stand. Noch vor einem Augenblick hatte er sie kurz und freundlich angelächelt, und sie hatte versucht, sein Lächeln ganz natürlich zu erwidern, hatte sich ins Gedächtnis gerufen, dass er ihre Verdächtigungen unmöglich erahnen konnte.

Und dennoch ... Sie fragte sich, ob sie Landis irgendwo per Telefon erreichen konnte. Sie kannte ihn nicht gut genug, um zu wissen, was er mitten in der Nacht in der Innenstadt tat, wenn er ein oder zwei Stunden totschlagen wollte. Sie tröstete sich mit dem Umstand, dass es schon weit nach ein Uhr war. Falls er überhaupt noch kam – und das hatte er versprochen –, dann bestimmt bald.

Bevor sie zu ihrer sehnsüchtig erwarteten Zigarettenpause nach oben ging, fiel ihr ein, sich Teris Hilfe bei dem Kuchen zu versichern, den sie um zwei Uhr servieren wollte. Sie hatte ihn extra anfertigen lassen, mit mehreren ineinander verlaufenden Schichten und Spinnenweben aus Zuckerwatte, damit er dem Hochzeitskuchen von Miss Havisham ähnelte. Die Bäckerei hatte großartige Arbeit geleistet. Juliet wollte alle im Wohnzimmer versammeln und eine kurze Rede auf Ruth halten, bevor sie den Kuchen anschnitt. Aber es würde nicht leicht sein, die Gäste zusammenzutreiben. Nach kurzer Suche fand sie Teri, praktischerweise schon in der Küche, wo sie Ames verständigt hatte, dass im unteren Stockwerk der Eiswürfelvorrat zur Neige ging. Die drei überlegten, wie sie die Massen am besten nach unten und in einen Raum treiben konnten. Dann floh Juliet endlich auf die Terrasse.

Sobald sie dort war, stellte sie fest, dass eine gewitzte Seele ihre Motown-Sammlung entdeckt und gegen die CDs ausgetauscht hatte, die von ihr bei der Stereoanlage deponiert worden waren. Die Terrasse war überflutet mit Marvin Gayes ‹Going to a Go-go›, und die Tänzer und Tänzerinnen (sie erkannte Olympia, Lily, Nick Sabatino, Alexei, Ryder und andere unter ihnen) bewegten sich unter vollem Körpereinsatz rhythmisch dazu. Juliet lehnte sich mit brennender Zigarette gegen die Betonmauer und sah eine Weile zu, überrascht, wie sinnlich und lasziv sie tanzten. Juliet vermutete, dass sie selbst jetzt noch ein nur oberflächliches Verständnis der Ballettwelt besaß.

«Wie wär's? Darf ich bitten?»

Es war Patrick, zuvorkommend und aufopferungsvoll bis zuletzt, der sich ihrer erbarmte und sie, die Sterbliche, zum Tanz bat. Juliet hatte ihre Zigarette aufgeraucht, und schon seit einiger Zeit zuckten ihre Hüften und Schultern. Sie sehnte sich danach, zu tanzen, aber nun, da ihr die Möglichkeit geboten wurde, fühlte sie sich unsicher.

«Ist schon gut, keiner wird Sie beobachten», ermutigte Patrick sie. Er beugte sich vor und flüsterte ihr ins Ohr: «Sie beobachten ausschließlich sich selbst. Schauen Sie nur, wie sie ihre Spiegelbilder in der Glastür anschmachten. Sie können nicht anders, es ist instinktiv.»

Juliet sah, dass er Recht hatte, lächelte, schlüpfte aus ihren Schuhen und ließ sich von ihm mitziehen. In ihrer Liebe zu Motown wurde Juliet Bodine von niemand übertroffen, und bald schon war sie Teil der wirbelnden Masse, sang glücklich im Verein mit den Temptations. Der bestickte Rock war zum Tanzen nicht besonders geeignet, aber wenigstens ließ der Schlitz eine gewisse Bewegungsfreiheit zu, und sie amüsierte sich herrlich, während die Scheibe mit den Mädchenbands lief. Zwei Uhr rückte näher, als sie sich endlich verschwitzt und fröhlich vom Tanzboden zurückzog. Mit der Idee, noch ein paar zusätzliche Stühle zu holen (die Leute saßen neben dem Tanzboden schon auf dem Boden, die Gläser gefährlich nahe ihren Füßen), verließ sie die Tänzer und spazierte, immer noch schuhlos, auf den nach Norden liegenden Teil der Terrasse, die sich um das ganze Penthouse zog.

Dieser Teil war nur etwas über einen Meter breit und unbeleuchtet. Juliet nützte ihn vor allem, um Liegestühle und Gartenutensilien zu lagern. Am anderen Ende der Wand, angrenzend an die Terrasse ihres Nachbarn, hatte sie ein halbes Dutzend Klapptische und Stühle abgestellt. Sie genoss den Rückzug von der lauten Musik. (‹You Haven't Done Nothing› war hier viel weniger laut zu hören, als sie vermutet hatte – vielleicht zog sie doch nicht den Zorn aller Nachbarn auf sich). Sie ging den schmalen Korridor zwischen der Hauswand und der hüfthohen Betonmauer entlang und zerrte dann zwei storchenbeinige Stühle aus dem Vorrat. Gerade wollte sie ungelenk mit ihnen zurückkehren, als aus Richtung der Hauptterrasse eine kleine, schlanke Gestalt vor ihr auftauchte. Sie blieb stehen, eine dunkle Silhouette gegen das Licht. Juliets überschäumende Stimmung verpuffte sofort und ein Schauder erfasste sie. Sie setzte die Stühle ab. Sie hatte sich schon gefragt, wo er war.

«Hart?» Ihr fiel das Zittern ihrer Stimme auf, sie hoffte, ihm nicht.

Die Gestalt näherte sich ihr wortlos.

«Hart, sind Sie das?»

Sie wollte eigentlich um Hilfe rufen. Stattdessen trat sie ein paar Schritte zur Außenmauer zurück. Sie befahl sich, ruhig zu bleiben, sich wie eine Erwachsene zu verhalten. Er konnte ihre Gedanken schließlich nicht lesen, auch wenn sie sich anscheinend verräterisch deutlich zeigten.

Doch als er sprach, sagte er nur: «Miss Bodine, ich wollte mich mit Ihnen unterhalten.» Er lächelte. «Ich wollte Ihnen danken, dass Sie Ruth geholfen haben, all das durchzustehen.»

Er näherte sich ihr, und instinktiv trat sie wieder einen Schritt zurück, spürte, wie ihre Hüfte gegen die Außenmauer stieß. Sein Südstaatenakzent war ungewöhnlich stark, beinahe schleppend. Er roch nach Rum, begleitet von einer Duftwolke aus Cologne und Shampoo.

Er hielt sein bleiches, asketisches Gesicht vor das ihre, so nahe, dass sie seinen warmen Atem spürte. «Die *Großen Erwartungen* wären ohne Ihren Beitrag nicht halb so gut geworden.»

«Danke schön, aber ich bin sicher, Ruth wäre auch allein zurechtgekommen», sagte Juliet und versuchte, ihr Unbehagen nicht in ihrer Stimme durchklingen zu lassen. Aber auch sie hatte getrunken, und ihr Verstand war nicht glasklar. Sie versuchte, ganz beiläufig auf das beleuchtete Ende der schmalen Terrasse zu gelangen. «Ich wollte gerade ...»

Aber Hayden hatte sich direkt vor ihr aufgepflanzt. Er schnitt ihr das Wort ab. «Würden Sie mir erlauben, Ihnen die Hand zu küssen?», fragte er immer noch lächelnd. Seine weißen Zähne funkelten in der Dunkelheit.

«Das ist nicht nötig.»

«Ach, es wäre mir aber eine große Freude.»

Er verbeugte sich leicht, eine sehr höfische, ballettartige, kleine Verbeugung und packte ihre linke Hand mit seiner rechten.

Seine starken Finger wickelten sich um ihr Handgelenk. Plötzlich war Hart ganz still. Er sah sie fragend an. Sein Lächeln verschwand.

«Und jetzt?», fing er an.

Zu spät erkannte Juliet, dass er zwar ihre Gedanken nicht lesen konnte, aber Englisch ohnehin nicht seine Muttersprache war. Die Körpersprache war es. Er sprach die Sprache des Körpers fließend; das war sein Leben. Er konnte jeden Atemzug, jedes Zittern, jede Veränderung der Körperhaltung in ihr lesen, bis hin zum kleinsten Flattern ihrer Lider.

Er verstärkte den Griff um ihr Handgelenk. Juliet dachte daran, wie er Elektra in die Madonna-Hebung gestemmt hatte, und ein neuer Schauder der Angst durchlief sie.

«Sie sind sehr nervös», beobachtete er und starrte ihr in die Augen. «Was haben Sie wohl für ein Problem?»

Juliet spürte, wie ihre Angst deutlich in ihr Gesicht trat. Sie versuchte, die Angst zu unterdrücken, versuchte, bei ihrer Antwort zu lächeln. «Ach, es ist vermutlich die Party. Ich will, dass sich alle amüsieren. Sie wissen schon, Gastgeberinnennervosität.»

«Tatsächlich?», fragte Hayden nachdenklich und schleppend. «Wirklich, Sie sind so schreckhaft wie ein Kaninchen.»

Um die Ecke wurde der Stevie-Wonder-Song, noch während Hart sprach, immer leiser und verstummte dann. Juliet hörte in der nachfolgenden Stille beglückt die pfeifende Stimme von Teri. «Bitte alle nach unten zum Kuchen! Alle ins Wohnzimmer! Es gibt erst wieder Musik, wenn der Kuchen angeschnitten ist!»

Der Reif um Juliets Herz wurde etwas lockerer, als sich daraufhin Stimmengemurmel erhob, manche maulten, andere freuten sich. Man hörte Fußgetrappel. «Hören Sie, ich muss jetzt wieder hinein», sagte Juliet. «Ich will eine Rede auf Ruth halten.»

«Sie wird warten. Sagen Sie mir, was Sie bedrückt.»

«Ich denke, ich sollte jetzt wirklich . . .»

Sie versuchte erneut, an ihm vorbeizukommen. Seine Finger schlossen sich fester um ihr Handgelenk, zerdrückten die Orchidee an ihrem Arm.

«Sie wird warten», wiederholte er. «Jetzt werden Sie mir sagen, was Sie bedrückt. Und zwar ganz genau. Womit haben Sie sich beschäftigt, Miss Bodine?»

Seine klugen, vom Alkohol geröteten Augen wurden schmäler. Er starrte sie an, und Juliet schien seinen scharfen Verstand sehen zu können, wie er arbeitete, aussortierte, die Puzzleteile zusammensetzte. «Stellen Sie sich vor», meinte er nachdenklich, «mein Zimmergenosse Frank hat mir erzählt, dass ihn vor einer Woche ein Polizist anrief und wissen wollte, ob er ein paar Drogen vermisse. Wussten Sie das?»

Eine Sekunde verstrich, dann eine weitere. Juliet starrte ihn nur mit pochendem Herzen an. «Lassen Sie mich los», sagte sie schließlich mit rauer, heiserer Stimme.

«Ich denke, Sie wussten das», fuhr er fort und ignorierte sie. «Ich denke, es war derselbe Polizist, der bei Antons Trauerfeier neben Ihnen saß.»

Juliet spürte, wie sie noch bleicher wurde. Sie erinnerte sich, Hart dort gesehen zu haben, aber sie hatte nicht daran gedacht, dass auch er sie gesehen haben musste.

«Der Mann hat mich seinerzeit verhört», erzählte er weiter. «Victorine erwähnte, dass er sich letzte Woche auch bei ihr telefonisch gemeldet habe und wissen wollte, ob sie irgendwelche Tabletten vermisst. Ich denke, Sie haben diesem Detective auf die Sprünge geholfen. Stimmt doch, oder?»

Sein Griff um ihr Handgelenk wurde noch fester. Dann zog er ihren Arm beängstigend heftig nach hinten auf ihren Rücken.

«Lassen Sie mich los.» Ihre Stimme war nur ein Flüstern, ihr Mund trocken, ihr Nacken verkrampft. «Ich will jetzt hinein.»

«Das sehe ich nicht so.»

Mit einer tänzerischen Kunstfertigkeit, die Juliet nie würde erklären können, packte Hart irgendwie ihre Taille mit seiner freien Hand und hob sie hoch. Bevor sie wusste, wie ihr geschah, saß sie unsicher auf der Außenmauer, beide Arme schmerzvoll auf den Rücken gebogen. Harts Finger hielten ihre beiden Handgelenke fest. Er war ihr so nahe, dass sie spüren konnte, wie sich sein Brustkasten mit dem ihren hob und senkte.

«Sie haben einfach abgewartet, nicht wahr?», sagte er. «Sie wussten etwas. Oder Sie glauben, etwas zu wissen. Aber Sie haben bis zur Premiere abgewartet, damit Sie es Ihrer Freundin nicht vermasseln. Was wissen Sie?»

Er beugte sich noch näher zu ihr, und sie verlor allmählich ihr Gleichgewicht. Wenn er sie jetzt plötzlich losließe, dachte sie, könnte sie nach hinten in die Tiefe stürzen. Sie musste daran denken, was Murray über das Schmorenlassen eines Verdächtigen gesagt hatte, wie lange Hart schon allein mit seiner Schuld war, sich vor Entdeckung fürchtete (oder vielleicht sogar darauf hoffte?), wie er hinter jedem Blick seiner Freunde und Kollegen Verrat vermutete.

Ihr kam die Idee, die Beine zu heben und gegen seine Brust zu stoßen, aber ohne einen spitzen Absatz, den sie in ihn rammen konnte, hätte sie sich dadurch wahrscheinlich nur selbst in die Tiefe katapultiert. Ihr Herz schien so laut zu pochen, als ob es in ihrem Schädel säße. Eine Art Nebel schwebte vor ihren Augen, und sie fühlte Schwindelgefühle aufsteigen. Aber hier und jetzt könnte sich das als katastrophal erweisen ...

«Hart?»

Die Stimme einer Frau. Elektra, wurde Juliet eine Sekunde später klar. Ihr Herz beruhigte sich etwas. Die Frau kam allein auf sie zu.

«Ich habe dich gesucht. Unten gibt es Kuchen», sagte Elektra. Aber ihr Ton war abwesend, sie war nicht mit den Gedanken dabei, und ihr schmales Gesicht blickte voller Staunen, wie Juliet erkannte, als sich ihre Sicht aufhellte und der Schwindelanfall verflog.

Elektra trat ein paar Schritte näher und blieb stehen, sah Hayden in der Dunkelheit an.

«Hart, was machst du da?»

«Nichts. Wir unterhalten uns nur», sagte er. «Warum gehst du nicht schon mal vor?»

«Ihr unterhaltet euch? Ist das Juliet Bodine? Warum hältst du sie so merkwürdig? Was ist denn mit dir los?»

Elektra starrte den Mann an, der so viele Jahre ihr Partner gewesen war. Ihre Aufmerksamkeit erwachte, ihr Blick wurde ernst. Hayden hatte den Druck auf Juliets Handgelenke immer noch nicht gelockert, drückte sie immer noch nach hinten über die Mauer. Juliet wollte etwas sagen, aber schien – wie in einem Albtraum – unfähig, einen Ton von sich zu geben.

«Lek, es gibt keinen Grund, warum du dich hier einmischen solltest. Bitte geh jetzt nach unten. Sofort.»

Hayden wurde immer erregter, und seine Stimme wurde, zweifellos ohne dass er es merkte, immer lauter. Elektra kam noch etwas näher. Mehrere Meter hinter ihr sah Juliet plötzlich einen ordentlich frisierten blonden Schopf um die Ecke der Hauptterrasse auftauchen und sofort wieder verschwinden. Hart, der das offensichtlich nicht bemerkt hatte, drückte Juliet noch fester, zog ihre Arme auseinander und hob sie an, als ob er sich darauf vorbereitete, sie über den Rand der Mauer zu zwingen. Juliet fing an zu beten. Wie überrascht Gott sein musste, nach all der Zeit von ihr zu hören.

Dennoch musste Gott sich wohl an sie erinnert haben, denn schon im nächsten Augenblick fand sie ihre Stimme wieder.

«Hart hat Ihr Baby getötet, Elektra», rief sie, die bereits schmerzenden Arme wie Flügel hinter sich ausgestreckt. «Er hat Ihre Fehlgeburt eingeleitet. Diese Rosinen, mit denen er Sie gefüttert hat, waren mit einem Medikament versetzt, einer Abtreibungspille ...»

Wütend zerrte Hayden an ihren Armen. Juliet schrie entsetzt auf. Elektra sprang nach vorn und packte ihren Partner an den Ellbogen, zog ihn nach hinten. Sie schaffte es nicht, ihn von Juliet loszureißen, aber sie veränderte die Gleichgewichtsverhältnisse, behinderte ihn. Oberkörperkraft, dachte Juliet, die immer noch schwankend, aber immerhin lebend, auf der Mauer saß. Die Ballerina hatte offenbar Krafttraining gemacht.

Elektra, die vor Anstrengung ächzte, fragte entsetzt: «Hart, stimmt das? Hast du das getan?»

In ihrer merkwürdigen Gruppierung, Elektra ihn von hinten umarmend, seine Hände mit festem Griff auf Juliet, schienen sie zu dritt einen ungewöhnlichen neuen Schritt zu proben.

«Nein, das habe ich nicht.»

«Er hat auch Anton umgebracht», sagte Juliet. «Er hat Drogen in seine Cola getan, kurz vor dem formellen Durchlauf.»

«Das habe ich nicht. Das ist gelogen.»

«Wenn es eine Lüge ist», fauchte Elektra «warum bedrohst du sie dann? Lass sie los, Hart.»

«Geh nach unten.»

Elektra rührte sich nicht, stemmte nur einen Fuß gegen die

Mauer. Die vielen Jahre der körperlichen Nähe hatten ihr offenbar gezeigt, wie sie Hart anzufassen hatte, dachte Juliet, wie sie seine Bewegungen vorausahnen konnte.

«Du hast Angst vor ihr», sagte Elektra. «Du hast sie ausgefragt oder gar bedroht, und ich habe dich unterbrochen. Oder hattest du gar vor, sie umzubringen? Mein Gott, Hart. Ich *weiß*, Anton hätte niemals Ecstasy im Studio genommen. Ich denke, du hast es ihm verabreicht. Aber warum?»

Sie fing an zu weinen, aber ohne ihn loszulassen, wie Juliet voller Dankbarkeit und Bewunderung erkannte.

«War es Ehrgeiz? Nur wegen der Rolle, damit du den Pip tanzen konntest?» Sie keuchte, ächzte, schnappte nach Luft. «Mein Gott, Hart, hast du den Verstand verloren?»

«Elektra», fing er an, fast brüllend, «geh weg. Geh jetzt nach unten. Ich will nicht, dass du in das verwickelt wirst.»

«Bring nicht sie um, bring mich um», schluchzte Elektra. «Du hast mich ja schon umgebracht. Du hast mein Baby getötet ...»

Harts Stimme wurde schrill. Er drehte sich zur Seite, Juliets Arme immer noch fest im Griff, wenn er sie auch nicht länger über die Mauer drückte.

«Was hätte es schon gebracht, wenn du ausgerechnet jetzt mit Ryder eine Familie gegründet hättest?», verlangte er zu wissen. «Warum hast du nicht auf mich gehört? Es hätte alles zerstört ...»

«Es war nicht Ryders Baby. Es war von Anton.»

Harts Verblüffung war so groß, dass er einen Schritt zurücktrat und endlich den Griff auf Juliet lockerte. Sie überlegte, ob sie jetzt ihre Handgelenke befreien konnte, und wenn ja, wie sie sich am besten um ihn herumschlängeln könnte, als sie eine Frau brüllen hörte: «Halt im Namen des Gesetzes!»

Alle drei blickten zur Ecke. Dort hob sich die kompakte, unverkennbare Gestalt von Ames gegen die Nacht ab. Mit beiden Händen hielt sie eine große, schwere Pistole, mit der sie direkt auf Hart Hayden zielte.

Angesichts dieses zweiten Schocks ließ Hart Juliet plötzlich los. Sie rutschte von der Mauer und lief um ihn herum. Im Vorbeilaufen packte sie Elektra, zog sie in Richtung von Ames und in Sicherheit. Im gleichen Augenblick schoss ein dunkler, schmaler Schatten um die Ecke und lief auf die schmale Seitenterrasse.

«Polizei! Keine Bewegung!»

Landis war endlich eingetroffen. Mit gezogener Waffe blieb er kurz stehen, dann lief er den Rest der Terrasse entlang. Mit der schluchzenden Elektra im Schlepptau rannte Juliet an ihm vorbei und brach in Ames' Armen zusammen, die glücklicherweise die antike Manton-Pistole (die die letzten einhundert Jahre ohne Munition verbracht hatte) sinken ließ.

«Miss Malone hat mich geholt, Dr. Bodine. Sie hat Sie mit Mr Hayden gesehen», murmelte Ames erklärend. «Ich nahm mir die Freiheit, Ihren Regency-Schaukasten aufzuschließen, um mich mit einer Waffe zu versehen.»

In der Zwischenzeit näherte sich Landis ganz langsam Hart. Zuerst sah ihn Hayden nur wachsam an. Doch als der Detective nur noch zwei Meter von ihm entfernt war, sprang der Tänzer mühelos auf die hüfthohe Mauer.

Murray blieb stehen und steckte seine Waffe ins Halfter.

«Hayden, denken Sie doch mal nach», sagte er mit nüchterner, einschmeichelnder Stimme. «Bleiben Sie locker. Reden Sie mit mir.»

Auf der Terrassenmauer drehte Hart eine Pirouette auf einem Bein und hob die anmutigen Arme zu einem herrlichen Bogen.

«Alles kommt wieder in Ordnung. Niemand will Ihnen etwas tun.» Die Stimme von Landis plätscherte dahin wie ein beruhigender Fluss. «Wir finden schon eine Lösung. Entspannen Sie sich, und kommen Sie da herunter.»

Hayden warf einen kurzen, verzweifelten Blick auf Elektra, dann sah er wieder in die Nacht. Er bog seinen Rücken durch und ging in die Knie.

«Nein!», gellte Juliet. «Es ist nicht ...»

Aber es war zu spät. Hart Hayden sprang von der Terrasse in die dunkle Tiefe.

20

«Ich muss schon sagen, die Detektivarbeit war eine gute Ausrede, um nicht zu schreiben», räumte Juliet wehmütig ein bot Ruth einen Fuji-Apfel und ein Stück New Yorker Cheddarkäse an.

Es war Ende September, und Fuji-Äpfel aus der Region waren eben erst auf dem Wochenmarkt aufgetaucht. Die Frauen, eingehüllt in Fleecepullis und Bluejeans, genossen ihr Mittagessen in der kühlen Brise auf Juliets Terrasse. Auf der anderen Straßenseite, im Riverside Park, hatten sich einige Bäume schon gelb verfärbt. Andere zeigten hier und da schon einen Hauch der schreienden Herbstfarben.

«Das ganze Vergnügen, das Recherche bietet, und viel bessere Gesellschaft», fuhr Juliet fort und schälte einen Apfel.

Der Balkon der Andersons war nur sehr klein, aber in bester Lage, nämlich zwei Stockwerke unter der Terrasse von Juliet und exakt unterhalb jener Stelle gelegen, von der aus Hart Hayden gesprungen war. Von jedem anderen Platz aus wäre er ins Nichts gestürzt und hätte umgehend den Tod gefunden. So gab es nur ein reißendes Geräusch (die Markise der Andersons) und dann einen furchtbaren Schlag, der den Umstehenden verriet, dass Hart nicht weit gekommen war.

Hart hatte sich drei Knochenbrüche zugezogen – die Rippen nicht mitgerechnet – und mehrere Schnittwunden und Quetschungen erlitten. Aber es blieb genug von ihm intakt, um sich einer Anklage wegen des versuchten Mordes an Juliet Bodine stellen zu müssen. Die Ärzte glaubten, dass er irgendwann im Oktober aus dem Krankenhaus entlassen werden könnte.

«Wo wir gerade von guter Gesellschaft sprechen: Triffst du dich noch mit Murray Landis?», erkundigte sich Ruth und schnitt sich von dem Cheddarkäse eine dünne, fast durchscheinende Scheibe ab. Die legte sie auf einen Apfelschnitz und ließ beides in ihren Mund gleiten.

Ruth war in den letzten Wochen ziemlich beschäftigt gewesen, hatte Interviews gegeben, die Produktion der *Großen Erwartungen* festgeklopft, war neue Angebote durchgegangen. Eine Weile war sie außer sich gewesen über den Verlust ihres Hauptänzers – einem Menschen, den sie privat gemocht und beruflich bewundert hatte. Aber nach sechs oder sieben erfolgreichen Aufführungen mit der Zweit- und Drittbesetzung hatte sie sich wieder beruhigt. Es war schade, dass die hervorragenden Kritiken, die die *Großen Erwartungen* erhielten (‹Fantastisch!›, ‹Zauberhaft!›, ‹Bewegend!›) fast umgehend von dem blutrünstigen Drama um Hart Haydens ‹Sturz› (wie sein Anwalt es zu nennen beharrte) und dem Wiederaufleben der düsteren Geschichte um Antons Tod überschattet wurden. Aber Nick Sabatino und Kirsten Ahlswede tanzten herausragend, und Lily Bediant, die mit Alexei Ostrovsky als Pip in der Drittbesetzung die Estella tanzte, begeisterte das sentimentale Publikum mehr, als es Elektra je vermocht hätte. Ruth hätte es Elektra gern erlaubt, mit Nick zusammen zu tanzen. Aber der Tod ihres Liebhabers, der Abbruch ihrer Schwangerschaft, die anstehende Scheidung, der Betrug ihres Tanzpartners und sein Beinahesprung in den Tod hatten sie gründlich durcheinander gebracht. Sie war den Rest der Saison ausgestiegen und verbrachte gerade einen Monat bei Freunden in London.

Juliet seufzte. «Auf den ersten Blick, ja», erwiderte sie. «Ich habe mich mit Murray Landis vor ein paar Wochen getroffen. Er hat mich endlich in sein Atelier eingeladen, damit ich mir seine Skulpturen ansehe. Du solltest sie dir auch einmal ansehen. Ziemlich faszinierend – merkwürdig, aber nicht nur um der bloßen Merkwürdigkeit willen.»

Sie fügte nicht hinzu, wie enttäuscht sie gewesen war, als er endlich sein Versprechen wahr gemacht hatte, sie dann aber feststellen musste, dass er noch einen Gast eingeladen hatte. Es handelte sich um einen ältlichen Sammler, der hartnäckig höflich und aufreizend aufdringlich war, Juliet ‹Liebling› nannte und nicht ohne sie gehen wollte.

«Aber wenn du wissen willst, ob wir uns ‹treffen›, dann lautet die Antwort Nein», fuhr Juliet fort. «Oder ich weiß nicht ... vielleicht sollte ich sagen, dass wir uns getroffen haben, ohne uns zu treffen.»

Sie seufzte wieder. Ein tiefer Seufzer. Im letzten Monat hatte sie mehrmals von Murray Landis geträumt. Sehnsuchtsvolle, sinnliche Träume, die sie tagsüber noch stundenlang verfolgten. Während des Besuches in seinem Atelier hatte sie mehrmals den verstörenden Impuls verspürt, ihm auf den Schoß zu springen und ihre Nase in seiner Halsbeuge zu vergraben. Als sie ihn in der Premierennacht vor Cadwell Hall verlassen hatte, war seine Reserviertheit unmissverständlich ins Wanken geraten. «Du siehst heute Abend wirklich wunderschön aus», hatte er gesagt – und dann war da ja noch die Orchidee.

Aber leider hatten ihm die dramatischen Ereignisse jenes Abends genug Zeit eingeräumt, um zu seiner üblichen Distanz zurückzufinden. Seit damals war er freundlich, höflich, aber mehr auch nicht. Juliet musste zugeben, dass sie immer noch keine glückliche Liebesbeziehung zwischen ihnen beiden visualisieren konnte. Aber jeden Tag war sie etwas weniger an solch weiser Voraussicht interessiert und fühlte sich mehr zu kurzfristigem Genuss hingezogen. Na gut, es war leichter, erst gar nichts miteinander anzufangen, als sich dann zu trennen. Aber wozu lebte man denn, wenn man nicht hin und wieder einen Fehler machen durfte?

Doch Murray ließ kein Anzeichen einer solchen Unbekümmertheit erkennen.

Ruth zuckte mitfühlend mit den Schultern. «Männer», sagte sie nur, und die Unterhaltung wandte sich anderen Themen zu.

Eine halbe Stunde später, sie hatten das Essen beendet und ihren Kaffee getrunken, fuhr Ruth zur Cadwell Hall, um die allabendliche Aufführung vorzubereiten. Nach ihrem Weggang stand Juliet lange Zeit allein auf der Terrasse, sah über den zunehmenden Wind hinweg auf den Fluss und dachte an den vergangenen Sommer zurück. Am 15. September, genau am Abgabetag, hatte sie Portia Klein das vollständige Manuskript zu *Quadrille in London* überreicht. Die Lektorin hatte es noch in derselben Nacht gelesen und es als ‹Kestrel-Haven in Bestform› bezeichnet. Juliet hatte ihr auch Teri Malones erstes Kapitel gegeben, das Portia entzückte, was Juliet ein wenig überraschte. Die Tänzerin plante, in der Winterpause zu schreiben und alles auf sich zukommen zu lassen. Vielleicht würde sie im Frühling die Jansch-Truppe verlassen.

Juliet war zufrieden mit der Arbeit dieses Sommers. Außerdem gab es da ihr neues Buchprojekt mit dem keuschen Helden, das viel Spaß versprach.

Aber der Sommer war auch schwer und traurig gewesen, voll von Tod und Zerstörung, und er hinterließ mehr als nur einen Hauch des Bedauerns. Einige Tage nach ihrem Besuch in Murrays Atelier hatte er sie vom Revier aus angerufen. Die Abteilung hatte die Pläne der Staatsanwaltschaft hinsichtlich Hart Haydens Strafverfolgung erhalten. Angesichts seines Verhaltens auf Juliets Party könnte der Staatsanwalt natürlich versuchen, ihn wegen Anton Mohrs Tod zu belangen. Da jedoch Officer Peltz die Cola nicht konfisziert und im Labor hatte untersuchen lassen, glaubte er nicht, dass es ausreichende Beweise gäbe, um die Anklage wasserdicht zu machen. Der Staatsanwalt ging auch nicht davon aus, dass man Hayden die Fehlgeburt von Elektra unter Zuhilfenahme eines nicht nachzuweisenden und nicht nachgewiesenen Mittels anlasten konnte. Was den Talkumpuder betraf, so deutete Murray Juliet gegenüber an, dass es besser wäre, wenn man diesen Vorfall nicht allzu gründlich untersuchte. Man könne dann nämlich Greg Fleetwood der kriminellen Fahrlässigkeit beschuldigen, weil er das Opfer nicht davon unterrichtet hatte. Infolgedessen war der versuchte

Mord an ihr der einzige Anklagepunkt, dem sich Hart stellen musste. Murray glaubte, dass sie eine Verurteilung erzielen konnten, aber da Hayden nicht vorbestraft war, würde es wahrscheinlich auf eine Bewährungsstrafe hinauslaufen.

Juliet hatte daraufhin unter einem Ansturm bitterer Gefühle gelitten. Das Schicksal hatte dafür gesorgt, dass Hart Hayden nie wieder tanzen würde – er konnte froh sein, wenn er jemals wieder auf die Beine kam. Aber vor dem menschlichen Gericht würde er buchstäblich mit Mord davonkommen. Wenn sie Peltz nur gezwungen hätte, die Cola-Flasche mitzunehmen. Wenn sie sich in ihrer Französischübersetzung nur nicht so geirrt hätte. Der zweite Fehler lag eindeutig an ihrer intellektuellen Arroganz, einem vertrauten Persönlichkeitsmakel – genauer gesagt, ihr ureigenstes schwarzes Schaf, das durch ihre innere Landschaft streifte. Als sie vor Murray mit ihren Selbstvorwürfen herausplatzte, gab er ihr lebhaft Recht.

«Genau», sagte er. «Und noch etwas: Es war unglaublich dämlich von dir, dich als Privatdetektivin zu versuchen. Das kann überaus gefährlich sein. Nächstes Mal lässt du das, Jule.»

«Ich war wirklich nicht sehr gut darin», meinte sie reuevoll und überhörte das ‹nächstes Mal›, das ihr erst sehr viel später wieder einfiel.

«Das sehe ich nicht so. Du warst sehr gut. Du hast es herausgefunden.»

«Aber Anton ist tot. Und das Baby, das er gezeugt hat, wäre . . .»

«He, werde jetzt nur nicht größenwahnsinnig. Glaubst du wirklich, irgendjemand hätte diesen Irren durchschauen können?»

«Aber wenn ich Peltz dazu gebracht hätte, die Tasche . . .»

«Lass gut sein, Jule, du weißt es doch besser. Glaubst du wirklich, Officer ‹Hohlkopf› Peltz hätte die Cola analysieren lassen? Er hat dich für eine hysterische Ziege gehalten. Wahrscheinlich hätte er den Rest selbst ausgetrunken. Und hätte ihm das nicht eine schöne Lektion erteilt?» Murray legte eine Pause ein und lachte, dann fuhr er fort. «Du solltest dich gut fühlen, Jule. Das Böse gewinnt oft. Aber dieses Mal wurde der Kerl wenigstens erwischt. Hast du eine Ahnung, wie viele Morde in dieser Stadt unentdeckt bleiben?»

«Nein», sagte Juliet interessiert.

«Tja, ich auch nicht. Sonst wären sie ja nicht unentdeckt.» Landis lachte erneut, als ob er einen guten Witz gemacht hätte. «Die Person, die sich in diesem Fall wirklich zum Trottel gemacht hat, bin ich. Ich hätte nicht mit dir auf diese Trauerfeier gehen dürfen. Es stimmt zwar, der Fall war zu der Zeit bereits abgeschlossen, aber normalerweise bin ich schlauer. Und mir hätte klar sein müssen, dass ich mich mit den Fragen über Mistenflo und Ecstasy nicht hätte an Hayden wenden dürfen. Ich habe dich in Gefahr gebracht.»

Juliet dachte darüber nach. «Wenigstens bist du zu meiner Rettung herbeigeeilt.»

Als sie einhängte, fühlte sie sich getröstet. Es war eines der vielen Dinge, die sie an Landis mochte.

Nun wandte sie langsam den Blick vom Fluss ab und machte sich an die Arbeit. Sie hatte Ruths Angebot, ihr beim Spülen zu helfen, abgelehnt, daher stand das Geschirr noch unberührt in all seiner traurigen Unordnung auf dem Terrassentisch. Juliet trug die erste Ladung in die Küche hinunter. Dabei fiel ihr das Blinken ihres Anrufbeantworters auf.

Sie ließ das Band zurücklaufen.

«Jule? Hier ist Murray Landis.»

‹Depp›, dachte Juliet unwillkürlich. Wie viele Murrays mit dem Nachnamen Landis kannte sie seiner Meinung nach wohl? In der Zwischenzeit redete seine Stimme weiter.

«Hör zu, ich habe da ein Problem. Jemand hat eine dieser Sprechblasen auf zwei Beinen aus der Denkfabrik der Karp-Stiftung niedergeschlagen – das ist bei dir in der Nähe, in der West End Avenue. Die haben sich da auf diese windigen Bill-Buckley-artigen Typen spezialisiert, du weißt schon, was ich meine. Professionelle Amtsträger, Quatschköpfe mit Doktortitel. Man könnte meinen, sie würden über ihre eigenen Worte stolpern, wenn man sie nur lange genug in einem Verhörraum plappern lässt. Aber ehrlich gesagt bereitet es mir echte Probleme herauszufinden, welcher dieser verdammten Scherzkekse mich frech anlügt. Also . . . es kommt mir komisch vor, dich zu fragen, aber dürfte ich vielleicht vorbeikommen und die Sache mit dir durchgehen? Vielleicht fällt dir dazu etwas ein. Möglicherweise können wir auch zusammen hingehen und uns umsehen.»

Als die Maschine wieder zurückspulte, fiel Juliet etwas ein, was er einmal gesagt hatte. ‹Nächstes Mal.› Das hatte er also gemeint. Ihre neue Visitenkarte tauchte vor ihrem inneren Auge auf.

JULIET BODINE
Liebesromane
Private Ermittlungen

Das gefiel ihr. Vielleicht könnte sie eine Lizenz als Privatdetektivin erwerben, wenn sie das nächste Mal versuchte, sich vor dem Schreiben zu drücken?

Fröhlich griff sie zum Hörer.

Danksagungen

Dieses Buch wurde mit der Hilfe vieler Menschen geschrieben. Zu denen, die großzügig ihr Wissen, ihre literarischen Einblicke und ihre Ermutigung mit mir teilten, gehören Dr. Alan Astrow, Ann Banks, Professor Robert J. Castelli, Ellen Chuse, Lieutenant Vincent DiDonato, Waverly Fitzgerald, Louisa Geswaldo, Dr. Alan Gribetz, Jessica Gribetz, Carol Hill, Caryn James, Gara LaMarche, Miriam Miller, Madeleine Monette, Brian Morton, Jill Nathanson, Dr. Gale Organist, Mary Pope Osborne, Dr. David B. Pall, Lieutenant Regina Rogers, Debbie Sankey, Sean Savoye, Lynne Sharon Schwartz, Laura Shapiro, Ellen Walker und Lawrence Weschler. Mary Evans, meine Agentin, und Hope Dellon, meine Lektorin, sind Paradebeispiele für ihre Berufsstände. Danke schön.

Elizabeth Corley

Nachruf auf eine Rose

Band 51938

Hat sich der einflussreiche Firmenboss Alan Wainwright wirklich selbst umgebracht? Sein einziger Sohn Graham bezweifelt das, nachdem er plötzlich nur noch die Hälfte des Besitzes erben soll. Er schaltet die Polizei ein, und wieder einmal steht Chief Inspector Fenwick einer echten Herausforderung gegenüber. Die Erbin Sally Wainwright benimmt sich äußerst merkwürdig – aber das allein muss noch kein Beweis für ihre Schuld sein. Zu spät regt sich bei Fenwick der Verdacht, dass es im Hintergrund jemanden gibt, der alle Fäden in der Hand hält…

Victoria Holt

Geheimnis der Nachtigall

Band 51904

Susanna Pleydell
ist jung und unerfahren,
als sie Aubrey St. Claire
heiratet. Während der Flitter-
wochen verlebt sie
glückliche Stunden mit ihm,
doch bald muss Susanna
erkennen, dass hinter Aubreys
zärtlichem Benehmen
dunkle Abgründe lauern. Offenbar
ist ihr Mann dem undurch-
sichtigen Dr. Damien erlegen.
Als Susannas einziges Kind
unter rätselhaften Umständen ums
Leben kommt, schwört sie
dem teuflischen Arzt Rache.

scherz